ANNA SIMONS ist das Pseudonym einer erfolgreichen deutschen Autorin, die 1966 in Bergneustadt geboren wurde. Die promovierte Betriebswirtschaftlerin arbeitete viele Jahre als Personalberaterin bei einer Großbank in Frankfurt. Vor einigen Jahren wechselte sie ins erzählerische Fach: 2008 gewann sie den Women's Edition Kurzkrimi-Preis, 2015 war sie für den UH!-Literaturpreis des Ulla-Hahn-Hauses in Monheim nominiert. Die Autorin lebt mit ihrem Mann und ihren beiden Kindern im Münchner Umland.

Besuchen Sie uns auf www.penguin-verlag.de
und Facebook.

Dr. Anna Schneider

Anna Simons

Verborgen

Der erste Fall für Gefängnisärztin Eva Korell

PENGUIN VERLAG

Sollte diese Publikation Links auf Webseiten Dritter enthalten,
so übernehmen wir für deren Inhalte keine Haftung,
da wir uns diese nicht zu eigen machen, sondern lediglich auf
deren Stand zum Zeitpunkt der Erstveröffentlichung verweisen.

Verlagsgruppe Random House FSC® N001967

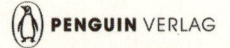

PENGUIN und das Penguin Logo sind Markenzeichen
von Penguin Books Limited und werden
hier unter Lizenz benutzt.

1. Auflage 2018
Copyright © 2018 Penguin Verlag, München,
in der Verlagsgruppe Random House GmbH,
Neumarkter Straße 28, 81673 München
Covergestaltung: favoritbüro
Covermotiv: Michael Pole/Getty Images; Zelfit/Shutterstock
Redaktion: Regina Jooß
Satz: Uhl + Massopust, Aalen
Druck und Bindung: GGP Media GmbH, Pößneck
Printed in Germany
ISBN 978-3-328-10289-2
www.penguin-verlag.de

Dieses Buch ist auch als E-Book erhältlich.

Dieses Buch ist durch wahre Begebenheiten inspiriert. Die Personen und Handlungen sind jedoch frei erfunden, genau wie die genannten Institutionen, auch wenn sie an Orten angesiedelt sind, die es in der Realität gibt.

Teil 1

1.

Blitzschnell zog Nicole Arendt ihre Hand aus dem Werkzeugkasten. Sie spürte einen höllischen Schmerz an ihrem Zeigefinger. Warum hatte sie sich bloß in den Kopf gesetzt, den verstopften Abfluss in der Küche selbst zu reparieren? Im Halbdunkel des Kellers hatte sie offenbar mitten in ein Teppichmesser gegriffen. Verdammt! Rasch steckte sie den Finger in den Mund, wühlte mit der anderen Hand fieberhaft nach etwas, um die Blutung zu stillen, Klebeband, Pflaster, egal was.

Sie hatte nicht aufgepasst. Wieder einmal.

In einer Ecke ganz unten im Werkzeugkasten sah sie einen alten Lappen. Der war zwar von Öl und Schmiere verklebt, konnte aber verhindern, dass sie weiter alles vollblutete. Der Finger pochte heftig. Rasch wickelte Nicole den Lappen darum. Doch dann sah sie die Bescherung: Auf dem Boden, auf der Werkbank, in dem Kasten – überall war Blut. Sie seufzte. Na bravo! Er hasste Dreck. Zum Glück hatte sie genug Zeit, alles gründlich zu reinigen. Er würde erst in drei Wochen wieder da sein. *Ob dann wirklich alles gut würde, so wie er es versprochen hatte?*

Der Anblick des Blutes und der Schmerz erinnerten sie an eine andere Zeit, eine verdammt üble. Das hier war die erste Verletzung, die sie in den letzten Monaten davongetragen hatte, seit er nicht mehr da war. Die erste, die ihr einfach zugestoßen war.

Ohne sein Zutun. Einfach so.

Eilig rannte sie nach oben, verarztete gekonnt die Wunde, holte Haushaltshandschuhe und ließ einen Eimer mit heißem Wasser und Lauge ein. Ihr Blick fiel aus dem Fenster auf den tristen Hinterhof. Später würde sie sich noch an die Nähmaschine setzen, um an einem Rock weiterzuarbeiten. Der Stoff war leuchtend grün. Seine Lieblingsfarbe. Sie wollte hübsch aussehen, wenn er heimkam.

Er hatte versprochen, sich zu ändern. Und sie glaubte daran.

Wieder zurück im Keller, zog sie die Schublade des Werkzeugkastens weiter heraus und hielt irritiert inne. Eine silberne Schmuckdose lag darin. Sie musste zuvor von dem Lappen verdeckt gewesen sein.

Vorsichtig nahm sie die Schatulle heraus. Sie war verziert, wirkte kostbar. Ihr Herz schlug schneller. Hatte Robert ihr ein Geschenk machen wollen und war vor seiner Inhaftierung nicht mehr dazu gekommen, es ihr zu geben? Es wäre nicht das erste Mal, dass er ihr etwas mitbrachte. Oft genug hatte er ihr eine Kette um den Hals gelegt, ihr einen Ring über den Finger geschoben. Mit denselben Händen, die sie kurz zuvor geohrfeigt hatten. Geboxt, geschlagen, gewürgt. Mit den Händen, die einmal so verdammt zärtlich gewesen waren, die sie über die Schwelle getragen hatten.

Stell sie weg. Er wird merken, dass du reingeschaut hast.

Sie rieb mit dem Daumen über das Metall. Dann blickte sie sich um, obwohl sie völlig allein im Keller des Mehrfamilienhauses war. Ihre Hand zitterte.

Nein. Resolut stellte sie die Dose zurück und griff mit der unverletzten Hand nach dem Schwamm im Eimer. Ganz sicher sollte das eine Überraschung für sie sein. Die durfte sie ihm nicht verderben.

Als sie alle Blutspritzer sorgsam entfernt hatte, nahm sie das Teppichmesser aus dem Werkzeugkasten und schob die Klinge nach innen. Wieder fiel ihr Blick auf die Dose. Sie war wunderschön verziert, mit filigranen Schnörkeln.

Nur ein kurzer Blick. Was war schon dabei?

Sie würde die Blutflecken aus dem Lappen waschen und dann alles wieder ordentlich in die Schublade drapieren. Das würde er sicher nicht merken. Behutsam versuchte sie, die Dose zu öffnen. Ungelenk machte sie sich mit ihrer verbundenen Hand an dem Verschluss zu schaffen. Endlich sprang der Deckel auf, wobei ihr die Dose beinahe aus der Hand gerutscht wäre. Sie fing sie gerade noch auf, hörte aber ein leises Klacken auf dem Fußboden. Etwas war herausgefallen.

Verflixt! Warum war sie nur immer so ungeschickt?

Sie stellte die Dose beiseite. Ihre Augen suchten den Kellerboden ab. Endlich entdeckte sie einen Ring, der mitten in dem Dreieck lag, das das schwache Licht auf den grauen Beton zeichnete. Sie bückte sich, um ihn aufzuheben – und erstarrte. Sie blinzelte, holte tief Luft, vergewisserte sich noch einmal. Sie kannte diesen Ring. Unzählige Male hatte sie ihn auf Fotos in den Nachrichten gesehen. Ein knappes Jahr musste das her sein. Er hatte einem Mädchen gehört. Einer Toten.

Ungläubig starrte sie darauf. Verzweifelt machte sie

die Augen zu, schüttelte den Kopf. Das konnte nicht sein. Die Erkenntnis traf sie wie ein Faustschlag: Nur eine einzige Person konnte ihn hier versteckt haben.

Niemand sonst hatte einen Schlüssel zu ihrem Keller.

Das Ding musste weg. Sofort. Nicole streckte ihre Hand aus, doch alles in ihr sträubte sich, den Ring zu berühren. Sie zog den Ärmel ihres Shirts über die Finger, hob das Schmuckstück zitternd auf und spürte, dass ihr übel wurde. Angewidert ließ sie den Ring in die Schatulle fallen. Erst jetzt registrierte sie die restlichen Gegenstände darin. Viele. Zu viele. Sie bekam keine Luft mehr, ihre Knie gaben nach.

Nichts davon wollte sie sehen. Sie war nie hier gewesen.

Sie schloss den Deckel, schob die Dose in die hinterste Ecke der Lade, bedeckte sie mit dem Lappen, packte Werkzeuge darüber, knallte die Kiste zu, löschte das Licht und drehte den Schlüssel zum Keller zweimal herum.

Warum hatte sie es nicht gelassen? Es schien doch alles besser zu werden.

Doch jetzt war eines völlig klar: Nichts würde jemals besser werden.

Nie mehr.

Sie brauchte Luft. So schnell sie konnte, rannte sie aus dem Keller und hinaus auf die Straße – nur weg von diesem verfluchten Haus.

2.

Eva Korell stieg aus ihrem schwarzen Volvo, um ihn vollzutanken. Sie hatte das wunderbare Wetter für einen Ausflug genutzt, war aber auf der Rückfahrt in einen langen Wochenendstau geraten. Jetzt wollte sie bloß noch nach Hause, dort eine Kleinigkeit kochen und den letzten freien Abend vor ihrem Dienstantritt im Garten genießen.

Gedankenverloren beobachtete sie die Zahlen, die blitzschnell über die Anzeige der Zapfsäule liefen, und holte tief Luft. Früher hatte sie Benzingeruch gerne gemocht, aber jetzt erinnerte er sie immer an den Autounfall ihrer Eltern. Bei diesem Gedanken fühlte sie eine dumpfe Last auf ihrer Brust. Es war schon Jahre her, doch der Schmerz war noch da und legte immer wieder seinen Schatten über sie. Instinktiv schloss Eva die Augen, strich ihre kurzen blonden Haare zurück und hielt ihr Gesicht in die Herbstsonne, um in der Wärme Trost zu finden.

Nach einer Weile seufzte sie, schüttelte kurz den Kopf und betrachtete wieder die elektronische Anzeige. Morgen Abend war sie bei ihrer besten Freundin Ann-Kathrin und deren Mann Victor zum Essen eingeladen, und sie hatte versprochen, sich um die Getränke zu kümmern. Vielleicht gab es hier in der Nähe irgendwo eine Weinhandlung, in der sie am nächsten Tag nach Dienstschluss schnell eine gute Flasche besorgen konnte.

Bisher kannte sie lediglich die Supermarktketten in der näheren Umgebung und dort vor allem die Tiefkühlabteilung. Seit sie wieder allein lebte, hatte sie ihre Vorliebe für Fertiggerichte neu entdeckt. Kochen konnte man das nicht nennen, und ungesund war es obendrein. Es war längst an der Zeit, andere Geschäfte zu suchen.

Eva schaute über das Wagendach zu der Ladenzeile auf der anderen Straßenseite. Während sie versuchte, die Schilder zu entziffern, fiel ihr eine junge blonde Frau auf, die mit wehender Jacke den Gehsteig entlanglief. Ihr Gang wirkte schwerfällig, als hätten ihre Füße ein zu großes Gewicht für ihren Körper.

Plötzlich blieb die Frau stehen, beugte sich leicht nach vorn, als müsste sie sich übergeben, kam wieder hoch, taumelte leicht und kippte dann einfach um. Ihr Kopf schlug dabei ungebremst auf dem Betonboden auf. Sie lag da und rührte sich nicht mehr.

»Verdammt!«, entfuhr es Eva.

Ohne zu zögern, schnappte sie sich ihre Tasche vom Autositz und rannte über die Straße. Akute Unterzuckerung, Kreislaufkollaps – im Kopf ging Eva die zahllosen Ursachen durch, die zu diesem Zusammenbruch geführt haben konnten. Sie kniete sich neben die junge Frau. Die zeigte keinerlei Regung, und ihr Gesicht war beinahe so grau wie der Boden um sie herum.

»Hören Sie mich? Wie geht es Ihnen?« Vorsichtig rüttelte Eva an der Schulter der Frau.

Ihre Augenlider flatterten leicht, blieben aber geschlossen.

Eva fühlte ihr den Puls. Der raste.

»Hallo!«, fuhr Eva etwas lauter fort. »Verstehen Sie mich? Ich bin Ärztin!«

Als sie gerade die Atmung prüfen wollte, begann die junge Frau zu husten und kam langsam wieder zu sich.

»Sie sind gestürzt«, erklärte Eva. »Bitte bewegen Sie sich nicht zu hastig. Sie haben eventuell eine Gehirnerschütterung. Ich möchte Sie gerne untersuchen, bevor Sie aufstehen. In Ordnung?«

Ohne eine Antwort abzuwarten, drückte Eva ihr die Schultern sanft nach unten. Die Frau sah zwar verwirrt und angstvoll um sich, ihre Pupillenreflexe wirkten jedoch normal, und sie schien Eva bewusst wahrzunehmen.

»Können Sie mir sagen, wie Sie heißen?«

»Ni...« Sie hustete. »Nicole Arendt. Bitte, ich... möchte aufstehen...«

»Warten Sie, ich helfe Ihnen dabei, aber vorher würde ich mir gern Ihren Kopf anschauen. Versuchen Sie, sich jetzt erst einmal langsam aufzusetzen.«

Als sie die Frau behutsam in eine aufrechte Sitzhaltung brachte, sah Eva auf dem Gehsteig einen feuchten dunkelroten Fleck, der eindeutig von Nicole Arendts Sturz herrührte.

Sie beobachtete sie genau. »Haben Sie Kopfschmerzen? Ist Ihnen übel?«, fragte sie.

Die Frau war auf eine verhaltene Art hübsch. Ihre hellblauen Augen waren völlig ungeschminkt und die durchscheinende Haut makellos. Eva beugte sich nach hinten, um ihren Kopf genau zu begutachten, und entdeckte sofort die Platzwunde, die zum Glück kleiner war, als der Fleck hatte vermuten lassen.

Nicole Arendt stöhnte auf und griff sich an die Stirn. Dabei bemerkte Eva den Verband an ihrer Hand. Vielleicht war es nicht ihr erster Unfall am heutigen Tag.

»Sie haben vermutlich eine Gehirnerschütterung. Ich rufe am besten einen Krankenwagen.«

Die Frau starrte sie entsetzt an und schüttelte vehement den Kopf. Dann verdrehten sich ihre Augen, und sie wäre beinahe erneut weggesackt.

»Vorsicht!«, warnte Eva und stützte sie. »Sie haben eine Wunde am Hinterkopf. Die werde ich jetzt erst einmal reinigen. Moment.«

Eva holte Desinfektionsmittel und eine Mullkompresse aus einem kleinen Notfallset, das sie immer in ihrer Handtasche mit sich führte, tupfte die Wunde ab und sprühte sie dann ein. Sie musste das Mittel einen Moment trocknen lassen, sonst würden die Klammerpflaster nicht halten. Nicole Arendt schwieg, zuckte jedoch immer wieder unter Evas Berührungen zusammen. Sie hatte Schmerzen, das war offensichtlich.

»Wollen Sie nicht doch lieber...« Eva brach den Satz gleich wieder ab, denn der flehende Blick der Frau war Antwort genug. Sie wollte nicht ins Krankenhaus. Warum auch immer.

»Das ist Ihre Entscheidung, obwohl ich Ihnen aus ärztlicher Sicht davon abrate. Ist denn jemand bei Ihnen, für den Fall, dass es Ihnen im Laufe des Abends schlechter gehen sollte? Kann Sie vielleicht jemand hier abholen?« Die Frau trug weder eine Handtasche noch sonst etwas bei sich. »Soll ich irgendwo für Sie anrufen?«

Nicole Arendt nickte, wollte etwas sagen, schien sich dann aber zu besinnen und starrte bloß an ihr vorbei auf den Verkehr. Als Eva Nicoles Blick folgte, fuhr gerade ein alter dunkelblauer Mercedes die Straße entlang. Ein Oldtimer. Sie kannte das Modell. Für einen Moment kam Eva aus dem Gleichgewicht und musste sich am Boden abstützen, so plötzlich traf sie die Erinnerung.

»Vorsicht! Ihr Ärmel«, holte die Stimme der jungen Frau sie wieder in die Wirklichkeit zurück. »Ach herrje, das ist alles meine Schuld.«

Zu spät erkannte Eva, dass sie sich direkt in der Blutlache abgestützt hatte. Der Ärmel ihres hellen Blazers wies einen feuchten Fleck auf.

»Dafür können Sie doch nichts. Ich war einfach unachtsam. In meinem Beruf passiert so was dauernd, deshalb trage ich meist praktische Sachen, die man heiß waschen kann.«

Eva schaute noch einmal die Straße hinunter, doch der Wagen war nicht mehr zu sehen.

Sie rieb sich die Stirn, zog kurzerhand den Blazer aus und machte sich mit einer kleinen Schere daran, Nicole Arendts Haare rund um die Wunde etwas zu kürzen, damit die Klammerpflaster halten konnten.

»Ich werde Ihnen selbstverständlich die Reinigung bezahlen«, stammelte die junge Frau, die bereits versuchte, mit dem Ärmel ihres Shirts den Fleck abzutupfen. Erst jetzt bemerkte Eva, dass auch auf der Kleidung der Frau getrocknete Blutflecken waren. Und nicht nur das: An ihrem anderen Arm war das Shirt ein Stück nach oben gerutscht und gab den Blick auf ein feines Netz von Narben auf ihrer Haut frei. Eva kannte dieses Bild, hatte es in der Klinik oft genug zu sehen bekommen.

»Ich brauche den Blazer bei dem Wetter heute sowieso nicht«, redete sie beschwichtigend auf die junge Frau ein. »Außerdem hat der seine besten Tage schon längst hinter sich. Das Geld für die Reinigung wäre pure Verschwendung.«

Nicole Arendt schaute sie prüfend an, ließ jedoch immer noch nicht von dem Kleidungsstück ab.

»Das tut jetzt kurz weh«, warnte Eva, »aber ich muss die Wundränder zusammenpressen, damit Ihnen keine hässliche Narbe entsteht.«

Nicole Arendt nickte. Eva tupfte noch einmal alles ab, schob die Haut zusammen und klebte routiniert mehrere Klammerpflaster auf die Verletzung. Die junge Frau gab bei der ganzen Prozedur keinen Ton von sich.

»Das wird erst einmal genügen«, sagte Eva. »Sie können jetzt versuchen, aufzustehen.«

Nicole Arendt erhob sich, taumelte und musste sich sogleich wieder auf Eva stützen. Hastig griff sie sich an die Stirn und schloss die Augen. Für einen Moment dachte Eva, sie würde erneut umfallen.

»Ist Ihnen schwindelig?«

Nicole Arendt schüttelte den Kopf und bemühte sich um ein Lächeln. Endlich hatte sie wieder etwas Farbe im Gesicht.

Statt einer Antwort streckte sie Eva den Blazer entgegen: »Überlassen Sie den doch einfach mir. Ich weiß, wie man solche Flecken wegbekommt. Ich löse dafür nur ein paar Aspirin auf ...« Sie sah Eva mit schief gelegtem Kopf an. »Bitte. Sehen Sie es als Wiedergutmachung für Ihre Hilfe.«

Eva seufzte. Sie fand es eigentlich unnötig, andererseits mochte sie den Blazer. Schließlich bückte sie sich, holte Stift und Zettel aus der Tasche und notierte ihre Adresse und Telefonnummer.

»In Ordnung. Aber nur unter einer Bedingung: Sie gehen gleich morgen früh noch einmal zu Ihrem Hausarzt, damit der sich die Wunde ansehen kann.«

Die Frau nickte, legte sich den Blazer sorgfältig über den Arm und steckte die Adresse ein.

Wieder fiel Evas Blick auf das bizarre Narbengeflecht auf der Haut der jungen Frau.

»Sie können mich ja anrufen, wenn Sie mit der Reinigung fertig sind, und wir treffen uns irgendwo.« Eva deutete mit dem Kinn auf den Arm und fügte sanft hinzu: »Und falls Sie sich entschließen, mit jemandem darüber zu reden, melden Sie sich auch bei mir. Ich bin zwar noch neu in der Stadt, werde mich aber gerne erkundigen und Ihnen einen guten Kollegen empfehlen. Man kann so ziemlich alles überwinden, wissen Sie?«

Nicole Arendt errötete und zog rasch ihren Ärmel herunter. Sofort fing ihre Unterlippe an zu zittern, und sie schien wieder in sich zusammenzusacken.

»Wissen Sie was?«, sagte Eva spontan. »Warten Sie einen Moment. Mein Auto steht gleich da vorne bei der Tankstelle.«

Erst jetzt registrierte Eva den Tankwart, der mit verschränkten Armen neben ihrem Wagen stand. »Ich hole Sie gleich hier ab und fahre Sie noch rasch nach Hause. Abgemacht?« Lächelnd fügte sie hinzu: »Dieses Mal dulde ich keine Widerrede.«

Sie beobachtete die junge Frau, die nachdenklich an dem Blazer herumzupfte. Doch schließlich nickte sie und musterte Eva mit ihren großen blauen Augen.

»Gut. Dann zahle ich jetzt schnell.«

Im Laufschritt eilte Eva zur Tankstelle zurück. Sie ignorierte das Gemecker, das der Tankwart über ihr entlud: Offenbar ärgerte er sich, dass sie so lange die Säule besetzt hatte – obwohl kein anderer Kunde weit und breit in Sicht war. Er hantierte ewig mit ihrer Karte herum, behauptete, sie würde nicht funktionieren. Eva war sich sicher, dass er das mit Absicht machte, um sich zu revanchieren.

Als sie nach einer gefühlten Ewigkeit aus dem Ladenraum trat, war Nicole Arendt nirgends zu sehen. Eva suchte die ganze Gegend ab, doch die junge Frau blieb verschwunden. Hoffentlich brach sie auf dem Weg nach Hause nicht noch einmal zusammen. Mit Kopfwunden war nicht zu spaßen.

Einen Moment blieb Eva unschlüssig stehen, zuckte dann jedoch resigniert die Schultern und stieg in ihren Wagen. Glücklicherweise war ihr Blazer schon alt, denn vermutlich würde sie den nicht mehr wiedersehen.

Eva drehte den Schlüssel, ließ den Motor an und schaute noch ein allerletztes Mal in den Rückspiegel. Dann fuhr sie seufzend los und machte sich auf die Suche nach dem nächsten Weinladen.

3.

Nicole betrat ihre Wohnung, legte den Blazer der Ärztin auf den Garderobenschrank, drehte zweimal den Schlüssel um und sank dann kraftlos an der Tür herunter. Ihr Kopf pochte dumpf vor Schmerzen, Galle stieg in ihrer Kehle auf. Sie saß einfach nur da und starrte auf den welligen Linoleumboden, auf den vom Fenster ein schmaler Lichtstreifen fiel. Es wurde langsam dunkel.

Erschöpft, wie sie war, sollte sie am besten gleich ins Bett gehen. Doch sie wusste, dass sie kein Auge zutun würde. Auf dem Weg nach Hause war immer wieder die Erinnerung vor ihrem inneren Auge aufgeblitzt. Die Schmuckdose. Der Ring. Sie hatte sich an den Blazer geklammert, war blind weitergerannt, stundenlang ziellos durch die Straßen geirrt, bis sie nicht mehr konnte und merkte, dass ihre Knie wieder schwach wurden.

Sie wollte mit jemandem reden, brauchte einen Rat. Doch ihr war niemand eingefallen, an den sie sich wenden konnte. Mit ihren Kollegen im Café wechselte sie nie ein privates Wort, die meisten sprachen nur gebrochen Deutsch und hatten ihr zu verstehen gegeben, dass sie in der Freizeit lieber unter sich blieben. Sie hatte ohnehin nie viele Freunde gehabt und die wenigen seit ihrer Hochzeit auch noch vernachlässigt. Es hatte sie nie gestört. Bis jetzt. Denn der Einzige, der ihr in den letzten Jahren immer zugehört hatte, war nicht da: Robert.

Ausgerechnet.

Sie schlug die Hände vors Gesicht und begann, leise zu wimmern. Obwohl Verzweiflung und Angst ihr fast die Luft nahmen, konnte sie nicht weinen. Sie fühlte sich wie in einem Vakuum, erschöpft und leer.

Für einen Moment saß sie bloß reglos da, starrte auf den Boden. Dann ballte sie ihre Hände zu Fäusten, hielt die Luft an und ließ ihren Kopf nach hinten an die Tür krachen. Ein greller Schmerz durchfuhr ihren Schädel, Lichtblitze zuckten vor ihren Augen. Dennoch senkte sie den Kopf wieder auf die Brust, holte aus und schlug gegen das Holz. Sie tat es wieder und wieder, wie in einem Rausch. Erst als sie spürte, wie feuchtes Blut aus der Kopfwunde ihren Nacken hinabbrann, hielt sie inne. Endlich nahm der Druck in ihr ab. Langsam und vorsichtig ließ sie sich auf den Boden gleiten, schlang die Arme um ihre angezogenen Knie, bettete vorsichtig ihren Kopf darauf und wiegte sich leicht.

So sehr hatte sie gehofft. Alles sollte anders werden, wenn er aus dem Knast kam. Ein Neubeginn. Ihre ganze Kraft hatte sie aufgebracht, die hämischen Gesichter und das Getuschel der Nachbarn ignoriert, für die Robert ein Krimineller war. Ihren Eltern, die sie die ganze Zeit zur Scheidung drängen wollten, hatte sie die Tür gewiesen und sich seither nicht mehr bei ihnen gemeldet. Sie hatte fest geglaubt, sie seien endlich gezähmt: die Dämonen, die ihren Mann immer wieder heimsuchten. Die ihn so oft dazu gebracht hatten, ihr wehzutun.

So hatte er es flüsternd erklärt, als sie zum ersten Mal in der JVA war. Und sie hatte ihm jedes Wort geglaubt, in diesem tristen grauen Besucherzimmer, das sie mit drei anderen Paaren teilen mussten. Nicht einmal berühren durften sie sich. Dennoch war sie danach auf einer Glückswelle geritten, wie eine Spielsüchtige, die glaubt, den Jackpot gewonnen zu haben.

Falsch gedacht. Sie war eine verdammte Idiotin.

Eine Stimme in ihr schrie, dass das alles nicht wahr sein konnte. Nur ein Zufall. Er war kein böser Mensch, davon war sie immer überzeugt gewesen. Es lag an seiner Eifersucht, dem Alkohol, seinem aufbrausenden Gemüt und an seiner Vergangenheit.

Sie schloss die Augen, schüttelte den Kopf. Nein, nein, nein. Sie hätte es gemerkt, wenn er wirklich imstande wäre, einen Menschen brutal zu vergewaltigen, seinen Tod billigend in Kauf zu nehmen. Sie hatte gelesen, was der Frau, der der Ring gehört hatte, passiert war. Unfassbar grauenhaft hatte der Täter ihr zugesetzt. Stundenlang, hatte es geheißen.

Sie krallte ihre Hände in ihre Arme, bis es schmerzte. Denn da war diese andere Stimme, die ihr ins Ohr säuselte, sie habe es nicht besser verdient. Dass sie ein Nichts sei. Dass Robert recht habe mit allem, was er sagte, wenn er sie bestrafte: Sie war naiv, dumm, zu nichts nutze. Vermutlich hatte er sich bei anderen Frauen Sex holen müssen, weil sie ihm nicht einmal im Bett geben konnte, was er brauchte. Weil sie nur herumjammerte, ihr ständig etwas wehtat, sie immer Ausreden suchte. War er am Ende ihretwegen so frustriert, dass er anderen Schmerzen zufügte? Stellvertretend für sie?

Es war ihre Schuld. Immer hatte er das gesagt. Jahrelang.

Schuld. Ein großes Wort. Sie wollte laut aufschreien,

ihr ganzes Leid herausströmen lassen, aber aus ihrer Kehle kam nicht mehr als ein jämmerliches Krächzen. Nicht einmal das konnte sie. Nicht einmal das.

Sie schob sich hoch, schwankte so sehr, dass sie sich festhalten musste, wartete noch einen Moment, bis sich der Schwindel legte. Ihr Blick fiel auf die Blutspuren an der Tür und auf dem Boden. Schwerfällig schlurfte sie ins Bad, holte ein paar Lagen Toilettenpapier, feuchtete sie an, schleppte sich zur Tür zurück und wischte die Flecken weg.

Er hasste Dreck.

Nachdem sie ihre Arbeit beendet hatte, stützte sie sich kurz auf der Anrichte ab, da bemerkte sie das rote Blinken des Anrufbeantworters. Hektisch sah sie auf die Uhr. Robert! Sie hatte seinen wöchentlichen Anruf vergessen! Er hatte sie nicht erreicht.

Obwohl es längst zu spät war, griff sie panisch zum Hörer, rief seinen Namen, lauschte in die Stille hinein. Tränen lösten sich aus ihren Augenwinkeln. Sie hatte ihn verpasst. Er war längst wieder in seiner Zelle. Verdammt! Scheinbar lief alles schief an diesem verfluchten Tag. Nun würde er sich Sorgen machen, dass ihr etwas zugestoßen war. Oder er würde sich einreden, dass sie ihn verlassen wollte, und komplett ausrasten. Dann war ihm alles zuzutrauen.

Wie konnte sie ihn so enttäuschen? Ihn einfach vergessen?

Schluchzend strich sie mit dem Finger über das gerahmte Foto, das auf der kleinen Kommode stand. Es zeigte Robert stolz vor einer schwarzen Harley-Davidson stehend. Immer war das sein großer Traum gewesen:

eine Reise in die USA machen, mit dem Motorrad die Route 66 entlangcruisen, ganz allein in der Weite, die Freiheit spüren. Sie hatte schon einen Großteil gespart, hatte extra eine kurze Zeit lang noch einen zweiten Job als Reinigungskraft angenommen, um ihm diesen Traum zu erfüllen, wenn er endlich entlassen würde. Ihm hatte sie jedoch erzählt, sie würden auf die Kanaren fliegen. Es sollte eine Überraschung werden.

Nicole drückte sich das Bild an die Brust, schlich erneut ins Bad, stellte Roberts Foto auf den Rand des Waschbeckens, öffnete den Badezimmerschrank, löste vorsichtig eine Rasierklinge aus der dünnen Verpackung, schob ihren Ärmel hoch und zog, ohne zu zögern, die Klinge über ihren Unterarm. Zischend stieß sie Luft durch die Lippen. Wiederholte es einmal. Und noch einmal. Bis sie sich wieder spürte. Dann legte sie ihren schweißnassen Körper auf die nackten Fliesen, fühlte die Kälte.

Es war zu viel. Heute war einfach alles zu viel.

Nach einer Weile stand sie wieder auf, tupfte mechanisch Desinfektionsmittel auf die Schnitte an ihrem Arm, sprühte auch noch einmal die Wunde am Kopf ein. Das Mittel brannte, doch sie gab keinen Laut von sich.

Als sie alles wieder gesäubert und verstaut hatte, betrachtete sie sich im Spiegel, strich sich die Haare aus der Stirn und stand eine Weile regungslos da. Dann straffte sie die Schultern, wusch ihr Gesicht mit eiskaltem Wasser, nahm eine Bürste und kämmte vorsichtig ihr Haar.

Mit einem Ruck stieß sie sich vom Waschbecken ab und ging ins Schlafzimmer. Sie trat vor Roberts Kleiderschrank und öffnete beide Türen. Vorsichtig berührte sie seine Hosen und Shirts, strich über die Bügel seiner Hemden. Sie schnupperte, aber sein Geruch war längst aus dem Stoff verschwunden. Prüfend zog sie ein Hemd heraus. Betrachtete es von allen Seiten, schüttelte den Kopf, schaute sich das nächste an. Sie waren alle faltig.

Entschlossen holte sie das Bügelbrett aus einer Nische hinter dem Schrank und begann, sie zu glätten. Eines nach dem anderen.

Sie wusste nicht, wie es weitergehen sollte.

Nur eines wusste sie genau: Sie liebte ihn. Egal was er getan hatte. Und egal was er in Zukunft tun würde.

4.

Eva schaute nach oben, schüttelte sich die kurzen blonden Ponyfransen aus dem Gesicht und blickte direkt in eine Kamera. Schon öffnete sich das schmiedeeiserne graue Eingangstor der Justizvollzugsanstalt München-Wiesheim mit einem lauten Surren. Eva drückte den Rücken durch, hob den Kopf und trat zügig in den Gang. Ihre Schritte hallten in dem kahlen Flur. Es roch nach Putzmittel. Sie hielt auf den hinter Glas sitzenden Beamten zu, der sie mit ernster Miene musterte.

»Guten Morgen«, sagte sie mit einem Lächeln. »Ich bin Dr. Eva Korell, die neue Anstaltsärztin.«

»Ihre Papiere, bitte!«, entgegnete die blecherne Stimme durch die Sprechanlage. Der Mann, dessen Name FREY auf seiner Dienstkleidung prangte, musterte sie, ohne eine Regung zu zeigen.

»Natürlich«, antwortete Eva und fischte in ihrer Tasche nach ihrem Personalausweis und dem Schreiben, das ihr die Anstaltsleitung für den Dienstbeginn geschickt hatte. Sie lächelte Frey an, dessen Gesichtsausdruck keine Spur freundlicher wurde, als sie ihm die Dokumente durch die Lade zuschob. Mit ernster Miene verglich er ihr Foto mit der vorliegenden Kopie, dann musterte er Eva erneut. Konzentriert widmete er sich dem Ausfüllen verschiedener Bögen, dabei klickte er immer wieder mit dem Kuli.

Eva schaute sich in dem Flurstück um, das sie von nun an jeden Tag passieren würde. Über ihr waren in jeder Ecke zwei Kameras auf sie gerichtet, die wie Metallaugen wirkten. Es gab kein Fenster, nur das Kunstlicht der Röhren. Ihr fiel auf, dass an den umliegenden Metalltüren die Griffe fehlten. Wenn Frey nicht den entsprechenden Knopf drücken würde, wären sie hier hermetisch abgeriegelt. Grund genug, es sich nicht mit ihm zu verscherzen.

Eva sah ungeduldig auf die Uhr, obwohl erst wenige Minuten vergangen waren, und trat von einem Fuß auf den anderen. Sie hasste es, zu warten. Sie wusste, dass Frey seine Arbeit nur gewissenhaft machen wollte, dennoch war sie genervt. Er war noch jung, höchstens Anfang zwanzig, hatte dunkle Haare und einen spärlichen, dünnen Schnauzbart. Sicher hatte er sich den stehen lassen, um älter und männlicher auszusehen.

»Ihre Tasche«, forderte Frey jetzt barsch und riss sie aus ihren Gedanken.

Schnell schob sie ihre taubenblaue Tasche durch die Öffnung. Sie war ein Geschenk von ihrem jüngeren Bruder Patrick zu ihrem letzten Geburtstag gewesen, und Eva liebte sie wegen ihrer Geräumigkeit, der vielen Innenfächer und des butterweichen Leders. Frey schüttete den Inhalt auf seinen Tisch, breitete alles vor sich aus, zog jedes Innenfach auf, um es zu kontrollieren. Eva verstand, dass er das tun musste, dennoch versetzte es ihr einen Stich, dass er so mit ihren privaten Dingen umging.

Endlich warf er alles achtlos wieder hinein.

»Hier ist Ihr vorläufiger Dienstausweis«, schepperte jetzt seine Stimme, während er ihr die Tasche zusammen mit dem Dokument zurückschob. »Unterschreiben Sie bitte den Empfang an der markierten Stelle, und zeigen Sie ihn bei jeder Schleuse unaufgefordert dem Wachhabenden.«

Nichts lieber als das, dachte Eva. Während sie den Text überflog, stempelte Frey mit einem lauten Knall eine der Kopien.

Eva erhielt eine leise Ahnung davon, wie sich Menschen fühlen mussten, die hier einen Angehörigen besuchen wollten.

»Sie können jetzt passieren.« Frey betätigte den Öffnungsmechanismus der nächsten Tür, und ein Surren ertönte.

Eva nickte ihm zu, ignorierte seinen argwöhnischen Blick, verkniff sich allerdings jegliche Grußformel.

Nachdem sich die nächste Tür hinter ihr zugeschoben und mit einem dumpfen Geräusch verriegelt hatte, war es absolut still. Jetzt war sie wirklich und wahrhaftig weggeschlossen, schoss es ihr durch den Kopf. Sie ging weiter geradeaus, ihre Schritte hallten in dem langen Flur. Klaustrophobie sollte man hier nicht haben, dachte sie gerade, als am anderen Ende des Ganges ein weiterer Beamter auftauchte, der ihr freundlich zunickte. Sofort hielt sie ihm ihren vorläufigen Dienstausweis hin, den sie gar nicht erst in die Tasche gesteckt hatte.

»Willkommen!«, sagte der bullige Wachhabende und wies den Gang entlang. »Ich hatte Sie schon erwartet, Sie waren uns ja angekündigt worden. Ich bringe Sie jetzt zur Schlüsselausgabe. Morgen können Sie dann gleich hier vorne rechts die nächste Schleuse passieren.«

Eva nickte und folgte ihm durch einen weiteren schmucklosen Flur, von dem verschiedene geschlossene Türen abgingen. Man hörte nichts außer dem Quietschen ihrer Schritte auf dem ausgetretenen Linoleumboden und dem metallischen Klirren des Schlüsselbunds, den der Mann an einer langen Kette bei sich trug. Kein Mensch war zu sehen. Die Atmosphäre war das komplette Gegenteil zu einem Vormittag, wie sie ihn aus dem Krankenhaus kannte, wo es rund um die Uhr brummte wie in einem Bienenstock und sie sich oft mehr Ruhe gewünscht hatte.

Sie kamen zu einem Raum, der rundum von deckenhohen Regalen mit Kleidung, Schuhen und Hygieneartikeln gesäumt war. Hier wurden die Inhaftierten mit den notwendigsten Dingen ausgestattet. Ohne ein Wort verschwand der Mann, der sie hergebracht hatte.

»So, da haben wir Sie also, die Frau Doktor«, lächelte

der zuständige Justizvollzugsbeamte sie an. Sein breiter Schnurrbart war am Ende gezwirbelt und hätte besser zu einer Trachtenjacke als zu seiner Uniform gepasst. »Ludwig Hackl, habe die Ehre!«, sagte er und wies mit einem gewissen Stolz hinter sich. »Seit fünfzehn Jahren für alles hier zuständig.«

Eva lächelte und reichte ihm die Hand, die er jedoch nicht bemerkte, weil er bereits ihr Namensschild und einen dicken Schlüsselbund aus einer Kiste holte.

»Ich habe Ihre Schlüssel mit Nummern versehen, damit Sie sich zurechtfinden. Die Generalschlüssel sind farbig: Weiß für den Krankentrakt, Grün steht für den Altbau, in dem die Untersuchungshäftlinge einsitzen. Der blaue Schlüssel für den Männertrakt und der rote für die Frauen. Rosa hatte ich nicht vorrätig.«

Hackl grinste breit, wobei die Enden seines gedrehten Schnurrbarts fast seine Schläfen berührten.

Eva musste gegen ihren Willen über seinen schlechten Witz schmunzeln, räusperte sich und deutete auf eine schwarze Trillerpfeife, die sie am Schlüsselbund entdeckt hatte.

»Ist die für das Fußballspiel im Hof?«, scherzte sie nun ihrerseits.

»Lachen Sie nicht, Frau Doktor. Ein Pfiff bedeutet, dass Gefahr im Verzug ist. Ich hoffe, Sie werden die nie benötigen.« Seine Stimme klang eindringlich und hatte nichts mehr von dem Charme, den er zuvor versprüht hatte. »Bitte achten Sie strikt darauf: Jede Tür muss verriegelt sein. Ohne Ausnahme. Immer auf- und dann wieder zuschließen, verstehen Sie? Auch wenn Sie nur kurz aus dem Raum gehen. Unsere Gäste hier warten bloß auf eine Gelegenheit, abzuhauen. Oder jemanden als Geisel zu nehmen. Damit ist nicht zu scherzen.«

Dann trat Hackl auf sie zu und musterte sie mit gerunzelter Stirn von oben bis unten. Eva schaute an sich herab und versuchte zu ergründen, was ihn störte. Sie hatte für ihren ersten Tag eine dunkelblaue Chino und eine farblich passende Strickjacke gewählt, unter der sie ein weißes Poloshirt trug. Schnell öffnete sie ihren Trench und beeilte sich zu sagen: »Stimmt etwas nicht? Ich wurde darauf hingewiesen, dass ich besser Hosen trage und generell darauf achten soll, mich nicht zu auffällig zu kleiden.«

»Nein, nein, das passt schon. Aber Ihre Hose hat weder Schlaufen noch einen Gürtel«, entgegnete Hackl. »Den Schlüsselbund einfach so in der Tasche zu tragen, ist für die Jungs hier drin geradezu eine Einladung zum Diebstahl. So schnell können Sie gar nicht gucken, glauben Sie mir. Oder Sie lassen den irgendwo liegen ... Deshalb sollte das Ding unbedingt an der Dienstkleidung fixiert werden. Sehen Sie, so wie bei mir.«

Sein Schlüssel war mit einer Kette und einem Ring sowohl an der Gürtelschlaufe seiner Hose wie auch an seinem breiten Ledergürtel befestigt. Mit ernster Miene händigte er Eva dennoch den Schlüsselbund aus. Der brachte locker ein Kilogramm auf die Waage. Sie konnte sich kaum vorstellen, dass man den bei diesem Gewicht überhaupt vergessen konnte.

»Dieser Schlüssel ist hier Ihre Lebensversicherung«, gab Hackl mit eindringlicher Stimme zu verstehen.

»Verlieren Sie ihn, wird jede Tür automatisch verriegelt, bis der Bund wiederaufgetaucht ist. Solange kommt keiner mehr irgendwohin. Wirklich niemand. Und wir, die wir hier Tag und Nacht unseren Dienst verrichten, hassen das, Frau Doktor.«

Nachdem sie alles an sich genommen hatte, begleitete Hackl sie durch den nächsten Gang bis zu dem begrünten Innenhof, über den sie zu den fünf anderen großen Gebäuden der Anstalt gelangen würde.

»Ich möchte von hier an allein gehen«, bat Eva beherzt, als sie ins Freie traten.

Hackl legte den Kopf schief, zwirbelte an den Enden seines Schnurrbarts und schien nachzudenken, was er von diesem Ansinnen halten sollte.

»Ich möchte nicht, dass die Gefangenen denken, dass ich Begleitung brauche. Sie wissen schon. Als Frau. Es sind doch nur ein paar Meter bis zum nächsten Trakt.«

Nach einer Weile nickte Hackl, wünschte ihr einen schönen Tag und schloss das Tor hinter ihr ab.

Im Hof war niemand zu sehen. Um diese Zeit hatten die Inhaftierten keinen Freigang und waren in den Gebäuden beschäftigt, die vierstöckig neben Eva aufragten. Auf jeder Mauer ringsum sah sie gerollten Stacheldraht und in einigem Abstand davor zusätzliche vergitterte Absperrungen. An die Tristesse der Umgebung würde sie sich erst gewöhnen müssen.

Ein lauter Pfiff riss sie aus ihren Gedanken. Als sie sich ruckartig umwandte, war ein anzügliches Lachen zu hören. Klar, genau das hatten sie gewollt. Auch daran musste sie sich jetzt wohl oder übel gewöhnen. Das Gelächter hielt an, und sie spürte, dass sie beobachtet wurde. Eva bemühte sich, ungerührt zu wirken. Im Weitergehen entdeckte sie zwei muskulöse Arme, die zwischen den Gitterstäben obszöne Gesten machten. Sie verkniff es sich, ihren Mantel zuzuziehen, und ging einfach erhobenen Hauptes in gleichbleibendem Tempo weiter. Nur die Schlüssel in der Manteltasche umfasste sie fester. Ohne einen Blick zur Seite hielt sie auf die nächste Eingangstür zu.

Obwohl der Schlüsselbund ziemlich unhandlich war, gelang es ihr ohne Probleme, die Eingangstür zum Krankentrakt zu öffnen. Erleichtert schloss sie hinter sich ab – froh, die erste Etappe gemeistert zu haben. Vermutlich lechzten die Gefangenen nach Abwechslung, und sie wusste, dass nur wenige Frauen außerhalb des »weißen Vollzugs«, wie der Krankenbereich intern hieß, im Knast ihren Dienst taten. In Wiesheim gab es zwar auch einen Frauentrakt, der war jedoch komplett getrennt und hatte auch einen anderen Eingang. Nur die Verwaltung überstand beiden Bereichen.

Eva hatte bei ihrem ersten Besuch die knapp 7,5 Quadratmeter großen Zellen gesehen, die längst nicht mehr dem offiziellen Standard entsprachen. Eigentlich war ein Quadratmeter mehr vorgeschrieben, hatte ihr die Direktorin erklärt, doch da die bayerischen Haftanstalten ohnehin überfüllt waren, wurden die alten Gebäude weiter genutzt und an diejenigen Gefangenen vergeben, die zunächst nur in Untersuchungshaft einsaßen. Die neueren Gebäudeteile beherbergten den »normalen« Männertrakt.

Sie wandte sich zur Treppe, über die sie in die medizinische Abteilung gelangte. Selbst hier schlug ihr der abgestandene Geruch von Zigaretten entgegen. Wer nicht schon rauchte, der fing im Gefängnis damit an, hatte die Direktorin gesagt. Dennoch irritierte Eva der Geruch.

Sie sprintete die geschwungene Treppe in den ersten Stock hinauf, wo ihre Station lag. Weit über eine Dreiviertelstunde hatte sie der ganze Dienstkram gekostet, stellte sie mit Blick auf die große Uhr verärgert fest. Außer einem winzigen Regal mit dem Charme der Sechzigerjahre und einem unförmigen Gummibaum stellte sie den einzigen Schmuck in dem blassgelb gestrichenen Flur dar. Eva war auch hier überrascht von der Stille, obwohl die Sprechzeiten schon begonnen hatten. Trotzdem schien die ganze Abteilung menschenleer.

Sie beschloss, erst einmal Mantel und Tasche in ihrem Dienstzimmer abzulegen und sich dann auf die Suche nach ihrem Team zu machen. Sie betrachtete die vielen Türen, die keine Beschriftung, sondern nur Nummerierungen aufwiesen. Als sie seinerzeit mit der Anstaltsleitung hier gewesen war, hatten alle Türen offen gestanden. Jetzt sah für Eva jede gleich aus. Das hatte sie nun von ihrem Eigensinn. Hätte Hackl sie begleitet, würde sie jetzt nicht wie eine Anfängerin auf dem Flur stehen.

Egal. Sie würde das schaffen. Kurz schloss sie die Augen, vergegenwärtigte sich ihren ersten Besuch und trat dann beherzt auf die vierte Tür zu, die letzte, bevor der Gang um die Ecke verlief. Als sie gerade aufschließen wollte, brüllte jemand hinter ihr: »Halt! Sind Sie völlig verrückt geworden? Was machen Sie denn da, verdammt!«

5.

Der Mann, der Eva angeschrien hatte, war wie aus dem Nichts aufgetaucht. Sie war zurückgezuckt und hatte instinktiv die Fäuste gehoben, um sich zu wehren. Nun sah sie, dass es sich um den Krankenpfleger Hamid Erdem handelte, den sie bei ihrem ersten Besuch kennengelernt hatte. Sie kam sich irgendwie ertappt vor, so als hätte sie etwas Schlimmes getan.

Das lag vor allem an dem Blick, den Erdem ihr zuwarf, aber auch an seinen buschigen Augenbrauen, die fast ineinander übergingen und ihm eine Strenge verliehen, die so gar nicht zu dem schlanken Mann passte. Der Name des Pflegers war ihr gut in Erinnerung geblieben, denn einen türkischstämmigen Mitarbeiter zu haben, der ihr bei etwaigen Sprachschwierigkeiten mit einem Patienten helfen konnte – das war viel wert, wie sie aus ihrer Klinikzeit wusste.

»Guten Morgen!«, begrüßte Eva ihn nun und hielt ihm die Hand hin. »Der Papierkram und die Einweisung hat doch länger gedauert, als ich erwartet hatte.«

Erdem starrte immer noch auf die Tür und rührte sich nicht. »Haben Sie denn die Markierung nicht gesehen?«, schnaubte er. »Verdammt, das hätte gerade noch gefehlt heute...«

Eva drehte sich um. Jetzt erst bemerkte sie den roten Punkt neben dem Schloss, der bedeutete, dass die Tür alarmgesichert war. Sie hatte sich nur auf die Nummern der Türen und auf ihre Schlüssel konzentriert. Auch wenn er recht hatte, ärgerte Eva sich, dass der junge Mann so einen Wirbel machte. Schließlich war nichts weiter passiert. Außerdem fand sie diesen Aufruhr zur Begrüßung absolut unangemessen. Da sie an ihrem ersten Tag nun schon zum zweiten Mal so unfreundlich behandelt worden war, fiel ihre Antwort entsprechend barsch aus: »Das wäre sicher vermeidbar gewesen, wenn mich irgendjemand hier erwartet und begrüßt hätte, oder was meinen Sie?«

Sie ließ den Satz einen Moment im Raum stehen und fuhr dann resolut fort: »Jetzt entschuldigen Sie mich, es ist schon spät, und ich würde gerne mit meiner Arbeit anfangen.«

Wenn alle hier in der Anstalt diesen Ton draufhatten, gab es für sie künftig auch keinen Grund, die Kollegen mit Samthandschuhen anzufassen.

»Meine Sprechstunde müsste doch schon losgehen, oder?«, fragte sie. »Können Sie mich ins Bild setzen, was heute zu tun ist? Wo haben Sie die Akten?« Sie sah Hamid Erdem prüfend in die Augen, der immer noch reglos vor ihr stand.

»Wir haben die Methadonausgabe am Morgen schon allein vorgenommen... Na ja, und als Sie dann noch nicht hier waren...«, er suchte nach Worten. »Wir dachten, dass die Schlüsselausgabe mitsamt der Belehrung noch länger dauert, und haben Ihre Termine deshalb vorsichtshalber geschoben.«

Eva strich sich nachdenklich den Nacken und sah dabei zu Boden. Vielleicht war sie doch zu gereizt aufgetreten.

»Wegen der Belehrung zu den Schlüsseln also. Tja, die hätte vielleicht noch etwas ausführlicher ausfallen können, nicht?«, bemerkte sie nun mit gespieltem Ernst und zwinkerte dem Pfleger zu, dem sein Auftritt mittlerweile doch leidzutun schien. »Wie wäre es, wenn wir jetzt die Zeit nutzen und Sie mir berichten würden, was heute alles ansteht, Herr Erdem? Oder nenne ich Sie Hamid?«

Der Pfleger nickte eifrig: »Hamid, bitte. Das sagen alle hier. Warten Sie.« Er half Eva umständlich aus ihrem Mantel und wies ihr dann mit der Hand den Weg. »Kommen Sie. Es war alles etwas schwierig in den letzten Tagen und Wochen ohne eine Ärztin. Wir sind so was von froh, dass Sie jetzt endlich an Bord sind.« Er zögerte kurz und murmelte dann: »Auch wenn das vorhin vielleicht nicht so rüberkam.«

Das hörte sich schon besser an. Eva folgte ihm zum allerersten Zimmer im Gang, das Hamid gleich aufschloss. Zwei Pflegerinnen waren gerade damit beschäftigt, eine Lieferung Verbandsmaterial in einen großen Schrank einzuräumen.

»Frau Korell, schön, dass Sie da sind!«, sagte die Ältere, die einen pfiffigen Kurzhaarschnitt trug. Eine Strähne in ihren braunen Haaren war blondiert. Die

Frau war vermutlich Anfang fünfzig, und ihr fester Händedruck und der offene Blick gefielen Eva. Sie strahlte etwas angenehm Bodenständiges aus. »Lisbeth Haberer ist mein Name. Und das hier ist unsere Jasmin Burgmeister.« Die Ältere nahm die Jüngere an den Schultern. »Sie ist erst seit einem Monat in unserem Team, macht sich aber ganz prima. Jasmin hat ein feines Händchen für unsere Patienten hier. Sie können sich nicht vorstellen, wie handzahm die bei ihr sind.«

Die junge Frau wich Evas Blick aus und errötete sogar, als sie Eva die Hand gab. Ihre langen sandfarbenen Haare fielen ihr ins Gesicht, sodass man nur einen Teil davon sehen konnte. Sie litt unter starker Akne, die sie sicher mit dieser Frisur kaschieren wollte. Doch die braunen Augen und die dichten dunklen Brauen machten sie attraktiv, genau wie ihre geraden weißen Zähne. Nur die Brille war unvorteilhaft gewählt und wirkte altbacken.

Jasmin entsprach mit ihrer schüchternen Art absolut nicht dem Bild, das Eva sich von einer jungen Frau machte, die in einem Gefängnis arbeitete. Aber stille Wasser waren ja bekanntlich tief. Vielleicht war das glitzernde Piercing in ihrer Oberlippe ein Detail, das darauf hoffen ließ.

»Selbst die alten Knurrbacken, die immer rumstänkern, werden weich, wenn sie mit ihr zu tun haben«, fügte Lisbeth hinzu.

Jasmin zog die Schultern zusammen und knibbelte an ihren Fingernägeln. Es war ihr sichtlich unangenehm, im Mittelpunkt zu stehen. Deshalb lenkte Eva das Gespräch schnell auf ein anderes Thema. »Wo wir jetzt hier alle zusammen sind: Ich freue mich auf unsere Zusammenarbeit und hoffe, dass ich mich schnell zurechtfinden werde. Dabei müssen Sie alle ein wenig mithelfen, fürchte ich. Hamid hat mich gerade schon davor bewahrt, meinen ersten Tag mit einem Fehlalarm zu beginnen. Dann wäre zwar wirklich auch der letzte Inhaftierte über meine Ankunft informiert gewesen, aber viele Freunde hätte ich mir damit vermutlich nicht gemacht, oder?«

»Beginnen wir doch einfach damit, dass ich Ihnen unsere Räume zeige, damit Sie sich besser zurechtfinden«, antwortete Lisbeth. Zuvor wies sie Jasmin an, sich zum Schießtraining zu melden. Hamid sollte sich um die Patienten kümmern, die zur Sprechstunde kamen. Dann wandte sie sich wieder Eva zu: »Das Verbandszimmer hier kennen Sie ja schon. Nebenan ist unser Labor, in dem wir Blut abnehmen und Medikamente ausgeben. Wenn Sie da mal ein Problem haben, der Panikknopf ist unterhalb der Tischplatte.« Danach schloss sie die Tür hinter sich ab und ging mit Eva durch den Gang.

»Einen Stock tiefer haben wir neben den sechs Krankenzimmern, die augenblicklich nicht belegt sind, noch die gefängniseigene Apotheke, im Raum direkt daneben erfolgt am Morgen die Methadonausgabe.« Mit vielsagendem Blick hielt Lisbeth den entsprechenden Schlüssel hoch. »Auf den sind die Gefangenen besonders scharf, denn mit Medikamenten kann man sich hier drinnen die eine oder andere Verbesserung erkaufen. Mit diesem Schlüssel wäre man der ungekrönte König des Knasts«, erklärte Lisbeth und öffnete das Behandlungszimmer.

Der Raum war nicht groß, aber funktional eingerichtet mit einer Liege, einem Paravent, hinter dem sich die Patienten entkleiden konnten, einem Waschbecken und diversen medizinischen Plakaten, wie sie es aus normalen Arztpraxen kannte. Eine Durchgangstür führte direkt im Anschluss weiter zu ihrem privaten Dienstzimmer, in dem sie sich nach den Behandlungen und in den Pausen aufhalten konnte.

Eva schaute hinein: Es hatte zwar zwei große, vergitterte Fenster, besonders hell war es dennoch nicht. Doch es gab einen kleinen Tisch mit zwei Stühlen, in dessen Mitte ein bunter Blumenstrauß stand. Auf der anderen Seite des großen Raumes befand sich, genau wie im Behandlungszimmer, ein Schreibtisch mit PC und einem völlig neu wirkenden, ledernen Drehstuhl sowie eine Garderobe, an der Hamid zuvor schon ihren Mantel aufgehängt hatte. Außerdem gab es eine etwas betagte Ledercouch mit einem Beistelltisch, auf dem verschiedene Fachzeitschriften gestapelt waren.

»Nicht sehr komfortabel«, kommentierte Lisbeth und wischte über die Lehne des Sofas, so als könne das mehr Glanz in das Zimmer bringen.

»Ach was, mir reicht das völlig. Und danke für die Blumen! Die sind doch sicher von Ihnen?«

Lisbeth schwieg, lächelte jedoch vielsagend und ging wieder zurück in das Behandlungszimmer.

Eva durchquerte langsam den Raum und roch an dem Herbstblumenstrauß aus Rosen, Hagebutten und

Johanniskraut, der einen frischen Duft verströmte. Eine wirklich nette Geste, die einige Eindrücke des Morgens wieder geraderückte. Sie seufzte und beschloss, möglichst bald ein buntes Bild zu besorgen, irgendeine Landschaftsfotografie, um dem Zimmer die Tristesse zu nehmen. Und ein paar Fotos, damit sie sich nicht völlig fremd fühlte. Eva stellte ihre Tasche auf einem der Stühle ab und folgte Lisbeth, die inzwischen den PC angestellt hatte und ihr ein kleines schwarzes Telefon hinhielt.

»Das ist Ihr Funktelefon. Für die Kurzwahlnummern habe ich Ihnen einen Zettel unter beide Schreibtischunterlagen gelegt, damit Sie Bescheid wissen, wie Sie uns am besten erreichen. Das Wichtigste an dem Telefon ist allerdings dieser Clip. Den können Sie im Fall einer direkten Bedrohung einfach abziehen. Er löst dann innerhalb von drei Sekunden Alarm aus. Es kann automatisch lokalisiert werden, wo die Aktivierung ausgelöst wurde, und eine halbe Minute später stehen Vollzugsbeamte in voller Kampfmontur bereit. Das Gerät funktioniert im gesamten Gebäude, und Sie tragen es am besten immer bei sich. Sie sehen also, Sie müssen sich keine Sorgen machen. Hier kann Ihnen nichts passieren.«

Als Eva gerade noch einmal nach Jasmin fragen wollte, unterbrach ein schrilles Klingeln das Gespräch.

»Ah. Unser erster Kandidat für heute. Überpünktlich wie immer, nehmen Sie sich also ruhig die Zeit, sich vorher die Akte anzusehen. Die Klingel stelle ich aber wieder leiser, damit Sie nicht gestört werden.«

»Läuft das immer so?«

Lisbeth nickte. »Die Kranken bekommen von uns einen Termin und klingeln draußen an der Tür, wenn sie von dem Beamten gebracht werden. Wir setzen sie dann in das Wartezimmer, das von innen keine Klinke hat. Schauen Sie, auf dem Bildschirm hier können Sie die wartenden Patienten sehen, damit Sie den Überblick behalten. Mehr als drei lassen wir ungern gleichzeitig da sitzen. Wenn einer auffällig geworden ist, bleibt der Wachmann dabei. Aber das ist eher selten der Fall. Die meisten genießen es, hier im Wartezimmer einfach in Ruhe zu quatschen, ohne großartig beaufsichtigt zu werden.«

»Und das gibt keine Probleme? Ich meine ...«

»Ich verstehe schon. Natürlich gibt es Inhaftierte, die die Gelegenheit nutzen, um hier zu dealen. Die haben alle ihre Tricks, Sachen heimlich von A nach B zu bringen. Das würden die aber bei jeder sich bietenden Gelegenheit tun. Wer es darauf anlegt, findet hier drin für viele Dinge einen Weg, auch wenn das offiziell niemand zugeben würde. Aber wundert Sie das? In den endlos langen Stunden in ihren Zellen kommt denen freilich jede Menge Unsinn in den Kopf. Ich könnte Ihnen Sachen erzählen ...«

Eva lächelte, unterbrach die Pflegerin jedoch freundlich: »Das verschieben wir besser auf ein anderes Mal. Ich würde jetzt gerne anfangen. Trotzdem danke, dass Sie sich so viel Zeit für mich nehmen.«

Lisbeth nickte und sah auf die Uhr. »Oje. Jetzt habe ich mich wirklich verquatscht. Entschuldigung. Nur noch zu unserem ersten Patienten da draußen: Er war vergangene Woche wegen eines Hexenschusses hier und kommt zur Kontrolle. Heute haben wir ohnehin nur leichte Fälle. Es war nichts allzu Dringliches dabei.«

Bevor sie das Zimmer verließ, sagte Lisbeth noch: »Wenn Sie mit der Sprechstunde durch sind, könnte ich Ihnen noch unser Ablagesystem und den Rechner erklären. Und ich würde Ihnen gerne unsere Apotheke zeigen, damit Sie wissen, was wir vorrätig haben ... Jetzt lasse ich Sie aber wirklich alleine, damit Sie sich in Ruhe die Akte anschauen können. Wenn Sie später soweit sind, drücken Sie einfach die Neun am Telefon, dann ertönt ein Zeichen in unserem Büro, und ich bringe Ihnen den Patienten.« Sie zögerte einen Moment, dann fügte sie ernst hinzu: »Schön, Sie hier zu haben, Frau Dr. Korell. Ich bin froh, dass wir wieder eine Frau an Bord haben.«

Eva hätte schwören können, dass Lisbeth noch etwas auf dem Herzen hatte, doch bevor sie danach fragen konnte, war die Pflegerin schon draußen.

Eva atmete einmal tief durch. Sie legte die Arme auf den Schreibtisch und merkte dabei, dass er wackelte. Kurzerhand nahm sie ein Blatt, faltete es ein paarmal, schob es unter das Tischbein und prüfte dann den Stand. Jetzt war das Ding stabil. Als sie wieder hochkam, fiel Evas Blick auf das Übertragungsbild aus dem Wartezimmer. Ihr erster Patient saß alleine darin. Sofern man von sitzen sprechen konnte, er hing vielmehr krumm auf dem Stuhl. Eva beschloss, ihn nicht länger warten zu lassen, schließlich hatte Lisbeth ihr schon das Wichtigste gesagt. Sie prägte sich den Namen auf der Akte ein, sperrte die Türe auf, holte den Mann selbst hinein –

wie sie es aus dem Krankenhaus gewohnt war – und schloss sowohl die Türe zum Wartezimmer wie auch die zum Behandlungszimmer sorgfältig. Den Schlüssel deponierte sie vorsichtshalber in der Schublade.

»Guten Morgen, Herr Baumgärtner. Ich bin Eva Korell, die neue Anstaltsärztin. Meine Mitarbeiterin hat mir gesagt, dass Sie Kreuzschmerzen hatten. Wie fühlen Sie sich denn heute? Geht es schon besser?«

Der Mann stöhnte und schimpfte los: »Die Mittel sind viel zu schwach, die mir die Schwester gegeben hat. Die hat ja auch keine Ahnung. Sehen Sie selbst, ich kann kaum sitzen, und liegen ist die Hölle. Ich brauche was Stärkeres.«

»Können Sie den Schmerz lokalisieren? Wo genau tut es Ihnen weh?«

Eva ließ sich seine Beschwerden detailliert beschreiben, obwohl der Patient nun völlig entspannt dasaß.

»Ich schaue mir das mal genauer an. Könnten Sie bitte den unteren Bereich des Rückens frei machen?«

Er schob sein Oberteil unter heftigem Stöhnen ein Stück nach oben, bewegte sich aber recht flüssig. Eva zog den Bund seiner Jogginghose ein Stück tiefer und sah direkt in die Augen einer Wildkatze – ein aggressiv wirkendes Tattoo, das den ganzen unteren Rücken bedeckte. Eva schluckte kurz und konzentrierte sich dann wieder auf ihre Arbeit. Vorsichtig befühlte sie die infrage kommende Stelle. Noch bevor sie überhaupt Druck ausübte, stieß der Patient einen Schmerzenslaut aus. »Passen Sie doch auf!«

Eva ließ sich nicht irritieren. Sie war sich sicher, dass

er simulierte. Dennoch führte sie ihre Untersuchung gründlich durch. Als sie fertig war, bedeutete sie ihm, sich wieder zu setzen, nahm an ihrem Schreibtisch Platz und notierte sich den Befund, während sie ihm alles erläuterte.

»Ich kann keine Schwellung oder Blockade im unteren Lendenwirbelbereich mehr feststellen. Um die verbliebene Verspannung in den Griff zu bekommen, verordne ich Ihnen ein Mittel zur Muskelentspannung. Wichtig ist für Sie jetzt Bewegung. Ich werde auf Ihrer Station Bescheid geben, dass Sie eine Stunde länger Hofgang bekommen. Dadurch erreichen wir ganz sicher eine Lockerung. Außerdem ist Wärme wichtig. Dafür verschreibe ich Ihnen ein Wärmekissen mit Aktivkohle.«

Eva wollte gerade Lisbeth bitten, alles Notwendige zu veranlassen, als Baumgärtner sich über den Schreibtisch beugte und sie wütend anknurrte.

»Haben Sie eigentlich zugehört?«

Eva hielt irritiert inne und richtete ihren Blick auf den Mann, der sie wütend anblaffte: »Diese Scheißkohle kannst du behalten. Gib mir was Anständiges! Ich habe verdammte Schmerzen, kapiert?«

Eva hielt es für besser, den Wechsel in der Anrede nicht zu kommentieren und sachlich zu bleiben. Außerdem entschied sie sich für den Moment dagegen, die Neun zu wählen, um Lisbeth zu holen. Sie wollte nicht gleich beim ersten pampigen Patienten um Hilfe bitten. Wenn Sie sich nicht aus der Reserve locken ließ, würde Baumgärtner sich schon wieder beruhigen. Bestimmt wollte er sie nur testen.

»Glauben Sie mir, Bewegung ist viel besser geeignet, um...«

»Haben Sie Ihr Studium im Lotto gewonnen, oder was? Ich bin völlig schief! Deshalb müssen Sie mir, verdammt noch mal, was gegen die Schmerzen geben, das sieht doch ein Blinder. Wieder mal typisch, dass wir hier drin die unfähigsten Leute abbekommen. Mit uns kann man das ja machen.« Die Kiefer des Mannes arbeiteten unablässig und er sah sie durch schmale Augenschlitze an. Seine Aggressivität ließ die Luft im Raum vibrieren.

»Wie bitte?«, fragte Eva irritiert, bemühte sich aber weiter, souverän zu bleiben. Wenn er nerven wollte, prima. Das konnte sie auch. »Ich kann Ihnen gerne an diesem Schema erklären, warum Schmerzmittel in Ihrem Fall nicht helfen.«

Eva stand auf und wollte zu dem Plakat an der Wand gehen, auf dem ein menschlicher Körper mit all seinen Schichten abgebildet war, als der Mann behände hinter sie sprang und ihr so den Rückweg zum Telefon abschnitt. Er stand direkt vor ihr, sie spürte die Wärme seines Atems im Gesicht, der faulig und nach Tabak roch. Eva harrte aus, wollte keinesfalls zurückweichen oder ihn provozieren.

Baumgärtner tat nichts weiter, als sie anzustarren. Schweißperlen bildeten sich auf seiner Stirn, und sein Unterkiefer schob sich weiter permanent von einer Seite zur anderen. Als er keine Anstalten machte, sie anzugreifen, wies Eva ihn in resolutem Ton an: »Setzen Sie sich sofort wieder hin, oder ich rufe jemanden. Und dann bekommen Sie gar nichts von mir.«

»Das würde dir so passen, was? Du verschreibst mir jetzt sofort was gegen Schmerzen, sonst ...«

»Sonst was?«, fragte sie und richtete sich weiter auf, sodass sie ihn jetzt ein Stück überragte. Sie hielt seinem Blick stand. Baumgärtner grinste schief, beugte sich noch dichter zu ihr hin, bleckte die Zähne und raunte in ihr Ohr: »Sonst werde ich dir zeigen, wie sich Schmerzen anfühlen.«

Eva überlegte fieberhaft, was sie tun konnte. Der Schlüssel mit der Trillerpfeife war in der Schublade, zwischen dem Funktelefon und ihr stand Baumgärtner.

»Sie setzen sich jetzt hin«, sagte sie leise. »Haben Sie verstanden? Sofort. Auf diese Art erreichen Sie bei mir nichts. Absolut gar nichts.«

Ihre letzten Worte wurden von dem ohrenbetäubenden Heulen einer Sirene verschluckt. Dann wurde bereits die Tür aufgestoßen. Hamid und Lisbeth schauten irritiert von Eva zu dem Gefangenen.

»Feueralarm«, schrie Lisbeth gegen den Lärm an. »Das Gebäude muss evakuiert werden. Wir müssen raus, auf den Hof. Herr Baumgärtner, Hamid bringt Sie zu Ihrer Abteilung.«

»Ich will meine Medikamente!«, brüllte Baumgärtner aufgebracht.

»Raus!«, kommandierte Hamid scharf und packte den Mann unsanft am Arm. »Alles Weitere klären wir später.«

»Wir sind noch nicht fertig!«, hörte sie Baumgärtner auf dem Gang gegen die Sirene anschreien. »Wir sprechen uns noch, Frau Doktor!«

»Alles in Ordnung?«, fragte Lisbeth besorgt.

»Nichts passiert«, beruhigte sie Eva.

Sie kehrte noch einmal zu ihrem Schreibtisch zurück, um ihren Schlüsselbund zu holen, und verriegelte danach sorgfältig die Tür hinter sich.

6.

Gemeinsam mit Lisbeth eilte Eva die Treppe hinunter auf den Hof, nun doch erleichtert, so glimpflich aus dieser brenzligen Situation entkommen zu sein. Lisbeth hatte keine weiteren Fragen gestellt, sondern ihr Schweigen respektiert. Da die Pflegerin nach einem Blick auf das Gebäude keinen Rauch gesehen und auf einen Fehlalarm getippt hatte, beschloss Eva, ein Stück über den Hof zu laufen. Die anderen Bediensteten blieben zusammen unweit des Gebäudes stehen, doch sie war einfach zu aufgewühlt. Außerdem war es ihr peinlich, dass sie gleich am ersten Tag in eine solche Situation geraten war.

Mit jedem Schritt beruhigte sich Evas Puls etwas. Die Situation eben hatte ihr doch einen ziemlichen Schrecken eingejagt, und sie bildete sich immer noch ein, Baumgärtners Atem zu riechen.

Während sie langsam den Weg entlangging, wanderte ihr Blick über das Gelände. Außer Jasmin und Lisbeth sah sie ausschließlich Männer, die lässig in kleineren Gruppen zusammenstanden und die Zwangspause während des Alarms zum Rauchen nutzten.

Einige der Inhaftierten musterten sie unverhohlen. Eva wusste nicht, ob es an dem Zusammentreffen mit Baumgärtner lag oder ob sie heute generell empfindlich war, aber in diesem Moment kam sie sich vor wie bei einer Fleischbeschau. Sie trug zwar eine lange Hose und ein hochgeschlossenes Oberteil, dennoch wünschte sie sich jetzt ihren Mantel herbei, der ihre Körperformen verhüllt und in einer gewissen Weise auch neutralisiert hätte. Dabei hatte sie sich bei ihrem Einstellungsgespräch sogar gefreut, als sie hörte, dass es in Wiesheim nicht vorgeschrieben war, weiße Sachen zu tragen. Im Krankenhaus war sie durch diese Uniformierung automatisch in ihre Rolle als Ärztin geschlüpft, hier hingegen wurde sie sich plötzlich ihrer eigenen Weiblichkeit wieder sehr bewusst. Allerdings in einer Art und Weise, die sie verunsicherte. Erst recht nach dem Vorfall in ihrem Behandlungszimmer.

Eva zog ihre Strickjacke eng um sich. Ansonsten konnte sie nichts tun, als ein Stück weiter weg zu gehen, den Abstand zu vergrößern. Mit einem Mal war sie wie erschlagen von den ersten Eindrücken, brauchte Zeit, sich zu sammeln.

Durch das Zusammentreffen mit Baumgärtner begriff sie nun auch, warum sie für diese Stelle auf Herz und Nieren geprüft worden war. Mit ihrer medizinischen Eignung hatten die Fragen im ersten Einstellungsgespräch eher wenig zu tun gehabt.

Die Direktorin hatte ihr erklärt, es sei bei den Häftlingen wie in der Hundeerziehung: Bei jedem Kontakt müsse völlig klar sein, wer das Sagen hatte. Jede

Schwäche und Unsicherheit würden die Inhaftierten gnadenlos ausnutzen, um sich Vorteile zu erschleichen, Chaos zu verursachen oder einen Fluchtversuch zu unternehmen.

Eva hatte ihr damals zwar zugehört, sich aber nicht im Geringsten ausgemalt, wie schnell eine solche Situation entstehen konnte. Natürlich war ihr klar gewesen, dass sie es mit Mördern, Vergewaltigern und Kinderschändern zu tun haben würde. Doch auch in der Notaufnahme hatte sie sich ihre Patienten nicht aussuchen können. Im Gegenteil: Sie hatte sich immer bemüht, alle Patienten gleich zu behandeln, denn jeder, der erkrankt bei ihr erschien, hatte eine Familie, Menschen, die sich sorgten, für die der Betreffende wichtig war. Aus leidvoller Erfahrung wusste sie, wie grauenhaft die Sorge um geliebte Menschen war – und wie wichtig damit ihre Arbeit.

Die Behandlung eines völlig harmlosen Hexenschusses hatte sie jedoch nicht für problematisch gehalten – und sie ärgerte sich über ihren Leichtsinn. Eva beschloss, bei ihrer Rückkehr noch einmal Baumgärtners Akte zu sichten und dies in Zukunft unter keinen Umständen mehr zu versäumen, um immer bestens auf ihr Gegenüber vorbereitet zu sein.

Ansonsten entschied sie, den Vorfall unter der Überschrift »Erfahrung« zu verbuchen. Abgesehen von dem gehörigen Schrecken war nichts weiter passiert, und sie war sich relativ sicher, dass sie die Situation auch ohne den Alarm in den Griff bekommen hätte.

Mehr denn je wollte sie sich und ihrem Team jetzt

beweisen, dass sie dem Job gewachsen war. Mit hocherhobenem Kopf ging Eva weiter durch die Hofanlage. Ihr fiel vor allem der tadellose Zustand der Wege, Bäume und Grünflächen auf. Nirgends lag ein Stück Papier oder eine Kippe herum. Die Blumenbeete wirkten zwar ein wenig trostlos, dafür war der alte Baumbestand aber prächtig, und das Laub färbte sich gerade bunt.

Sie schaute noch einmal zum Krankengebäude zurück und sah, dass Feuerwehrleute gerade in den benachbarten Trakt liefen. Die Pause würde wohl noch eine Weile dauern, also konnte sie den Moment zum Ausruhen nutzen. Es war sicher einer der letzten warmen Tage, denn nachts wurde es bereits empfindlich kalt.

Mittlerweile hatte sie ein paar Meter Abstand zu den Gefangenen und fühlte sich nicht mehr beobachtet. Eva ging auf eine Bank in der Sonne zu, setzte sich, legte den Kopf zurück und schloss die Augen. Ihre Wirbelsäule knackte bei dieser Bewegung, deshalb dehnte sie ihren Nacken vorsichtig in alle Richtungen.

Seitlich von ihr, im Schatten eines Gebäudes hinter einem Gebüsch, bemerkte Eva eine Gruppe von fünf Männern, die sich weitab von den Bewachern aufhielt. Unauffällig suchte sie die Umgebung ab, ob sie vielleicht einen Vollzugsbeamten übersehen hatte, aber sie konnte niemanden in Uniform entdecken.

Die Männer diskutierten heftig und fuchtelten mit den Händen herum. Es sah aus, als würde gerade ein erbitterter Streit entstehen.

Eva tat so, als würde sie etwas vom Boden aufheben, nahm dabei die Trillerpfeife – über die sie sich am Morgen noch amüsiert hatte – fest in die Hand und näherte sich langsam der Gruppe. Die fünf Männer waren aus verschiedenen ethnischen Gruppen: Zwei hatten hohe Wangenknochen und schienen aus dem osteuropäischen Raum zu stammen, einer war blutjung und vermutlich aus Nordafrika, die beiden anderen waren wohl von hier, wobei einer durch seine geringe Größe auffiel. Er hatte etwas Unangenehmes an sich. Eva hoffte, noch ein paar Schritte heranzukommen, um etwas von dem Inhalt des Gesprächs aufschnappen zu können. Zwar unterhielten sie sich nun ruhiger, dennoch war sie sich sicher, dass die Kerle etwas aushecken.

Der Älteste mit der Hakennase, der dicht neben dem Unangenehmen stand, hatte offenbar das Sagen und gestikulierte, als würde er Kommandos geben. Doch noch bevor sie in Hörweite war, löste sich die Gruppe auf, und die Männer verstreuten sich im gesamten Innenhof.

Jetzt erst nahm sie die Geräte wahr, die sie bei sich trugen. Instinktiv machte Eva kehrt. Einer tat so, als würde er harken, doch Eva spürte deutlich, dass er sie genau im Blick behielt. Ein anderer näherte sich parallel zu ihr der Menschenmenge, im exakt gleichen Tempo.

Eva ließ sich nicht irritieren und steuerte auf die große Gruppe zwischen Männertrakt und Krankengebäude zu. Sie hatte heute schon einmal eine Situation unterschätzt und wollte diesen Fehler nicht wiederholen. Sie ging direkt zu einem Wachmann, um ihm von ihrer Beobachtung zu berichten. Der Beamte war Anfang dreißig und so hager, dass er fast in seiner Montur versank. Sofort nahm er Haltung an, als sie sich näherte.

»Hallo, ich bin die neue Ärztin.« Eva reichte ihm die Hand. »Eine Frage: Die Männer, die den Gartendienst verrichten, bleiben die während ihrer Tätigkeit unbeobachtet?«

Er runzelte die Stirn. »Niemals.« Er suchte angestrengt mit seinen Augen den Hof ab, deutete dann sichtbar erleichtert auf einen Vollzugsbeamten, der vor einer Mauer stand und gerade einem der Männer aus der Gruppe Feuer gab.

»Der Kollege hat die Jungs immer im Blick, da kann ich Sie beruhigen. Aber er kann natürlich nicht jeden an die Hand nehmen, wenn Sie das meinen. Ist Ihnen etwa einer von denen zu nahe gekommen?« Schon griff er zu seinem Funkgerät.

»Nein, nein. Das nicht. Die Gruppe hatte sich nur abseits zusammengestellt und schien über irgendetwas zu streiten.«

Er seufzte und steckte das Funkgerät wieder weg. »Na ja, das ist nicht weiter ungewöhnlich. Es gibt öfter Spannungen zwischen den Inhaftierten.«

»Es sah für mich eher aus, als würden sie etwas aushecken. Einer war richtig aggressiv. Als sie mich bemerkten, sind sie blitzschnell auseinandergegangen. Ich kann Ihnen zeigen, wer dabei war ...«

»Haben sie etwa wieder jemanden mit ihren Geräten bedroht?«

Eva verkniff sich den Kommentar, dass das sein Kollege hätte mitbekommen müssen, der angeblich so gut auf die Männer aufpasste, blieb jedoch hartnäckig: »Davon habe ich nichts mitbekommen. Ich glaube vielmehr, die Männer führen etwas im Schilde. Das war ganz deutlich zu spüren. Einer von ihnen beobachtet mich seither.«

Der Beamte ließ seinen Blick über den Hof wandern, zählte offenbar die Männer durch. »Die scheinen jetzt alle wieder ihrer Arbeit nachzugehen. Ich bin offen gestanden froh, dass heute alles so friedlich ist. Das ist nicht immer so bei einem Alarm, das kann ich Ihnen flüstern.«

Tatsächlich waren die Männer jetzt über den Hof verstreut und arbeiteten konzentriert. Nur der Große mit der Hakennase beobachtete Eva immer noch. Er schien zu grinsen.

»Schon gut. Sie müssen es ja wissen«, antwortete Eva schließlich. Vielleicht hörte sie nach dem Vorfall mit Baumgärtner tatsächlich die Flöhe husten.

Der Beamte tippte an seine Mütze und wanderte dann mit gewichtigem Schritt an der Gruppe von Inhaftierten vorbei, die unter seiner Obhut standen.

Eva schaute noch einmal in Richtung ihres Beobachters. Genau in dem Moment gab der dem jungen Nordafrikaner ein Zeichen, der sich sofort in Bewegung setzte. Also doch.

Evas Aufmerksamkeit war geweckt. Langsam ging sie in Richtung des Krankentrakts, genau wie der Mann, dessen Blick eindeutig auf Evas Mitarbeiter gerichtet war, die gerade mit einem der Feuerwehrmänner sprachen. Was hatte der nur vor?

Auch Eva beschleunigte ihren Schritt. Der Mann steuerte nun direkt auf Hamid zu, der ein Stück von der Gruppe entfernt stand und mit seinem Handy beschäftigt war. Der Häftling hatte eine Heckenschere in der Hand.

Alarmiert packte Eva ihren Schlüsselbund fester und tastete wieder nach der Trillerpfeife. Der Mann behielt sie im Auge, beschleunigte weiter seinen Gang, war jetzt nur noch wenige Meter von Hamid entfernt und rannte fast. Warum sah denn keiner hin?, fragte sich Eva verzweifelt. Sie beeilte sich noch mehr, hob schon die Pfeife zum Mund, da schlug der Mann einen Haken, drehte lachend ab und machte sich mit großer Geste am Geäst einer Hecke zu schaffen.

Eva schaute verwirrt zwischen ihm und seinen Kumpels hin und her. Ihr Herz raste.

Der Mann mit der Hakennase stand lässig auf seine Harke gelehnt da und sah sie triumphierend an. Sie hatten sie verarscht. Eva konnte den Impuls, ihm den ausgestreckten Mittelfinger entgegenzuhalten, gerade noch unterdrücken. Stattdessen steckte sie resolut ihren Schlüsselbund ein, straffte die Schultern und ging die letzten Meter zu ihrem Team, ohne sich noch einmal umzudrehen.

»Fehlalarm, wie ich vermutet hatte«, klärte Lisbeth sie auf. »Gleich können wir wieder rein und an die Arbeit. Sollen wir vielleicht jetzt die Besichtigung der Räume im unteren Geschoss vorziehen? Bis die Gefangenen alle wieder in ihren Räumen sind, ist es schon fast halb elf, und danach muss noch kontrolliert werden, ob jeder an seinem Platz ist. Ich kann mir nicht vorstellen, dass die Herren dann vor dem Mittagessen noch einmal ausrücken dürfen. Insofern hätten wir Ruhe und Zeit dafür.«

Lisbeth ließ Eva nicht aus den Augen. Sie schien darauf zu warten, dass sie etwas sagte. Für einen Moment überlegte Eva, ihr von dem seltsamen Gehabe des Gärtnertrupps zu erzählen. Sie blickte sich noch einmal um, doch mittlerweile war der Anführer nicht mehr zu sehen.

»Dann mal los!«, verkündete Eva geschäftig und klopfte ihrer Mitarbeiterin auf die Schulter. Sie musste einfach lernen, diese Dinge besser einzuordnen und an sich abprallen zu lassen. Je schneller, desto besser.

7.

Mit gesenktem Kopf saß Nicole an einem kleinen Tisch in einer Caféfiliale. Ihr Kopf dröhnte, obwohl sie schon zwei Aspirin genommen hatte. Eigentlich hätte sie etwas essen müssen, bekam aber seit gestern einfach keinen Bissen herunter. Sie wusste nicht, ob es an der Kopfverletzung lag oder am fehlenden Schlaf. Nachdem sie am vergangenen Abend in ihr Bett gekrochen war, hatten sie Albträume geplagt. Immer wieder schreckte sie schweißnass hoch. Einmal schien es ihr sogar, als sei jemand in der Wohnung, so real wirkten ihre Träume.

Am Morgen war sie noch gut aus dem Bett gekommen, im Laufe des Tages waren die Kopfschmerzen jedoch unerträglich geworden, bis es einfach nicht mehr ging und sie bei jedem Schritt dachte, sie müsse sich übergeben. Vermutlich hatte die Ärztin gestern recht gehabt. Sicher hatte sie eine Gehirnerschütterung.

»Geht das schon wieder los?«, hatte ihr Chef sie angeherrscht, dem ihr Verband und ihr schlechter Zustand aufgefallen waren. Nur mit Mühe konnte sie ihn davon überzeugen, dass sie bloß schnell beim Arzt ihren Kopf checken lassen und danach sofort wieder ihren Dienst antreten würde.

Nicole hatte gehofft, es würde ihr besser gehen, wenn sie sich einen Moment setzte, sich ausruhte und etwas zu sich nahm.

Aber es wurde nicht besser. Sie konnte einfach nicht aufhören, nachzudenken. Über sich. Über Robert. Eine Gänsehaut überlief sie bei dem Gedanken daran, wie sie gemeinsam mit ihrem Mann vor einem Jahr die Nachrichten angesehen hatte. Vergeblich versuchte sie sich zu erinnern, wie er reagiert hatte. War er betroffen gewesen? Oder irgendwie fasziniert? Wieder stiegen ihr die Tränen in die Augen, so sehr sehnte sie sich nach einer Lösung, nach einem Ausweg.

Sie müsse sich Hilfe suchen, hatte die Ärztin gesagt.

Die Frau konnte nicht wissen, wie gerne Nicole das täte. Der Satz ging ihr nicht mehr aus dem Kopf, wuchs sich zu einem Mantra aus, obwohl ihr klar war, dass die Ärztin von den Schnitten an ihrem Arm geredet hatte und nicht von ihrem entsetzlichen Verdacht.

Ins Leere starrend, saß Nicole an dem Bistrotisch, der Schmerz pulsierte rhythmisch in ihrer Schläfe.

Wäre sie doch bloß in der Lage, die Schmuckdose zu ignorieren, so wie sie es gestern in der ersten Panik hatte tun wollen. Doch das ging nicht. Sie konnte sich nicht einfach so verhalten, als wisse sie von nichts. Sie verbarg wichtige Beweise. Machte sich womöglich strafbar. Egal was danach geschehen würde: Sie musste die Schmuckstücke der Polizei übergeben. Doch was, wenn ihr Gefühl sie nicht trog? Wenn Robert nicht der Täter war? Würde man ihm das Ganze dann nicht trotzdem in die Schuhe schieben, jetzt da er ohnehin im Knast saß? Würde man vielleicht sogar sie beschuldigen, mitgemacht zu haben? Gewusst zu haben, dass er Frauen brutal vergewaltigte?

Wer würde ihr glauben, dass sie von nichts gewusst hatte? Die Polizei? Sie schüttelte den Kopf. Oft genug hatten die Nachbarn den Notruf gewählt, wenn Robert sie geschlagen hatte. Doch immer war es ihm gelungen, die Beamten abzuwimmeln. Er hatte einfach irgendwelche Geschichten erzählt. Es sei etwas heftig beim Sex zugegangen oder der Fernseher sei gelaufen, ein übler Film, sie wüssten schon. Kein Grund zur Sorge. Sie hatten ihm geglaubt. Jedes Mal. Natürlich nicht zuletzt deshalb, weil Nicole selbst mitgespielt und ihren Mann nie angezeigt hatte.

Sie hatte zu ihm gehalten. Immer. Egal was geschah.

Und wenn Robert es doch getan hatte? Wenn sie sich täuschte und er tatsächlich ein brutaler Vergewaltiger war? Konnte die Polizei sie dann beschützen?

Natürlich konnte sie abhauen. Irgendwann müssten sie nach ihr suchen, und die Beamten würden ganz zufällig auf die Beweise stoßen. Das war alles nur eine Frage der Zeit. Aber selbst wenn Robert verurteilt würde, irgendwann wäre er wieder auf freiem Fuß. Wie lange saß man für Vergewaltigung? Konnte man ihn für den Selbstmord des Opfers ebenfalls belangen? Waren es fünf Jahre? Zehn? Egal. Irgendwann wäre er wieder draußen. Nicole war sicher, dass er keine Ruhe geben würde, bis er sie aufgespürt hatte und sie ihre verdiente Strafe erhielt. Es half nichts wegzulaufen.

Es gab keinen Ausweg. Nicht für sie.

Nicoles Atem ging stockend, es fiel ihr schwer, wieder in die Realität zurückzufinden. Ihre Gedanken liefen Amok. Sie hatte solche verdammte Scheißangst. Wenn das alles herauskäme, würde sie ganz sicher ihren Job verlieren. Ihr Chef wartete nur darauf, dass sie sich einen Schnitzer leistete. Das spürte sie. Ohne Job konnte sie die Raten für die Wohnung nicht zahlen. Sie würde auf der Straße stehen. Keinen Fuß mehr auf den Boden bekommen. Die Geschichte würde an ihr kleben wie der Geruch von Erbrochenem. Jeder würde die Nase rümpfen. Würde glauben, sie habe von all dem gewusst.

Ihr Magen hob sich, sie schmeckte Galle. Gereizt schob sie den Teller mit der Breze von sich, sodass er hart gegen ihre Tasse krachte. Zu spät griff sie danach, und ihr Espresso ergoss sich über den Tisch. Hastig zog Nicole Papiertaschentücher aus ihrer Handtasche und wischte die Lache auf, bevor sie die Zeitung durchtränken konnte, die dort gelegen hatte.

Sie war einfach peinlich! Wie konnte man so blöd sein?

Rasch tupfte sie die Zeitung trocken, die an einer Ecke doch etwas abbekommen hatte. Nicole wollte sie gerade wegräumen, als ihr Blick auf ein Porträt fiel. Ungläubig knüllte sie die nassen Tücher zusammen, legte sie auf den Teller und stellte ihn zur Seite.

Bedächtig faltete sie die Zeitung auf. Sie kannte die Frau auf dem Bild. Das war die Ärztin von gestern, die sie auf der Straße versorgt hatte. Ihre Augen überflogen die Zeilen. Der Artikel war kurz, nur eine Notiz zum Dienstantritt der neuen Anstaltsärztin in der JVA Wiesheim.

Ungläubig blinzelte sie. Das konnte kein Zufall sein: erst die spontane Hilfsbereitschaft gestern und jetzt der Artikel.

Robert war in Wiesheim inhaftiert: Kannte die Ärztin ihn vielleicht sogar? Wusste sie einen Rat? Konnte sie irgendwie herausfinden, ob er mit diesen Vergewaltigungen zu tun hatte?

Nicole zog die Adresse aus ihrer Tasche und starrte darauf. Dr. Eva Korell. Die Frau hatte sich um sie gekümmert. Völlig selbstlos, ohne sie zu kennen. Würde sie ihr noch einmal helfen?

Wieder blickte sie auf die Adresse. Als Ärztin unterlag sie der Schweigepflicht.

Kurz entschlossen nahm Nicole einen großen Bissen von der Breze, kramte dann ihr Portemonnaie heraus und beeilte sich, zu zahlen. Vielleicht gab es doch so etwas wie Schicksal.

8.

Ein wunderbarer Geruch nach Meeresfrüchten stieg Eva in die Nase. Sie stand mit einem Glas Gavi am Terrassenfenster im Wohnzimmer ihrer Freunde und schaute auf die riesige Kastanie im Garten, die von einem Strahler beleuchtet wurde. Im Hintergrund hörte sie Ann-Kathrin und ihren Mann liebevoll in der Küche streiten, dann schepperte Geschirr, und Victor schimpfte lauthals. Ann-Kathrin betrat eilig das Zimmer. Ihre leichte graue Wolljacke war ihr über die rechte Schulter gerutscht, und ihre kurzen braunen Locken wirkten zerzaust. Wie immer, wenn Ann-Kathrin in etwas vertieft gewesen war.

»Mach dich auf was gefasst: Der Meister hätte gerade beinahe die Paellapfanne vom Herd gestoßen und hat sich zu allem Überfluss bei seinem Rettungsversuch die Hand verbrannt...« Ann-Kathrin imitierte gekonnt den verzerrten Gesichtsausdruck ihres Mannes.

»Soll ich mal nach ihm schauen?« Eva war schon auf dem Weg in die Küche, aber Ann-Kathrin hielt sie am Arm zurück.

»Bist du verrückt? Wenn er kocht, geht sein südländisches Temperament mit ihm durch. Die Paella ist wichtiger als Leib und Leben. Er würde dir vermutlich nur die Tür an den Kopf schlagen, um sein Werk vor weiteren Schäden zu bewahren.«

Wie zur Untermalung hörten die beiden Frauen nun laute spanische Flüche aus der Küche. Sie schauten einander an und schüttelten sich vor Lachen aus.

»In der Küche ist Victor ein echter Held. Er trägt seine Verletzungen wie Errungenschaften aus einer siegreichen kriegerischen Auseinandersetzung. Ich wette, er wird sie dir gleich ohne mit der Wimper zu zucken zeigen und behaupten, dass er rein gar nichts davon spürt. Aber wehe, du bist nachher weg...«

»Er ist eben ein leidenschaftlicher Mensch«, erwiderte Eva.

»So kann man es auch sehen. Ich würde es eher als kindisch bezeichnen.«

»Ach komm. Dafür liebst du ihn doch, oder?«

»Wie verrückt!« Ann-Kathrin strahlte über das ganze Gesicht und hob ihr Glas, um mit Eva anzustoßen.

»Schön, dass ihr euch gefunden habt«, sagte Eva und betrachtete liebevoll ihre beste Freundin.

»Und es ist noch viel schöner, seit wir dich hier haben«, ergänzte Ann-Kathrin und drückte sie einmal fest. »Meine zwei wichtigsten Menschen in direkter Reichweite. Es tut so gut, dich nicht nur einmal im Jahr zu sehen! Telefonieren ist einfach nicht dasselbe.«

Eva nickte, lächelte kurz, wandte dann den Kopf ab und schaute wieder nach draußen.

»Tut dir die Trennung noch immer weh?«, fragte Ann-Kathrin vorsichtig. »Entschuldige, ich bin heute total unsensibel. Ich hätte daran denken müssen, dass du nicht aus völlig freien Stücken umgezogen bist.«

»Ach was«, erwiderte Eva, drehte sich wieder zu ihrer ältesten Vertrauten um und bemühte sich um ein Lächeln. Sie vermisste ihren Exfreund nicht. Im Gegenteil. Aber sie schämte sich, das zuzugeben. Es hätte ein merkwürdiges Licht auf sie geworfen, wenn der Mann, mit dem sie drei Jahre zusammengelebt hatte, keine Lücke hinterließ. Allerdings gab es noch eine andere Sache, von der Ann-Kathrin nichts ahnte. Bis heute hatte Eva nicht den Mut gefunden, ihrer Freundin davon zu erzählen. Damit sie ihr Unbehagen nicht bemerkte, wechselte Eva rasch das Thema. »Du hast dir gar nichts vorzuwerfen. Ich bin doch auch froh, wieder nah bei dir zu sein, und freue mich auf das, was vor mir liegt. In meinem Leben gibt es schließlich viel Luft nach oben.«

»Wenn du reden willst, du weißt ...«

»Worüber reden, osita mía?«, unterbrach Victor das Gespräch. »Etwa über den Artikel über unsere berühmte Eva in der heutigen Tageszeitung?«

»Den ... bitte was?«, fragte Eva verständnislos und trat zu Victor. Er stellte gerade die dampfende Paellapfanne in die Mitte des massiven runden Eichentischs. Hier bei den Delgados wurde traditionell mit großen Silberlöffeln, die von Ann-Kathrins Großmutter stammten, direkt aus der Pfanne gegessen. Sie kombinierten sozusagen die südländischen Genüsse mit deutscher Wertarbeit.

»Sag bloß, du weißt gar nichts davon? Dein Dienstantritt im Gefängnis war sogar einen Artikel in der Tageszeitung wert. Mit Foto! Du wirst noch berühmt, Eva. Vielleicht schreibst du bald sogar ein Buch, wie dieser Schauspieler, der auch im Gefängnis arbeitet ... Dios mío, ich habe den Namen vergessen.«

»Ein Foto? Zeig her.«

»Eigentlich müssen die vorher fragen.« Ann-Kathrin eilte in die Küche und kam mit der Zeitung zurück.

»Das ist mein Bewerbungsfoto. Ich fasse es nicht.«

»Da siehst du, wie die mit dir umgehen, Eva«, monierte ihre Freundin.

»Immer noch besser, als wenn sie ein Foto aus der Klinik genommen hätten. Damals hatte ich noch diese furchtbare Langhaarfrisur«, sagte Eva, die interessiert die wenigen Zeilen überflog. Es war nur eine Randnotiz, den Hauptteil des Artikels nahmen die anstehenden Renovierungsarbeiten im bislang ungenutzten Teil eines Anstaltsgebäudes ein.

Aber Ann-Kathrin ließ nicht locker: »Willst du es dir nicht doch noch einmal überlegen? Ich meine, du hast doch immer gerne im Krankenhaus gearbeitet. Sicher kannst du auch hier in einer Klinik was finden. Davon gibt es in München mehr als genug, und einige haben einen wirklich guten Ruf.«

»Ich stand kurz vor einem Burn-Out, schon vergessen, Ann? Die Arbeitsbedingungen haben mich einfach krank gemacht und...« Eva brach ab. Sie wollte nicht schon wieder über ihren Ex sprechen, der sie immer uncharmant als »Arbeitsesel« bezeichnet hatte. »Ich habe mir den Wechsel gut überlegt, und die geregelten Arbeitszeiten gefallen mir. Ich habe endlich Zeit für meine Patienten, muss mich nicht mit den Krankenkassen herumärgern, habe viel weniger Nacht- und Bereitschaftsdienste...« Sie seufzte. »Außerdem reizt mich der Job. Gerade weil er so anders ist. Das ist eine echte Herausforderung. Und ich habe das Gefühl, etwas viel Sinnvolleres zu tun, eben weil sich die Leute nicht darum reißen, dort zu arbeiten. Auch dich kann ich durch die festen Arbeitszeiten viel häufiger treffen. Du hast ja selbst gesagt, wie viel dir das bedeutet.« Eva sah ihrer Freundin eindringlich in die Augen, doch die wich ihrem Blick aus und schüttelte den Kopf.

»Dich hierhergelockt zu haben, würde ich sofort bereuen, wenn dir da drin irgendetwas passiert«, murmelte sie.

»Jetzt mach aber mal halblang, Ann. Wieso soll Eva in der JVA irgendetwas passieren? Da sind Wärter und alles. Du machst dir immer viel zu viele Sorgen. Weil du ein alter Angsthase bist, osita mía. Eva kann ganz gut auf sich aufpassen, finde ich.« Victor zwinkerte Eva zu.

»Ich weiß, dass sie gut alleine klarkommt, Victor. Ich habe einfach ein komisches Gefühl bei der Sache. In dem Job bist du mit echten Kriminellen alleine in einem Zimmer ... Ich kann gar nicht begreifen, warum ihr beide das Risiko so herunterspielt.«

»In der Notaufnahme konnte ich mir meine Patienten genauso wenig aussuchen, Ann. Ich habe nicht erst gefragt, woher die Verletzung kam, sondern musste handeln. Im Knast weiß ich wenigstens, mit wem ich es zu tun habe, und kann mich entsprechend verhalten.« Eva dachte an die Episode vom Vormittag und holte kurz Luft. Wenn sie davon berichtete, würde sie Ann-Kathrin nur in Angst und Schrecken versetzen. Also erzählte sie stattdessen: »Wenn es schwierig wird und alle Stricke reißen, kann ich mir auch einen Justizvollzugsbeamten mit zur Behandlung nehmen. Die Anstaltsleiterin hat mir von einer OP erzählt, die kürzlich in einer anderen Haftanstalt durchgeführt wurde, bei der zwei Männer vom SEK während des gesamten Eingriffs mit entsicherter Maschinenpistole neben dem Operationstisch gestanden haben.«

»Ist nicht dein Ernst, Eva! Das ist ja megacool. Total aufregend, beinahe wie im Fernsehen!« Victor hob den Daumen und musterte Eva völlig fasziniert.

»Und das soll mich jetzt beruhigen? Ihr seid echt blöd, wisst ihr das? Es geht hier nicht um irgendwelche Dreharbeiten oder Filme. Ich habe dir von Anfang an gesagt, dass ich das für gefährlich halte. Was sagt eigentlich dein Bruder dazu?«

Eva zögerte mit ihrer Antwort. Sie hatte Patrick zwar erzählt, dass sie eine neue Stelle hatte, über den Arbeitgeber hatte sie allerdings geschwiegen. Sie wollte nicht, dass er sich so wie Ann-Kathrin Sorgen machte. Seit sie Kinder waren, hatte Eva immer am selben Ort wie ihr Bruder gelebt, und es war einfach an der Zeit gewesen, ihm Raum zu geben und etwas gänzlich Neues zu versuchen. Er hätte sie nie gehen lassen, hätte er Bescheid gewusst. Er hätte genau wie Ann-Kathrin nur die Risiken und nicht die Vorteile gesehen, die der neue Job mit sich brachte. Eva schaute auf die schöne Paella, dann auf die deutlich zu erkennende Brandwunde auf Victors Hand.

»Ich finde es viel krimineller, diese Paella unberührt zu lassen«, sagte sie mit ernster Miene. »Lass uns doch einfach schauen, wie es sich entwickelt. Wenn es dich beruhigt, Ann: Ich werde natürlich die Probezeit nutzen, um mir darüber klar zu werden, ob der Job etwas für mich ist oder nicht. Du kennst mich: Ich gehe kein unnötiges Risiko ein.«

Ann-Kathrin forschte in Evas Gesicht und haderte offenkundig mit sich, ob sie das Thema, das sie gerade nicht zum ersten Mal diskutiert hatten, wirklich ruhen lassen sollte. Als Eva schon glaubte, ihre Freundin hätte das Fünkchen Angst entdeckt, das heute in ihr aufgeflammt war, hob Ann-Kathrin den Kopf und hielt ihr Glas in die Mitte.

»Bueno!« Victor tat es ihr gleich. »Darauf stoßen wir jetzt an: auf den perfekten Neuanfang für Eva. Salud!«

»Salud«, stimmten auch Eva und Ann-Kathrin ein. Eva trank bloß einen winzigen Schluck, denn sie wollte am folgenden Tag absolut fit sein. Glücklicherweise hielt sie das nicht vom Essen ab.

»Es riecht köstlich, Victor!« Sie hob eine Garnele aus dem sonnengelben Reis und probierte. »Und es schmeckt wie immer... buonissimo!«

»Das ist Italienisch, Eva. Muy bien muss es heißen!« Endlich lachte auch Ann-Kathrin wieder.

Victor hob erneut das Glas und drängte Eva, mehr von ihrem ersten Tag zu erzählen. Also prostete sie den beiden zu und begann ihren Bericht. Sie hoffte sehr, der kritische Ausdruck im Gesicht ihrer besten Freundin würde bald wieder verschwinden.

9.

Obwohl es eine klirrend kalte Nacht war und der Weg von den Delgados zurück nach Obermenzing fast eine Stunde dauerte, hatte sie kein Taxi genommen, sondern ging zu Fuß nach Hause. Sie hatte zu viel gegessen, und die Unterhaltung hatte sie so aufgekratzt, dass sie ohnehin nicht sofort würde schlafen können. Außerdem mochte sie die Strecke, die sie auch ein gutes Stück an der Würm entlangführte.

Sie lief durch die menschenleeren Straßen, die um diese Uhrzeit so gar nichts von einer Großstadt hatten. Sie merkte, wie anders Berlin gewesen war, wo es Tag und Nacht nur so vor Energie sprudelte. München erschien ihr dagegen oft wie ein Dorf. Eva betrachtete die wenigen alten Einfamilienhäuser mit hölzernen Fensterläden und großen, eingewachsenen Gärten, die sich noch neben den modernen, gleichförmigen Reihen- und Doppelhäusern behaupten konnten. Sie fragte sich, wie lange noch, denn die Grundstückspreise hatten in der Stadt unvorstellbare Höhen erreicht.

Sie seufzte. Die Welt veränderte sich massiv. Der Druck, dem alle ausgesetzt waren, war immer spürbar. Die Menschen schienen nur noch zu hetzen, egal ob in der Freizeit oder im Beruf.

Auch Eva war lange einfach mitgelaufen, hatte versucht, in jedem Bereich perfekt zu sein: erfolgreich im Beruf, eine aufregende Partnerin in der Beziehung, eine gute Freundin und Schwester. Immer ein offenes Ohr, möglichst nie ein Nein. Dabei hätte sie früher erkennen müssen, dass es nicht ewig so weitergehen konnte. In der Klinik sah sie ständig Menschen, die aufgrund des Drucks in Schwierigkeiten gerieten. Sei es, dass sie vor Anstrengung kollabierten, wegen einer Unachtsamkeit einen Unfall hatten oder allem ein Ende setzen wollten, weil sie das Leben einfach nicht mehr aushielten. Zuletzt waren sie alle bei ihr in der Notaufnahme gelandet.

Sie seufzte und dachte über Ann-Kathrin nach. Die Sorge ihrer Freundin gab ihr ein tröstliches Gefühl, war aber auch eine Belastung. Sie musste erkennen, dass sie mit Ann-Kathrin viele Erlebnisse aus dem Gefängnis nicht teilen konnte, weil es sie zu sehr in ihrer Haltung bestärken würde. Wie der Fall mit dem aggressiven Typen. Und natürlich hatte Ann-Kathrin mit ihrer Sorge recht: Würden die Gefangenen, die gleichzeitig im Wartezimmer saßen, gemeinsame Sache machen, hätten Eva und ihr Team trotz des Notknopfs und der Trillerpfeife vermutlich kaum eine Chance. In ein paar Minuten konnte einfach zu viel passieren. Und es war eben auch eine Reihe Schwerkrimineller inhaftiert, denen ein Menschenleben nichts bedeutete.

Sie hatte durchaus Respekt vor der Situation. Doch wirkliche Angst kam auch jetzt nicht in ihr hoch. Was hätten sie davon? Am Ende würden die Gefangenen doch den Kürzeren ziehen, und sie hätten nach einem solchen Vorfall sicher nichts mehr zu lachen.

Außerdem war die Arbeit in einer Klinik längst unerträglich für Eva geworden: die langen Schichten und Bereitschaftsdienste, die aufgrund der dünnen Personaldecke immer häufiger geworden waren. Dazu der permanente Stress und die Verantwortung, trotz völliger Übermüdung bei den Kranken nichts zu übersehen. Gleichzeitig hatte sie der Kostendruck gezwungen, nur das Nötigste zu leisten. Oft genug hatte sie nicht einmal die Möglichkeit gehabt, eine vernünftige Nachsorge sicherzustellen. Sie war zu einer Maschine geworden, die am Ende nur noch funktionierte, und hatte nicht einmal mitbekommen, wie dabei ihre Beziehung mehr und mehr in Sprachlosigkeit gemündet war.

Sie schlug den Mantelkragen hoch und beschleunigte ihren Schritt. Sie konnte noch nicht sagen, ob die neue Stelle das Richtige für sie war. Aber als sie damals die Anzeige im Ärzteblatt gesehen hatte, schien die Schrift förmlich zu pulsieren. Ohne lange nachzudenken, hatte sie zum Hörer gegriffen und sich mit einem Kollegen verabredet, der schon eine Weile als Chirurg in einem Berliner Vollzugskrankenhaus arbeitete. Das Gespräch mit ihrem alten Freund Wolfgang hatte sie schnell überzeugt, es zu versuchen.

Bis heute hatte sie diesen für sie unglaublich spontanen Schritt noch nicht eine Sekunde bereut. Im Gegenteil: In den vier Wochen, die ihr für ihren Umzug und das Einleben in der neuen Umgebung zur Verfügung gestanden hatten, war sie bewusst viel allein gewesen, hatte sich Zeit genommen für Dinge, die sie ewig nicht mehr gemacht hatte. Sie hatte begonnen, die Stadt und ihre Umgebung zu erkunden. In der Neuen Pinakothek hatte sie eine geschlagene Stunde vor dem Bild eines Impressionisten gesessen, ohne ein einziges Mal auf die

Uhr zu sehen. Oft war sie zum Schloss Blutenburg gelaufen, um die Enten auf dem Teich zu füttern oder vor der Schlossschänke in der Frühlingssonne zu sitzen und bei einem Cappuccino ein Buch zu lesen. Und sie liebte ihr neues Heim in Obermenzing. Der Stadtteil im Westen Münchens, in dem die ehemals dörfliche, gemütliche Struktur rund um die St.-Georg-Kirche noch gut erkennbar war, hatte auch wundervolle Villengegenden, in denen Eva genauso gerne flanierte wie an der Würm.

Als sie im Internet die Anzeigen für Wohnungen durchgegangen war, hatte sie dem sogenannten »Quattrohaus« zwar zunächst skeptisch gegenübergestanden. Sie hatte nie von diesem Begriff gehört. Der Preis war es gewesen, der sie angezogen hatte. Als sie dann in den Betzenweg zur Besichtigung gekommen war, hatte sie nur wenige Minuten gebraucht, um sich zu entscheiden. Ohne Zögern hatte sie ihre Ersparnisse zusammengekratzt, um das Haus zu kaufen. »Quattro« hatte der Makler es genannt, weil es sich bei dem Objekt um eine Doppelhaushälfte handelte, die ein weiteres Mal in der Mitte geteilt worden war. So hatte Eva genau wie ihre Nachbarin, der das andere Viertel gehörte, ein echtes Haus für sich. Mit knapp 80 Quadratmetern, die sich auf drei Stockwerke verteilten, war es zwar klein, aber für sie allein absolut perfekt. Sie hatte sogar ein Büro, das sie zum Gästezimmer umfunktionieren konnte und das obendrein über ein eigenes Bad verfügte. Das Highlight war der völlig uneinsichtige Garten, der nach hinten hinausging und in dem Eva im Liegestuhl den Abend und das Wochenende genießen konnte. Mehr brauchte sie nicht.

Die Verkäuferin, die den vorderen Teil des Hauses bewohnte, war eine reizende ältere Dame, die sich nur ein einziges Mal bei ihr hatte blicken lassen: Während des Umzugs hatte sie ihr eine bayerische Brotzeit und eine Flasche Weißbier gebracht. Für Eva hatte sich alles in München bisher perfekt angefühlt. Bis auf die Bedenken Ann-Kathrins. Ihre Ängste verunsicherten Eva mehr, als sie es der Freundin gegenüber zugeben wollte.

Völlig in Gedanken bog sie in den schmalen Fußweg ein, der zu ihrem Haus führte, als sie ein leises Geräusch hinter sich hörte. Eva fuhr herum und sah die Silhouette einer Person in einem Mantel aus dem Schatten treten. Sie hob die Fäuste, bereit, sich zu verteidigen, und wollte gerade laut losschreien.

»Entschuldigung, ich wollte Sie nicht erschrecken«, beeilte sich die Frau zu sagen, deren Gesicht im Gegenlicht der Straßenlaterne nicht zu erkennen war. Obwohl die Unbekannte, die fast einen halben Kopf kleiner als Eva war, sie mit diesen Worten beruhigen wollte, zitterte ihre Stimme.

Irritiert ging Eva auf sie zu und erkannte die Frau, die sie gestern auf der Straße verarztet hatte: Nicole Arendt. Über ihre Haare hatte sie eine Strickmütze gezogen, sicher um die Wunde am Kopf zu verbergen. Ihr schmal geschnittener Mantel hatte schon bessere Tage gesehen, unterstrich jedoch ihre schlanke Erscheinung. Dazu trug sie Jeans und Turnschuhe. Eva fiel auf, dass sie nervös von einem Fuß auf den anderen trat. Sie war zwar verwundert, dass die Frau um diese Uhrzeit vor ihrer Tür stand, doch immerhin hatte sie ihr selbst die Adresse aufgeschrieben.

»Ich wollte mich noch einmal bei Ihnen bedanken.« Nicole Arendt sah zu Boden und scharrte verlegen mit den Füßen. »Und mich entschuldigen. Es war dumm von mir, gestern einfach so wegzulaufen.«

»Das wäre doch nicht nötig gewesen«, warf Eva schnell ein, der die Situation absurd erschien. Sie erinnerte sich an die Schnitte am Arm der Frau, an ihren desolaten Zustand. Sonst wusste sie nichts über sie, und nun stand sie mitten in der Nacht vor ihrer Haustür, hatte offenbar auf sie gewartet.

»Es ist mein Beruf, Menschen zu helfen. Und wie ich gestern schon sagte: Der Blazer...«

Nicole Arendt trat einen Schritt auf sie zu und unterbrach sie: »Der ist noch nicht ganz fertig. Wirklich, ich kriege das hin. Deshalb bin ich allerdings nicht hier.« Sie rang nach Worten. »Ich habe in der Zeitung etwas über Sie gelesen...«

Eva zog überrascht eine Augenbraue hoch. Sie hätte nie gedacht, dass überhaupt jemand derlei Notizen las, und stellte verwundert fest, dass sie jetzt offenbar in der halben Stadt bekannt war.

»Ich weiß, wie komisch es wirkt, dass ich mitten in der Nacht hier bei Ihnen auftauche, aber es geht um etwas Wichtiges. Wirklich. Und Sie hatten mir ja angeboten...«

Als Eva nicht reagierte, verstummte sie, richtete den Blick wieder auf die Pflastersteine, so als würde sie dort die richtigen Worte suchen.

»Sie arbeiten doch als Ärztin in der JVA Wiesheim?«, fragte sie schließlich zögernd.

»Das stimmt«, bestätigte Eva knapp. Daher wehte also der Wind. Dennoch blieb sie vorsichtig – erst recht nach den Geschichten, die sie heute erlebt hatte. Zwar war sie der jungen Frau körperlich deutlich überlegen, dennoch fischte Eva sicherheitshalber in ihrer Jackentasche nach ihrem Handy, ließ es aus seiner Hülle gleiten und stellte es an.

Nicole Arendt zog ihren Mantel enger, blickte unsicher über ihre Schulter und fuhr dann in dringlichem Ton fort: »Können wir vielleicht reingehen? Die Sache ist... ein wenig heikel«, stammelte sie. »Nicht für Sie natürlich. Aber ich kann nicht... hier draußen...«

Eva stutzte. Die Fremde mit ins Haus zu nehmen, kam definitiv nicht in Frage.

»Hören Sie, was immer Ihnen so sehr unter den Nägeln brennt, muss warten. Es ist schon spät, ich muss morgen in aller Frühe zur Arbeit und...«

»Bitte!«, unterbrach Nicole Arendt sie. Ein Auto fuhr die Straße entlang, und sie blickte sich nervös um.

»Es geht um einen der Gefangenen. Genauer gesagt um meinen Mann: Robert Arendt. Können wir bitte reingehen? Dann erzähle ich Ihnen alles... Ich kann hier draußen einfach nicht darüber sprechen. Bitte!«

Sie schaute Eva flehentlich an, doch die blieb bei ihrer Haltung und schüttelte den Kopf.

»Nein«, antwortete sie bestimmt. »Es tut mir wirklich leid, dass Ihr Mann im Gefängnis ist. Es ist sicher nicht einfach, wenn dem Partner so etwas passiert, aber ich halte ein Gespräch über ihn für keine gute Idee. Selbst wenn ich ihn kennen würde, dürfte ich Ihnen keine Auskunft geben. Sie verstehen das sicher.«

Nicole Arendt trat einen Schritt auf sie zu. Instinktiv wich Eva einen Schritt zurück. Sie empfand die Situation zunehmend als übergriffig.

»Bitte!«, bettelte die Frau weiter. »Ich habe den ganzen Abend auf Sie gewartet. Ich weiß einfach nicht, was ich tun soll. Und es ist niemand da, mit dem ich reden kann ... Es geht darum, dass Robert bald entlassen wird und er ...«

Die Frau rang nach Worten, doch Eva unterbrach sie rasch, um nicht aus Mitleid nachzugeben. »Was auch immer es ist, ich kann Ihnen nicht weiterhelfen.«

Nicole Arendt zuckte unter der Abfuhr zusammen wie ein Hund, der Schläge bekam. Sofort bedauerte Eva ihren scharfen Ton, auch wenn sie sich in der Sache völlig sicher war. Die Frau war offensichtlich in einer belastenden Situation und extrem dünnhäutig, das machten nicht nur die Schnitte an ihrem Arm deutlich.

In milderem Ton fuhr Eva fort: »Hören Sie: Wenden Sie sich doch einfach an den Anwalt Ihres Mannes. Der ist ganz sicher ein besserer Ansprechpartner für Sie und wird Sie bestimmt unterstützen.«

Eva konnte die Tränen sehen, die der jungen Frau in den Augen standen. Sie war fertig mit den Nerven. Und sie tat Eva aufrichtig leid, aber sie konnte nicht jedem helfen, der ein schlimmes Schicksal hatte. Ihr Beruf hatte sie in dieser Hinsicht glücklicherweise abgehärtet. Und ihr Leben sowieso.

»Soll ich Ihnen noch ein Taxi rufen, das Sie nach Hause bringt? Es ist schon spät.«

Die Blonde schüttelte den Kopf, murmelte etwas von einem »Kaffeegenuss« und wandte sich ohne ein weiteres Wort in Richtung Straße.

Eva ging erleichtert zur Haustür. Für einen Moment hatte sie befürchtet, die junge Frau würde erneut zusammenbrechen. Bevor sie eintrat, warf sie noch einmal einen Blick zurück, doch Nicole Arendt war bereits im Dunkel der Nacht verschwunden.

Im Schein der Laterne sah Eva nur, dass es leise zu regnen begann.

10.

Nicole schob die Tür hinter sich ins Schloss. Achtlos ließ sie ihren nassen Mantel von den Schultern auf den Boden gleiten. Die Ärztin war ihre letzte Hoffnung gewesen. Ihre allerletzte, zerplatzt wie eine Seifenblase. Nun hatte sie keine Kraft mehr. Und keine Idee, wie es weitergehen sollte.

Mit hängenden Schultern blieb sie im Flur stehen, starrte in Richtung Schlafzimmer. Bedrohlich lauerte dort das Ehebett in der Dunkelheit. Sie fröstelte. Viel zu bald würde er wieder hier sein. Sie würden das Bett miteinander teilen. Nacht für Nacht. Dem konnte sie nicht entgehen. Sie würde neben ihm liegen, seine Haut an ihrer Haut, mit seinen Händen würde er ihre empfindlichsten Stellen berühren. Und sie? Sie würde die Schreie in ihrem Inneren ersticken, würde nichts anderes tun können, als stillzuhalten, es zu ertragen. Wie sie es immer getan hatte.

Nur dass es von nun an anders war.

Es ging nicht mehr nur um Robert und sie. Die anderen Frauen würden bei ihnen sein. Sie waren schon jetzt in Nicoles Kopf. Immer öfter glaubte sie, ihre Schreie zu hören, sah ihre vor Angst geweiteten Augen. Fühlte den Schrecken, der dauerte, bis der letzte Schlag kam, der letzte Ruck, das letzte Aufbäumen. Sie kannte die Scham danach, die Stunden und Tage überdauerte. Sie wusste genau, wie es sich anfühlte. Weil auch sie ein Opfer war. Nur hatte sie ihren Peiniger selbst gewählt.

Dabei hatte sie doch nur Liebe gesucht. Geborgenheit.

Nicole sank auf die Knie, glitt weiter, bis sie ganz flach auf dem Boden lag, das glatte, kalte Linoleum ihre Wange berührte. Sie krümmte sich, machte sich ganz klein, rollte sich wie ein Embryo zusammen. So fest wie möglich hielt sie ihre Beine umklammert, versuchte, sich selbst Halt zu geben, Wärme und Trost. So hatte sie schon oft dagelegen, wenn sie Angst hatte. Um so wenig Angriffsfläche wie möglich zu bieten. Um sich zu schützen.

Sie hielt minutenlang aus. Doch die Kälte wich nicht. Sie schien mit der Nässe des Regens an ihr haften geblieben zu sein und kroch immer tiefer in sie hinein.

Und wenn er es doch nicht getan hatte?

Abrupt öffnete Nicole die Augen, starrte an die Decke. Obwohl sämtliche Beweise auf der Hand lagen, konnte sie sich nicht vorstellen, dass Robert einem Menschen so etwas antat.

Falsch.

Sie wollte es sich nicht vorstellen. Weil der bloße Gedanke unerträglich war. Natürlich, er hatte sie geschlagen, gedemütigt. Dennoch. Das, was ihr geschehen war, hing mit dem Verhältnis zwischen ihnen beiden zusammen, mit ihren Problemen. Nicht immer war ihr Leben als Paar einfach gewesen, oft rieben sie sich auf, gerieten aneinander. Wenn Robert eifersüchtig war und vor Wut raste. Aber einfach so, ohne Grund? Bei einer Fremden? Das passte nicht zu ihm.

Nicole merkte selbst, wie armselig diese Erklärung klang. Erschöpft ließ sie den Kopf in die Hände sinken, wobei ihr Blick wieder auf den Verband fiel. Sie fuhr darüber, spürte ein scharfes Ziehen in der offenen Wunde. Wie oft sie verletzt gewesen war wegen ihm.

Ein heiseres Lachen drang aus ihrem Inneren, bahnte sich seinen Weg, ging in ein trockenes Husten über, bis sie ihre Finger tief in dem noch feuchten Haar vergrub und dann laut zu schluchzen begann.

Wenn sie jemand hören könnte ... es war zu lächerlich.

Er hatte sie so oft geschlagen, dass sie längst aufgehört hatte, es zu zählen. Würde sie einem Fremden auf der Straße davon erzählen, er würde sie für verrückt halten, für eine Masochistin. Weil sie nicht ging. Nicht die Stimme erhob. Und vielleicht war es ja die Wahrheit: Wer schlägt, der missbraucht auch, vergewaltigt, tötet.

Doch ihr Instinkt sagte ihr, dass es nicht stimmte. Weil er so nicht war. Sie kannte seine Fehler. Davon hatte er weiß Gott genug. Aber diese Frauen, die Brutalität – das passte einfach nicht zu dem Menschen, den sie kannte. Sie hätte es gemerkt, wenn er sich anders verhalten hätte. Ihr innerer Radar reagierte zuverlässig auf jede seiner Stimmungsschwankungen. Es war der einzige Weg für sie gewesen, sich zu schützen, rechtzeitig Reißaus zu nehmen.

Er konnte es nicht sein. Sie kannte ihn doch.

Eilig rappelte sie sich hoch und setzte sich mit dem Laptop an den Küchentisch. Schnell hatte sie die Berichte über die Frauen gefunden. Ihre Finger rasten über die Tasten, einen Artikel nach dem anderen rief sie auf, bis sie endlich hatte, was sie suchte: die Täterbeschreibung. Ihre Augen glitten über die Zeilen, immer wieder wechselte sie zu neuen Internetseiten. Damals war die Vergewaltigungsserie eines der Hauptthemen gewesen. Sie konnte gar nicht schnell genug den Inhalt der Zeilen aufnehmen. Die Details passten absolut nicht zu ihrem Mann. Er war weder untersetzt, noch stimmte die Größe. Und dunkle Klamotten, wer hatte die nicht?

Erleichtert lehnte sie sich im Stuhl zurück und stieß stoßweise den Atem aus, den sie angehalten hatte. Also hatte ihr Gefühl sie nicht getrogen. Blieb eine Frage: Wieso waren die Sachen dann in ihrem Keller? Es war durchaus vorgekommen, dass sie in der Eile mal vergessen hatte, die Tür zu verschließen. Wer hätte dort schon etwas klauen sollen? Wäre sie aber offen gewesen, hätte im Grunde jeder ihrer Nachbarn die Sachen dort deponieren können.

Fieberhaft dachte sie darüber nach. Doch sosehr

sie es auch hoffte, sie traute diese Taten auch niemandem aus dem Haus zu. Vielleicht hatte sich Robert den Werkzeugkasten von einem Kollegen geliehen und keine Ahnung gehabt, was sich darin befand? Sie ließ sich gegen die Stuhllehne sinken und legte ihre Hand an die Wange. So musste es gewesen sein! Sie würde ihn beim nächsten Telefonat danach fragen.

Mit einem Mal fiel ihr wieder ein, dass sie seinen Anruf gestern verpasst hatte. Sie eilte in den Flur. Verdammt, das durfte nicht wahr sein! Der Anrufbeantworter blinkte erneut. Sie drückte auf die Wiedergabetaste. Er hatte nichts hinterlassen, und das, obwohl es ihm scheinbar gelungen war, die Erlaubnis für ein weiteres Telefonat zu bekommen. Dennoch wusste sie genau, dass er es gewesen war.

Er würde wütend werden. Sehr sogar.

Eine Gänsehaut überlief ihren ganzen Körper. Rasch schlang sie die Arme um sich. Sie hatte zu wenig geschlafen, vermutlich war ihr deshalb so kalt.

Nicole tappte zurück in die Küche. Sie wollte gerade den Rechner zuklappen, als ihr Blick auf ein Foto fiel, das zu dem Artikel gehörte, den sie gerade gelesen hatte. Dieses Haus. Sie kannte es. Ein Wohnblock in Moosach, in dem Robert als Reinigungskraft gearbeitet hatte. Mit zitternden Fingern zoomte sie es groß, überflog die Zeilen, die nichts mit dem Täter zu tun hatten, sondern mit dem Opfer. Nadja T. hatte vor ihrem Tod dort gelebt. Das Mädchen hatte den Überfall überlebt, hatte jedoch einen Tag nach ihrer Entlassung aus dem Krankenhaus Selbstmord begangen. Weil sie nicht mehr mit dem

Stigma leben konnte. Ihr Bild war in jeder Zeitung gewesen, im Fernsehen.

Und dieses Mädchen hatte in genau dem Haus gelebt, in dem Robert geputzt hatte. Jede Woche.

Sie biss sich auf die Unterlippe, las noch einmal den Artikel, betrachtete das Bild, wartete auf ein Gefühl. Doch da war nichts. Natürlich war er nicht der Einzige gewesen. Immer noch konnte ein Kollege, der mit ihm dort arbeitete, der wahre Täter sein. Aber der Ring lag in ihrem Keller. Nadjas Ring.

Sie durfte die Augen nicht vor der Wahrheit verschließen.

Mechanisch eilten ihre Finger wieder über die Tasten, riefen den nächsten Artikel zum Fall des Mädchens auf. Und da sah sie es: eine Skizze, die einen Rosenkranz zeigte – Teil eines Tattoos, das der Vergewaltiger hatte. Schlagartig wurde ihr übel. Robert trug ein ganz ähnliches Bild auf seinem Arm. Gefaltete Hände, um die eine solche Gebetskette gelegt war. Einige Wochen vor seiner Inhaftierung hatte er es stechen lassen.

Sie japste nach Luft. Abgesehen von der Täterbeschreibung sprach alles dafür: Er war es. Robert musste der sein, den sie suchten. Noch saß er im Gefängnis. Wenn sie jetzt nichts unternahm, würde er spätestens in drei Wochen herauskommen. Würde weitermachen mit dem, was er zuvor schon wildfremden Frauen angetan hatte. Und ihr selbst.

Die Beweise lagen in ihrem Keller. Sie konnte ihn stoppen.

Es ging nicht anders. Sie musste es tun. Aber was dann? Sie schluckte, ihre Brust schnürte sich zu. Irgendwann würde er entlassen werden. Egal wie hoch seine

Strafe ausfiele: Eines Tages wäre er wieder frei, und dann würde er sie zur Rede stellen. Die Schmuckstücke im Keller machten endgültig klar, wozu ihr Mann in der Lage war. Er würde nicht aufhören, nach ihr zu suchen, bis sie für ihren Verrat gebüßt hatte. Denn sie gehörte ihm. Nur ihm. Das hatte er ihr wieder und wieder gesagt. Deshalb durfte er auch alles mit ihr tun. Mehr als einmal hatte er demonstriert, was das bedeutete.

Und doch hoffte sie immer noch, das alles wäre nicht wahr.

Diese verdammte, miese Hoffnung. Seit Jahren war sie schon ihr ständiger Begleiter. Nur sie machte alles erträglich: Solange sie hoffte, musste sie keine Entscheidung treffen.

Und wenn doch ... wenn sie sich irrte?

Nicole schüttelte resolut den Kopf. Dann schloss sie den Laptop, löschte das Licht und rollte sich auf der Couch ein.

In das gemeinsame Bett konnte sie nicht. Nie wieder.

11.

Nachdem er sich vergewissert hatte, dass sie wieder zu Hause war, fuhr er mit dem Wagen noch einmal denselben Weg zurück, den er eine Stunde zuvor genommen hatte. Er kannte diese Gegend der Stadt nicht. Ein besserer Teil, Einfamilienhäuser, SUVs, gepflegte Vorgärten.

Langsam passierte er die Straße, schaute im Vorbeifahren in die Einfahrt, in der sie zuvor verschwunden war. Was hatte sie hier gewollt? Er parkte den Wagen eine Ecke weiter, stieg aus und schlenderte auf die andere Seite. Nachdem er überprüft hatte, dass niemand in der Nähe herumlief, ging er noch einmal zurück.

Die Dunkelheit gab ihm Schutz. Und ein Gutes hatten solche Straßen: Um diese Zeit war hier keiner mehr unterwegs. Alle hielten sich längst zu Hause auf, lagen auf ihren Ledercouches und erholten sich von ihrem stressigen Bürojob vor dem Fernseher.

Er zog sein Feuerzeug heraus, ließ es aufschnappen, zündete sich eine Zigarette an und nahm einen tiefen Zug, bevor er sich der gesuchten Adresse näherte. Noch einmal vergewisserte er sich, ob nicht doch jemand seinen Hund Gassi führte. Aber es war totenstill, alle Fenster ringsum waren dunkel oder lagen hinter heruntergelassenen Jalousien verborgen.

Rasch bewegte er sich außerhalb des Lichtkreises, den die Straßenlaterne bot. Im Schein seiner glimmenden Zigarette las er das Namensschild. Dann entdeckte er einen zweiten Eingang, ein Stück weiter entfernt. Beinahe hätte er den übersehen.

Lautlos lief er dorthin. Hier nahm er sein Feuerzeug zu Hilfe, denn er war zu weit von der Laterne entfernt. Auch der Name sagte ihm nichts.

Er ließ das Feuerzeug wieder zuschnappen.

Das alles gefiel ihm nicht.

Er musste umdenken. Dringend.

12.

Bevor sie ihren Dienst antrat, wollte Eva sich heute ein Frühstück in einem Café gönnen, das sie auf halber Strecke zwischen ihrem Zuhause und der JVA entdeckt hatte. Ihr war am Tag zuvor die geschmackvolle Dekoration der Fenster aufgefallen. Außerdem kam ihr der Name bekannt vor. Da sie schon vor sechs mit leichten Kopfschmerzen erwacht war, hoffte sie, sich nach einer deftigen Mahlzeit besser zu fühlen.

Der Gastraum war zwar groß, dennoch war die Einrichtung gemütlich, mit bunten Vasen und urigen Holztischen. Außerdem roch es köstlich nach frisch Gebackenem, und Eva liebte kaum etwas mehr als warme Schokocroissants.

Sie war um diese Uhrzeit fast allein. Nur zwei Handwerker saßen in der Nähe der Theke. Eva suchte sich einen Tisch am Fenster aus und studierte die Karte. Um die gestern versäumte Zeit wieder hereinzuholen, wollte sie heute die Mittagspause ausfallen lassen. Deshalb bestellte sie sich einen Obstsalat, Rührei mit Tomaten und Champignons, dazu Toast, einen Cappuccino und frisch gepressten Orangensaft. Das Schokocroissant würde sie sich einpacken lassen und später am Schreibtisch essen.

Nachdem sie an der Theke ihre Bestellung aufgegeben hatte, nahm sie die Tageszeitung mit an den Tisch, lehnte sich jedoch vor der Lektüre noch für einen Moment zurück und beobachtete die Radfahrer, die zügig Richtung

Innenstadt zur Arbeit fuhren. Sport war eigentlich nicht ihr Ding, aber für den Sommer war das Rad durchaus eine gute Möglichkeit, um sich regelmäßig zu bewegen. Außerdem konnte sie auf diese Art die Stadt etwas besser kennenlernen.

»Hier ist schon einmal Ihr Saft. Der Cappuccino kommt gleich«, sagte die Bedienung und stellte das Glas auf den Tisch.

Eva musterte erstaunt das blasse Gesicht der jungen Frau, die sie vorgestern verarztet hatte und die in der letzten Nacht vor ihrer Tür aufgetaucht war.

Eva verfluchte sich innerlich, als sie begriff, wieso ihr der Name des Cafés gleich so bekannt vorgekommen war: Nicht Ann-Kathrin hatte ihr vom »Kaffeegenuss« erzählt. Nicole Arendt hatte den Namen gestern vor sich hingemurmelt. In selben Moment erkannte auch die Frau sie wieder.

»Oh. Hallo.« Die Blonde trat von einem Fuß auf den anderen und griff sich an die Stirn. »Ich, ähm... Ich bringe« Ihnen sofort den Rest«, beeilte sie sich zu sagen und machte auf der Stelle kehrt.

Verblüfft schaute Eva hinter ihr her. Nicole Arendt sah in den schwarzen Sachen, die scheinbar die Dienstkleidung des Cafés waren, blass und ausgemergelt aus. Die Wunde am Hinterkopf hatte sie geschickt mit einem Dutt verdeckt.

Was für ein blöder Zufall. Doch es war zu spät, daran etwas zu ändern, deshalb versuchte Eva, sich zu entspannen, und nahm einen Schluck von ihrem Orangensaft. Der war angenehm kühl, schmeckte jedoch ein wenig zu sauer. Nachdenklich ließ sie ihren Blick erneut nach draußen wandern und erstarrte. Da war er wieder: Der alte dunkelblaue Mercedes von neulich fuhr gerade vorbei. Abrupt stand Eva auf, drängte in Richtung Ausgang, wollte, einem Impuls folgend, dem Wagen nacheilen.

Im letzten Moment konnte sie einen Zusammenstoß mit Nicole Arendt vermeiden, die gerade den Rest ihres Frühstücks brachte. Sie konnte das Tablett gerade noch ausbalancieren, sodass kein Geschirr herunterglitt, doch der Kaffee ergoss sich über die gesamte Fläche.

»Entschuldigung. Das ist mir so peinlich. Es ist meine Schuld. Warten Sie...«

Nicole stellte das Tablett ab und wischte rasch mit einem Tuch die Flüssigkeit auf.

»Das macht doch nichts«, sagte Eva beschwichtigend. »Ich habe Sie nicht kommen sehen. Der Wagen da draußen...« Wieder schaute sie aus dem Fenster, doch der Mercedes war längst verschwunden. Hatte sie sich das nur eingebildet? Eva rieb sich die Stirn und ließ sich wieder auf die Bank fallen. Sie war heute eindeutig nicht in der besten Verfassung.

»Welcher Wagen? Ich verstehe nicht...«, stammelte Nicole Arendt und holte Eva wieder in die Realität zurück. Das alles hatte nichts mit ihr zu tun. Dass irgendjemand in München diesen Wagentyp fuhr, war reiner Zufall.

»Schon gut. Nicht wichtig. Es ist ein seltenes Modell, mehr nicht.« Um von dem Thema wegzukommen, sagte Eva: »Nun haben Sie meinetwegen zusätzliche Arbeit. Entschuldigen Sie, das tut mir wirklich leid.«

Die junge Frau verzog zwar keine Miene, aber Eva entging nicht, dass sie kurz die Augen schloss, während sie mit zitternden Händen die Speisen ordentlich arrangierte. Nicoles lange, schlanke Finger, die sehr gepflegt aussahen, standen in krassem Gegensatz zu dem mittlerweile angegrauten Verband, den sie an ihrer Rechten trug.

»Waren Sie gestern noch beim Arzt?«, fragte Eva besorgt. »Sie sollten sich checken lassen. Mit so einer Kopfverletzung ist nicht zu spaßen. Sie sind wirklich übel gestürzt.«

Überhaupt wirkte die junge Frau wieder, als hätte sie einen Arztbesuch dringend nötig. Ihre blasse Gesichtsfarbe und die tief in den Höhlen liegenden Augen waren deutliche Zeichen von Schlafmangel – und vermutlich einem großen Sorgenberg.

Nicole Arendt bemühte sich um ein Lächeln, schüttelte den Kopf und nahm rasch ihr Tablett auf. »Mir geht es gut, wirklich. Mir ist die Situation nur peinlich. Mein Chef ... Sie wissen schon. Das gibt sicher Ärger. Ich hole jetzt schnell einen neuen Cappuccino für Sie. Fangen Sie doch bitte schon mit dem Essen an, es wird ja alles kalt.«

Eva schaute Nicole Arendt nachdenklich hinterher. Sie fragte sich, was diese zerbrechlich wirkende junge Frau wohl erlebt haben mochte. Auch wenn sie sich bemühte, alle Welt glauben zu machen, es sei alles in bester Ordnung, konnte man deutlich sehen, dass dem nicht so war.

Wobei ... Eva gegenüber hatte sie sich öffnen wollen. Erst gestern. Und sie hatte sie ohne Zögern abgewiesen.

Plötzlich kam sie sich schäbig und egoistisch vor. Sicher hingen Nicole Arendts Probleme mit der Inhaftierung ihres Mannes zusammen. Eva hatte noch nie darüber nachgedacht, wie ein solcher Einschnitt für die Familienangehörigen sein mochte. Vermutlich hatte Nicole Arendt Geldsorgen. Und ebenso wahrscheinlich war, dass sie Freunde eingebüßt hatte, die nichts mit einem Kriminellen zu tun haben wollten, denn die junge Frau wirkte genauso allein und verlassen, wie Eva sich oft fühlte. Sie seufzte. Gerade jetzt wog die Einsamkeit wieder schwer, nachdem sie das Automodell gesehen hatte, mit dem ihre Eltern vor Jahren tödlich verunglückt waren. Damals hatte ihre eigene Welt von einem Tag auf den anderen in Scherben gelegen.

Niedergeschlagen schaute Eva noch einmal nach draußen und suchte die Straße nach dem blauen Fahrzeug ab, bis die junge Frau wieder an ihren Tisch eilte, um das fehlende Getränk zu bringen.

»Der geht aufs Haus. Für die Unannehmlichkeiten«, sagte Nicole, vermied es jedoch, Eva anzusehen.

Bevor sie wieder davonlaufen konnte, hielt Eva sie am Arm fest. »Lassen Sie mich Ihnen bitte noch etwas wegen gestern sagen: Wissen Sie, Frau Arendt, ich bin keine Heldin. Es wirkt vielleicht auf Sie so, weil ich mich mit Menschen beschäftige, die in Not geraten sind. So wie ich auch Ihnen vorgestern geholfen habe, obwohl wir uns nicht kannten. Aber bitte sehen Sie das nicht falsch: Ich bin nicht anders oder besser als andere. Das ist einfach mein Beruf, und als Medizinerin kenne ich mich eben sehr gut aus.« Sie hielt einen Moment inne, dann fügte sie hinzu: »In allen anderen Bereichen meines Lebens bin ich oft genauso ratlos wie jedermann. Ich bin eben auch nur ein Mensch ... und obwohl es mir ehrlich und aufrichtig leidtut, dass ihr Partner in Schwierigkeiten geraten ist und er irgendetwas getan hat, das ihn ins Gefängnis gebracht hat ...«

Nicoles Kopf schnellte hoch, und mit riesigen Augen starrte sie Eva an, als wolle sie sie mit ihrem bloßen Blick zum Schweigen bringen.

Eva hätte sich ohrfeigen können. Sie hätte das Wort *Gefängnis* nicht am Arbeitsplatz der Frau erwähnen sollen. Sicher hängte Nicole das nicht an die große Glocke, hatte es ihrem Chef gegenüber vermutlich verschwiegen.

Obwohl niemand in ihrer Nähe saß, fuhr sie nun leiser fort: »Jedenfalls ... bei allem Verständnis kann ich Ihnen leider nicht helfen. Aus meiner Erfahrung kann ich nur eines sagen: Aus jeder scheinbar ausweglosen Situation gibt es einen Weg heraus, wenn man den festen Willen dazu hat. Und Geduld. Schafft man es nicht aus eigener Kraft, kann man sich Hilfe holen. Sie haben das gestern schon versucht, das weiß ich. Aber wenn ich Sie abweisen musste, heißt es nicht, dass Sie völlig allein dastehen, sondern lediglich, dass ich in dem Fall nicht die richtige Ansprechpartnerin bin. Ich muss eine Trennung zwischen meinem Beruf und meinem Privatleben machen. Aber es gibt sicher andere Menschen, die Sie fragen können. Verstehen Sie?«

Nicole Arendt nickte, ihre Unterlippe zuckte leicht, sie schien den Tränen nahe. Dann hauchte sie ein leises Dankeschön, wies mit der Hand zum Tresen, drehte sich ohne ein weiteres Wort um und verschwand in der Küche.

Großartig, dachte Eva. Hätte sie doch bloß ihren Mund gehalten. Jetzt hatte sie das arme Ding auch noch zum Weinen gebracht. Und das, obwohl es dieser tapferen Person so wichtig war, bei der Arbeit ihre Fassade aufrechtzuerhalten.

Manchmal stellte sie sich außerhalb ihrer Arbeit völlig ungeschickt an, obwohl sie es eigentlich besser wissen müsste. Auch sie hatte sich stets in Routinen geflüchtet, wenn das Leben schwierig wurde, hatte darin Halt und Stabilität gefunden. Bis heute. Dieser Job hier war vermutlich Nicole Arendts einzige Finanzquelle und sicherte der Frau ihre Existenz. Wieso sonst hätte sie sich in ihrem Zustand hierherquälen sollen? Jeder Arzt hätte sie sofort krankgeschrieben.

Das alles war nur aufgrund von Evas schlechtem Gewissen passiert. Dennoch sperrte sich etwas in ihr, konkret nachzufragen, wo überhaupt Nicoles Problem lag. Die Abgrenzungsproblematik mit der JVA war die eine Sache. Die andere war, dass Eva ihre Neigung kannte, sich mehr für andere einzusetzen, als gut für sie war.

Lustlos schaute Eva auf den Teller vor sich. Sicher war das Rührei mittlerweile längst kalt, Flüssigkeit hatte sich am Rand abgesetzt. Der Appetit war ihr ohnehin vergangen. Sie schob den Teller zur Seite und nahm sich eine Scheibe Toast.

Sie durfte sich nicht wieder in eine neue Verantwortung flüchten. Erst musste sie endlich ihr eigenes Leben auf die Reihe bekommen. Nicole Arendts Probleme, wo auch immer sie lagen, waren nicht ihre Sache. Sie war weder ihre behandelnde Ärztin noch eine Verwandte oder Freundin. Während sie auf dem trockenen Brot kaute, ließ sie dennoch der Gedanke an Nicoles verlorenen Blick nicht los.

Eva hoffte, sie würde sich noch einmal davon überzeugen können, dass die junge Frau sich wieder gefangen hatte. Doch die Rechnung wurde ihr von dem jungen Mann gebracht, der zuvor ihre Bestellung aufgenommen hatte.

Nicole Arendt tauchte nicht wieder auf, bis Eva das Café verlassen musste, um zur Arbeit zu fahren.

13.

Den ersten Teil ihrer Sprechstunde hatte Eva an diesem Tag ohne weitere Zwischenfälle überstanden. Gerade wollte sie die Akte von Robert Arendt auf ihrem Computer aufrufen, als es an der Tür klopfte. Erstaunt schaute sie auf die Uhr. Eigentlich hatte sie jetzt Pause. Doch bevor sie etwas sagen konnte, hörte sie einen Schlüssel im Schloss, und eine Frau mit wachen grauen Augen und hochgesteckten dunklen Haaren streckte den Kopf zur Tür herein.

»Guten Morgen! Störe ich Sie gerade?«, fragte die Frau.

»Ich war dabei, etwas nachzuschauen, aber das kann ich später immer noch tun. Kommen Sie doch herein.«

Eva stand auf und kam hinter ihrem Schreibtisch hervor.

Die Frau schob sich durch die Tür, schloss sie umständlich und zog dann hinter ihrem Rücken eine Tafel Schokolade sowie eine Tasse hervor, in der ein Strauß winziger orangefarbener Teerosen steckte.

»Herzlich willkommen in Wiesheim!«, sagte sie und strahlte über das ganze Gesicht. »*Erst einmal ein Kaffee* – ich dachte, das ist ein gutes Motto, wenn man hier anfängt.« Sie zwinkerte Eva zu. »Obwohl ich gar nicht weiß, ob Sie Kaffee trinken, deshalb habe ich noch die Schokolade dazugepackt. Für die Nerven«, fügte sie in munterem Plauderton an.

Ihre Besucherin war ungefähr so groß wie Eva und sehr schlank. Sie trug Jeans, weiße Sneakers, ein weißblau geringeltes Shirt und darüber einen dunkelblauen Blazer. Eva schätzte, dass sie ein paar Jahre jünger als sie selbst war, vielleicht Anfang dreißig. Und sie schien von sich selbst auf eine sympathische Art eingenommen.

»Wo bleiben meine Manieren?«, lachte die Frau und schüttelte ihren Kopf. »Ich habe mich noch gar nicht vorgestellt. Ich bin Judith Herzog und arbeite als Psychologin hier. Im Nebengebäude.« Sie deutete vage in die Richtung. »Eigentlich wollte ich gleich an Ihrem ersten Tag vorbeikommen, doch wegen des Feueralarms saß ich leider drüben fest. Ich wollte Ihnen nämlich unbedingt persönlich sagen, wie sehr ich mich freue, endlich wieder eine kluge Frau im Kollegenkreis zu haben!«

»Eva Korell. Aber das wissen Sie vermutlich schon«, sagte Eva und nahm die Tasse an sich. »Vielen Dank für die Geschenke, obwohl das wirklich nicht nötig gewesen wäre. Aber ich gebe zu, ich mag diese Art von Rosen!«

»Welche Frau mag Rosen nicht?«, kommentierte Judith Herzog und verlagerte ihr Gewicht auf die Zehenspitzen, so als warte sie ungeduldig auf etwas.

»Wollen wir uns einen Moment hinsetzen?«, bot Eva deshalb an, obwohl sie im Grunde darauf brannte, sich endlich die Akte von Robert Arendt anzuschauen. »Einen Kaffee vielleicht?«, fragte sie dann noch und deutete auf die Tasse.

»Reden gerne, einen Kaffee lieber nicht. Ich hatte heute schon zwei Espresso, das muss reichen.«

Erleichtert setzte sich Eva wieder an ihren Schreibtisch. Dann sollte der Besuch nicht allzu lange dauern. Sie arrangierte die Tasse neben der Schreibtischlampe und hielt der Psychologin noch einladend die Schokolade hin, die wiederum ablehnte.

Obwohl das Schweigen erst wenige Sekunden dauerte, fragte sich Eva bereits, worüber sie mit Judith Herzog reden sollte. Die schien die Stille jedoch nicht zu stören. Im Gegenteil: Sie betrachtete jedes Detail des Büros, so als sei sie zum ersten Mal hier. Eva fragte sich, was die Psychologin aus ihrer Art der Einrichtung und Ordnung herauslesen würde, und konnte gerade noch den Impuls unterdrücken, einen Papierstapel neu auszurichten.

»Wie lange arbeiten Sie denn schon hier?«, beeilte sich Eva zu fragen, um endlich das Gespräch in Schwung zu bringen.

»Ich bin seit fast zwei Jahren hier. Halt: drei. Wahnsinn, wie die Zeit vergeht!« Sie lächelte und sah Eva offen ins Gesicht.

Anders als sie selbst wirkte Judith Herzog entspannt und schien keinerlei Bedürfnis zum Reden zu haben.

»Sie müssen entschuldigen, dass ich so wortkarg bin«, sagte Eva schließlich geradeheraus. »Ich hatte nicht mit Ihrem Besuch gerechnet und bin noch in Gedanken bei einem Patienten.«

»Gibt es ein Problem?«, fragte Judith Herzog, rutschte auf ihrem Sitz nach vorn und setzte sich kerzengerade hin. Das Lächeln war verschwunden, und jede Faser ihres Körpers signalisierte, dass ihre Aufmerksamkeit jetzt ausschließlich ihrem Gegenüber galt.

Eva verfluchte sich innerlich. Genau diese Art von Fragen hatte sie vermeiden wollen. Vielmehr hatte sie gehofft, die Psychologin würde nach dieser Bemerkung den Rückweg antreten und sie könnten sich ein andermal zu einem Mittagessen verabreden. Aber das hatte sie natürlich nicht gesagt, sondern mit dieser Gedankenlosigkeit erst recht die Neugier ihrer Kollegin geweckt. Offenkundig würde sich Judith Herzog nun nicht so leicht abwimmeln lassen.

»Nicht wirklich. Es hat auch nicht direkt mit meiner Arbeit hier zu tun. Es war …« Eva zögerte noch, die andere miteinzubeziehen. Ihre unverhohlene Neugier wirkte nicht besonders sympathisch. Andererseits: Judith Herzog hatte ihr einiges an Erfahrung voraus und konnte ihr vielleicht einen Rat geben. »Die Frau eines Inhaftierten hat mich um Hilfe gebeten.«

Judith Herzog verzog keine Miene.

»Ich habe das natürlich abgelehnt«, fuhr Eva fort. »Dennoch beschäftigt mich dieser Vorfall. Der Frau ging es nicht gut.«

»Wie ist sie denn auf Sie gekommen? Ich meine, Sie sind doch erst seit zwei Tagen hier. Hat die Frau Sie etwa direkt vor der Anstalt angesprochen? Wollte sie vielleicht, dass Sie ihrem Mann etwas hereinschmuggeln?« Ohne eine Antwort abzuwarten, fuhr Judith Herzog fort. »Lassen Sie sich bloß nicht auf so etwas ein. Vor allem sollten Sie solche Vorfälle umgehend melden, damit das Sicherheitspersonal den Gefangenen im Auge behalten kann. Vielleicht heckt jemand etwas aus. Die haben so viel Zeit, da fällt denen immer irgendetwas ein ...«

Eva winkte ab. »Nein, nein, so war das nicht. Die Frau ist auf der Straße zusammengebrochen, und ich habe Erste Hilfe geleistet. Danach habe ich ihr meine Adresse gegeben, weil sie meinen Blazer reinigen wollte, der etwas Blut abbekommen hatte. Ich wusste zu dem Zeitpunkt natürlich nicht, dass ihr Mann hier inhaftiert ist.«

Judith Herzog zog eine Augenbraue hoch, schwieg jedoch. Eva konnte sich vorstellen, dass die Psychologin ihre Patienten mit genau dieser Art zum Sprechen brachte, denn die meisten Menschen fühlten sich unwohl, wenn sie schweigend mit einer fremden Person in einem Raum sein mussten. Wenigstens ging es ihr gerade so.

»Sie sagte, ihr Mann würde bald entlassen. Insofern

denke ich nicht, dass sie mir etwas für ihn geben wollte. Ich glaube eher, sie wollte mir etwas anvertrauen. Und ich habe gespürt, dass sie Angst hatte«, fügte Eva hinzu und schwor sich, dieses Mal das Schweigen ihres Gegenübers auszuhalten.

»Vielleicht hatte sie etwas mit seiner Inhaftierung zu tun.« Judith Herzog sah ihr mit ihren grauen Augen prüfend ins Gesicht. »Wenn der Hinweis zur Verhaftung ihres Mannes von ihr kam, wäre mir auch nicht wohl beim Gedanken an seine Rückkehr. Ganz im Gegenteil.«

Auf die Idee war Eva noch gar nicht gekommen. Unter diesem Gesichtspunkt wäre verständlich, warum die junge Frau so sehr unter Druck stand. Es würde auch die Schnitte am Arm erklären. Wenn sie sich Vorwürfe machte, war das vielleicht ihre Art, sich selbst zu bestrafen. Aber wieso sie mit Eva sprechen wollte, blieb dann weiterhin schleierhaft.

»Wie heißt sie denn? Wissen Sie das?«

»Nicole Arendt.«

»Oh«, entfuhr es Judith Herzog. »Robert Arendts Frau. Das ist etwas anderes.«

Eva merkte auf. Jetzt beschloss auch sie, hartnäckig zu schweigen. Sie hoffte, Judith Herzog damit genauso aus der Reserve zu locken, wie die Psychologin es zuvor bei ihr getan hatte.

»Er wird tatsächlich bald entlassen, hat nur noch knapp einen Monat abzusitzen«, erklärte Judith Herzog und lehnte sich in ihrem Stuhl zurück. »Eigentlich müsste er in den nächsten Tagen auch bei Ihnen vorstellig werden, denn er hat erwähnt, dass er sich vor seiner

Entlassung noch einmal gründlich durchchecken lassen wollte.«

Eva schwieg weiter. Sie fragte sich, warum Judith Herzog eben so seltsam auf den Namen reagiert hatte.

»Eigentlich rede ich natürlich nicht über meine Patienten. Da Sie meinen Befund jedoch ohnehin in seiner Akte finden werden...« Judith Herzog räusperte sich. »Also: Robert Arendt hat seine Frau jahrelang geschlagen. So wie er es dargestellt hat, war sie auch schon im Krankenhaus deswegen. Angezeigt hat sie ihn jedoch nie.« Bei diesem Satz zog Judith Herzog vielsagend die Augenbrauen hoch.

Eva hatte in ihrem Krankenhausalltag einige Frauen behandelt, die ganz offensichtlich Opfer von häuslicher Gewalt geworden waren. Und immer wieder hatte sie beobachtet, wie diese Frauen zärtlich die Hände der Männer hielten, die sie kurz zuvor windelweich geprügelt hatten. Ihr gegenüber mimten die Täter große Sorge, Unverständnis für das, was passiert war, und Reue, wenn sie sie merken ließ, dass sie genau wusste, was passiert war. Beides wirkte zumeist echt, war aber vermutlich nur dem Umstand geschuldet, dass jemand hinter ihr mieses Geheimnis gekommen war. Immer wieder hatte Eva gestaunt, wie die Paare sich bemühten, alles so darzustellen, als sei bloß ein Unfall passiert und die Beziehung sonst in allerbester Ordnung. Selbst wenn sie den Frauen Hilfe anbot, ihnen Adressen von der Opferhilfe oder von Frauenhäusern gab, wiesen die sie oft genug zurück, waren völlig gefangen in ihrem Lügengebäude.

»Arendt ist für mich ein echtes Phänomen«, unterbrach die Psychologin Evas Gedanken. »Er hofft auf einen Neuanfang und bereut das Geschehene tatsächlich. Er hat hier sogar eine Ausbildung zum Schlosser begonnen und hofft, draußen damit einen besseren Job und eine feste Anstellung zu finden. Seine Frau kam während der ganzen Zeit regelmäßig zu Besuch und ist immer solidarisch und treu geblieben.«

»Und er sitzt wegen der Tätlichkeiten gegen seine Frau ein? Sie sagten doch vorhin, sie hätte ihn nie angezeigt?«, fragte Eva nach. Nun konnte sie sich allerdings vorstellen, dass Nicole Arendt allen Grund hatte, sich vor der Rückkehr ihres Mannes zu fürchten.

»Das stimmt auch«, antwortete Judith Herzog. »Arendt sitzt wegen eines Verkehrsdelikts. Eigentlich ein recht typischer Weg. Wiederholte Trunkenheit am Steuer, die Fahrerlaubnis war ihm längst entzogen worden. Daraufhin verlor er seinen Job als Fahrer, trank natürlich aus Frust weiter und geriet dann erneut in eine Fahrzeugkontrolle. Er wurde mit zwölf Monaten Haft bestraft.« Sie zuckte mit den Schultern. »Die Geschichte mit seiner Frau kenne ich nur aus seinen Erzählungen. Deshalb denke ich auch, dass er sich wirklich ändern will. Er hätte diesen Aspekt in unseren Sitzungen schließlich für sich behalten können, denn das spielte für seine Sozialtherapie hier keine Rolle. Dabei ging es um reine Suchtprävention. Er fing ganz von selbst damit an, hatte das Bedürfnis, sich alles von der Seele zu reden. Sollte er es wirklich schaffen, seine Alkoholprobleme dauerhaft in den Griff zu bekommen, könnte gerade die passive Haltung seiner

Frau von Vorteil sein. Er rechnet es ihr hoch an, dass sie trotz seiner Fehltritte bei ihm geblieben ist und zu ihm gestanden hat. Diese Beziehung ist sein Antrieb, sein Leben wieder hinzubekommen.«

Eva nickte und rieb sich nachdenklich über den Daumen. »Und wie schätzen Sie seine Chancen ein? Aus professioneller Sicht?«

»Er hat begriffen, dass sein Verhalten falsch war. Er war in unseren Gesprächen immer schonungslos mit sich selbst, hat die Fallen erkannt, in die er früher getappt ist. Ob er allerdings seine Aggressionen künftig in den Griff bekommen wird, dazu kann ich keine Prognose abgeben. Es gibt nach der Entlassung immer eine Reihe von Frustrationsmomenten, reibungslos funktioniert der Wiedereintritt in die Gesellschaft wohl nie. Vor allem müsste er dafür unterstützend seine Therapie fortsetzen, denn wir haben hier ja nur knapp neun Monate miteinander gearbeitet, was sicher zu wenig ist. Ob er draußen damit weitermacht, weiß ich nicht, obwohl ich ihm das natürlich empfehlen werde.« Judith Herzog machte eine Pause. »Hat seine Frau denn gesagt, was sie wollte?«

Eva schüttelte den Kopf. »Nein. Dazu gab es keine Gelegenheit. Als sie die JVA erwähnte, habe ich gleich abgeblockt.«

»Na ja, vielleicht wollte sie Ihnen doch nur etwas für ihn mitgeben und wusste, dass es im Grunde nicht erlaubt ist. Ein Handy, um häufiger zu telefonieren, vielleicht. Oder Zigaretten.« Judith Herzog erhob sich. »Ich muss jetzt wieder rüber. Nur eins noch zu diesem Fall:

Die schlechtesten Chancen hat er nicht. Er liebt sie wirklich, wenngleich sich das bisher eher durch seine maßlose Eifersucht geäußert hat als durch nette Gesten. Zu den Handgreiflichkeiten kam es zumeist, wenn er getrunken hatte. Lässt er also die Finger vom Alkohol, gibt es Grund zur Hoffnung. Generell ist die Rückfallquote derjenigen, die eine Therapie besuchen, um ein Drittel geringer als bei Häftlingen, die keine durchlaufen. Mein Job macht also durchaus Sinn.« Mit diesen Worten ging sie zur Tür, ohne Eva zum Abschied die Hand zu reichen. »War schön, Sie kennengelernt zu haben. Auf eine gute Zusammenarbeit, Frau Korell!«

Eva blieb nachdenklich in ihrem Büro zurück. Einige Dinge ergaben jetzt mehr Sinn. Die scheue Art von Nicole Arendt, ihre Unsicherheit, die Narben an ihrem Arm.

Auch verstand Eva nun, warum Nicole damals an der Tankstelle niemanden anrufen wollte. Sicher lebte sie schon längere Zeit sehr zurückgezogen, um neugierige Fragen zu vermeiden, sich vor Anfeindungen zu schützen und die Fassade aufrechtzuerhalten. Damit niemand merkte, dass in ihrer Ehe etwas nicht in Ordnung war. Weil sie sich schämte für das, was geschah. Und weil ihr Mann sie glauben machte, dass es ihre Schuld war. Zu oft war Eva Zeugin solcher Manipulationen geworden.

Sie nagte an ihrer Unterlippe. Dennoch: Nicole Arendt hatte ihr in dieser Nacht etwas anvertrauen wollen. Etwas, das sie so sehr geängstigt hatte, dass sie bereit gewesen war, endlich ihre Schutzmauer zu überwinden. Eva war sicher, dass es dabei weder um ein Handy noch um Zigaretten ging. Sonst hätte sie nicht darauf drängen müssen, ins Haus zu gehen. Es war um etwas wirklich Wichtiges gegangen.

Wenn Evas Annahme stimmte, wog ihre Abweisung noch viel schwerer, als sie zuvor geglaubt hatte. Sie seufzte und sah aus dem Fenster, betrachtete die Gitterstäbe aus Metall.

Plötzlich drängte sich Eva eine ganz andere Frage auf: Wenn die Person, die Nicole geschlagen hatte, hinter Gittern saß und sie laut der Psychologin keine Schuld an der Verhaftung ihres Mannes trug, warum hatte sie an dem Tag solche Angst gehabt? Woher stammte die Verletzung an ihrer Hand? Und vor allem: Wovor war sie an der Tankstelle weggelaufen?

Oder musste die Frage lauten, vor wem?

14.

Sie war nicht zu Hause. Schon zum zweiten Mal.
Da stimmt was nicht.

Mach dir keine Sorgen. Alles ist bestens.
Du bildest dir das ein.

Ich hab das Gefühl, sie haut mir ab, Alter. Gerade jetzt!
Ich werd verrückt, wenn sie abhaut. Das schwör ich dir.

Reg dich ab. Es ist nichts. Ich hab alles im Griff.

Was redest du da, Mann? Nix hast du im Griff. Warum ist sie dann nicht rangegangen, wenn sie zu Hause war, häh? Warum? Erklär mir das! Da stimmt doch was nicht...

Ich hab dir versprochen, mich um alles zu kümmern, also kümmer ich mich, kapiert? Reg dich nicht so auf. Es ist nichts.

(Schweigen.)

Hab ich dich jemals hängen lassen?

(Wieder Schweigen.)

Also gut: Ich hab keine Ahnung, warum deine Alte nicht mit dir reden will. Ich fahr hin und seh nach. Zufrieden?

Ja. Nein. Sie war immer da, hörst du? Immer. Sie hätte sich nie getraut, nicht ranzugehen. Mich zu enttäuschen. Nie hätte die das gemacht. Irgendwas ist da nicht in Ordnung, Mann. Ich spür das!

Vielleicht ist das Telefon kaputt.
Der AB war dran.

Dann hat sie geschlafen, mein Gott. Sie arbeitet viel.

Vielleicht hat sie Tabletten genommen. Keine Ahnung.

(Schweigen.)

Bist du noch dran?

Klar, Mann. (Pause.) Wenn sie einen anderen hat, das
könnte ich nicht ertragen. Das weißt du, oder?

Ich weiß. Komm wieder runter. Da ist keiner.
Ich pass auf. Verlass dich drauf!

Warum bist du dir da so sicher?

Bin ich eben. Lass gut sein. Ich sehe nach.

Morgen?

Morgen.

(Schweigen.)

Gut, gut. Ich beruhige mich schon. Aber wenn sie
morgen wieder nicht rangeht… Oder nicht mit mir
sprechen will… (Pause.) Du bleibst an ihr dran, ja?
Du meldest dich. Wenn sie einen anderen hätte,
das ertrag ich nicht, das wäre das Ende.
Ihrs und meins, hörst du?

15.

Eva trat gerade aus ihrem Sprechzimmer, um sich die Papierakte von Robert Arendt zu holen, als ein Häftling sie ansprach, der im Flur lässig an der Wand lehnte, so als würde er auf sie warten. »Sie hatten Besuch von Frau Herzog«, sagte er wie beiläufig, musterte sie jedoch neugierig.

»Gibt es daran etwas auszusetzen?«, fragte Eva energisch. Der ironische Unterton in seiner Bemerkung war ihr nicht entgangen.

Er zuckte die Schultern. »Sie müssen ja selbst wissen, mit wem Sie sich hier in Zukunft anfreunden wollen.«

Eva legte den Kopf schief und betrachtete den Mann, dessen Art sie frech, gleichzeitig aber überaus unterhaltsam fand.

»Es geht Sie zwar nichts an, aber Frau Herzog und ich sind keine Freunde, sondern Kollegen und tauschen uns fachlich aus. Diese Zusammenarbeit begrüße ich sehr, damit ich ein optimales Gesamtbild meiner Patienten bekomme. Was nicht heißen soll, dass ich eine Freundschaft für die Zukunft ausschließe.«

Ihr Gegenüber spitzte den Mund, wobei sein helles Kinnbärtchen zuckte, und nickte sinnierend. Obwohl diese Reaktion ebenso anmaßend war wie die ganze Art seiner Einmischung, nahm Eva den Faden erneut auf. Es interessierte sie brennend, warum er ein Problem mit Frau Herzog hatte.

»Sie sind anderer Meinung?«

Er hob vielsagend eine Augenbraue.

»Verraten Sie mir vielleicht, was Frau Herzog gemacht hat, dass Sie ihre Fachkenntnis so sehr anzweifeln?«

Dünnes Eis, dachte Eva noch, doch da ließ sich die Frage schon nicht mehr zurücknehmen. Die Art des Mannes verleitete sie zu unbedachten Äußerungen. Sie musste unbedingt auf der Hut bleiben.

»Sie hält sich selbst für einen Gutmenschen, weil sie sich mit uns beschäftigt. Soziale Arbeit, Dienst an der Gemeinschaft, Sie wissen schon.« Dann grinste er breit. »Und mich hält sie für überaus gefährlich.«

»Und das sind Sie natürlich nicht.« Eva verschränkte die Arme vor der Brust und bemühte sich um einen ernsten Blick.

»Nein, das bin ich tatsächlich nicht. Es gab nur eine einzige Ausnahme. Ansonsten tue ich keiner Fliege was zuleide.«

Obwohl Eva nicht wusste, welches Delikt der Mann verübt hatte, konterte sie provokativ: »Meinen nicht alle hier drin, zu Unrecht verurteilt worden zu sein? Oder zu hart?«

»Alle – ein weiter Begriff, Frau Doktor. Ich weiß nicht, ob ich mich da einreihen möchte, aber auf meine Person bezogen, stimmt genau, was ich sage. Das kann Ihnen jeder bestätigen, der mich kennt. Und meine Strafe ist absolut angemessen.«

Kluge Antwort, das musste Eva zugeben. Um das Gespräch von Judith Herzog weg und auf den Patienten hinzulenken, versuchte es Eva mit Humor: »Hört, hört, Sie sind auch Philosoph?«

»Alles, was Sie wollen: Ich bin Leibwächter, Komplize, Pfarrer, Sozialarbeiter, Psychologe, Mediator und ja, wenn es sein muss, auch Philosoph. Mein Name ist übrigens Georg Temme.«

Der Mann gefiel Eva. »Wollen Sie eigentlich zu mir?«, fragte sie deshalb neugierig und schob die Tür auf, als er nickte. Betont langsam ging er an ihr vorbei, setzte sich auf den Stuhl vor ihrem Schreibtisch, beugte sich über die Rosen und schnupperte daran.

Eva schloss die Tür, nahm ihm gegenüber Platz und fuhr an der Stelle fort, wo sie draußen stehen geblieben waren. »Sie haben mich neugierig gemacht. Wonach richtet es sich, was Sie gerade sind, Herr Temme?«

»Ausschließlich nach meinem Gegenüber und seinen intellektuellen Fähigkeiten. Ich bin sehr anpassungsfähig, müssen Sie wissen, und möchte niemanden überfordern.«

Jetzt musste Eva endgültig lachen. Selbstbewusstsein hatte der Mann, das musste man ihm lassen.

»Dann nehme ich es mal als Kompliment, dass Sie bei mir den Philosophen herausgelassen haben. Da Sie ihn zuletzt genannt haben, scheint er in Ihrer Wertigkeit recht hoch zu stehen.«

»Das nicht. Für mich sind alle Facetten meiner Persönlichkeit gleichwertig. Doch ich gebe offen zu: Einen so angenehmen Gesprächspartner wie Sie hatte ich schon lange nicht mehr. Jedenfalls nicht hier drin.«

Eva musste aufpassen. Die charmante Art von Georg Temme hatte etwas Gewinnendes.. Aber sie durfte sich nicht von ihm um den Finger wickeln lassen. Zumal sie nicht einmal wusste, was er verbrochen hatte. Wieder einmal.

Geschäftig fügte sie deshalb an: »Was führt Sie denn zu mir?«

»Nichts. Ich bin kerngesund. Ich achte auf mich, bewege mich, schlafe viel, so gut es hier drin eben geht.«

Jetzt war es an Eva, die Augenbraue hochzuziehen. Doch bevor sie etwas sagen konnte, fuhr er bereits fort: »Ich wollte Sie kennenlernen. Da habe ich einen Migräneanfall vorgetäuscht. Ich arbeite tageweise im Knastladen und musste feststellen, dass der Umsatz von Körperpflegeartikeln gestern sprunghaft in die Höhe gestiegen ist.«

Eva wartete auf eine nähere Erklärung.

»Na ja, formulieren wir es so: Wenn Männer zu lange nur unter sich sind, mangelt es in der Regel an Hygiene. Wenn allerdings eine attraktive Frau im Revier auftaucht, dann buhlen alle um ihre Gunst. Auch was den Geruch angeht. Nun, da bin ich neugierig geworden.«

Eva musste lachen. Und gleichzeitig freute sie sich über das nett verpackte Kompliment.

»Ich hoffe, Sie sind nicht enttäuscht.«

»Im Gegenteil: Ich muss zugeben, dass Sie durchaus Ihre Reize haben. Aber Schönheit bringt mir hier drinnen nichts. Ich kann mir auch Fotos wunderbarer Frauen aufhängen, um mich zu ergötzen. Ein angenehmer Gesprächspartner ist für mich weitaus wichtiger und wertvoller. Und in dieser Hinsicht haben Sie meine Erwartungen übertroffen. Bei Weitem.«

Für einen Moment hielt Eva Temmes Blick stand. Sie

wusste nicht, was sie entgegnen sollte, denn die Nähe und Intimität des Gesprächs gingen plötzlich in eine Richtung, die ihr nicht gefiel, ohne dass sie Näheres über den Mann wusste. Sie dachte daran, wie er vorhin an den Blumen geschnuppert hatte. Manipulierte er sie? Als hätte er ihre aufkeimenden Vorbehalte gespürt, schob er seinen Stuhl zurück, strich seitlich über seine kurz rasierten Haare und stand auf.

»Ich will Ihre Zeit nicht weiter in Anspruch nehmen. Wir werden sicher noch öfter das Vergnügen haben.«

Erleichtert erhob sich auch Eva und trat hinter dem Schreibtisch hervor. Die Situation hatte sich eleganter gelöst, als sie erwartet hatte. Deshalb setzte sie nach: »Wie lange werden Sie denn noch hier inhaftiert sein?«

»Länger, als Sie hier arbeiten, könnte ich mir vorstellen.«

Sie runzelte die Stirn. »Ich verstehe nicht. Woher wollen Sie das wissen?«

Er grinste breit. »Ich habe lebenslänglich. Mord.«

Eva lehnte sich gegen den Schreibtisch. Damit hatte sie nicht gerechnet. Durch die Tätigkeit in dem Laden musste er zu den sogenannten Hausarbeitern gehören, weshalb er sich in einem klar abgesteckten Bereich frei bewegen durfte. Dass er ein Mörder war, hatte sie vor diesem Hintergrund nicht erwartet. Außerdem erzählte Temme es so, als wäre es das Selbstverständlichste der Welt. Nicht prahlerisch, sondern als wäre es etwas unwiederbringlich mit ihm Verbundenes.

»Ich würde es wieder tun, wissen Sie. Sofort. Ich habe mich direkt danach gestellt und nie bereut, den Kerl umgelegt zu haben. Ich musste das in die Hand nehmen. Er hatte es nicht besser verdient.«

»Das klingt aber gar nicht philosophisch«, versuchte Eva ihre Verwunderung mit Humor zu überspielen. Als Gewaltverbrecher hatte sie Georg Temme absolut nicht gesehen. Eher konnte sie sich ihn als Trickbetrüger oder Kleinganoven vorstellen. Vielleicht log er sie an und wollte nur ihre Reaktion testen. »Denken Sie nicht, es ist Sache eines Gerichts, die Schuld eines Menschen festzustellen und seine Strafe zu bestimmen? Haben wir nicht dafür ein Rechtssystem?«

Temme schaute an die Decke, so als wäre Eva begriffsstutzig und er müsste überlegen, wie er ihr die richtige Sichtweise der Dinge beibringen sollte. Als sein Blick wieder auf ihr ruhte, sah sie jedoch Tränen in seinen Augen.

»Er hat meine kleine Schwester missbraucht, dieses Dreckschwein. Danach hat er sie nicht nur in ihrer Wohnung verletzt liegen lassen, er hat auch ihr Handy mitgenommen und die Tür von außen zugesperrt. Mit ihrem Schlüssel. Sie war gelähmt vor Angst, weil sie glaubte, er würde wiederkommen, wenn sie zur Polizei ginge, und würde das Ganze noch einmal mit ihr machen – damit hatte er ihr bei seinem Weggang gedroht. Es hat zwei Tage gedauert, bis jemand gemerkt hat, dass etwas nicht stimmte. In dieser Zeit hat sie die Wohnung nicht verlassen, mit niemandem gesprochen. Sie hat nur geweint und sich immer wieder gewaschen, ihre Haut war schon wund und völlig gereizt vom vielen Schrubben. Ich war es, der sie gefunden hat. Völlig verstört. Und dann habe ich alles in die Hand genommen.«

Eva nickte.

»Eine Kamera im Laden gegenüber war auf den Hauseingang des Miethauses gerichtet. Er trug ihren Schlüsselbund in der Hand, als er nach drei Stunden das Haus verließ. Drei Stunden. Unvorstellbar. Genauso viel Zeit habe ich mir genommen, um ihn zu töten.«

Er hob den Blick. »Denken Sie, was Sie wollen. Urteilen Sie über mich, ich habe es nicht anders verdient. Ich weiß, dass ich nicht besser bin als er. Ich habe ihn getötet. Mit Vorsatz. Und auch dieser Schweinehund hat eine Mutter, die ihn geliebt hat und wegen ihm weint, die vor seinem Grab steht und sich fragt, warum das alles geschehen musste. Der Kerl war gerade mal zwanzig Jahre alt.« Er hielt kurz inne, suchte Evas Blick, streckte die Hand aus, legte sie sacht auf ihren Oberarm. Sie hielt still, war sich sicher, dass von Temme keine Gefahr ausging. Jedenfalls nicht jetzt, in diesem Moment.

»Aber dafür, dass meine Schwester ohne Angst leben kann, war es die Sache wert. Nachts, in ihren Träumen, durchlebt sie diese Scheiße noch immer. Selbst jetzt. Jahre später. Sie hat keine Beziehung. Und Kinder wird sie auch keine haben.« Er schluckte. »Natürlich haben Sie recht: Wir brauchen ein Gericht. Und es war absolut korrekt, dass ich schuldig gesprochen wurde. Es war eiskalt geplanter Mord.« Kurz strich seine Hand ihren Oberarm hinab, dann räusperte er sich und sagte mit deutlich lauterer Stimme: »Jetzt wollen wir mal wieder an die Arbeit. Sicher stehen die Jungs schon Schlange vor dem Laden. Es hat mich gefreut. Und wenn ich mal irgendetwas für Sie tun kann...«

Eva nickte und hielt ihm die Hand hin: »Danke für Ihren Besuch, Herr Temme. Jederzeit gerne wieder.«

Er legte zwei Finger an die Stirn und salutierte. Dann war er verschwunden. Eva blieb noch eine Weile stehen, sah weiter auf die Tür, erwartete beinahe, Temme würde noch einmal wie ein Springteufel hereinschauen und einen letzten Witz reißen. Doch die Tür blieb geschlossen.

Eva ging die paar Schritte zum Fenster hinüber und schaute durch die Gitterstäbe nach draußen. Lebenslänglich. Das waren fünfundzwanzig Jahre. Wahnsinn. Er würde vielleicht sogar in Wiesheim sterben. Aber für das Wohl eines innig geliebten Menschen nahm man so einiges auf sich. Eva wusste, wovon Temme gesprochen hatte.

Sie senkte den Kopf und steckte die Hände in die Kitteltaschen. Irritiert ertastete sie in der rechten etwas. Ein klein gefalteter Zettel kam zum Vorschein, Bleistiftschrift auf kariertem Papier, vermutlich aus einem Heft herausgerissen.

»Sie haben hier nicht nur Freunde«, stand darauf.

Eva las die wenigen Worte noch einmal. Eine Warnung. Sie hatte keinen Zweifel, wer ihr den Zettel zugesteckt hatte. Aber dass es so schnell gehen würde mit den Konflikten in der Anstalt, damit hatte sie nicht gerechnet.

Diese Nachricht war allem Anschein nach der wahre Grund für Temmes Besuch bei ihr gewesen. Und wieder gab er ihr Rätsel auf. Er hätte seine Warnung ruhig klarer formulieren können, denn nun wusste sie nicht, vor wem genau sie sich in Acht nehmen sollte. Der aggressive Kerl von gestern kam ihr als Erster in den Sinn.

Nachdenklich faltete sie den Zettel zusammen und strich die Falz glatt. Temme war ein Mörder, und es sprach einiges dafür, ihm nicht blind zu vertrauen, auch wenn sie dazu neigte, ihm seine Geschichte zu glauben. Doch das Fatale war ja, dass man Menschen ihre Bosheit zumeist nicht anmerkte.

Vielleicht führte Temme etwas im Schilde, wie die Männer neulich im Hof? Vielleicht wollte er sie manipulieren? In jedem Fall hatte er etwas gegen Judith Herzog.

Eva schaute in den Innenhof. Aufkeimender Wind strich über die Baumkronen und riss Blätter mit sich. Entschlossen knüllte sie den Zettel zusammen. Nur eines störte Eva: Warum diese Geheimnistuerei?

Egal. Sie würde wachsam bleiben.

16.

Direkt nach ihrer Doppelschicht im Café machte Nicole sich auf den Weg zur nächstgelegenen Polizeiwache. Zuvor hatte sie ihren Chef milde stimmen wollen, der momentan nicht gut auf sie zu sprechen war, und hatte nicht gewagt, sich freizunehmen. Doch die Worte der

Ärztin waren ihr den ganzen Tag nicht mehr aus dem Kopf gegangen. Und schließlich begriff sie es. Sie hatte die Wahl: ein Opfer zu bleiben oder eine Heldin zu werden. Genau darum ging es heute.

Sie konnte nicht länger darauf warten, dass ein anderer sich um ihre Angelegenheiten kümmerte, sie an die Hand nahm. Darauf hatte sie am Abend zuvor gehofft, als sie zu der Ärztin gegangen war. Doch damit musste jetzt Schluss sein. Endgültig. Sie hatte sich schon viel zu lange in ihrem Schicksal eingerichtet, wie in einer miesen Wohnung ohne Aussicht, ohne Komfort. Nur um ihr schäbiges Geheimnis zu wahren. Die bröckelnde Fassade aufrechtzuhalten. Aus Liebe, auf die schon lange kein Echo mehr kam. Und weil sie es ihm versprochen hatte: in guten wie in schlechten Tagen. Deshalb hatte sie zu Robert gehalten, sogar als er ins Gefängnis gekommen war.

Nur ging es dieses Mal nicht mehr allein um sie. Eine viel größere Verantwortung lag auf ihren Schultern. Denn egal was mit ihr selbst geschehen sollte – sie könnte nicht damit leben, wenn nach Roberts Entlassung erneut einem unschuldigen Menschen Gewalt angetan würde. Würde sie jetzt schweigen, dann wäre jeder weitere Vorfall auch ihre Schuld. Denn sie hatte alles in der Hand, um ihn zu stoppen und für einige Jahre hinter Gitter zu bringen.

Ihr Entschluss stand fest. Dennoch pochte ihr Herz wie ein flatternder Vogel in ihrer Brust. Die Angst vor den prüfenden Blicken, vor den Fragen der Beamten, denen sie in wenigen Minuten gegenübersitzen würde, wirkte wie eine Mauer, über die sie sich zwingen musste. Zu lange hatte sie geschwiegen über alles, was Robert tat, hatte es vertuscht, sodass es ihr nicht nur zu einer Gewohnheit geworden war. Im Grunde glaubte sie wirklich, er sei ein guter Mensch. Nur durch diese Grundhaltung konnte sie ihr Verhalten vor sich selbst entschuldigen und in der Beziehung ausharren. Bis jetzt jedenfalls.

Nun aber musste sie die Wahrheit sagen, musste sprechen.

Vor der Wache überquerte sie entschlossen die letzte breite Straße, als der Motor eines blauen Mercedes laut aufheulte. Der Wagen kam erst im allerletzten Moment mit quietschenden Bremsen dicht vor ihr zum Stehen. Sie hatte ihn nicht kommen sehen und starrte ungläubig ins Innere. Der Fahrer, der trotz der Dunkelheit eine Sonnenbrille trug, begann, wütend zu gestikulieren und bedeutete ihr, weiterzugehen.

Der Schreck saß ihr noch in den Gliedern und sie musste sich kurz an der Motorhaube abstützen, bevor sie sich endlich von der Fahrbahn weg zum Gehsteig schleppen konnte. Einen Moment hielt sie inne. Es hatte weniger als ein halber Meter gefehlt. Bei dem Tempo hätte das Ganze übel für sie ausgehen können. Ein Unfall hätte all ihre Pläne zunichtegemacht, und niemand hätte Robert mehr Einhalt geboten. Mit wackligen Knien setzte sie ihren Weg fort.

Das war sie den anderen Frauen schuldig.

Sie drückte gegen die Tür zur Wache, bekam sie jedoch nur einen Spalt weit auf. Irgendetwas klemmte. Mit Wucht stieß sie die Schulter dagegen. Endlich gab der Widerstand nach, und sie stolperte bis direkt vor den Empfangsbereich, wo ein Polizist seine Schicht absaß. Hoffentlich hielt er sie nicht für betrunken. Um nicht durch seinen Gesichtsausdruck verunsichert zu werden, schaute Nicole ihn nicht an, fixierte stattdessen den Tresen und bemühte sich um eine feste Stimme.

»Ich muss mit einem Beamten sprechen«, sagte Nicole. Dann zwang sie sich, den Blick zu heben, ihn direkt anzusehen. »Von der Kripo. Ich möchte eine Aussage machen.«

Der Mann musterte sie, sein Gesichtsausdruck ließ aber keine Rückschlüsse auf das zu, was er dachte. Vielmehr wirkte er, als hätte er längst viel zu viel gesehen, um sich Gedanken über die Menschen zu machen, die er hier sah.

»Von der Kripo sitzt hier niemand. Da müssten Sie direkt zum Polizeipräsidium gehen. Aber worum geht es denn?«, fragte er freundlich. »Ich kann Ihre Information auch aufnehmen und dann an einen Kollegen weiterleiten.«

»Das geht nicht«, stieß Nicole hervor. Ihre Lider flatterten und sie hätte am liebsten auf dem Absatz kehrtgemacht. Aber das ging nicht. Sie durfte sich nicht drücken. »Kann ich stattdessen den ranghöchsten Beamten hier sprechen?

Der Polizist zog die Stirn kraus, zuckte dann seine Schultern.

»Der Dienststellenleiter ist noch im Haus, aber eigentlich ... Wenn es um eine Beschwerde geht ...«

»Es geht um den Fall Nadja«, unterbrach Nicole ihn mit fester Stimme.

Der Blick des Mannes veränderte sich um eine Nuance: Seine Stirn legte sich ganz kurz in Falten, und seine Augen ruhten nun auf ihrem Mund, als erwarte er weitere Informationen.

»Und Sie sind?«, wollte er wissen.

Sie legte ihre Hände auf den Tresen, denn ihre Knie gaben leicht nach und sie spürte Schwindel aufsteigen. »Nicole Arendt.«

»Und in welcher Verbindung stehen Sie zu Nadja?«, fragte er.

»Das möchte ich dem Beamten gerne selbst sagen«, murmelte sie und hielt sich an der Kante fest. Ihr war schwindelig.

»Einen Moment.« Der Mann nahm den Telefonhörer in die Hand und wiederholte seinem Gesprächspartner, was sie gesagt hatte. »Bitte gehen Sie hier den Gang entlang, dann biegen Sie links ab. Dort ist es die dritte Tür. Nehmen Sie noch einen Moment davor Platz, mein Chef ruft Sie dann herein.«

Nachdem er sich ein Bild über mich gemacht hat, dachte sie. Dennoch nickte sie und ging mit erhobenem Kopf in die Richtung, die ihr der Polizist gewiesen hatte. Sie zuckte zusammen, als ihr Handy vibrierte.

»Verzeihen Sie, dass ich Sie so direkt frage, aber ist alles in Ordnung? Geht es Ihnen nicht gut?«, hörte sie den Beamten fragen.

Irritiert drehte sie sich um.

Der Beamte deutete auf ihren Hinterkopf. »Sie sind verletzt. Ist alles in Ordnung?«

Nicole nickte, richtete ihren Dutt und bemühte sich

um ein Lächeln. »Danke. Es geht schon. Ich bin vorgestern gestürzt.«

Ohne sich noch einmal umzudrehen, ging sie den Flur entlang, versuchte, große Schritte zu machen, um ihre Unsicherheit zu überspielen.

Erleichtert nahm sie auf dem Stuhl vor der Tür Platz, wie der Mann es gesagt hatte. Sie atmete hastig, öffnete schnell ihren Mantel. Um sich abzulenken, zog sie ihr Handy heraus – und erstarrte. Sie musste nicht einmal die Sperre aufheben, denn die eingegangene Nachricht war kurz.

Lass das besser!

Er beobachtet mich. Er weiß, was ich tue.
Ihre Lider flatterten, sie starrte in die Richtung, aus der sie gekommen war. Obwohl die Nummer unterdrückt war, zweifelte Nicole keine Sekunde daran, dass Robert hinter dieser Nachricht steckte. Er hatte jemanden auf sie angesetzt. Schon länger hatte sie das Gefühl, beobachtet zu werden. Eigentlich hätte sie wissen müssen, dass er ihr nicht vertraute und seine Eifersucht ihm keine andere Wahl lassen würde. Und als Vergewaltiger hatte er wohl noch ganz andere Gründe, einen Komplizen anzuheuern. Wer wusste schon, was er noch alles getan hatte? Vielleicht war er nicht alleine unterwegs gewesen, und sie waren zu mehreren. Das würde auch die falsche Personenbeschreibung erklären.
Doch egal wie sie es drehte und wendete: Sie war in Gefahr.
Ohne zu zögern, stand sie auf und eilte zum Eingang

zurück. Der Polizist, der ihre Schritte in dem stillen Flur gehört hatte, war aufgestanden und sah ihr besorgt entgegen.

»Ich muss weg«, stieß sie hastig hervor, bevor er sie aufhalten oder Fragen stellen konnte. »Tut mir leid.«

Die letzten Meter brachte sie im Laufschritt hinter sich. Sie riss an der Türe, die dieses Mal nicht klemmte und mit einem lauten Knall gegen die Wand schlug. Egal. Weg. Sie drehte sich nicht um, sondern rannte nach Hause, ohne sich noch einmal umzusehen.

Sie war eben doch nur ein Mensch.

17.

Gestern, das war wirklich knapp gewesen. Verdammt knapp. Er hatte gedacht, er hätte noch mehr Zeit. Etwas lief aus dem Ruder. Das spürte er deutlich. Alles musste jetzt schnell gehen. Sehr schnell. Zum Glück war er gut vorbereitet. Gewartet hatte er ohnehin lange genug.

Einen letzten Anruf musste er noch machen. Zwei Dinge organisieren. Aber dann... Dann würde es wie am Schnürchen laufen. Sein Plan war perfekt.

Monatelang hatte er auf der Lauer gelegen, sich geduldet. Tag für Tag. Alles hatte sich mehr und mehr in ihm aufgestaut. Seine Fantasien nahmen immer mehr Raum ein. Laut stöhnte er auf, ließ sich auf den Boden fallen. Zählte bis fünfzig, während er seinen Körper keuchend in die Liegestütze zwang, immer wieder. Schneller, er musste schneller werden! Fit sein. Man bekam nichts geschenkt im Leben. Er hob und senkte seinen Körper, bis seine Arme zitterten, die Muskeln brannten. Dann ließ er sich auf den Rücken fallen, Schweiß lief ihm über den nackten Körper.

Er starrte an die fleckige Zimmerdecke und fragte sich, ob sie bereit war für die Wahrheit. Seine Wahrheit. Dann wäre er endlich am Ziel.

Er strich über seinen Bauch, schob seine Hand noch tiefer. Der Gedanke an sie verfehlte nie seine Wirkung. Er lachte, während er die Zunge über die Zähne gleiten ließ und rhythmisch die Hand bewegte. Unvermittelt wurde er schlaff. Verdammt! Er rieb heftiger. Nichts geschah. Wütend trat er gegen das Stuhlbein, woraufhin das Möbelstück krachend zu Boden fiel.

Das lag alles an ihr. An dieser Frau. Sie störte. Sogar jetzt, hier. Wer war die? Warum tauchte sie immer wieder auf? Das konnte kein Zufall sein. War es ihr doch gelungen, die richtigen Verbindungen herzustellen?

Nein. Das konnte nicht sein. Er hatte alles bedacht, jede Einzelheit. Niemand würde seinen Plan durchschauen.

Dennoch: Er musste Gewissheit haben, bevor das Finale endlich begann. Nicht dass diese Kuh ihm am Ende alles versaute. Scheiß Weiber. Die hatten ihm immer nur Schereien gemacht.

Aber nicht diesmal. Oh nein! Dafür würde er sorgen. Er wollte ihr eine Lektion erteilen. Die musste schon früher aufstehen, um ihn aufzuhalten. Ihm kam die nicht in die Quere.

Nicht jetzt. Nicht kurz vor dem Ziel. Nicht ihm.

18.

Zäh floss der Verkehr an diesem Morgen über den Mittleren Ring. Ein Unfall in einem Tunnel hatte das Chaos verursacht. Eva war froh, dass sie früh genug dran war. Sie hatte noch einmal im »Kaffeegenuss« gefrühstückt und ein Brot für den Abend eingekauft, Nicole dieses Mal aber nicht dort angetroffen. Ihr Kollege hatte vermutet, sie sei krank, da sie nicht zum Frühdienst erschienen war.

Eva hoffte, dass die junge Frau endlich zu einem Arzt gegangen war. Vielleicht hatte ihre Ansprache gestern doch etwas bewirkt und sie dazu gebracht, ihren Zustand nicht länger auf die leichte Schulter zu nehmen.

Endlich schlängelte sich ein Abschleppwagen durch die Gasse, die sich nur stockend gebildet hatte. Jetzt würde es nicht mehr lange dauern, bis es weiterging.

Obwohl sie beruhigter hätte sein können, gelang es Eva immer noch nicht, ihre Gedanken von dem Thema abzulenken. Sie fragte sich, was an Robert Arendt wohl so anziehend war, dass diese junge, hübsche Frau es über Jahre ertragen hatte, von ihm misshandelt und gedemütigt zu werden. Natürlich kannte sie die psychologischen Erklärungen in Ansätzen. Aber wirklich verstanden hatte sie nie, wieso ein Mensch in einer Beziehung ausharrte, die ihm nicht nur psychisch schadete, sondern sogar die Gesundheit beeinträchtigte. Natürlich war es unter Frauen immer noch verbreitet, die eigenen Bedürfnisse hintanzustellen, sich in einer Beziehung eher passiv zu verhalten. Doch das reichte als Begründung sicher nicht aus. Es musste etwas anderes geben, was Frauen daran hinderte, einfach zu gehen. Beinahe war es so, als hätten diese Männer ihre Frauen verhext.

Sie hatte im Krankenhaus einmal eine Patientin behandelt, die ihren Mann, der ihr erst kurz zuvor nicht nur die Nase, sondern sogar das Jochbein gebrochen hatte, direkt nach der Behandlung leidenschaftlich küsste, nachdem er sich wortreich bei ihr entschuldigt hatte. Schon beim Hinsehen war Eva übel geworden. Sie hätte dem Kerl am liebsten selbst einen Fausthieb verpasst.

Als sie der Frau die Adresse einer Opferschutzorganisation in die Hand drücken wollte, wies diese sie zurück: Er hätte sich jetzt wieder im Griff. Manchmal würde er sich ihr unterlegen fühlen, weil sie den Großteil des Haushaltseinkommens verdiente. Für ihn wäre es nicht so einfach, damit umzugehen, sagte sie. Doch das Geschehene würde er zutiefst bereuen und habe versprochen, es nicht wieder zu tun. Dabei hatte sie Eva voller Hoffnung durch ihr zugeschwollenes blaues Auge angesehen. Die Frau war Apothekerin, hatte ein eigenes Geschäft, Angestellte. Sie war gebildet, hatte ein gutes Auskommen. Sie hätte jederzeit gehen können – und dennoch hielt sie etwas bei ihrem Peiniger und brachte sie dazu, sich unterwürfig und wehrlos zu verhalten.

Doch was war dieses etwas? Liebe? Judith Herzog hatte gesagt, Robert Arendt würde seine Frau gerade wegen ihrer Loyalität sehr schätzen. Aber war sie ihm wirklich wichtig? Sicher hatte Judith Herzog in ihrem

Beruf eine Menge ähnlicher Fälle erlebt. Eva fragte sich allerdings, wie man bewusst jemanden verletzen oder erniedrigen konnte, den man aufrichtig liebte. Das ging für sie einfach nicht zusammen. Liebte er nicht vielmehr die Macht, die er über sie hatte, ihre Abhängigkeit?

Und wie war es für Nicole Arendt? War es wirklich Liebe, die sie bei ihrem Mann hielt, jetzt wo sie während seiner Inhaftierung die beste Chance hatte, sich von ihm zu lösen? Aber diese Möglichkeit zog sie vermutlich gar nicht in Betracht, genau wie die Apothekerin damals. Denn obwohl Nicole Arendt vorgestern in einem üblen Zustand war – sie war wegen ihm zu Eva gekommen. Es ginge um ihren Mann, hatte sie gesagt, als sie nachts vor der Tür stand. Wahrscheinlich konnte sie sich ein Leben ohne ihn gar nicht mehr vorstellen. Manchmal schienen Eva diese Frauen wie Aquarelle, deren Farben und Konturen langsam verwischten, in Auflösung begriffen waren, aufgesaugt wurden von dem Ego des Partners.

Sie seufzte. Liebe. Ein schwieriges Thema. Sie selbst war in diesem Punkt sicher die Falsche, um anderen Frauen Ratschläge zu geben. Obwohl sie schon Mitte dreißig war, hatte sie noch keinen Partner fürs Leben gefunden. Es hatte Männer gegeben. Das schon. Einige. Doch es waren immer nur kurze Episoden gewesen, ohne dass Eva jemals den Wunsch verspürt hätte, dauerhaft zu bleiben.

Wenn man Ann-Kathrin Glauben schenkte, würde sie auch nie jemanden finden, weil sie sich nicht richtig auf ihre Partner einließ. Immer hielt sie sich eine Hintertür offen, als bräuchte sie eine Gelegenheit zur Flucht. Obwohl ihr die Einsamkeit mit den Jahren mehr zu schaffen machte, sah Eva in ihrer Umgebung auch kaum Beispiele für Paare, bei denen wirklich alles stimmte. Victor und Ann-Kathrin vielleicht. Ihr Bruder Patrick und seine Frau Sandra. Doch das waren Ausnahmen, deshalb blieb sie am Ende doch lieber allein. Was sie offenbar auch innerhalb einer Beziehung schaffte. Genau das hatte ihr letzter Freund ihr vorgeworfen – und sie deshalb verlassen.

Eva ließ die Scheibe herunter und lehnte sich aus dem Fenster. Noch immer rührte sich nichts. Der Fahrer vor ihr war mittlerweile ausgestiegen, hatte den Kragen seines Mantels hochgeschlagen und stand, lässig rauchend, an seinen Wagen gelehnt.

Sie betrachtete die anderen Fahrzeuge. Um sich herum sah Eva nur Männer. Aus Statistiken wusste sie, dass jede vierte Frau in Deutschland einmal in ihrem Leben Opfer häuslicher Gewalt geworden war. Sie zählte die Wagen um sich herum ab, forschte in den Gesichtern der Männer. Hatte auch einer von ihnen schon eine Frau geschlagen oder würde es irgendwann tun?

Instinktiv kurbelte sie das Fenster hoch und knöpfte fröstelnd ihren Mantel zu. Endlich sah der Rauchende die Straße hinauf, warf dann seine Zigarette weg und stieg wieder in sein Fahrzeug. Zehn Minuten hatte sie verloren. Das war in Ordnung.

Langsam setzte sich die Schlange in Bewegung. Vielleicht würde sie morgen noch einmal in dem Café vorbeischauen. Sie konnte ja einfach ein Croissant dort kaufen.

Nur um sich zu überzeugen, dass es Nicole Arendt gut ging. Und sie würde Ann-Kathrin bitten, einen Artikel über das Thema »häusliche Gewalt« zu schreiben. Vielleicht eine Reportage über eine Frau, die es geschafft hatte, ihren Peiniger zu verlassen, neu anzufangen.

Sie legte den ersten Gang ein und machte Musik an. Es war die richtige Stimmung für Bachs Cello-Suite Nr. 1 in G-Dur, ihr Lieblingsstück.

19.

Lisbeth Haberer hatte Eva die Patientenakten des Tages schon bereitgelegt. Es waren nicht ganz so viele, worüber Eva nicht traurig war. So konnte sie heute die restliche Zeit nutzen, um sich mit dem Aktensystem im Computer vertraut zu machen. Danach wollte sie mit ihrem Team die Wochenenddienste besprechen.

Eva freute sich schon auf den Abend, weil sie mit Ann-Kathrin verabredet war. Wenn die Temperaturen es zuließen, wollten sie sich ein letztes Mal in diesem Jahr mit einer dicken Jacke in einen Biergarten setzen. Die Chancen standen zwar schlecht, aber sie hoffte dennoch darauf. Sie musste dringend mal wieder ihren Kopf durchpusten lassen.

Sorgfältig schaute Eva den Stapel durch. Sie hatte sich schon die Namen der ersten drei Patienten eingeprägt, als ihr Blick auf die vierte Akte fiel: Robert Arendt. Judith Herzog hatte sie bereits darauf hingewiesen, dass eine

Untersuchung bei ihm bevorstünde. Neugierig klickte sie auf ihren Monitor, ließ sich das Kamerabild des Wartezimmers anzeigen. Drei Männer saßen dort. Arendt war vermutlich noch nicht dabei.

Ungeduldig zog Eva ihre ersten Termine durch und war froh, dass es sich nur um ein Rückenleiden, eine Mandel- und eine Blasenentzündung handelte. Leicht zu behandeln und ohne weitere Komplikationen. Kurz dachte sie bei einer Untersuchung noch an den Patienten, der sie am ersten Tag bedroht hatte. Der war seither nicht wieder aufgetaucht. Und Schwierigkeiten hatte ihr auch kein Patient mehr gemacht.

Endlich reichte ihr Lisbeth die Urin- und Blutdruckwerte von Arendt herein. Eva sah auf dem Bildschirm nun auch den Patienten, auf den sie mehr als neugierig war. Er war muskulös, hatte dunkle Haare, die an den Seiten kurz rasiert waren, das Deckhaar trug er jedoch länger und hatte es streng nach hinten gekämmt. Er saß breitbeinig da, die Arme auf den Knien abgestützt, und ließ den Kopf hängen. Sein rechtes Bein wippte nervös auf und nieder.

Dann wollen wir mal, dachte sie und bat Lisbeth, den Mann hereinzuholen.

Als er in ihr Behandlungszimmer trat, stellte Eva zuallererst fest, wie durchtrainiert und muskulös er war. Er wirkte wie diese Kerle, die ihre gesamte Freizeit in Studios verbrachten. Er war gut einen halben Kopf größer als Eva, trug ein weißes T-Shirt und eine graue Jogginghose. Sein kurzer Dreitagebart war gepflegt, die Haare frisch gewaschen und mit Gel behandelt. Eva hatte seit

Temmes Besuch immer auf die Hygiene der Patienten geachtet und musste ihm recht geben: Körperpflege stand im Knast nicht immer an erster Stelle. In dieser Hinsicht bildete Robert Arendt schon mal eine angenehme Ausnahme.

Nach einer kurzen Begrüßung nahm Eva ihm gegenüber Platz, um sich seine Werte anzuschauen. Während er auf eine Reaktion von ihr wartete, wippte sein Bein unablässig, und er rieb immer wieder seine Hände. Eva fragte sich, warum er bei einer ganz normalen Untersuchung so unruhig war.

»Ihre Werte sind alle in Ordnung, der Blutdruck ist allerdings ein wenig hoch. Haben Sie damit öfter zu tun?«

Er sah auf, schien in Gedanken weit weg gewesen zu sein. Nun richtete er seine braunen Augen auf Eva, als nehme er sie erst jetzt richtig wahr. »Bitte? Was meinen Sie?«

»Ihr Blutdruck. Ist der öfter erhöht?«

»Ach so. Nein.«

»Wäre es dann in Ordnung, wenn ich ihn erneut messe?«

Er nickte. Da nur der obere Blutdruckwert zu hoch war, tippte Eva einfach auf Nervosität. In der Regel war der Wert bei einer wiederholten Messung wieder normal. Vielen Menschen waren Arztbesuche unangenehm, und vielleicht litt auch Arendt am Weißkittelsyndrom.

Sie trat auf ihn zu, schob seinen Ärmel hoch und legte die Manschette des Blutdruckmessgeräts um seinen Oberarm. Während sie die Nadel auf der Anzeige beobachtete, glitt Evas Blick auf die Ausläufer seines Tattoos. Sie sah Fingerspitzen und einen darum geschlungenen Rosenkranz, an dessen Ende ein Kreuz hing.

»Sehen Sie, schon besser. 140 zu 80. Und ich wette, wenn wir in zehn Minuten noch einmal messen, ist er noch weiter runter.« Sie ging zum Schreibtisch, nahm Platz und korrigierte die Werte am Computer. »Sind Sie gläubig, Herr Arendt?«

»Ich? Wieso?«, fragte er irritiert.

Eva deutete auf seinen Arm. »Der Rosenkranz, das Kreuz?«

»Ach das? Nein. Das war so eine spontane Idee... Wir...« Arendt blinzelte und schüttelte dann den Kopf. »Eigentlich stehe ich nicht auf Tätowierungen, und mit Religion habe ich auch nichts am Hut. Aber ich wollte kein Spielverderber sein. Außerdem hing im Auto meines Vaters immer ein Rosenkranz. Vermutlich aus Aberglauben, um Unfälle abzuhalten.«

Eva nickte. So einen hätten ihre Eltern auch brauchen können.

»Stehen Sie Ihrer Familie nahe?«, fragte sie und musste unweigerlich an Patrick denken, den sie schon viel zu lange nicht mehr angerufen hatte.

»Wie kommen Sie darauf?«, fragte er und setzte sich auf.

»Ich dachte nur. Weil Sie Ihren Vater erwähnt haben.«

»Ach so, natürlich. Der lebt nicht mehr.« Arendt zuckte die Schultern. »Früher hatte ich engen Kontakt zu meinem Bruder. Dann haben wir uns lange nicht mehr gesehen. Und jetzt... Na ja, hier...«

Eva sah ihm fest in die Augen. Die Psychologin hatte nur die Besuche von Arendts Frau erwähnt, sonst niemanden.

»Schon gut«, sagte sie. »Sie müssen mir das nicht erklären.«

Dann erhob sie sich und ging auf Arendt zu, um in seine Ohren zu leuchten und seinen Hals abzutasten. »Als Nächstes würde ich Sie gerne abhören. Ziehen Sie dafür kurz Ihr T-Shirt aus und stellen sich hin. Dann bitte mit offenem Mund tief ein- und ausatmen.«

Nachdem sie ihn eingehend untersucht hatte, ging sie wieder an ihren Schreibtisch und machte einige Notizen in der Akte.

»Haben Sie irgendwelche Beschwerden?«, fragte Eva.

Wieder war Arendts Blick auf etwas in weiter Ferne gerichtet, und er reagierte erst mit Verzögerung. »Bitte?«

»Ich bin mit der Untersuchung fertig. Wenn es von Ihrer Seite nichts mehr gibt... Wir müssen natürlich noch die Ergebnisse des Bluttests abwarten, doch wenn die Werte in Ordnung sind – wovon ich ausgehe –, kehren Sie kerngesund in Ihr altes Leben zurück.«

Robert Arendt rührte sich nicht, war in Gedanken weit weg. Eva musste sich auf die Zunge beißen, um ihn nicht auf seine Frau anzusprechen, konnte sich jedoch eine weitere Frage nicht verkneifen.

»Freuen Sie sich auf Ihre Entlassung? Wissen Sie schon, wie es danach weitergehen wird?«

Seine Stimme brach, als er antworten wollte. »Eine Reise...«

Er räusperte sich. »Entschuldigung. Wir wollen eine

Reise machen. Meine Frau und ich.« Er rieb sich den Nacken.

»Das ist toll. Wohin soll es denn gehen?«

Wieder war seine Stimme belegt, und es fiel ihm schwer zu sprechen. »Auf die Kanaren. Da ist es um die Jahreszeit noch warm, sagt Nicole.« Er schüttelte den Kopf, sah an Eva vorbei aus dem hinter ihr liegenden Fenster. »Wir wollen die Flitterwochen nachholen. Damals hatten wir kein Geld. Heute auch nicht, aber ... Sie hat gespart, während ich hier ...«

Er wischte sich mit der Rechten über sein Gesicht, schloss kurz die Augen. Wieder bewegte sich sein Bein auf und nieder, und seine Hand bildete eine Faust.

»Schon gut«, beruhigte Eva ihn. »Sie müssen nicht darüber reden, wenn Sie nicht wollen. Das alles geht mich gar nichts an, es ist Ihre Privatsache. Die Hepatitis- und HIV-Werte erhalte ich Anfang nächster Woche. Sie würden noch einmal von mir hier einberufen, wenn es diesbezüglich noch etwas zu besprechen gäbe. Wenn Sie sonst keine Fragen haben, sind wir fertig.«

Robert Arendt sah ihr prüfend ins Gesicht. »Ich bin also gesund, oder? Kann ich dann ausnahmsweise Freigang bekommen? Könnten Sie das für mich durchsetzen? Heute ... Oder am Wochenende?« Er legte die Hände flach auf den Schreibtisch. Wieder wippte sein Bein. Er war sichtlich erregt.

»Ich habe leider nicht die Befugnis, Ihnen Ausgang zu erteilen, Herr Arendt. Ich denke, das wissen Sie.«

Er presste seine Lippen zusammen, krallte seine Finger in die Tischplatte und nickte dann.

»Ich hatte schon darum gebeten, aber ich bekomme keine gelockerten Bedingungen. Dabei ist meine Zeit hier fast rum.« Wieder glitt sein Blick zum Fenster. »Es ist nur so, dass ich meine Frau nicht erreiche. Seit zwei Tagen schon. Deshalb der Ausgang. Sie können mich auch begleiten, wenn es das leichter macht. Ist mir egal. Ich will einfach nur wissen, ob alles in Ordnung ist.« Er rutschte auf seinem Stuhl nach hinten, seine Hände strichen unablässig über seine Oberschenkel.

Eva sah auf ihr Blatt. Sie rang mit sich, ob sie ihm verraten sollte, dass sie seine Frau getroffen hatte. Ihm zu sagen, er solle sich keine Sorgen machen, wäre jedoch glatt gelogen. Deshalb entschied sie sich, zu schweigen. Sie durfte sich nicht noch mehr einmischen.

»Tut mir leid«, sagte er schließlich und rieb wieder seine Hände. »Ich mache mir nur solche Sorgen um meine Frau. Sie geht sonst immer ran, wenn ich anrufe. Und als Sie nach dem Urlaub gefragt haben ... Ich hatte gehofft. Vielleicht könnten Sie nachsehen ... Ach, verdammt!«

Er stand auf und strich seine Haare zurück. Seine Stirn war schweißnass. Er stand sichtlich unter Stress.

»Ich wünsche Ihnen für die Zukunft viel Glück, Herr Arendt«, sagte Eva. Obwohl es vielleicht zu weit ging, fügte sie hinzu: »Ich hoffe, Sie schaffen einen Neuanfang.«

Er schaute sie kurz an, zuckte dann die Schultern und verließ ohne ein weiteres Wort ihr Büro. Eva stieß laut Luft aus und ließ sich in ihren Stuhl zurückfallen. Noch einen Moment länger und sie hätte ihm von seiner Frau erzählt. Doch das ging einfach nicht, sie wusste viel zu wenig über diese Beziehung. Oder zu viel, je nachdem, aus welchem Blickwinkel man es betrachtete.

Nach allem, was sie zuvor über den Mann erfahren hatte, war ihre Vorstellung von ihm definitiv anders gewesen. Seine Statur und seine Attitüde ließen ihn zwar machohaft und auch leicht aggressiv wirken. Seine Sorge um seine Frau hingegen schien ihr absolut glaubhaft, und seine Verzweiflung war echt.

Ihr fiel Judith Herzogs Einschätzung wieder ein. Vielleicht war sie doch eine bessere Psychologin, als Georg Temme dachte. Denn ihre Vermutung, er hätte eine echte Chance, würde Eva nach diesen wenigen Minuten sofort unterschreiben.

20.

Nicole saß zitternd in ihrer Wohnung. Weder Jacke noch Schuhe hatte sie seit dem Abend ausgezogen. Sie wiegte sich langsam vor und zurück. Hielt die Rasierklinge in der Hand, mit der sie rasch viele kleine Schnitte in ihren Arm ritzte. Blut war auf den Tisch getropft. Doch das nahm sie nicht wahr. Die Polizei gestern, das war eine Schnapsidee gewesen.

Ihre Gedanken kreisten nur noch um den Schmuck im Keller. Um ihr weiteres Leben. Nach der SMS gab es keinen Zweifel: Er wusste immer ganz genau, wo sie war, was sie tat. Jede Sekunde. Selbst jetzt, obwohl er im

Knast saß. Sie hatte es immer geahnt: Es gab kein Entrinnen vor ihm. Deshalb hatte sie stillgehalten. Alles ertragen. Sie würde nirgends sicher sein.

Sie saß in der Falle. Sie musste schweigen.

Nichts war schlimmer, als in Schande zu leben. Sie konnte sich gut daran erinnern, wie sehr sie sich geschämt hatte, wenn ihr Vater betrunken an der Ecke des Hauses stand und gegen die Wand urinierte. Er schwankte und schimpfte laut, die Nachbarn bekamen alles genau mit, auch wenn alle so taten, als würden sie wegsehen. Sei endlich still, hatte sie nur gedacht. Doch je mehr sie sich Ruhe wünschte, umso lauter war er geworden. Die Tochter eines Säufers, hatten die Leute gesagt. Damit war auch sie selbst nichts wert. Was konnte aus so einer schon werden? Sie sollten recht behalten: Sie hatte die Schule abgebrochen, war abgehauen. Mit dem Nächstbesten. Dabei war sie eine gute Schülerin gewesen.

Seit damals wusste sie es: Die kleine Schande, wenn Robert sie schlug und erniedrigte, war besser zu ertragen als jede große. Es waren nur ein paar Minuten. Mehr nicht. Dann war alles vorbei. Doch wenn die Leute Bescheid wussten, wenn sie einen ständig mit mitleidigen Blicken bedachten, das blieb. Oder wenn sie einen Bogen um sie machten, so als hätte sie eine Krankheit oder einen üblen Geruch, der ewig an ihr haftete. Auch dieses Mal traf sie keine Schuld. Außer die falsche Wahl getroffen zu haben. Doch das spielte keine Rolle. Nicht für die anderen.

Sie hörte deutlich, was sie hinter vorgehaltener Hand

flüstern würden: Ist das die Frau des Vergewaltigers? Ob sie davon gewusst hat? Hat sie ihn vielleicht sogar gedeckt, ihm ein falsches Alibi gegeben? Oder mitgemacht, ihren eigenen Frust an den Frauen ausgelassen? Nicole legte den Kopf in den Nacken und starrte an die Decke.

Vielleicht würde es nie herauskommen.

Aber egal was sie tat: Das Geschehene klebte an ihr. Seine Geschichte war zu ihrer geworden. Doch es würde ihr gelingen, sie eines Tages zu verdrängen. Nicht mehr permanent daran zu denken. So wie sie die Faust im Gesicht vergessen konnte, sobald die blauen Flecken verblassten.

Sie wiegte sich, ein Wimmern drang aus ihrem Inneren. Es gab niemanden, zu dem sie noch gehen konnte. Kurz dachte sie an ihre Mutter, doch die hatte ihr nie Halt gegeben. Sie schloss die Augen, schüttelte den Kopf. Es gab keine Ausflucht, keine Rettung. Er würde wiederkommen. Und eines Tages würde er weitermachen. Bei jeder neuen Nachricht in der Zeitung würde sie daran erinnert, dass sie eine Mitschuld trug.

Abrupt rappelte sie sich hoch, rannte ins Bad, riss die Türen des Glasschranks auf. Ihre Hände zitterten, als sie die Sichtverpackung aus der Schachtel zog. Auch noch, als sie die Schmerztabletten auf den Rand des Waschtischs herausdrückte, eine nach der anderen. Sie hörte erst auf, als der Blister leer war. Sechzehn Stück. Zu wenig.

Kurz entschlossen öffnete sie die Tür auf Roberts Seite und wurde sogleich fündig: eine volle, längst abgelaufene Packung Paracetamol. Sie drückte die Tabletten zu den anderen und drehte den Wasserhahn auf. Dann hielt sie ein Glas unter den kalten Strahl, nahm die ersten beiden Tabletten in die Hand, warf sie in den Mund. Sie schluckte, musste husten. Hastig trank sie einen großen Schluck und gleich noch einen, bis sie endlich weg waren.

Weiter. Nicht nachdenken.

Sie nahm die nächste Ladung. Erhöhte auf drei. Wieder spülte sie mit Wasser nach, doch eine Tablette schien im Hals zu stecken. Nicole bekam kaum Luft, ihre Augen weiteten sich, sie würgte, legte panisch die Hände um den Hals. Ein Röcheln drang aus ihrer Kehle.

Zwei der Tabletten fielen in das Becken vor ihr, doch die dritte saß fest. Ihre Kehle brannte. Das Ding musste raus. Sie brauchte Luft zum Atmen. Sofort.

Im Hintergrund klingelte das Telefon, ein Gurgeln drang aus ihrem Hals. Hilfe, dachte sie, hechelte, bewegte sich nicht, denn sie hätte ohnehin nicht sprechen können. In ihrer Verzweiflung griff sie sich tief in den Mund. In einem Schwall kam ihr Mageninhalt hoch, und sie übergab sich direkt in das Waschbecken vor ihr.

Wieder und wieder musste sie würgen, ihr Magen rebellierte nicht nur gegen die Tabletten, vielmehr gegen ihr ganzes Leben, bis sie atemlos nur noch die letzten Krämpfe ertragen musste. Völlig entkräftet, hielt sie sich an der glatten Emaille fest.

Ihre Haare waren strähnig und nass von kaltem Schweiß, als sie den Kopf wieder heben konnte und ihr Spiegelbild sah. Ihre Augen lagen dunkel und tief in den Höhlen, ihr Gesicht war aschfahl. Der Geruch nach Galle stach ihr in die Nase.

Genauso bitter traf sie die Erkenntnis: Es gab keine Erlösung, keine Gnade, kein schlichtes Ende. Sie konnte es einfach nicht. Trotz allem hing sie zu sehr an ihrem verdammten Leben. So unfassbar mies es auch gerade war.

Also musste sie mit dieser Scheiße leben. Es weiter ertragen.

Nicole schloss die Augen. Zählte langsam bis zehn. Danach vermied sie den Blick in den Spiegel, nahm mehrere Lagen Toilettenpapier, um damit die Reste des Erbrochenen wegzuwischen. Erneut hob sich ihr Magen. Sie hielt sich die Hand vor den Mund, zwang sich weiterzumachen, bis alles weg war. Resolut öffnete sie dann den Wasserhahn, spritzte sich eiskaltes Wasser ins Gesicht, rieb fest über ihre Haut. Immer wieder, bis sie ganz rot war und gereizt von der Seife. Anschließend spülte sie mit Mundwasser, putzte ihre Zähne. Minutenlang.

Dann holte sie sich einen Eimer und Reinigungsmittel. Als sie Stunden später jede einzelne verdammte Fliese im Bad abgerieben und desinfiziert, den Küchentisch von Blut befreit, ihren Verband erneuert und zuletzt die Jacke der Ärztin gereinigt hatte, fiel sie matt und erschlagen auf die Couch. Doch kaum hatte sie die Augen geschlossen, waren sie da. Die Frauen. Flehten sie an. Nadja. Der Ring mit dem grünen Stein. Sie sah ihn deutlich vor sich.

Nicole riss die Augen auf, fuhr sich mit den Händen durch die Haare und stieß einen spitzen Schrei aus. Wiegte ihren Körper unruhig hin und her.

Sie konnte so nicht weitermachen. Es war einfach zu viel.

Sie musste mit Robert reden. Sie wollte ihm ins Gesicht sehen, ihm sagen, was sie wusste. Ob sich seine Miene verändern würde? Aber darum ging es nicht allein. Sie wollte hören, wieso er gerade diese Frauen ausgesucht hatte. Wie er ihnen so furchtbares Leid antun konnte. Was hatte ihn dazu getrieben? Wann war er zu einem solchen Unmenschen geworden? Die Antworten würden nichts ändern. Ihr Leben würde ein Scherbenhaufen bleiben. Aber die Wahrheit, die war er ihr, verdammt noch mal, schuldig.

Und dann? Dann würde sie tun, was er verlangte. Wie sie es immer getan hatte. Sie würde durchhalten. Stark sein. Draußen. Vor den anderen. Sie würde zur Arbeit gehen. Sich nichts mehr anmerken lassen. Würde sich zwingen zu essen, zu schlafen, zu lachen. Niemand würde etwas von ihr erfahren. Vielleicht würde niemand je entdecken, was er getan hatte. Wenn sie durchhielt. Von ihr hing alles ab.

Immerhin war jetzt alles sauber. Ordnung war wichtig.

Er wollte nicht zu den Verlierern gehören, das war ihm wichtig. Er achtete stets auf ein gepflegtes Äußeres, gute Kleidung, eine saubere Wohnung. Egal wie wenig man hatte: Wenn man anfing, sich gehen zu lassen, war das der Anfang vom Ende, hatte er immer gesagt.

Ein heiseres Lachen drang aus Nicoles Kehle. Dann machte sie sich für die Spätschicht fertig.

21.

Als Eva an diesem Abend durch die langen Flure der JVA lief, war sie völlig in Gedanken versunken. Wieder dachte sie an die Arendts, versuchte sich ein Bild über die beiden als Paar zu machen. Und sosehr sie sich dagegen wehrte, die Geschichte nahm immer mehr Raum in ihr ein.

Deshalb hatte sie beschlossen, gleich von der Arbeit zu Ann-Kathrin zu fahren. Sie brauchte dringend Ablenkung. Den Biergarten konnten sie zwar vergessen, es war viel zu kühl. Aber sie sehnte sich nach einem Abend in der behaglichen Altbauwohnung mit den dicken Teppichen, nach Kerzenlicht und nach der tiefen Rattancouch mit den Bergen von Kissen, auf der sie früher oft geschlafen hatte, wenn sie aus Berlin zu Besuch gekommen war.

Sie grüßte Hackl, dem sie unterwegs begegnete, und deutete auf ihren Schlüssel, den sie mittlerweile mit einer Kette am Gürtel trug. Er grinste breit, wobei sich die gedrehten Spitzen seines Schnauzbarts beinahe bis zu seinen Augenbrauen hinaufschoben.

Während sie auf die Straße trat, wickelte sie sich den Schal enger um den Hals. Ein eisiger Wind war aufgekommen, gelb und schwer hingen die Wolken am Horizont. Es war erst Oktober, aber es fühlte sich an, als würde schon bald der erste Schnee kommen. Eva vergrub die Hände tief in den Taschen und eilte zu ihrem Volvo. Beim Einsteigen bemerkte sie etwas: Die Zentralverriegelung machte kein Geräusch. Hatte sie am Morgen vergessen, sie zu betätigen? Sachte öffnete sie die Tür. Ihre CDs, das Brot auf dem Beifahrersitz, alles schien unverändert. Als sie sich langsam in den Wagen setzte, stach ihr jedoch eine Änderung ins Auge: An ihrem Rückspiegel hing eine schwarze Schleife. Ein Trauerflor.

Sonst nichts.

Für einen Moment überlegte sie, den Wachdienst zu rufen. Hackl wüsste sicher, was zu tun wäre. Sie erinnerte sich an die Szene an ihrem ersten Tag, als sie von einer Gruppe Gefangener zum Narren gehalten wurde. War das noch so ein Scherz?

Nein. Das hier war etwas anderes: Jemand hatte sich Zutritt zu ihrem Wagen verschafft. Das war etwas Privates. Eva stieg noch einmal aus, blickte sich nach allen Seiten um. Niemand war zu sehen. Eilig griff sie an die Türklinke des Wagens neben ihr. Verriegelt. Genauso war es bei dem Auto auf der anderen Seite. Sie spähte durch die Scheibe ins Innere des fremden Wagens, doch da hing nichts.

Sie prüfte die Türgriffe, den Lack, das Fenster, aber der Volvo wies keine Spuren eines Einbruchs auf. Verwirrt stieg sie wieder ein. Wenn das Band absichtlich dort hing, war es eine Botschaft an sie. Eva schaute zu den riesigen Mauern des Gefängnisses und spürte, wie sie eine Gänsehaut überlief.

Wütend ballte sie ihre Fäuste. Sie hatte keine Lust, zum Gespött der Gefangenen zu werden, sich zum Narren halten zu lassen. Zum Glück hatte Temme sie vorgewarnt: Sie hatte in Wiesheim ganz offensichtlich nicht nur Freunde.

Rasch überprüfte Eva alle anderen Ablageflächen sowie das Handschuhfach – nichts. Alles schien unberührt. Nachdenklich legte sie die Hände auf das Lenkrad, zog sie jedoch unwillkürlich wieder weg und wischte sie an ihrer Hose ab. Hastig zerrte sie ein Paket Taschentücher aus ihrer Tasche und wischte alles ab.

Sie verhielt sich paranoid, das war ihr klar. Sie führte sich auf wie jemand aus einer Vorabendserie. Aber in der echten Welt lauerte nicht hinter jeder Ecke ein Mörder. Deshalb war sie solche Vorfälle nicht gewohnt und wusste nicht damit umzugehen.

Und genau das hatte derjenige, der dieses Ding hier angebracht hatte, gewollt: dass sie Angst bekam, verunsichert wurde. Aber das durfte sie nicht zulassen. Sie musste die Nerven behalten.

Eva überlegte noch einmal. Hatte sie vielleicht vergessen, die Zentralverriegelung zu betätigen? Sie versuchte, sich zu erinnern. Am Morgen hatte sie es wegen des Staus eilig gehabt und war in Gedanken vertieft gewesen. Durchaus denkbar.

Genauso gut konnte es sich um eine Verwechslung handeln. Sie fuhr ein Allerweltsauto. Schließlich hatte jeder Zutritt zu dem Parkplatz, es gab keine Schranken. Das Ding musste nichts mit ihr zu tun haben. Alles war möglich.

Nein. Das war zu einfach, das spürte sie. Irgendjemand wollte ihr eine Lektion erteilen. Sehen, wie weit er gehen konnte. Aber derjenige wusste nicht, wen er herausgefordert hatte. Es würde sich schon noch zeigen, wer dieses Spiel länger aushielt.

Entschlossen löste Eva den Knoten und warf das schwarze Band resolut aus dem Fenster. Langsam ließ sie die Scheibe hochfahren und atmete tief durch. Während sie den Wagen startete, schaute sie noch einmal zum Tor. Zu den Kameras. Am liebsten hätte sie den ausgestreckten Mittelfinger hochgehalten, falls derjenige, der das inszeniert hatte, sie noch beobachtete. Doch damit hätte sie gezeigt, dass die Aktion sie getroffen hatte. Und den Spaß wollte sie niemandem gönnen. Eva hatte in ihrem Leben bereits ganz andere Dinge durchgestanden. Da musste schon mehr kommen als ein schwarzer Trauerflor. Sie gab Gas und fuhr mit quietschenden Reifen davon.

Victor öffnete ihr die Tür, als sie wenige Minuten später bei ihren Freunden klingelte. Er hatte feuchte Haare und sah aus, als käme er gerade aus der Dusche.

»Hola, Eva. Ann-Kathrin ist noch in der Redaktion. Willst du hier auf sie warten? Sie kommt sicher bald nach Hause.«

Eva gab Victor links und rechts einen Begrüßungskuss.

»Sorry, ich hatte gehofft, sie wäre schon da. Wir hatten keine Zeit ausgemacht. Aber wenn ich dich nicht störe, warte ich sehr gerne!«

Dann trat sie ein. In der gewohnten Umgebung legte sich ihre Anspannung ein wenig.

»Ich war gerade laufen und bin total am Ende.« Theatralisch legte Victor den Arm an die Stirn. »Ehrlich, ich weiß nicht, warum alle sich das antun. Das ist doch Selbstmord. Aber durch dich ist jetzt meine ärztliche Versorgung gesichert, falls mein Kreislauf zusammenbricht. Ich bin zu alt für Sport.«

Victor war zehn Jahre älter als Ann-Kathrin, und sie kokettierten beide gerne damit. Dabei machten ihn seine angegrauten Schläfen und die ebenfalls grauen Bartstoppeln bei seinem dunklen Teint noch weitaus attraktiver.

Eva ließ sich auf die Couch im Wohnzimmer fallen und stopfte sich ein Kissen in den Rücken. Victor nahm ihr gegenüber Platz.

»Schweren Tag gehabt?«, fragte er.

Sie wollte schon den Kopf schütteln, entschied sich aber doch für die Wahrheit, als sie seinen besorgten Blick sah. Sie wusste, dass er nicht gegen ihren Job in der JVA war, das machte ihr das Sprechen leichter. Vielleicht war es eine günstige Fügung des Schicksals, dass Ann-Kathrin noch nicht daheim war.

»Nicht schwer, das nicht, nein. Mir geht nur gerade viel durch den Kopf. Ich hatte mir den Neuanfang anders vorgestellt. Nicht leichter. Einfach nur anders.«

Victor nickte, ließ Evas Ausführungen jedoch unkommentiert. Er schaute sie bloß an und wartete geduldig, bis sie die Worte fand, um auszudrücken, was ihr auf dem Herzen lag. Eva rieb ihre Hände aneinander.

»Ich lerne ganz andere Menschen in der JVA kennen. Jeder dort hat eine Geschichte. Meist eine bittere. Bei meinen Patienten im Krankenhaus war das nicht wichtig, da erfuhr ich meist nichts über die Krankheitsgeschichte hinaus. Oder ich nahm mir nicht genug Zeit, um zu fragen. Wie auch immer. Nur die Fakten haben gezählt, die Befunde. Das Blutbild, Röntgenaufnahmen. Die Behandlungen liefen wie am Fließband. Einer nach dem anderen. Zeit war Geld. Andererseits hat mir das Halt gegeben, eine Struktur, Orientierung. Ich hätte nicht geglaubt, dass ich so viel von dem Leben der Gefangenen mitbekomme. Von dem, was die Leute gemacht haben.« Sie strich sich die Haare aus dem Gesicht und hinters Ohr. »Natürlich war mir klar, dass ich mich auch mit den Delikten beschäftigen muss. Schon aus Sicherheitsgründen. Da kannst du Ann-Kathrin beruhigen.«

»Du hast nicht damit gerechnet, dass dir die Geschichten so unter die Haut gehen«, resümierte Victor.

Eva nickte, senkte dann den Kopf und betrachtete ihre Finger.

»Stimmt genau. Ich muss immer wieder darüber nachdenken, wie schmal der Grat zwischen Gut und Böse ist. Über Vorurteile, die jeder mit sich herumträgt. Über das Schicksal.« Sie seufzte, nahm eines der Kissen und klammerte sich daran fest. »Ich habe heute einen Mann kennengelernt, der mir unverblümt erzählt hat, dass er einen Menschen getötet hat. Auch wenn ich im Grunde gegen jede Form von Selbstjustiz bin und weiß, wie wichtig unser Rechtssystem ist – ich konnte seine Beweggründe nachvollziehen.« Eva lachte auf. »Ich finde ihn sogar sympathisch, so sehr, dass ich ihn mir im echten Leben als einen guten Freund vorstellen könnte. Oder als väterlichen Ratgeber. Er ist schon älter.«

»Und was spricht dagegen?«, fragte Victor und zuckte die Schultern. »Du willst ja keine Affäre mit ihm anfangen, wenn ich dich richtig verstehe. Und deine Arbeit im Gefängnis, das ist doch jetzt dein echtes Leben, oder etwa nicht?«

Verblüfft schaute Eva Victor an. Er hatte recht. Was sprach eigentlich dagegen? Sie zupfte an der Naht des Kissens herum.

»Der Mann hat etwas gemacht«, setzte Victor noch einmal nach. »Richtig? Dafür wurde ihm eine Strafe gegeben. Er sitzt seine Zeit ab. Wenn er das hinter sich hat – sollte man ihm dann nicht eine zweite Chance geben?«

Eva schaute nachdenklich zum Fenster hinaus in den Garten. Vereinzelt tanzten bunte Blätter durch den heftiger werdenden Wind. Schon bald würden die Tage kürzer werden.

»So habe ich das noch nicht gesehen«, murmelte sie.

Automatisch musste sie bei Victors Worten an Robert Arendt denken. Hatte nicht auch er ein Anrecht auf eine zweite Chance? Wieso fiel es ihr leichter, einem Mörder zuzugestehen, dass er sich verändert hatte, als einem Mann, der seine Frau schlug? Was sagte das über sie selbst aus?

Eva war so in Gedanken, dass sie gar nicht mitbekam, wie Victor für einen Moment das Zimmer verließ. Erst als er mit einem Teller mit Schinken und Käse, einer Schüssel Oliven und einer Flasche Wein zurückkehrte, bemerkte sie, dass er sie in Ruhe hatte nachdenken lassen.

»Essen hält Leib und Seele zusammen, Eva. Also greif zu!«

Als Victor sich gerade daranmachte, den Wein zu entkorken, klingelte sein Handy.

»Einen Moment. Bin gleich wieder da!«

Eva hörte an seinem Tonfall, dass er mit seiner Frau sprach. Irgendetwas war los, denn er legte die Stirn in Falten, hörte konzentriert zu, sagte nur ab und zu ein kurzes Wort.

»Okay. Ich weiß Bescheid. Eva ist hier, sie lässt grüßen. Adiós«, beendete er das Gespräch. »Ein Wohnungsbrand in der Innenstadt. Sie muss hin, einen Bericht schreiben, Fotos machen. Das kann länger dauern. Ich soll dir ausrichten, es tue ihr leid.«

Victor entkorkte den Wein und schenkte ihnen ein. Eva gab ihm ein Zeichen, das Glas nur halb voll zu machen. Sie musste noch fahren und wollte kein Risiko eingehen.

»Wo waren wir stehen geblieben?«, fragte er und prostete ihr zu. »Ich finde gut, was du da tust, Eva. Jemand muss sich um diese Menschen kümmern. Alles, was außerhalb der Norm ist, wird heute weggeschoben. Abqualifiziert. Alles muss funktionieren. Perfekt sein. Das schafft nicht jeder. Mancher gerät dann auf die schiefe Bahn.« Victor schwenkte sein Glas und betrachtete die roten Schlieren, die am Rand hinabliefen. »Ich weiß, dass du Menschen schätzt. Egal woher sie kommen und was sie getan haben. Ich könnte das nicht, wirklich nicht, aber du bist genau die Richtige dafür. Vielleicht helfen Menschen wie du, dass deine Patienten einen Weg in die Gesellschaft zurückfinden. Gute Vorbilder, Menschen mit Anstand, Werten und Prinzipien. Die hast du, Eva.

Und ich bin sicher, du wirst eine gute Ärztin dort sein. Gerade weil du keine Vorurteile hast.«

Ein Lächeln huschte über sein Gesicht, während er weiter in sein Glas schaute. Eva merkte, dass eine Hitze in ihr aufstieg, die nichts mit dem Wein zu tun hatte. Victors Kompliment ging ihr nahe und rührte sie. Gleichzeitig schämte sie sich, weil er sie in einem Punkt falsch einschätzte: Sie war nicht so selbstlos, wie er glaubte. Es gab noch andere Gründe, warum sie Berlin verlassen hatte. Aber darüber wollte sie nicht sprechen. Nicht einmal mit ihm. Wenigstens jetzt noch nicht.

»Meinst du?«, fragte sie schließlich.

Victor nickte. »Absolutamente! Und Ann-Kathrin denkt das auch. Oder wird das denken. In ein bis zwei Jahren...« Er zwinkerte Eva zu und deutete auf sein Herz. »Ich kenne meine Frau. Sie sorgt sich um dich. Doch das wird. Warte einfach ab, und gib ihr Zeit. Salud!«

Eva nickte, hob ihr Glas, trank aber nicht. Sie spürte einen Kloß im Hals. Würde Victor immer noch behaupten, dass sie in der JVA gut aufgehoben war, wenn er von dem aggressiven Häftling wüsste, vor dem sie nur in letzter Sekunde der Alarm retten konnte, weil sie die Situation komplett unterschätzt hatte? Von dem Zettel, den ihr Temme zugesteckt hatte? Und vor allem von dem Trauerflor?

Victor legte gerade seinen Kopf in den Nacken, ließ langsam ein Stück Schinken in seinen Mund gleiten und leckte sich dann genüsslich die Finger ab. Ein wohliger Laut drang aus seiner Kehle.

Nein. Es würde auch ihn beunruhigen. Außerdem

konnte sie nicht ausschließen, dass er es Ann-Kathrin weitererzählen würde. Die würde Amok laufen und womöglich Patrick anrufen, sich mit ihm gegen sie solidarisieren. Das konnte sie im Moment einfach nicht riskieren.

Also fasste sie einen Entschluss: Manche Dinge aus dem Knast würde sie für sich behalten. Bis auf Weiteres. Es würde schon nichts Schlimmes passieren.

22.

Klickklack.

Ungeduldig ließ er den Metallverschluss seines Feuerzeugs zuschnappen. Er beobachtete den Eingang des Lokals. Das müsste, verdammt noch mal, längst geschlossen sein. Er ärgerte sich. Seit einer halben Stunde wartete er schon. Seit gestern war es scheißkalt geworden. Die Lichter waren heruntergedimmt, doch nichts geschah. Scheißdreck. Er lehnte sich an das Gitter in seinem Rücken, stieß sich unruhig sofort wieder davon ab, hielt den Blick unverwandt auf die Fenster des Lokals gerichtet.

Klickklack.

Benzingeruch drang bei jeder Bewegung an seine Nase. Er bekam Lust auf eine Zigarette. Nein. Nicht jetzt. Er durfte sich nicht ablenken lassen. Durfte keine Spuren hinterlassen. Nicht heute. Sie würde kommen. Er musste nur Ruhe bewahren und warten. Rasch schlug er den Kragen seiner Lederjacke hoch, zog den Kopf tiefer in das wärmende Innenfell.

Klickklack.

Wieder schnappte der Deckel zu. Dann endlich eine Bewegung hinter der Scheibe. Er hielt die Luft an. Ja. Jetzt ging das Licht aus. Die Tür öffnete sich, und eine Gruppe von Menschen trat ein Stück weiter oben auf den Gehsteig, gegenüber von seinem Versteck. Dann sah er sie. Unter Tausenden würde er sie erkennen. Das glänzende blonde Haar, die aufrechte Haltung. Wenn er die Augen schloss, konnte er sie sogar riechen. Roma, mit einem Hauch Unschuld. Schweiß perlte auf seiner Stirn, ungeduldig mahlte sein Unterkiefer, seine Finger begannen zu zucken.

Klickklack.

Auf und zu, auf und zu sprang der Deckel. Dann sah er, wie sie sich verabschiedete. Küsschen rechts, Küsschen links. Er schob das Zippo in seine rechte Hosentasche, griff in die Jacke, fühlte den beruhigenden kalten Stahl des Messers. Sein Herz klopfte schneller. Jetzt winkte sie den Leuten, ihr Abschiedsgruß hallte durch die Straße, während sie mit leichten Schritten auf ihn zueilte. Instinktiv schob er sich tiefer in den schattigen Winkel, atmete in kurzen Stößen in das Leder des Kragens, damit ihn seine Atemluft nicht verriet. Die Stimmen ihrer Kollegen verklangen. Endlich waren sie allein. Er rieb sich die Hände an der Hose trocken und zog die Latexhandschuhe an. Jetzt war es soweit.

Klick.

Er ließ die Schneide des Messers aus der Halterung springen, beobachtete, wie sie die Zentralverriegelung betätigte. Er warf einen letzten prüfenden Blick die Straße hinauf und hinunter. Niemand war zu sehen. Fest umklammerte er das Messer. Sie öffnete die Wagentür, stieg ein. Mit nur vier

Sätzen war er neben ihrem Wagen, riss blitzschnell die Tür hinter ihrem Sitz auf, sprang hinein. »Kein Wort«, knurrte er, »oder du bist tot.«

Klack.

Die Tür schlug hinter ihm zu. Der Wagen kroch langsam aus der Parklücke, stockte einmal kurz und fuhr davon.

Dann war es still in der Straße.

Teil 2

23.

Schon beim Betreten des »Kaffeegenuss« bemerkte Eva die seltsame Stimmung im Gastraum. Ein Mann stand in einer Ecke und redete mit einer Bedienung, der Tränen über die Wange liefen. Kaum jemand sprach, alle schienen die beiden heimlich zu beobachten oder demonstrativ wegzusehen. Auch wenn sie Robert Arendt nichts von diesem Besuch sagen konnte, wollte sie sich vergewissern, dass es seiner Frau gut ging. Eva ließ ihren Blick durch den Raum gleiten, konnte Nicole jedoch nicht entdecken.

Während sie das Geld für ihre Bestellung herauskramte, fragte sie den jungen Mann hinter der Theke beiläufig: »Ihre Kollegin Nicole ist heute nicht zufällig da?«

Ein Ruck ging durch seinen Körper, dann beugte er sich über die Theke und raunte ihr zu: »Nein. Aber nach der Geschichte ...«

Eva war sofort in Alarmbereitschaft. »Welche Geschichte?«, fragte sie und wartete angespannt auf seine Antwort.

Wieder beugte er sich vor. »Wir haben es gerade erst erfahren. Erst dachten wir, sie wäre wieder einmal krank. Gestern auf der Schicht sah sie ziemlich blass aus.« Eva horchte auf. Also wäre es nicht das erste Mal. »Dabei hat es gestern Abend bei ihr gebrannt. Alles ist komplett zerstört, sagen sie. Und beinahe wäre das Feuer noch auf die anderen Wohnungen übergegangen.«

Eva schluckte, bekam nur mit Mühe einen Satz heraus. »Und Frau Arendt? Ich meine ... ist sie ...?«

Der Mann schüttelte den Kopf. »Nein, offenbar ist sie nicht in der Wohnung gewesen. Von ihr fehlt seither allerdings jede Spur. Sie war gestern spät noch hier, hatte den Dienst getauscht. Wir sind zusammen raus. Und jetzt ... Die Polizei sucht nach ihr.«

Er deutete mit dem Kopf auf den Mann, der Eva bereits aufgefallen war. Die junge Frau hatte sich mittlerweile etwas beruhigt und zuckte auf seine Fragen hin immer wieder die Schultern.

Eva betrachtete den Beamten. Er hatte kurz geschnittenes, braunes Haar, das rötlich schimmerte, auf seiner blassen Haut zeigten sich rötliche Bartstoppeln. Vermutlich war er seit dem Brand nicht nach Hause gekommen, denn er hatte Ringe unter den Augen und sah angestrengt aus. Er war in Zivil, deshalb hatte sie in ihm nicht gleich einen Polizisten erkannt. Er trug einen dunkelblauen Mantel, darunter ein ebenso blaues Hemd über einem weißen Shirt, dazu Jeans. Sehr lässig. Dennoch wirkte die Kleidung gehoben.

»Danke«, murmelte sie dem Mann hinterm Tresen zu. Ohne lange darüber nachzudenken, trat sie auf den Beamten zu, blieb jedoch weit genug entfernt, um nicht aufdringlich zu erscheinen.

»Wenn Ihnen noch irgendetwas einfällt, melden Sie sich doch umgehend unter dieser Nummer. Sie ist rund um die Uhr besetzt. Und bitten Sie auch Ihre anderen Kollegen, mir sofort Bescheid zu geben, wenn Ihnen noch irgendetwas einfällt oder wenn sich Frau Arendt hier meldet«, sagte er mit einer tiefen, sonoren Stimme zu der jungen Frau und hielt ihr eine Visitenkarte hin. Danach blieb er stehen und tippte mit beiden Daumen Notizen in seinen Blackberry.

Eva hielt sich noch einen Moment zurück und musterte ihn. Er war größer als sie und schien ungefähr dasselbe Alter zu haben.

Bevor sie etwas sagen konnte, hatte er sie schon bemerkt.

»Ja? Kann ich etwas für Sie tun?« Er hielt seinen Blick direkt auf ihr Gesicht gerichtet. Seine Augen waren blau, wie seine Kleidung.

»Eva Korell«, sie deutete hinter sich. »Ich habe an der Theke mitbekommen, dass Sie nach Nicole Arendt suchen.«

»Das ist richtig.«

»Nun, ich weiß nicht, ob es wichtig ist. Ich kenne die Frau.«

Wieder nahm er seinen Blackberry zur Hand. »Sie sind Stammgast hier?«

»Nicht direkt. Ich habe sie erst vor ein paar Tagen kennengelernt. Ich bin Ärztin.«

Als würde er spüren, dass sie etwas Wichtiges zu berichten hatte, wies er auf einen Platz an einem Tisch außer Hörweite, direkt am Fenster. Eva ging vor und empfand plötzlich die rote Handtasche, die sie an dem Tag bei sich trug, als viel zu aufdringlich. Nachdem der Kommissar seinen Mantel auszog, legte auch sie ihre Lederjacke ab, warf sie auf die Bank und nahm Platz.

»Einen Kaffee?«, fragte er.

»Cappuccino«, sagte sie rasch. Dann fügte sie noch ein »Bitte« an.

Der Mann legte seinen Blackberry auf den Tisch, hängte seinen Mantel ordentlich über einen der Stühle und ging zum Tresen. Eva zupfte ihre Haare zurecht und strich ihren königsblauen Pullover glatt. Dann faltete sie ihre Hände, nur um sie gleich darauf wieder flach auf den Tisch zu legen. Wieso war sie nur so aufgeregt?

Aus den Augenwinkeln beobachtete sie den Polizisten, der auf die Bestellung wartete und dabei aufmerksam die Bediensteten beobachtete. Er hatte eine sportliche Figur, die aber nicht aussah, als würde er übermäßig im Studio trainieren. Eva tippte eher auf einen Läufer. Oder auf Kampfsport.

Als er mit zwei Tassen an den Tisch zurückkam, setzte sie sich auf ihre Hände. Sie war seit dem Unfall ihrer Eltern nicht mehr mit der Polizei in Kontakt gewesen. Er sollte nicht merken, wie nervös sie gerade war.

»Ich hatte mich noch gar nicht vorgestellt«, begann er. »Lars Brüggemann, Hauptkommissar bei der Münchner Kripo. Also, Frau Korell, dann berichten Sie doch bitte, was Sie mir über Ihre Begegnung mit Frau Arendt sagen können. Oder unterliegen Ihre Informationen der ärztlichen Schweigepflicht?«

»Nein. In diesem Fall nicht. Sie ist nicht meine Patientin. Ich bin ihr rein zufällig begegnet.« Sie berichtete von ihrer Beobachtung an der Tankstelle und davon, wie sie Erste Hilfe geleistet hatte. Brüggemann unterbrach sie nicht ein einziges Mal, sondern hörte aufmerksam zu und tippte nur hin und wieder etwas in seinen Blackberry.

»Glauben Sie, Frau Arendt stand an dem Tag unter dem Einfluss von Drogen oder Tabletten?«

Die Frage überraschte Eva. Sie dachte noch einmal über den Zustand der jungen Frau bei ihrer ersten Begegnung nach. Dann schüttelte sie den Kopf. »Ich glaube nicht, nein. Ihre Pupillen waren zwar geweitet, aber nach ihrem Gesamtzustand zu urteilen, war das eine Stress- oder Angstreaktion.«

»Woraus schließen Sie das?«

»Ich bin Ärztin und habe lange in der Notaufnahme gearbeitet. Ich kenne die Symptome: Die Bewegungen waren fahrig, sie hatte geschwitzt und sah verwirrt aus. Ihr ganzes Verhalten hat gewirkt, als wäre sie auf der Flucht.«

Wieder tippte Brüggemann. Er hatte sehnige Hände, mit kurz geschnittenen Fingernägeln. Seine ruhige, konzentrierte Art ging nun auch auf Eva über, und sie begann, sich zu entspannen. Um nicht dauernd den Kommissar anzustarren, gab sie einen Teelöffel braunen Zucker in die Mitte der Schaumkrone und beobachtete, wie er langsam versank.

»Und dann sind Sie zufällig hier wieder auf Frau Arendt getroffen?«, fragte er beiläufig. Obwohl sein Ton unverändert blieb, bemerkte Eva eine Veränderung in seiner Haltung. Es war nur eine Nuance, doch sein Körper war ein winziges Stück nach vorne gerückt, und sein Zeigefinger tippte sachte auf die Rückseite des Geräts.

Verdächtigt er mich etwa?, schoss es ihr durch den Kopf. Oder bildete sie sich das ein? Die Ruhe, die sie gerade gespürt hatte, war wieder verflogen. Sie versuchte, sich zu beruhigen. Vielleicht war es einfach seine Masche, Menschen mit solchen Fragen aus der Reserve zu locken. Sie hatte nichts Unrechtes getan, hatte also nichts zu befürchten. Dennoch fühlte sie sich unwohl.

»Ja. Zufällig.« Ihr Gefühl riet ihr, Nicoles nächtlichen Besuch vor ihrer Haustür unerwähnt zu lassen. Schließlich hatte sie keine Ahnung, was Frau Arendt genau gewollt hatte. Außerdem mochte sie dem Kommissar keinen Grund für Mutmaßungen geben. Denn aus der Sicht von Brüggemann hätte es schon etwas seltsam wirken können, dass Eva andauernd in das Café gekommen war, obwohl sie die Frau an diesem Abend als übergriffig empfunden und abgewiesen hatte. Beinahe wie ein Stalker, durchfuhr es sie.

»Das Café liegt auf dem Weg zu meiner Arbeit«, sagte sie schnell und bemühte sich, langsam und ruhig zu sprechen. »Ich bin seit Anfang dieser Woche als Ärztin in der JVA Wiesheim angestellt. Das Café ist mir schon vorher aufgefallen, aber ich hatte keine Ahnung, dass Nicole Arendt hier arbeitet. Also ja, ein Zufall. Obwohl es heißt, dass man sich im Leben immer zweimal begegnet, oder?«

Eva merkte, dass sie zu plappern begann, bremste sich und löffelte schnell etwas Schaum von ihrem Cappuccino.

Brüggemann legte den Kopf schief. »Wiesheim? Wow!«

Eva musste lächeln. So leicht war es ihr gelungen, das Thema zu wechseln. Brüggemann strich sich über den Nacken, schien über etwas nachzudenken. Eva zog es vor, abzuwarten, was er als Nächstes wissen wollte.

»Bitte entschuldigen Sie, aber ... wie soll ich es ausdrücken«, er wich ihrem Blick aus. »Ich hatte mir Menschen, die dort diesen Job machen, einfach anders vorgestellt. Eher wie diesen Schauspieler, der auch im Gefängnis arbeitet. Ich komme nicht auf den Namen.« Er zuckte die Schultern und lächelte. »Sie sehen, auch ein Polizist ist nicht davor gefeit, in Schubladen zu denken.«

Er nahm einen Schluck von seinem Espresso. Ein doppelter. Schwarz. Also traf Evas Vermutung zu, dass er in der Nacht kein Auge zugetan hatte.

»Ich werte Ihre Verwunderung jetzt einfach als Kompliment«, konterte Eva und schmunzelte ihrerseits. »Um wieder auf Nicole Arendt zurückzukommen: Ihr Mann ist bei uns inhaftiert, aber das wissen Sie vermutlich schon. Ich habe ihn gerade gestern im Rahmen einer Untersuchung gesprochen.«

Eva bemerkte Brüggemanns Blick, der auf ihren Händen ruhte. Während ihrer kurzen Antwort hatte sie offenbar unablässig ein Ende ihres Tuches um den Finger gewickelt. Schnell ließ sie es los. Graues Leopardenmuster. Was hatte sie sich nur dabei gedacht? Aber sie hatte ja nicht ahnen können, dass sie in ein Polizeiverhör geraten würde. Das auffällige Outfit hatte sie am Morgen bewusst gewählt, um zu kaschieren, wie sehr sie der Trauerflor und einige Begegnungen beunruhigt hatten. Sie wollte tough aussehen. Deshalb die Signalfarben, das Leder. Für einen Job im Gefängnis war ihr Look aber definitiv ungewöhnlich. Morgen würde sie auf dezentere Klamotten achten. Gedeckte Farben, keine Muster.

Schnell fuhr sie fort: »Er hat sich große Sorgen um seine Frau gemacht, weil er sie zur vereinbarten Zeit mehrfach nicht zu Hause erreichen konnte. Er hat mich sogar gebeten, ihm Sonderausgang zu genehmigen, damit er sich überzeugen kann, dass wirklich alles mit ihr in Ordnung ist. Das war natürlich nicht möglich. Er war jedoch fest davon überzeugt, dass daheim etwas nicht stimmte. Ich dachte, das sollten Sie wissen.«

Der Kommissar machte sich keine Notiz, sondern trank seinen Kaffee in einem Zug leer.

»Gestern Abend war Nicole Arendt noch hier. Sie hatte Spätschicht. Vor zwei Tagen hat sie den Wunsch geäußert, ihren Dienst zu tauschen, obwohl sie sonst immer die Frühschicht hier gemacht hat«, entgegnete er. »Die hatte sie seit einem Jahr schon regelmäßig. Sieben Tage die Woche. Von diesem Wechsel hat ihr Mann offenbar nichts gewusst.«

Eva nickte. Eine Sieben-Tage-Schicht. Kein Wochenende. Es wunderte sie allerdings nicht, dass Nicole Arendt hart arbeitete. Sie musste die Miete für die gemeinsame Wohnung alleine zahlen, die sie sich zuvor vermutlich mit ihrem Mann geteilt hatte. Dann diese Reise. Es hätte sie unter diesen Umständen auch nicht gewundert, wenn Nicole Arendt noch einen weiteren Job annehmen musste, um über die Runden zu kommen. Oder hatte sie vielleicht getauscht, um unauffällig einen Arzt oder Therapeuten aufzusuchen? Eva hoffte es sehr. Wahrscheinlicher war jedoch, dass es in der Spätschicht eine höhere Zulage gab.

»Ist Ihnen sonst noch etwas aufgefallen?«, fragte

Brüggemann. Wieder hielt er seinen Blick unablässig auf sie gerichtet.

Für einen Moment überlegte Eva, ob sie die Schnitte an Nicole Arendts Armen erwähnen sollte. Aber die seelische Not der jungen Frau hatte nichts mit dem Ausbrennen ihrer Wohnung zu tun, allenfalls würde ein zweifelhafter Gesundheitszustand dazu führen, dass die Versicherung die Zahlung unterließ. Denen käme jedes Mittel gelegen, um die Kosten abzuwälzen. Außerdem würde die Polizei bei der Befragung der Nachbarn vermutlich genug herausfinden, um sich ein umfassendes Bild von dem Leben des Paares zu machen.

»Nein. Ich glaube nicht. Das war alles.« Eva nahm einen Schluck von ihrem Cappuccino, den sie nicht unangetastet stehen lassen wollte, der ihr zum Trinken jedoch eigentlich noch viel zu heiß war. »Vielleicht bin ich zu neugierig, aber wissen Sie schon, wie der Brand entstanden ist? Es scheint mir doch seltsam, dass sie seither nicht mehr auffindbar ist.«

Brüggemann musterte eingehend ihr Gesicht. Eva hätte alles dafür gegeben, in diesem Moment seine Gedanken lesen zu können, doch sein Gesicht spiegelte keinerlei Emotion. Er war die ganze Zeit konzentriert und sachlich.

»Wir stehen noch ganz am Anfang unserer Ermittlungen. Für Vermutungen ist zu diesem Zeitpunkt kein Raum. Erst müssen wir sauber unsere Untersuchungen durchführen, bevor wir anhand der Fakten unsere Schlüsse ziehen.«

Schade, dachte Eva, die merkte, dass das Gespräch

von seiner Seite beendet war. Sie hätte gerne noch weiter mit dem Kommissar gesprochen, ihn näher zu dem Brand befragt. Außerdem war Brüggemann ein interessanter Typ.

»Darf ich Ihnen vielleicht auch noch eine Frage stellen?«, fragte der Kommissar zu ihrer Überraschung.

»Natürlich!« Wieder zupfte Eva an ihrem Tuch.

»Halten Sie immer Kontakt zu den Ehepartnern Ihrer Gefängnispatienten? Oder ist das auch nur ein Zufall?«

Eva versuchte, seinem prüfenden Blick standzuhalten, merkte jedoch, dass das Lid über ihrem linken Auge nervös zuckte.

»Seltsam. Ich hatte Sie so verstanden, dass es noch zu früh für Vermutungen wäre, Herr Brüggemann«, antwortete sie mit fester Stimme. »Aber um Sie zu beruhigen: Die Chronologie meiner Schilderungen war korrekt. Ich wusste nicht, dass der Mann von Frau Arendt inhaftiert ist, als sie zusammenbrach. Oder sollte ich Ihrer Meinung nach vor einer Erste-Hilfe-Leistung immer erst genau die Familienverhältnisse des Betroffenen klären?«

Er verzog den Mund, nickte und steckte seinen Blackberry ein.

»Touché«, antwortete er. »Von meiner Seite ist alles geklärt. Vielen Dank, dass Sie sich bei mir gemeldet haben. Ihre Hinweise können uns vielleicht weiterhelfen.«

»Meine Anschrift brauchen Sie nicht?« Eva dachte daran, dass er der Bedienung eine Karte gegeben hatte.

»Ich weiß ja, wo ich Sie finden kann. Die Adresse von Wiesheim ist mir bekannt«, sagte er mit einem Augenzwinkern und verließ das Café.

Ein seltsamer Abgang, dachte sie, während sie ihm nachsah. Wieder glaubte sie, dass er sie im Verdacht hatte. In dem Moment fiel ihr der Blazer ein. Brüggemann war bereits weg, und es wäre seltsam, das jetzt noch zu erwähnen. Sie konnte nur hoffen, dass das Feuer oder das Löschwasser ihn endgültig vernichtet hatte. Es hätte ein seltsames Licht auf sie geworfen: Immerhin war Blut von Nicole Arendt an dem Ärmel.

24.

Eva hatte vorzeitig Feierabend gemacht und war schon am frühen Nachmittag nach Hause gefahren. Während ihrer Sprechstunde war sie unkonzentriert gewesen, und so war sie froh, als endlich die letzte Untersuchung für diesen Tag erledigt war. Sie hatte zwar Bereitschaft, falls etwas Dringendes in der JVA passierte, doch sie konnte sich endlich mit dem beschäftigen, was ihr seit dem Morgen unter den Nägeln brannte. Sie musste mehr über Nicole Arendt erfahren. Nur wie?

Sie umfasste das Lenkrad fester. Zum Glück hatte sie die Untersuchung von Arendt schon abgeschlossen. Die Laborbefunde waren unauffällig gewesen. Sie hätte nicht gewusst, wie sie sich ihm gegenüber hätte verhalten sollen. Nach dem Brand ... Fest stand nun aber, dass seine Sorge um seine Frau durchaus berechtigt gewesen war.

Eva konnte noch immer nicht begreifen, in welche Geschichte sie da hineingeraten war. Ann-Kathrin würde ausrasten. Sämtliche ihrer Vorurteile würden bestätigt: Der Job wäre gefährlich, die Inhaftierten völlig kaputt und Eva selbst würde mit der Zeit immer tiefer in ein übles Milieu hineingezogen.

Erst jetzt erinnerte sich Eva an etwas: Victor hatte gestern gesagt, dass Ann-Kathrin über einen Brand berichten musste. Da es sicher nicht allzu viele große Wohnungsbrände zeitgleich in der Stadt gab, hatte sie bestimmt über den im Wohnhaus der Arendts geschrieben. Eva musste sich unbedingt am nächsten Kiosk eine Tageszeitung kaufen. Hätte sie bereits bei ihrem Einzug eine Zeitung abonniert, wäre sie heute Morgen bei dem Gespräch mit dem Kommissar auch nicht so ahnungslos gewesen.

Seine seltsame Reaktion nagte noch an ihr. Außerdem gefiel es Eva nicht, dass sie Teile der Geschichte ausgelassen hatte. Würde er dahinterkommen, wäre das nicht die beste Grundlage für eine vernünftige Zusammenarbeit. Ob sie ihn noch einmal kontaktieren sollte? Um ihm den Rest zu erzählen? Aber wie würde das wirken? Nein. Sie musste erst mit Ann-Kathrin sprechen. Sie würde wissen, was zu tun wäre. Vielleicht kannte sie Brüggemann sogar von ihrer Arbeit und konnte seine Reaktion einschätzen.

Eva schaute in den Rückspiegel und erinnerte sich dabei wieder an den Trauerflor. Eigentlich hatte sie Hackl oder einen anderen Vollzugsbeamten aus dem Eingangsbereich darauf ansprechen wollen, ob sich jemand in der Nähe ihres Autos aufgehalten hatte. Vielleicht war ihm etwas aufgefallen, denn es war doch ein seltsamer Zufall, dass kurz nach ihrem Fund dieser Brand geschehen war. Konnte der Trauerflor auch eine Art Hilferuf gewesen sein? Von Nicole? Fürchtete sie nach der Entlassung von Robert um ihr Leben?

Zugegeben, der Gedanke war vielleicht weit hergeholt, aber Eva erinnerte sich an einen Artikel über Gewaltopfer, die sich als Zeichen für Nachbarn und Freunde einen schwarzen Punkt in die Handfläche malten, um ihr Umfeld auf ihre prekäre Situation hinzuweisen. Diese Initiative war zwar von einer Amerikanerin ausgegangen, doch vielleicht hatte auch Nicole davon gelesen. Dass sie regelmäßig Zeitung las, war sicher, schließlich hatte sie sogar den winzigen Artikel über Evas Dienstantritt bemerkt.

Je länger Eva darüber nachdachte, desto absurder erschien ihr jedoch ihre Gedanken. Vielleicht war es ein Fehler, ihre eigenen Erlebnisse mit der Geschichte der Arendts in Verbindung zu bringen. Nicole wurde unmittelbar bedroht, hatte vor etwas große Angst. Dessen war sich Eva sicher. Robert hingegen würde erst in ein paar Wochen wieder daheim sein. Es musste also einen anderen Grund geben. Der vielleicht auch den Brand erklären würde.

Eva rief sich die Verletzungen der jungen Frau in Erinnerung: Schnitte am Arm, eine verbundene Hand. Dazu die Ringe unter den Augen, der schlechte gesundheitliche Zustand. Eva hatte automatisch darauf geschlossen, dass Nicole sich die Schnitte selbst zugefügt hatte. Konnte es sein, dass es gar nicht um Robert ging, sondern um jemand völlig anderen, der sie verfolgte oder unter Druck setzte? Eva scherte in die nächste Parklücke ein.

Hektisch begann sie, jede Ablagefläche in ihrem Wagen zu durchsuchen. Wäre es möglich, dass Nicole ihr einen Hinweis hinterlassen hatte? Eine Nachricht, irgendetwas? Weil Eva an dem Abend nicht zuhören wollte? Immerhin war sie ihr bis zu ihrem Haus gefolgt. Warum nicht auch zu ihrem Wagen? Doch Eva fand nichts. Hätte sie das schwarze Band doch bloß behalten! Vielleicht waren Spuren daran gewesen, die die Polizei hätte auswerten können.

Eva strich sich die Haare aus dem Gesicht und betrachtete ihre Augen im Spiegel. *Denk nach,* ermahnte sie sich. Oder reagierte sie über? Gestern hatte sie den Vorfall als unbedeutend abgehakt. Und heute? Verunsicherten sie die Ereignisse im Gefängnis am Ende mehr, als sie zugeben wollte? Sich vorzustellen, dass ihr jemand aus dem Knast eine Botschaft hinterlassen hatte, wäre eindeutig schlimmer. Ein Trauerflor stand immerhin für den Tod.

Sie seufzte. Auch wenn es Eva nicht wahrscheinlich erschien, dass Nicole in der Lage war, einen Wagen zu knacken, machte die Geschichte so erstmals Sinn. Wenn es in Nicoles Leben einen anderen Mann gab, wäre es logisch, dass sie furchtbare Angst vor Roberts Rückkehr hatte. Seine Eifersucht hatte sie schon zuvor in Schwierigkeiten gebracht. Aber vor wem war sie dann am vergangenen Sonntag weggelaufen?

Andererseits wäre es nicht das erste Mal, dass sich eine

Frau erneut auf einen ganz ähnlichen Typ einließ oder ihre verletzliche Ausstrahlung den nächsten aggressiven Menschen angezogen hatte. Wurde sie wieder geschlagen? Eva dachte an den Verband an Nicoles Hand, das Blut auf ihrem Oberteil. Aber was sollte der Trauerflor genau bedeuten? Hätte es keinen einfacheren Weg gegeben? Einen Brief, einen Anruf? Vielleicht nicht, wenn sie verfolgt wurde ...

Eva schaute nachdenklich aus dem Fenster. Die Gegend, in der sie angehalten hatte, kannte sie nicht. Die Straße war von tristen grauen Mietshäusern aus den Sechzigern gesäumt, die ihre beste Zeit längst hinter sich hatten. In den Innenhöfen und auf einigen Balkonen hatten sich Anwohner bemüht, mit Blumenkästen etwas Farbe in das Grau zu bringen, dennoch blieb die Umgebung traurig und unpersönlich. Eva konnte sich nicht vorstellen, so zu leben. Tür an Tür mit Menschen, die man vermutlich nicht einmal kannte.

Was wohl hinter diesen Türen passierte? Sie seufzte. Sie hatte längst die Illusion verloren, in der Welt sei alles in bester Ordnung. Nur schafften es mittlerweile die meisten recht gut, ihren Dreck vor anderen zu verbergen, und die wachsende Anonymität half, wenn man wegsehen wollte. Mit Erschrecken stellte sie fest, dass sie sich im Grunde auch nicht anders verhalten hatte. Obwohl es Nicole sichtlich nicht gut ging, hatte Eva sie abgewiesen.

Gerade wollte sie den Zündschlüssel drehen, als ihr etwas einfiel: Ihr Gedankengang hatte einen Haken. Hätte Nicole einen anderen Mann, würde sie wohl kaum mit Robert diese verspätete Hochzeitsreise machen, von der er erzählt hatte. Sie hatte darauf gespart, was ihr bei ihrem Gehalt sicher nicht leichtgefallen war. Warum hätte sie solchen Wert auf einen geradezu symbolischen Neuanfang legen sollen, wenn es einen anderen gab? Ein weiterer Punkt war, dass Nicole sich auf Roberts Entlassung zu freuen schien, wie auch immer Eva die Beziehung und deren Qualität beurteilte. Nur hatte Nicole weder glücklich, noch irgendwie hoffnungsvoll bei den Zusammentreffen mit Eva gewirkt. Oder hatte Robert sie angelogen? Wollte er vielleicht, dass sie genau das dachte?

Ungeduldig trommelte sie auf das Lenkrad. Je mehr Eva darüber nachdachte, umso konfuser waren ihre Gedanken. Ärgerlich, dass sie nicht mit dem Kommissar darüber reden konnte. Vielleicht hatte sie einige Details zu schnell als belanglos abgehakt, aber sie war schließlich keine Ermittlerin. Sie hätte zu gerne gewusst, wie Brüggemann das alles einschätzte.

Instinktiv griff sie zu ihrem Handy, um Ann-Kathrin anzurufen, brach den Anruf aber nach wenigen Sekunden wieder ab. Was erwartete sie von ihrer Freundin, die ohnehin meinte, die ganze Geschichte mit der JVA wäre eine Schnapsidee? Und was würde Ann-Kathrin davon halten, wenn Eva ihr erzählte, dass die Frau eines Inhaftierten in der Nacht vor ihrer Haustür gestanden hatte? Die Frau, deren Wohnung gerade lichterloh gebrannt hatte? Es würde bloß alle ihre Befürchtungen bestätigen.

Resolut startete Eva den Wagen. Sie würde gleich

eine Weile an der Würm entlanggehen. Das machte den Kopf frei. Und danach würde sie Cello spielen.

Vielleicht sah sie dann klarer.

25.

Lars Brüggemann folgte mit seiner Kollegin Aleksandra Jovic dem Schließer, der sie auf dem Rückweg von ihrem Termin begleitete. Nachdem sie ihre persönlichen Sachen wiederbekommen hatten, öffnete sich das große graue Tor und entließ sie nach draußen in die Kälte. Brüggemann schlug den Mantelkragen hoch und wollte gerade zu seinem Dienstwagen gehen, als er in einiger Entfernung Eva Korell entdeckte, die langsam zwischen den Autos entlanglief und dabei intensiv den Boden absuchte. Er bat seine Kollegin, vorzugehen und hielt auf die Ärztin zu.

»Kann ich Ihnen helfen?«, fragte er.

Eva zuckte zusammen und fasste sich an die Brust. Offenbar hatte sie ihn weder gehört noch gesehen.

»Meine Güte, haben Sie mich erschreckt!«, sagte sie, richtete sich auf, verriegelte den Wagen und kam auf ihn zu.

Heute war sie so gekleidet, wie er sich eine Ärztin vorstellte: weiße Jeans, darüber eine dunkelblaue Fleecejacke und einen hellen Schal, den sie mehrfach um den Hals gewickelt hatte. Hätte er sie beim ersten Mal so gesehen, wäre er nicht so verblüfft über ihren Beruf gewesen. Am Vortag hätte er eher auf einen Beruf mit Medien getippt, wegen ihrer coolen Erscheinung und ungeheuer starken Präsenz.

»Sind Sie wegen mir hier?«, fragte sie, nachdem sie ihn mit einem kräftigen Händedruck begrüßt hatte. »Wir können gerne in mein Büro gehen.«

Brüggemann war sich nicht sicher, aber es schien ihm, als würde sie bei dem Satz erröten. Bei dem selbstbewussten Auftreten der Ärztin wäre das zwar überraschend, es wirkte jedoch sehr charmant. Er bedauerte, dass der Fall ihm keine Chance ließ, ihrer Einladung zu folgen. Er hätte sie zu gerne in ihrem gewohnten Umfeld erlebt.

»Ehrlich gesagt bin ich schon fertig«, antwortete er. »Wir haben gerade mit Robert Arendt gesprochen.«

»Natürlich. Das hätte ich mir denken können«, antwortete sie und ließ ihren Blick wieder über den Parkplatz wandern. Dann zog sie resolut den Reißverschluss ihrer Jacke hoch, machte jedoch keine Anstalten, zu gehen.

»Haben Sie etwas verloren?«, wollte er wissen.

»Nur meinen Einkaufszettel. Doch ich komme auch ohne den klar.« Sie schlug die Augen nieder. Hastig fügte sie hinzu: »Gibt es denn schon neue Erkenntnisse? Entschuldigen Sie meine Neugier, aber nachdem ich die junge Frau persönlich kenne, denke ich ständig darüber nach, was mit ihr geschehen sein könnte. Wenn Sie heute mit ihrem Mann gesprochen haben, gehe ich davon aus, dass sie bislang nicht wieder aufgetaucht ist, richtig?«

Brüggemann wägte ab, ob und was er ihr antworten sollte. Eigentlich musste er sich in laufenden Ermittlungen zurückhalten. Ohnehin landete immer viel zu viel in der Presse. Und zu früh. Doch die Ärztin schien durchaus vertrauenswürdig und war sicher nicht auf Sensationen aus.

»Nach allem, was wir in den letzten Stunden herausgefunden haben, sieht es danach aus, als hätte Nicole Arendt den Brand selbst gelegt.«

Eva Korell lehnte sich verblüfft gegen die Motorhaube ihres Wagens. »Glauben Sie das wirklich? Ich meine... Denken Sie etwa, das war Absicht? Ich war, offen gestanden, von einem Unfall ausgegangen.«

Ihre direkte Art gefiel ihm, dennoch haderte er mit sich, wie viel er noch preisgeben wollte. »Kennen Sie die Geschichte des Paares genauer?«, fragte er deshalb ausweichend.

»Sie meinen, dass er sie geschlagen hat? Ja. Ich habe davon gehört. Die hiesige Psychologin, Judith Herzog, hat mir davon erzählt«, gab sie nach einem Moment des Zögerns zu.

»Dann wird es Sie nicht wundern, dass Arendts Profil ziemlich genau in das eines Mannes passt, der Frauen dominieren und kontrollieren will«, fuhr Brüggemann fort. »Seine Frau hatte in den letzten Monaten viel Zeit, um nachzudenken. Wir können uns vorstellen, dass sie jetzt, bevor seine Entlassung ansteht, die Chance ergriffen hat, endlich zu verschwinden und ihre Spuren zu verwischen. Das Auto steht noch vor dem Haus, und durch den Brand lässt sich nicht rekonstruieren, ob sie ihre persönlichen Sachen aus der Wohnung mitgenommen hat. Eigentlich ein geschickter Schachzug.«

Eva musterte Brüggemann, reagierte aber nicht. Es schien, als würde sie intensiv über seine Worte nachdenken.

»Sind Sie sicher?«, fragte sie nach einer Weile.

Er zuckte die Schultern. »Noch nicht vollkommen, es ist derzeit nur eine Theorie. Die Spurensicherung läuft aktuell noch, auch die Brandursache steht noch nicht hundertprozentig fest. Es deutet jedoch einiges darauf hin.«

»Ich dachte, Sie halten nicht viel von Vermutungen?«

Brüggemann konnte sich ein Lächeln nicht verkneifen. Er mochte die Schlagfertigkeit der Ärztin.

»Stimmt. Aber Sie machen den Eindruck, als wären auch vage Ergebnisse bei Ihnen in guten Händen«, konterte er.

Eva sah ihm in die Augen und lächelte. Ihre Augen waren von einem hellen Grün, ihr Blick direkt und offen. Vorsicht, dachte er. Wenn er bisher an seinen Motiven gezweifelt hatte, war er sich jetzt sicher: Die Frau faszinierte ihn. Nicht nur wegen ihrer Berufswahl.

»Lars! Kommst du?«, rief in dem Moment seine Kollegin aus dem Wagen. »Der Chef schickt uns noch einmal zum Tatort.«

Brüggemann winkte ihr zu, um zu signalisieren, dass er sie verstanden hatte.

»Sie entschuldigen«, sagte er und reichte Eva die Hand.

Sie ergriff sie beherzt. Ihr Händedruck passte zu ihrem ganzen Wesen: fest und entschlossen.

»Natürlich. Nur eins... Ich glaube, Sie schätzen Robert Arendt falsch ein.«

Brüggemann war hin- und hergerissen. Er musste los. Bestimmt kannte die Feuerwehr mittlerweile die Brandursache. Allerdings war er auch neugierig auf Evas Meinung.

»Ich habe natürlich keine Beweise. Und sicher spricht eine Menge gegen den Mann, das weiß ich ebenfalls. Seine Bitte, nach Nicole zu suchen, war allerdings sehr eindringlich, und seine Sorge wirkte echt. Nicole selbst hingegen war nervlich am Ende.«

»Lassen Sie sich von den Jungs hier drin nichts vormachen. Natürlich macht er sich Sorgen. Seine Frau ist abgehauen. Er wird bei seinen Kumpeln nicht gerade toll dastehen, wenn ihm seine Alte wegläuft«, sagte er. »Sie wissen, wie ich das meine, oder? Unter Männern wird das so gesehen. Jedenfalls in diesen Kreisen.«

Eva nickte. »Das glaube ich Ihnen gerne. Trotzdem sehe ich keinen Anhaltspunkt für Ihre Theorie. Nicole Arendt hätte eine solche Flucht, diesen Brand und alles, was damit zusammenhängt, in ihrem Zustand gar nicht planen können. Eher hätte sie in einem Frauenhaus Schutz gesucht, wissen Sie, was ich meine? Etwas Passives. Ihre Angst, die ich gespürt habe, war akut. Robert konnte ihr aber zu diesem Zeitpunkt gar nicht gefährlich werden. Außerdem: Warum hätte sie erst jetzt abtauchen sollen, wenn er der Grund für ihre Ängste war? Sie hatte fast ein Jahr lang Zeit.«

Brüggemann fiel es schwer, sich loszureißen, denn was Eva Korell sagte, machte durchaus Sinn, dennoch musste er nun wirklich dringend weg. Deshalb zückte er seine Visitenkarte und reichte sie Eva.

»Vielleicht können wir ein andermal weiter darüber reden? Mich interessiert, was Sie sagen, aber…«, er deutete zu dem Wagen. »Ich muss leider los.«

Spontan nahm er seinen Stift und schrieb auf die Rückseite der Karte seine Handynummer.

»So erreichen Sie mich jederzeit, in Ordnung?«

Sie nickte und steckte die Karte in ihre Hosentasche.

»Ich muss jetzt auch an die Arbeit. Meine Patienten warten sicher schon«, sagte sie. »Viel Erfolg!«

»Danke! Und passen Sie auf sich auf!«, rief er noch, hätte sich aber im selben Moment dafür ohrfeigen können. Frauen wie Eva Korell brauchten keinen Beschützer. Was hatte er sich nur dabei gedacht? Ohne sich noch einmal umzudrehen, lief er auf den Audi zu und ließ sich auf den Beifahrersitz fallen.

»Wer war das?«, fragte seine Kollegin.

»Die Gefängnisärztin. Sie hat Robert Arendt behandelt und kannte auch seine Frau. Ich habe sie gestern schon einmal kurz befragt.«

»Verdammt attraktiv für eine Gefängnisärztin«, sagte sie und grüßte Eva im Vorbeifahren.

»Ist mir gar nicht aufgefallen«, antwortete er und verkniff es sich, Eva noch einmal kurz zuzuwinken.

26.

Eva nahm an ihrem Schreibtisch Platz und googelte den Brand. Am Tag zuvor hatte sie völlig vergessen, nach Ann-Kathrins Artikel zu suchen. Schnell fand sie ihn. Eva überflog die Zeilen und warf dann einen Blick ins Wartezimmer. Drei Patienten saßen dort, alle in eine Unterhaltung vertieft. Ein paar Minuten hatte sie also noch. Das Gespräch mit dem Kommissar hatte Eva nachdenklich zurückgelassen. Außerdem stand das Wochenende bevor, und sie würde keine Ruhe finden, wenn sie nicht mit jemandem über den Fall sprach. Egal wie kritisch Ann-Kathrin sein mochte – sie war ihre beste Freundin, und Eva vertraute ihrem Urteil.

Zunächst schrieb sie allerdings eine Mail an Judith Herzog, um sich mit ihr zum Mittagessen zu verabreden. Eva hatte die Kantine ohnehin ausprobieren wollen, denn der Speiseplan klang gut, und es konnte nicht schlechter sein als das, was sie sich daheim zusammenkochte.

Dann nahm sie ihr Handy und drückte auf die Kurzwahl. Ohne zu wissen warum, mochte sie nicht die Gefängnisleitung benutzen. Ihre Freundin meldete sich mit energiegeladener Stimme:

»Eva, um diese Uhrzeit? Hast du endlich auf mich gehört und im Knast gekündigt?«

Gegen ihren Willen musste Eva lachen.

»Nein. Und auch wenn du noch Jahre darauf herumreitest, ich mache das hier weiter. Ob es dir gefällt oder nicht.«

Ann-Kathrin seufzte.

»Ich weiß. Das ist ja das Schlimme. Wenn du dich erst einmal in etwas verbissen hast...«

»...dann lasse ich es nicht mehr los«, ergänzte Eva den Satz.

»Du hast eben echte Terrierqualitäten«, setzte Ann-Kathrin die Stichelei fort. »Aber vielleicht hilft dir genau diese Art, heil durch den Sumpf zu kommen, in dem du dich da befindest.«

Der Beginn des Gesprächs machte es Eva nicht gerade leicht, auf das Thema zu kommen, das ihr auf dem Herzen lag.

»Mensch, pass doch auf!«, schrie Ann-Kathrin plötzlich.

»Bist du im Auto unterwegs?«

»Ja. Die Story des Tages. Es gab einen Wohnungsbrand, vielleicht hast du davon gehört. Im Grunde keine besondere Sache, wäre nicht die Mieterin seither spurlos verschwunden.«

»Ich weiß. Ich kenne die Frau.«

»Du... Moment. Sag das noch mal. Und woher bitte? Du bist doch gerade mal seit einem Monat hier in München.«

»Zufall. Sie ist am Sonntag auf der Straße zusammengebrochen, und ich habe sie verarztet. Genau deshalb rufe ich an: Ich würde gerne mehr über den Fall wissen.«

»Ich auch, das sage ich dir. Ich bin gerade wieder unterwegs zum Tatort. Irgendetwas hat die Polizei da wohl heute Morgen gefunden.«

Eva verkniff sich einen Kommentar. Das erklärte allerdings, warum Brüggemann so dringend weggemusst hatte.

»Die lassen nichts nach draußen. Und genau das macht mich neugierig. Normalerweise plaudert immer irgendjemand. Aber dieses Mal: Stille. Alle blocken. Da dachte ich mir, ich fahre einfach hin. Mal sehen, was ich herausfinden kann, wenn ich meinen Charme spielen lasse.«

Eva hätte ihre Freundin am liebsten gebeten, sie mitzunehmen. Doch das ging natürlich nicht. Wieder warf sie einen Blick auf das Sprechzimmer. Die Patienten wirkten völlig entspannt, ein weiterer war noch dazugekommen.

»Können wir uns vielleicht treffen? Heute Abend? Bei mir?«

»Wenn du versprichst, nicht zu kochen, dann gerne«, zog Ann-Kathrin sie auf. »Ich bringe was vom Thai mit, wenn es für dich okay ist. Irgendwas mit gebratenen Nudeln? So gegen 18 Uhr? Und dann will ich alles über diese Frau wissen, was du weißt. Exklusiv.«

Nachdem Eva alles bestätigt hatte, nahm sie sich endlich ein Herz und fügte noch an: »Ich habe einen Oldtimer gesehen. An demselben Tag, an dem das mit Nicole Arendt passiert ist. Es war das Modell, mit dem meine Eltern...«

»Scheiße! Wie geht es dir damit? Wir reden heute Abend ganz ausführlich darüber, ja? Aber bitte glaube mir, das hat nichts mit dir oder der Geschichte von damals zu tun. Es ist einfach ein Zufall, hörst du?«

Eva nickte, brachte aber kein Wort heraus. Ein dicker Kloß hatte sich in ihrem Hals gebildet. Sie wusste, dass Ann-Kathrin recht hatte, dennoch wühlte es die ganze alte Geschichte und die damit verbundenen Gefühle wieder auf. Und das gerade hier, an dem Ort, an dem sie neu anfangen und ganz bewusst einen dicken Schlussstrich unter die Vergangenheit ziehen wollte. Eva fühlte sich mit einem Mal schutzlos und furchtbar allein.

»Alles in Ordnung?«, fragte Ann-Kathrin sanft.

Als Eva gerade antworten wollte, flog die Tür auf, und Lisbeth kam herein.

»Notfall, Chefin! Sie müssen sofort in den Männertrakt kommen. Es hat einen Zwischenfall gegeben. Ein Mann ist verletzt.«

»Sorry, Ann. Ich muss... Bis später. Nur eins noch: Danke!«

Dann schnappte sich Eva ihre Tasche und folgte Lisbeth.

Die beiden Frauen eilten im Laufschritt in das Nachbargebäude. Später erinnerte sich Eva vor allem an zweierlei: an den Geruch – eine seltsame Kombination aus Schweiß, Zigarettenrauch und Reinigungsmitteln – und an das rhythmische Klirren der Schlüssel, während sie zum Einsatzort rannten.

Sie mussten noch zwei Treppen hinauf, hörten aber von oben schon laute, erregte Stimmen. Dann ertönten Klopfgeräusche, die aus den umliegenden Zellen zu kommen schienen, und Eva sah einen Wachmann, der über das Geländer nach unten sah. Jetzt vernahm sie wütende Schreie, wie von einem verletzten Tier. Sie beeilte sich.

Als sie endlich die letzten Stufen genommen hatten, sah Eva zunächst vor allem Blut, das auf den weißen Steinfliesen verschmiert war. Mehr, als sie erwartet hatte.

Ein Wachmann lehnte an der Wand, den Kopf in den Nacken gelegt, und hielt seinen Ärmel vor die Nase. Eva schätzte, dass die Spuren auf dem Boden von seinem Nasenbluten kamen. Ein Stück weiter lag jemand bäuchlings auf dem Boden, der von vier Wachmännern gehalten wurde. Von ihm gingen die schrecklichen Laute aus.

»Kümmern Sie sich bitte um ihn«, wies Eva Lisbeth an und deutete auf den einzelnen Wachmann, der nun demonstrativ stöhnte. »Ich übernehme den anderen. Lassen Sie ihn bitte los, damit ich mir anschauen kann, was mit dem Gefangenen los ist.«

»Auf keinen Fall!«, stieß einer der Beamten atemlos hervor. »Der ist wahnsinnig geworden. Er hat gerufen, es ginge ihm nicht gut, und als mein Kollege rein ist, hat er ihn einfach umgerannt wie ein Stier, ihm dann einen Schlag mitten ins Gesicht verpasst und sogar versucht, an die Schlüssel zu kommen. Aber das kann der vergessen. Der haut uns nicht ab.«

Der Mann, von dem Eva kaum etwas sehen konnte, versuchte, sich aufzubäumen, wobei wieder ein unmenschlicher Laut aus seiner Kehle drang. Die vier Männer hatten Mühe, ihn zu halten. Eva spürte, dass ihre Hände schweißnass waren, dennoch musste sie den Mann untersuchen. Sie wischte sich ihre Handflächen an der Hose ab, währenddessen sie im hinteren Flur eine Bewegung wahrnahm. Ein Mann war aus einer offenen Zelle getreten: Georg Temme. Gut, dass der offenbar überall herumspazierte. Sie würde ihn später fragen, was sich hier zugetragen hatte. Eva nickte ihm kurz zu, kniete sich dann hin, wollte die Hände ausstrecken, schüttelte jedoch den Kopf.

»So geht das nicht«, sagte sie mit Nachdruck und erhob sich wieder. »Wenn ich den Mann ansehen soll, müsst ihr ihn zumindest umdrehen. Wie heißt er überhaupt?«

»Arendt, Zelle 234. Aber hören Sie …«

Eva zuckte zusammen und fiel dem Mann einfach ins Wort.

»Ich habe keine Ahnung, wie das bisher hier lief, aber der Mann ist verletzt und muss versorgt werden. Also drehen Sie ihn endlich um!«

Unbeirrt trat Eva nun noch dichter auf den am Boden Liegenden und die Wachmänner zu, die immer noch zögerten. Jetzt konnte sie Robert Arendts Gesicht sehen, das einer der Männer mit der Hand fest auf den Boden presste und das schwere Verletzungen aufwies: mehrere Platzwunden und Schwellungen im Gesicht, ein Hämatom entstand unter dem linken Auge und sie war fast sicher, dass seine Nase eine Trümmerfraktur erlitten hatte.

»Was zum Teufel …«, entfuhr es ihr. »Herr Arendt, ich bin es, Eva Korell. Ich werde die Männer jetzt bitten, Sie loszulassen. Haben Sie mich verstanden?«

Arendts Augenlider flatterten. Doch die Männer harrten aus.

»Er hat randaliert und den Kollegen angegriffen«, sagte der Wortführer. »Wir müssen ihm erst Handschellen anlegen, bevor ...«

»Loslassen. Sofort!«, herrschte sie den Mann wütend an und baute sich vor ihm auf. »Oder muss ich erst der Direktorin melden, was hier los ist?«

Der Große, der Arendts Kopf hielt, murmelte etwas wie »Auf Ihre Verantwortung«, nickte seinen Kollegen zu, und gleichzeitig ließen alle vier den Gefangenen los.

Arendt stöhnte laut, krümmte sich zusammen und machte keineswegs den Eindruck, als sei er wehrhaft.

»Was ist Ihnen nur passiert?«, fragte Eva und rang um Beherrschung. Sie mochte gar nicht wissen, was die Wachmänner mit Arendt in den wenigen Minuten gemacht hatten, bevor sie eingetroffen war. Sein Zustand ließ Schlimmes vermuten, und als sie seinen Oberkörper abtastete, schrie er auf. Vermutlich eine Rippenfraktur. Sie musste sicherstellen, dass er keine inneren Verletzungen davongetragen hatte, außerdem musste die Wunde über dem Auge dringend genäht werden.

»Hey, zurück in deine Zelle!«, brüllte jetzt der Große in Richtung von Temme. Sein Gesicht war vor Erregung ganz rot, seine Aggression deutlich spürbar, und Eva fragte sich, ob er jeden Tag diese Ausstrahlung hatte.

»Er wollte nach Hause oder wenigstens einen Anruf machen. Wegen seiner Frau. Das war alles«, hörte Eva Temme von der anderen Seite des Ganges rufen.

»Dich hat keiner gefragt!«, brüllte der Große und gab

einem seiner Männer ein Zeichen, der sofort Kurs auf Temmes Zelle nahm.

»Oh doch, ich habe gefragt! Von Ihnen habe ich bisher aber keine brauchbare Antwort bekommen.« Eva richtete sich auf und war froh, dass der Beamte sofort angehalten hatte, als sie ihr Wort erhob. Auf eine weitere Prügelei konnte sie gut verzichten. »Lisbeth, rufen Sie bitte Hamid. Wir brauchen eine Liege. Herr Arendt muss sofort auf die Krankenstation gebracht werden.«

Und an die Wachmänner gewandt, fuhr sie fort: »Sie alle warten solange auf mich, bis ich mit der Behandlung des Gefangenen fertig bin. Ich will genau wissen, was hier heute passiert ist«, fauchte Eva.

»Ich wüsste nicht, dass Sie die Befugnis haben, uns Befehle zu erteilen«, knurrte der Große. »Jungs, geht sofort wieder auf euren Posten.«

Eva fuhr herum und trat dicht vor den Wachmann, der über einen halben Kopf größer war als sie. Sie roch seinen Schweiß.

»Wie heißen Sie?«, fragte Eva und heftete ihren Blick direkt auf seine Nasenwurzel.

»Sokol. Matej Sokol«, schnaubte er.

»Ich habe Sie darum *gebeten*, Herr Sokol. Unter *Kollegen*, wohlgemerkt«, sagte sie langsam und deutlich. »Falls Sie meinem Wunsch allerdings nicht Folge leisten, wird das noch ein Nachspiel haben, das garantiere ich Ihnen!«

Während Eva mit erhobenem Kopf die Treppe hinuntereilte, um im Krankentrakt alles für Arendts Untersuchung vorzubereiten, hörte sie rhythmisches Klopfen und anerkennende Pfiffe durch die Flure hallen.

27.

Lars Brüggemann bahnte sich seinen Weg durch eine Gruppe von Schaulustigen, die sich vor der Polizeiabsperrung angesammelt hatten, während seine Kollegin Aleksandra Jovic den Wagen parkte.

Inmitten der Beamten, die rund um das Haus postiert waren, erkannte er den Einsatzleiter der Feuerwehr, der in ein Gespräch mit Stefan Junges, dem Brandermittler vom LKA, vertieft war.

»Was habt ihr für uns, Rainer?«, begrüßte Lars den Feuerwehrmann, den er schon einige Jahre kannte, mit einem Schlag auf den Rücken.

Junges wirkte nervös und zog Brüggemann etwas weiter von den Einsatzkräften entfernt in den Hauseingang. Eine ungute Vorahnung überfiel Lars.

»Was ist denn los? Sag mir jetzt nicht, die Frau war doch im Haus.«

»Nein. Von der Frau haben wir weiterhin keine Spur. Doch wir haben zwei andere Sachen.«

»Schießt los!« Brüggemann war gespannt und froh, dass jetzt auch Aleksandra Jovic zu ihnen stieß. »Darf ich kurz vorstellen: meine neue Kollegin, KHK Jovic, das ist der Einsatzleiter der Feuerwehr, Rainer Wirtz, und der Kollege Junges vom LKA. Sie wollen gerade berichten, was sie herausgefunden haben.«

»Also. Zunächst sah alles nach einem normalen Geschehen aus. Das Feuer hatte sich von der Küche her ausgebreitet, nach bisherigen Ermittlungen durch eine

Pfanne mit Öl. Ein typischer Fettbrand. In der Wohnung schlug kein Rauchmelder an, und da die Mieterin nicht anwesend war, konnte sich der Brand ungehindert ausbreiten, bis jemand die Feuerwehr rief.«

»Entschuldigen Sie die Frage, aber wer macht denn den Ofen an, wenn er weiß, dass er das Haus verlassen will?«, warf Aleksandra Jovic ein.

»Sie glauben nicht, was Menschen alles machen. Da muss nur ein wichtiger Anruf kommen, sie vergessen, den Herd herunterzudrehen, und schon ist es passiert«, erklärte der Feuerwehrmann. »Das passiert nicht gerade selten.«

Brüggemann pflichtete seiner Kollegin dennoch bei: »Ihr habt doch im Flur den Schlüssel und Überreste des Handys gefunden. Wäre Frau Arendt denn ohne diese Dinge außer Haus gegangen?«

»Vielleicht schon. Nämlich dann, wenn von Anfang an klar gewesen ist, dass sie gar nicht wieder zurückkommen will«, warf Junges vielsagend ein und zog die Augenbrauen nach oben.

»Ich verstehe nicht«, meinte Jovic.

Die beiden Männer nickten sich zu und rückten noch ein Stück näher an Brüggemann und seine Kollegin heran, nachdem sie sichergestellt hatten, dass sich niemand in der Nähe aufhielt.

»Wir haben noch etwas gefunden. Das macht die Sache erst richtig kurios«, orakelte Junges weiter herum. Brüggemann war genau aus diesem Grund kein großer Fan des Mannes. Er mochte Klarheit und fand diese Geheimnistuerei mehr als suspekt.

»Ich hatte keine Ahnung«, fuhr Wirtz fort. »Aber unser Kollege hier hat sofort die richtigen Schlüsse gezogen. Von uns hätte wahrscheinlich niemand die Verbindung hergestellt.«

Brüggemann wechselte mit seiner Kollegin verständnislose Blicke. Er war gespannt, wann Junges die Katze aus dem Sack ließ.

Endlich straffte der LKA-Mann die Schultern. »Ich kannte die Stücke natürlich aus der Presse. Die gingen ja oft genug durch die Medien, waren erst neulich noch bei XY... ungelöst.« Wieder machte er eine bedeutungsvolle Pause. »Verdammt, Lars, wir haben Schmuck gefunden, der aus der Vergewaltigungsserie aus dem letzten Jahr stammt. Unser Täter hat in genau dieser Wohnung gelebt.«

»Bist du sicher?« Brüggemann konnte jetzt gut verstehen, dass die Kollegen sich bemühten, kein Aufsehen zu erregen. Der Fall hatte im vergangenen Jahr große Wellen geschlagen, erst recht als eines der Opfer sich kurz nach der Tat das Leben nahm. Man hatte der Polizei Unfähigkeit vorgeworfen, weil der Täter trotz der Hinweise der Opfer nicht identifiziert werden konnte. Bis heute.

»Absolut sicher«, entgegnete der Kollege vom LKA.

»Wir reimen uns das Ganze so zusammen: Die Frau hat beim Wohnungsputz die Andenken ihres Mannes gefunden. Dann hat sie in ihrer Panik die Wohnung angezündet, damit wir die Sachen finden, und ist selbst in dem Chaos untergetaucht. Vermutlich sitzt sie in irgendeinem Frauenhaus und taucht erst wieder auf, wenn ihr Alter lebenslang verknackt wurde.«

»Hätte sie das nicht einfacher haben können?«, warf Lars Brüggemann ein. Er dachte an das, was Eva Korell gesagt hatte. »Sie hätte die Sachen doch gleich zu uns bringen können. Ihr Mann sitzt bereits. Ich habe gerade vorhin mit ihm geredet.«

Jetzt war es an Junges, erstaunt zu gucken.

»Vielleicht hatte sie zu große Angst vor ihm«, gab Aleksandra Jovic zu bedenken. »Bei der gemeinsamen Vergangenheit würde mich das nicht wundern. Ich würde mir jedenfalls erhebliche Sorgen machen, wenn sich herausgestellt hätte, dass der Mann, mit dem ich seit Jahren das Bett teile, ein Vergewaltiger und quasi ein Mörder ist. Ihn anzuzeigen, wäre ein Wagnis. Schließlich wäre es nicht das erste Mal, dass ein Täter aufgrund von Verfahrensfehlern nicht verurteilt wird. Oder nur für wenige Jahre in Haft kommt. Was so einer nach seiner Entlassung mit einer Frau machen würde, die ihn an die Polizei verraten hätte, möchte ich mir offen gestanden nicht ausmalen.«

Brüggemann nickte. Trotzdem schien ihm etwas seltsam. »Ich weiß nicht. Ist das nicht alles zu einfach? Zack, löst sich auf einmal dieser Fall, in dem wir Monate rumstochern? Sorry, vielleicht liegt es nur daran, dass uns normalerweise Beweisstücke nicht auf diese Art serviert werden.«

»Ach was. Ich bin jedenfalls froh, dass ich sie erkannt habe. Der Rainer kam zu mir, weil er es seltsam fand, dass der Schmuck mitten im Wohnzimmer lag, da wo vorher einmal der Couchtisch gestanden hatte«, lobte Junges den Feuerwehrmann.

»Eben. Genau.« Wirtz nickte und fügte noch hinzu: »Es sah beinahe so aus, als sollten wir die Schatulle finden. Normalerweise verstaut man Schmuck woanders. Versteckt in einem Schrank, einer Schublade oder so. Zumeist finden wir Wertsachen eher im Schlafzimmer.«

Brüggemann horchte auf. Wirtz war ein cleverer Bursche. Wieder einmal dachte er, dass er einen sehr guten Kriminalisten abgegeben hätte. Denn genau das war es, was ihn störte. Es war zu offensichtlich. Immerhin war er damit nicht der Einzige, dem irgendetwas an dieser Geschichte komisch vorkam.

»Wie gehen wir jetzt weiter vor?«, fragte Brüggemann deshalb. »Ich für meinen Teil knöpfe mir noch einmal diesen Arendt vor.«

Junges winkte ab. »Wenn der sowieso im Knast ist, macht das die Abläufe wesentlich leichter. Ich habe die Beweisstücke schon zur KTU gegeben. Die Dose war zwar durch die Hitze verbogen, da jedoch alle Teile, die noch darin waren, gut geschützt lagen, ist weder Ruß noch Wasser eingedrungen. Vielleicht haben wir Glück und finden brauchbare Fingerabdrücke. Und dann nageln wir das Schwein fest. Damit es nicht zu solchen Verfahrensfehlern kommt, von denen ihre Kollegin Kovic gerade gesprochen hat.« Er zwinkerte ihr zu.

Jovic, korrigierte Brüggemann im Stillen, hielt sich jedoch dieses Mal zurück.

»Wir müssen jetzt nur zusehen, dass niemand von der Presse Wind von der Sache bekommt. Ich würde das erst rausgeben, wenn wir handfeste Beweise haben, mit denen wir den Kerl dingfest machen können. Also: absolute Vertraulichkeit!«, sagte Junges in einem Ton, als würden sie in einem Spionagefilm mitspielen.

Brüggemann nickte, und Aleksandra Jovic, die gerade erst im Kommissariat angefangen hatte, machte eine Handbewegung, als würde sie ihren Mund abschließen. Er hoffte inständig, dass sie wusste, was das im Klartext bedeutete: kein Wort zum Freund oder zu den Eltern, die sicher neugierig fragen würden, was sich in ihrem ersten Fall so tat.

Doch nicht nur wegen der neuen Kollegin, die er noch nicht recht einzuschätzen wusste, hatte Brüggemann Bedenken. Für ihn lief diese Sache eine Spur zu glatt. Es war nur ein Gefühl, es gab nichts Konkretes, was ihm zu denken gab. Seine Erfahrung hatte ihn jedoch gelehrt, dass die meisten Zusammenhänge am Ende nicht so waren, wie sie auf den ersten Blick schienen. Ansonsten wäre jede Ermittlung ein Kinderspiel. Dabei war es eher das Gegenteil: harte Geduldsarbeit, während der man oft durch ein Labyrinth von Fakten irrte, das man nur schwer durchschauen konnte.

Um sich seine Skepsis nicht anmerken zu lassen, fügte er schnell an: »Dann machen wir beide einfach mit unserem bisherigen Fahrplan weiter, bis Sie die Rückmeldung aus dem Labor haben. Zeugenbefragungen, Auswertungen der Kameras ...«

»Kameras? Hier?«, fragte Junges. »Wo denn?«

Brüggemann deutete auf ein Geschäft gegenüber.

»Man kann den Eingang des Wohnhauses auf den Filmen zwar nicht sehen, aber vielleicht bekommen wir durch die Beobachtung des Straßengeschehens irgendeinen Hinweis. Und wenn wir damit einfach weitermachen, sieht es nicht so aus, als würden wir uns zurücklehnen. Ich dachte, damit lenken wir die Presse am allerbesten ab. Das wolltest du doch, oder?«

Zu Brüggemanns Erleichterung nickte Junges. »Einverstanden.«

»Okay. Wir hören voneinander!«, sagte Brüggemann und legte zwei Finger an die Stirn. Gut so. Dann hatte er noch Zeit, seine eigenen Nachforschungen zu betreiben. Nach seiner Schätzung blieben ihm jetzt noch mindestens 36 Stunden, bis die detaillierte Analyse der Spurensicherung vorlag, mit etwas Glück sogar das gesamte Wochenende. Das musste reichen.

Vielleicht konnte er gleich die Gelegenheit nutzen, bei Eva Korell vorbeizuschauen, um vor dem Hintergrund dieser neuen Fakten mit ihr noch einmal über Arendt und seine Frau zu sprechen. Dann konnte er sie auch gleich fragen, was sie heute auf dem Parkplatz wirklich gesucht hatte, denn es war ihm keineswegs entgangen, dass sie ihm nicht die Wahrheit gesagt hatte.

28.

Die Kantine in Wiesheim war zur Mittagszeit dicht besetzt. Eine Ansicht von Münchens Innenstadt mit den charakteristischen Türmen der Frauenkirche zierte die gesamte hintere Wand, über die Decke liefen dunkelbraune Balken. Im selben Ton waren die Holzstühle gehalten, die an den langen Resopaltischen standen. Eva hatte sich bewusst einen Tisch etwas abseits gesucht, um in Ruhe mit der Psychologin reden zu können.

»Passiert so was häufiger? Ich meine, fünf Männer gegen einen? Der andere hatte lediglich einen Schlag auf die Nase bekommen, aber sonst... Die hätten den Arendt doch nur zu zweit packen müssen.«

Eva war noch immer furchtbar erregt und musste sich zwingen, etwas zu sich zu nehmen. Immer wieder sah sie die Szene vor sich und konnte ihre Wut kaum zügeln. Sie hoffte, dass die Psychologin ihr einen Rat geben würde, wie sie weiter vorgehen sollte. Immerhin war sie schon länger angestellt, kannte sich besser in der JVA aus. Und irgendetwas musste Eva einfach unternehmen. Denn vonseiten der Justizvollzugsbeamten wurde der Vorfall bislang hartnäckig totgeschwiegen.

Natürlich war Eva klar, dass sie sich in den Fall hineinsteigerte. Zweifellos. Aber sie konnte Ungerechtigkeit einfach nicht leiden. Egal gegen wen sie gerichtet war. Zudem ließ sich der Gedanke nicht abschütteln, dass das alles vielleicht nicht passiert wäre, wenn sie an diesem verdammten Abend Nicole Arendt Einlass gewährt und ihr zugehört hätte.

»Ein Zwischenfall bringt immer Unruhe – und die nutzen alle anderen Gefangenen natürlich sofort aus: für miese Geschäfte oder um jemandem eine mitzugeben. Sie dürfen nicht vergessen, dass wir es hier mit Schwerstkriminellen zu tun haben, mit krummen Hunden, die nur auf eine Gelegenheit warten, abzuhauen oder irgendwelche Dinger zu drehen. Die Wachleute versuchen deshalb, so schnell wie möglich für Ruhe zu sorgen. Vielleicht wirkt das auf den ersten Blick übertrieben, aber ich denke, sie haben nur getan, was sie für richtig hielten.«

Judith Herzog schien den Zweifel in Evas Gesicht erkannt zu haben, denn ohne Pause setzte sie nach: »Überlegen Sie doch: Die Kerle sind den ganzen Tag nur unter sich. Die haben ständig Langeweile. Das Aggressionspotenzial ist entsprechend hoch. Bei fast allen. Arendt ist in extrem guter körperlicher Verfassung, weil er täglich in seiner Zelle trainiert. Vielleicht war es wirklich schwer, ihn zu bändigen. Sie kennen seine Vergangenheit, seine Tendenz zu Gewalt – wobei es sicher leichter ist, eine Frau zu schlagen als gestandene Wachleute. Was sagt er denn selbst dazu? Mimt er den Unschuldigen?«

Der Unterton und die Wortwahl irritierten Eva. In ihrem ersten Gespräch hatte die Psychologin so gewirkt, als wäre sie ausgesprochen angetan von den Fortschritten des Patienten. Nun schien sie Arendt eher kritisch gegenüberzustehen.

»Er konnte sich nicht äußern. Sein Zustand ist kritisch, deshalb haben wir ihn vorerst ruhiggestellt und beobachten ihn. Er hat eine Rippenserienfraktur, außerdem ein schweres stumpfes Bauchtrauma, vermutlich von Schlägen und Tritten. Es wurde heftig auf ihn eingedroschen, das können Sie mir glauben. Bisher konnte ich keine Blutungen feststellen, Puls und Blutdruck sind stabil, dennoch kann ich nicht ausschließen, dass er noch operiert werden muss.« Eva zupfte ein Stück von ihrem Baguette und drehte es zwischen den Fingern. »Die Wachleute behaupten, er sei völlig aus dem Nichts wie eine Furie auf sie losgegangen. Sie hätten es ihm verweigert, bei der Leitung wegen Sonderausgang nachzufragen, und da sei er ausgerastet. Ein anderer Gefangener, der durch den Lärm auf das Ganze aufmerksam geworden ist, berichtet hingegen, sie hätten sich über Arendt lustig gemacht. Er habe nur immer wieder gebrüllt, er müsse seine Frau finden. Der Mann hat den Anfang der Auseinandersetzung allerdings nicht mitbekommen, kann also nicht sagen, wie alles begonnen hat. Dennoch ...«

Judith Herzog zeigte keine Reaktion auf Evas Schilderung, pickte bloß ein Stückchen Ananas aus ihrem Putencurry und knabberte daran herum.

»Wollen Sie den Vorfall melden?«, fragte sie nach einer Weile. »Ich meine, wenn doch weiter im Grunde nichts passiert ist ...«

Evas Kopf fuhr hoch: »Nichts passiert? Die haben zu viert auf Arendt gesessen, ihn niedergerungen, nachdem sie ihn mit ihren Fäusten, vielleicht auch mit dem Schlagstock und mit den Füßen, malträtiert haben. Als ich dort angekommen bin, haben sie sein Gesicht brutal auf den Boden gepresst, obwohl der Bruch der Nase deutlich zu sehen war. Sie sind mit Arendt umgesprungen wie mit einem tollwütigen Tier! Und die Folgen kann ich noch gar nicht beurteilen.«

Judith Herzog hob beschwichtigend die Hände. »Sie wissen aber schon, dass Arendt dadurch ebenfalls Schwierigkeiten bekommen kann? Möglicherweise wird sogar seine Entlassung verschoben, weil er sich aggressiv gegen die Wachleute verhielt, wer weiß ...«

Von der Seite hatte Eva den Fall noch gar nicht betrachtet. Dennoch sträubte sich etwas in ihr, die Wächter mit diesem Verhalten, das ihr völlig unangemessen und menschenunwürdig erschien, durchkommen zu lassen. Der Beamte, der das Sagen hatte, gefiel ihr nicht. Seine Missgunst gegenüber den Gefangenen war spürbar gewesen, und sie konnte sich gut vorstellen, dass er keine Gelegenheit ausließ, die Inhaftierten spüren zu lassen, wie überlegen er ihnen war. Dafür hatte Eva allerdings keine Beweise.

»Wer würde das beurteilen? Ich meine, ob seine Entlassung verschoben wird?«, fragte Eva.

»In jedem Falle würde ein psychologisches Gutachten erstellt.«

Großartig. Daher wehte also der Wind. Eva hoffte, dass sie mit ihrer aufbrausenden Art Arendts Voraussetzungen für seine baldige Entlassung nicht verschlechtert hatte. Schnell fügte sie deshalb hinzu: »Arendt war aufgebracht und beunruhigt, was in seiner Situation nicht weiter verwunderlich ist, finde ich. Immerhin hat er erst heute von der Polizei erfahren, was passiert ist.«

Verblüfft ließ Judith Herzog die Gabel sinken, auf die sie zuvor einige Körner Reis gehäuft hatte.

»Ach, Sie wissen davon noch gar nichts?«, fragte Eva und betrachtete den Teller der Psychologin. Sie selbst hatte den gebackenen Camembert mit Preiselbeeren längst vertilgt, während ihr Gegenüber kaum etwas angerührt hatte. Dabei war Eva überrascht, wie gut das Essen schmeckte, das in Wiesheim zum Teil von Gefangenen zubereitet wurde, die eine Ausbildung zum

Koch absolvierten. Kein Wunder, dass Judith Herzog so schlank war, wenn sie so wenig aß. Eva legte nun ihr Baguette auf den Teller und schob ihn von sich.

»Die gemeinsame Wohnung ist gestern Nacht abgebrannt, und seine Frau wird seither vermisst. Dass er unter diesen Umständen nach Hause will, lässt sich wohl nachvollziehen. Auch dass er auf die Weigerung der Beamten drastisch reagierte. Es ist schon schlimm genug, alle privaten Sachen zu verlieren. Aber nachdem auch seine Frau…«

»Das habe ich tatsächlich nicht gewusst«, murmelte die Psychologin. »Das ist sicher hart für ihn. Hat die Polizei eine Ahnung, warum sie verschwunden ist? Trägt sie etwa die Schuld an dem Brand?«

»Ich kenne den Fall auch nur aus der Zeitung«, antwortete Eva nicht ganz wahrheitsgemäß.

»Seltsam. Vielleicht ist sie geflüchtet, weil sie dachte, sie müsse die Kosten für die Schäden übernehmen. Die Versicherungen zahlen bei solchen Sachen ohnehin immer weniger, und sie suchen gerne einen Schuldigen. Falls sie überhaupt versichert waren.«

Eva nickte. So hatte sie Nicole Arendts Verschwinden noch gar nicht betrachtet. Sie wünschte, sie wäre jetzt in ihrem Büro, um sich Notizen zu machen. Langsam schwirrte ihr der Kopf vor lauter Optionen.

»Könnte es aus Ihrer Sicht sein, dass Nicole Arendt es am Ende doch mit der Angst zu tun bekommen hat? Dass sie abgetaucht ist, damit sie nicht wieder geschlagen wird?«, fragte Eva schließlich.

»Nein. Das glaube ich, offen gestanden, nicht. Ich

kenne sie zwar nicht, aber sie kam so regelmäßig her, stand immer treu zu ihm. Sie war die Einzige, die hierher zu Besuch kam. Wieso fragen Sie?«

»Ach, mich hat nur Ihre Meinung interessiert«, antwortete Eva, die sich über die verkniffene Miene ihres Gegenübers wunderte.

Die Psychologin nahm die Gabel auf, nur um sie gleich wieder mit einem Knall sinken zu lassen.

»Dann möchte ich Ihnen auch etwas sagen, Frau Korell. Sie müssen natürlich selbst wissen, was Sie tun«, sagte Judith Herzog mit heiserer Stimme. »Bei allem Verständnis für die Gefangenen sollten Sie nicht vergessen, dass wir hier zusammenhalten müssen. Unter den Bediensteten, wenn Sie wissen, was ich meine. Denn wenn die sich alle hier drin gegen uns verbünden ... Am Ende müssen Sie wissen, wer dann wohl auf Ihrer Seite steht. Ich denke, Sie verstehen, was ich meine.«

Eva blinzelte irritiert und ließ den Blick über die Menschen in der Kantine wandern. Alle Angestellten der JVA konnten hier ihr Mittagessen einnehmen, egal ob Vollzugsbeamte, Direktoren oder Putzkräfte. Bislang hatte Eva sich nicht wirklich als Teil dieser Organisation gesehen. Für sie war es einfach der Ort, an dem sie ihren Beruf ausübte, Kranke behandelte, keine Interessen- und schon gar keine Lebensgemeinschaft. Auch im Krankenhaus hatte sie es vermieden, sich mit Kollegen anzufreunden. Dort trafen einfach zu viele Egos aufeinander. Für sie waren es Menschen, mit denen sie arbeitete, mehr nicht. Kollegen. Sie schätzte sie, hätte aber zu den meisten nie Kontakt gesucht, wenn sie nicht zufällig im Krankenhaus auf sie getroffen wäre. Das Gleiche galt für die JVA. Vielleicht hatte sie sich deshalb mit der Entscheidung leichtgetan, hier zu arbeiten. Und es wäre ihr nicht in den Kopf gekommen, aus Diplomatie zu dieser *Gemeinschaft* den Fall Arendt einfach zu vergessen.

Deshalb antwortete sie: »Ich setze mich für die Gesundheit von Menschen ein. Nicht nur in meinem Beruf. Ich sehe es auch als meine Pflicht an, mich für diejenigen einzusetzen, die in einer schwächeren Position sind und das selbst nicht können. So wie Arendt.«

Eva musste an die Bemerkung von Temme denken. Er hatte die Psychologin als Gutmenschen bezeichnet.

»Ich bin gespannt, wie Sie das sehen, wenn Sie das erste Mal von einem Häftling angegriffen werden. Ob Sie sich dann immer noch solidarisch mit denen zeigen oder letztendlich doch lieber mit dem Wachpersonal.« Judith Herzog presste die Lippen zusammen und schob ihr Besteck seitlich an den Tellerrand, so als sei das Gespräch von ihrer Seite damit beendet.

Auch gut, dachte Eva. Doch sie hatte ein weiteres Anliegen, das ihr zu wichtig erschien, um es jetzt fallen zu lassen.

»Ich will mich nicht mit Ihnen streiten«, lenkte sie deshalb ein. »Und ich werde Ihren Standpunkt überdenken. Doch Sie können vielleicht verstehen, dass mich der Fall Arendt nach dem Vorfall heute sehr interessiert. Sie wissen, dass ich seiner Frau begegnet bin, und da er nun auf meiner Station liegt, würde es mir helfen, ihn besser einschätzen zu können. Deshalb würde ich gerne Ihre

Gesprächsakten einsehen, wenn das ginge. Ich behandele das natürlich vertraulich.«

Judith Herzog musterte sie mit zusammengekniffenen Augen. Ihr Gesicht blieb zunächst reglos, dann sagte sie: »Natürlich. Schon klar. Und bei passender Gelegenheit verwenden Sie das dann gegen mich? Weil ich die Vertraulichkeit der Akten nicht eingehalten habe?«

»Wie...? Ich verstehe nicht.«

»Schauen Sie nicht so«, sagte Judith Herzog. Laut quietschend schob sie ihren Stuhl zurück, als sie sich erhob. Dann fuhr sie lauter als nötig mit einem giftigen Unterton fort: »Sie haben mir eindrücklich bewiesen, dass Sie Ihre eigenen Maßstäbe an die Mitarbeiter hier in der JVA anlegen. Ihre Regeln weichen aber sehr von den hier allgemein akzeptierten ab. Dass wir alle wesentlich länger im Strafvollzug tätig sind und vielleicht Gründe für unser Vorgehen haben, scheint Sie ja nicht sonderlich zu stören. Ich bin zwar jünger als Sie, aber nicht so leichtgläubig, wie Sie vielleicht denken.«

Mit diesen Worten rauschte Judith Herzog aus der Kantine. Eva blieb allein am Tisch zurück und war sich der Tatsache bewusst, dass jeder im Raum sie anstarrte.

29.

»Es hat länger gedauert, als ich gedacht habe, Herr Temme. Entschuldigen Sie bitte.«

Er lächelte breit. »Ich habe Zeit, Frau Korell. Für

mich ist es schon eine Abwechslung, auf einen Termin zu warten. Sie müssen sich also nicht entschuldigen.«

Fasziniert musterte sie den Gefangenen, der sorgfältig in die dürftig bestückten Regale hinter sich Duschcremes einsortierte.

»Manche der Sachen sind schon abgelaufen. Die müsste ich aussortieren. Ich rieche dann immer daran. Wäre doch schade, so was einfach wegzuwerfen, finde ich.«

Eva nickte. Genauso hielt sie es auch. Sie hatte bei ihrem Umzug festgestellt, dass manche ihrer Gewürze schon seit mindestens fünf Jahren abgelaufen waren und dennoch tadellos rochen.

Ohne von seinem Tun abzulassen, murmelte Temme weiter: »Es wird viel zu viel weggeworfen. Die Menschen haben kein Vertrauen mehr in ihre Nasen und das, was der Geruch ihnen sagt. Vieles wäre einfacher, wenn die Leute das wieder könnten, finden Sie nicht auch?«

Plötzlich hatte Eva den Verdacht, dass der Mann vielleicht gar nicht über die Produkte sprach. Er hatte schon bei seinem ersten Besuch mehr angedeutet als gesagt, und sie war sich sicher, dass sie selbst dahinterkommen musste, was er meinte. Dennoch stimmte sie ihm zu: »Das sehe ich genauso. Zu dem Fall von heute Morgen: Gibt es noch etwas, das Sie mir dazu sagen wollen?«

»Ich habe ja nicht alles mitbekommen. Und es stimmt, dass Arendt laut war. Aber er schien einfach verzweifelt. So als ginge es um Leben und Tod, nicht darum, einen Krawall anzuzetteln.«

»Können Sie mir das genauer schildern? Wie meinen Sie das?«

»Ich will gleich sagen, dass ich Arendt nicht sonderlich mag. Er ist ein weinerlicher Typ. Macht einen auf großer Macker, heult jedoch gleich los, wenn er mal was abbekommt. Der hat kein Rückgrat, wenn Sie mich fragen. Ein Verlierertyp. Und deshalb wird er immer wieder übers Ohr gehauen werden, weil er es nicht checkt und zu leichtgläubig ist. Geht dann etwas schief, sucht er die Schuld für sein Versagen bei anderen.«

»Dieses Mal auch?«, fragte Eva interessiert und ließ sich seine Beschreibung durch den Kopf gehen. Sie konnte sie nach allem, was sie mittlerweile über Arendt gehört hatte, gut nachvollziehen.

»Wie ich schon sagte: Den Beginn des Streits habe ich verpasst. Als ich auf den Tumult aufmerksam wurde, hat er geschrien, er müsse seine Frau suchen. Er war völlig außer sich, nur nicht so, wie es die Wärter beschrieben haben. Nicht in einer aggressiven Art. Der heulte wie ein Schlosshund, war verzweifelt. Gewehrt hat er sich nicht. Hielt nur die Hände hoch, um sich zu schützen.«

Eva horchte auf. »Interessant. Würden Sie das auch vor der Direktorin bezeugen? Dass die Vollzugsbeamten gelogen haben?«

Temme rieb sich seinen Kinnbart. Typisch, dachte Eva. Er war auch nicht anders als die anderen und kniff, wenn es darauf ankam.

»Es ist ja nicht so, dass ich nicht will, Frau Korell. Sie wissen, dass ich Sie mag, und ich würde Ihnen gerne diesen Gefallen tun. Wirklich. Vor allem weil Sie mich heute tief beeindruckt haben mit Ihrem Auftritt. Aber wenn Sie hier drinsitzen, ist es nicht leicht, wenn man es sich mit den Wachteln verscherzt, wissen Sie? Bei Ihnen ist das was anderes. Sie gehen später nach Hause, sitzen in Ihrer Wohnung, wo es Sie nicht mehr interessieren muss, was hier los ist. Mich aber schon, und ich habe mir mit den Jahren einige Privilegien erkämpft, die ich nicht wieder aufgeben will.«

Er hatte recht, das konnte sie nicht von ihm verlangen.

»Wissen Sie, hier drin ist es wie bei den wilden Tieren. Jeder eckt mal mit jedem an und brüllt rum. Am Ende müssen Sie wissen, zu welcher Seite Sie gehören. Das ist wichtig. Für Ihr Überleben.«

Seltsam. Etwas ganz Ähnliches hatte Eva vor wenigen Minuten schon einmal gehört.

Temme drehte sich um und begann, schmale Schachteln mit Zahncreme säuberlich übereinanderzustapeln. Er machte das absolut sorgfältig, die Packungen lagen in einer schnurgeraden Linie, als hätte jemand ein Lineal daran angelegt. Erst jetzt fiel Eva auf, dass alle Regalfächer so penibel sortiert waren. Sie zählte die Sachen durch. Unfassbar: In keinem Regal war eine ungerade Anzahl von Artikeln. Sie musterte ihn. Sein Handeln deutete stark auf eine Zwangsneurose hin.

Jetzt senkte Temme den Kopf und schien etwas in der unteren Regalleiste zu betrachten, die allerdings nur große Kisten enthielt. Leise murmelte er dabei: »Schauen Sie es sich doch einfach an. Sofern die Bilder noch greifbar sind. Wenn nicht...«

Eva fasste sich an den Kopf. Die Kameras! Wie konnte

sie die vergessen? Am ersten Tag hatten sie die noch so sehr irritiert, und schon nach einer Woche nahm sie sie kaum mehr wahr.

»Ich werde mich sofort darum kümmern. Aber wie kommen Sie darauf, dass die Aufzeichnungen nicht greifbar sind? Die Kameras dienen doch der Kontrolle. Die werden vom Sicherheitsdienst sicher sorgfältig bedient und gewartet. Oder kam es schon einmal vor, dass Aufnahmen fehlten?«, fragte sie.

Während er sich zu ihr umwandte, zuckte er die Schultern, kniff für einen Moment die Lippen zusammen und deutete dezent mit seinem Blick nach oben. Dann fragte er mit einem Lächeln: »Was kann ich sonst noch für Sie tun?«

Sie hatte verstanden. »Nichts. Danke. Sie haben mir sehr geholfen«, sagte Eva schließlich und nickte ihm zu.

Temme hatte das Gespräch zwar ziemlich abrupt beendet, war dabei aber weitaus höflicher vorgegangen als Judith Herzog, deren seltsamer Abgang Eva immer noch beschäftigte. Außerdem ahnte sie, warum er anders war als in ihrem Sprechzimmer: Beim Verlassen hatte sie die Kamera gesehen, die direkt über Temme hing und auf den Tresen gerichtet war. Nur wenn er sich abgewandt hielt, konnte sein Gesicht nicht aufgenommen werden.

Als sie sich gerade auf den Rückweg machen wollte, sagte er noch: »Das war eine großartige Vorstellung, die Sie heute gegeben haben. Ich wusste doch gleich, dass Sie ein Gewinn für unser Haus sind, Frau Korell.«

Eva ließ seine Worte unkommentiert und ging einfach weiter. Ihr schien es eher so, als habe sie schon viel zu viele Menschen gegen sich aufgebracht.

30.

Erschöpft ließ Eva ihre Hand am Hals des Instrumentes herabgleiten und legte den Bogen zur Seite. Wie so oft, wenn es ihr nicht gut ging, spielte sie Cello. Sie war nicht besonders gut darin, verkrampfte sich beim Spielen schnell. Zwar liebte sie den melancholischen Klang, die Wärme der Töne, die sie dem Cello immer dann entlocken konnte, wenn sie es schaffte, das Tempo zu halten und nicht falsch zu greifen. Dennoch fehlte ihr die Leichtigkeit. Es war ein immerwährender Kampf, den sie beim Spielen ausfocht. Aber es half ihr auch, sich zu konzentrieren. Alles andere trat dann weit in den Hintergrund und verlor neben der Musik an Bedeutung.

Doch dieses Mal funktionierte es nicht wie sonst. Als die letzte Note verklungen war, strömten die Gedanken mit aller Macht wieder in ihr Bewusstsein, ließen sie nicht zur Ruhe kommen. Sie stellte das Instrument in die Ecke und räumte den Stuhl zurück an den Schreibtisch, auf dem sie in der freien Woche begonnen hatte, alte Fotos zu sortieren und in ein Album zu kleben. Als sie ein Bild ihrer Eltern sah, schob sie es rasch unter ein anderes, löschte das Licht und ging zwei Stockwerke nach unten in ihr Wohnzimmer.

Sie ließ das Licht ausgeschaltet und starrte in den

Garten. Wind riss an den Büschen, Wolken trieben in schnellem Tempo über den Himmel. Es würde noch regnen heute. Eva wickelte ihre übergroße Strickjacke eng um sich und stellte die Heizung höher.

Die erste Woche im neuen Job war völlig anders verlaufen, als sie gedacht hatte. Sie fühlte sich von den vielen Eindrücken völlig erschlagen. Natürlich hatte sie damit gerechnet, dass sie sich mit anderen Abläufen und Menschen auseinandersetzen musste, aber das war ihr leichter gefallen, als sie gedacht hatte. Abgesehen von dem einen Mann, der sie gleich am ersten Tag angegangen war, hatte sie eher unauffällige Patienten gehabt, mit völlig normalen Problemen: Grippesymptome, Rückenschmerzen, Zucker. Die Notfallchirurgie hatte ihr nicht gefehlt. Im Gegenteil. Allerdings war ihr die Verständigung oft schwergefallen, da ein hoher Prozentsatz der Männer nur wenig bis kein Deutsch sprach. Eva war froh gewesen, in Hamid einen Mitarbeiter zu haben, der ab und an für sie übersetzen konnte. Durch seine türkische Herkunft sprach er neben seiner Heimatsprache auch Arabisch und konnte sogar etwas Bulgarisch verstehen.

Dass sie jedoch gleich in einen Vermisstenfall involviert sein würde, mit der Kriminalpolizei zu tun bekäme und sich ein Graben zwischen ihr und einem Teil der Kollegen auftat, das hatte sie nicht erwartet.

Sie starrte nach draußen in den Garten. Etwas lag dort, ein kleines schwarzes Teil aus Plastik. Als sie gerade die Terrassentür öffnen wollte, um zu schauen, was es war, klingelte es.

»Einmal Nudeln mit Hühnchen, einmal rotes Curry mit Garnelen. Du darfst wählen«, sagte Ann-Kathrin und umarmte sie trotz der beiden Tüten in der Hand. Eva schloss für einen Moment die Augen, spürte die Locken der Freundin an ihrer Wange und sog ihren vertrauten Geruch ein. Doch obwohl ihr die Umarmung so guttat, löste Eva sich sofort wieder. Sie spürte, dass die Anspannung und Trauer der letzten Tage einen Weg nach draußen suchten. Aber jetzt war nicht die Zeit rumzuheulen, sondern nach Lösungen zu suchen. Schnell schluckte sie den dicken Kloß im Hals herunter.

»Oder willst du erst reden?«, fragte Ann-Kathrin und lugte unter ihrem schrägen Pony hervor. »Wir können das Essen auch nachher in die Mikrowelle stellen.«

Statt einer Antwort nahm Eva die Tüten, holte Teller aus dem Schrank und nutzte den kurzen Moment, um sich zu sammeln. »Nichts da. Ich komme um vor Hunger. Außerdem habe ich keine Mikrowelle. Mir ist es immer noch nicht geheuer, dass mein Essen von Strahlen durchleuchtet und dabei erhitzt wird. Ich bin doch kein Alien.«

Ann-Kathrin kicherte. »Schon gut! Die Argumente kenne ich nur zu gut von Victor. Verrate ihm auch bitte nicht, dass ich nicht nur diese wunderbaren in Fett gebackenen vietnamesischen Rollen, sondern auch noch gebackene Bananen gekauft habe. Er würde sich tagelang aufregen. So viel Fett! Dabei hält das doch Seele und Knochen zusammen.« Sie klopfte auf ihre runden Hüften und grinste breit.

»Na ja, anatomisch stimmt das nicht so ganz«, sagte Eva und zwinkerte ihrer Freundin zu. »Dennoch ist dein Geheimnis bei mir sicher.«

Schon spürte sie, wie sich die Verspannung in ihrem Nacken zu lösen begann und sie endlich wieder freier atmen konnte. Genau das hatte sie vermisst. Leichtigkeit. Das Herumblödeln tat ihr gut. Warum hatte sie nur so lange gezögert, mit Ann-Kathrin zu reden? Sie war ihre beste Freundin, und allein ihre Anwesenheit hatte eine heilsame Wirkung. Eva spürte bereits, dass auch ihr Pragmatismus zurückkehrte und mit ihm das Gefühl, sie würde die Probleme wieder in den Griff bekommen. Irgendwie. Dankbar ging sie deshalb auf Ann-Kathrin zu und gab ihr einen Kuss auf die Wange.

Während ihre Freundin bereits eine der Frühlingsrollen direkt aus der Tüte aß, entkorkte Eva eine Flasche Gavi, die sie zuvor kalt gestellt hatte. Das fruchtige Aroma des Weins ließ sie an Sommer und Sonne denken. Sie schüttete einen Probierschluck in ihr Glas, und schon stieg ihr der Duft von Limonen in die Nase. Sie leerte es in einem Zug, füllte dann beide Gläser und nahm ihrer Freundin gegenüber Platz.

»Erzähl. Wie war deine erste Woche?«, fragte Ann-Kathrin und fischte die zweite Rolle aus der Tüte.

Das fing ja gleich gut an, dachte Eva. Aber so war ihre Freundin eben. Immer mittenrein, ohne Umschweife, mutig und direkt. Kein Wunder, dass Ann-Kathrin Journalistin geworden war. Kein anderer Beruf hätte besser zu ihr gepasst. Obwohl Eva sich einen anderen Gesprächseinstieg gewünscht hätte, mochte sie ihr diese

Auskunft nicht verweigern. Es hätte auch wenig Sinn gemacht, denn damit hätte sie die Neugier ihrer Freundin nur noch mehr angestachelt. Und vermutlich erneut ihren Vorbehalten Futter gegeben.

Schließlich entschied Eva sich, ihre Begegnungen mit Arendt zu schildern, den heutigen Vorfall sowie das seltsame Gespräch mit Judith Herzog. Ihre Freundin hörte ihr schweigend zu.

»Was sagst du dazu? Übertreibe ich?«

Ann-Kathrin gab nicht sofort Antwort, sondern dachte mit gerunzelter Stirn über Evas Ausführungen nach.

»Ich kenne mich natürlich nicht aus in deinem neuen Umfeld. Und das Argument, dass jede Unruhe schnell beseitigt werden muss, ist nicht zu leugnen.«

Eva wollte etwas darauf erwidern, doch Ann-Kathrin hob die Hand. »Lass mich bitte den Gedanken erst fertig ausführen. Das ist die eine Seite. Aber mich interessiert noch etwas: Der andere Mann, mit dem du gesprochen hast, wie zuverlässig ist er? Ich meine, du hast seine Aussage und die der Wärter, richtig?«

Wie zuverlässig würde Ann-Kathrin die Aussage eines Mörders einschätzen, der vorsätzlich und mit klarer Absicht einen Mann umgebracht hatte? Auch wenn sie die Lebensumstände verstand, wegen derer er zum Mörder geworden war, hieß das wirklich, dass er ein ehrlicher Mensch war? Oder verfolgte er im Gefängnis auch nur seine eigenen Interessen? In ihrem Gespräch hatte Temme das sogar buchstäblich gesagt. Eva hielt sich zurück und zuckte die Schultern.

»Ich habe *gesehen*, was da vor sich ging, Ann-Kathrin.«

»Wirklich? Oder ist es nur deine Interpretation der Vorgänge? Vielleicht ist es einfach deine Weltsicht, in der es nicht fair ist, dass eine Gruppe Männer einen einzelnen demütigt. Das stimmt sicher. Im normalen Leben. Nur glaube ich, dass man in diesem Umfeld mit Fairness nicht immer weiterkommt. Die Wärter müssen dort auf die Sicherheit aller achten. Auf ihre eigene genauso wie auf die der anderen Gefangenen. Wenn du es so betrachtest, wird daraus eine reine Abwägungsfrage. Welcher Verstoß quasi schwerer wiegt. Verstehst du, was ich meine?«

Eva fühlte sich auf seltsame Weise ertappt. War sie wirklich nicht objektiv, weil sie sich irgendwie für die Arendts verantwortlich fühlte? Sie nahm eine Gabel voller Nudeln, kaute mechanisch darauf herum, schmeckte jedoch kaum etwas.

»Also ich denke, du solltest dir die Akte des Mannes nehmen und noch einmal nachlesen, wie er sich in der Vergangenheit verhalten hat. An die kommst du doch ran, oder?«

Eva nickte. Sie hatte bisher nur die allgemeine Akte von Arendt eingesehen, wusste aber, dass ihr eingeschränkt auch andere Daten wie polizeiliche Berichte, Gerichtsprotokolle und dergleichen zur Verfügung standen. Vielleicht fand sie dort wirklich Antworten.

»Und dann würde ich tatsächlich die Überwachungsaufnahmen von dem Tag anfordern. Du kennst ja die Uhrzeit und den Ort, und jeder müsste wohl Verständnis haben, wenn du dir die ansehen willst. Du kannst ja als Begründung vorschieben, dass dir der Hergang für weitere Diagnosen helfen würde. Im Zweifel erfindest du eben was. Die Sicherheitsleute verstehen dein Ärztelatein ganz sicher nicht. Danach kannst du beurteilen, was dort wirklich vor sich gegangen ist. Und dann würde ich aus dem Bauch heraus entscheiden. Egal wie schwierig der Job von den Wärtern ist, es geht natürlich überhaupt nicht, dass die einen Kerl einfach ohne Grund zusammenschlagen. Aber auf die Aussage von einem einzelnen Zeugen würde ich mich nicht verlassen. Vielleicht ist der total clever und will von irgendetwas ablenken, das er während dieser Zeit getan hat. Oder er steht selbst im Clinch mit einem der Wärter, das kannst du nie sagen.«

Ein interessanter Gedanke. Klug war Georg Temme in jedem Fall. Vielleicht hatte sie ihm zu vorbehaltlos Vertrauen geschenkt, weil er ihr gegenüber so ehrlich von seiner Tat erzählt hatte. Sie beschloss, sich auch seine Akte anzusehen.

»Danke. Das mache ich. Und was sagst du zu meiner Kollegin? Ich verstehe das nicht: erst diese herzliche Begrüßung mit Blumen und Schokolade, und jetzt diese Zurechtweisung. Ich habe keinen Schimmer, wieso sie meint, ich würde irgendwas gegen sie im Schilde führen.«

Ann-Kathrin balancierte ein Stück Brokkoli mit ihren Stäbchen. »Ich könnte ja jetzt einfach sagen: Sie ist halt Psychologin.« Dann ließ sie das Stück in ihren Mund fallen. »Wenn man sich nur mit geistigen Abnormitäten beschäftigt, geht das wohl kaum spurlos an einem vorüber.

Oder kennst du einen Psychologen, der völlig normal tickt?«

Eva schüttelte den Kopf, musste aber doch lachen. »Das grenzt ja an Diskriminierung, was du da von dir gibst. Hast du nicht immer behauptet, eine ernsthafte Journalistin zu sein?«

»Erstens: Ich bin als deine Freundin hier und nicht als Pressemensch. Und zweitens: Wahr bleibt es trotzdem.« Ann-Kathrin grinste triumphierend. »Aber dir zuliebe versuche ich es mal anders: Wie alt ist denn diese Judith Herzog?«

»Ende zwanzig, Anfang dreißig, würde ich schätzen. Wieso?«

»Vielleicht empfindet sie dich als Konkurrenz. Sie ist jünger, hat weniger Berufserfahrung als du und hat es vielleicht genossen, in der JVA als eine der wenigen Frauen in verantwortlicher Position zu arbeiten. Lass mich raten: Sie sieht echt gut aus, ist schlank, gut angezogen, lange Mähne, oder?«

Überrascht nickte Eva. Judith Herzog war ein Hingucker. »Die Haare trägt sie zwar hochgesteckt, aber ansonsten trifft deine Beschreibung genau zu. Dennoch halte ich das für ziemlich weit hergeholt. Unsere Fachgebiete haben rein gar nichts miteinander zu tun. Sie heilt den Geist, ich den Körper. Wir würden uns doch nie in die Quere kommen.«

»Das kommt ganz auf die Sichtweise an: Ihr habt beide heilende Berufe. Wenn du das besser machst als sie, rate mal, bei wem die Gefangenen künftig lieber ihr Herz ausschütten? Und du kennst vielleicht den Spruch:

Erobern ist leichter als verteidigen. Insofern hättest du gerade den leichteren Part.«

Eva schüttelte zwar den Kopf, musste aber sofort wieder an Temme denken. An sein Lob. Und daran, wie er ohne Umschweife seinen Unmut über die Psychologin geäußert hatte, deren Fähigkeiten er nicht schätzte. Doch sie selbst hatte bisher keinen Grund, an den Fähigkeiten von Judith Herzog zu zweifeln. Egal wie sie gerade persönlich zu ihr stand. Und Temmes Meinung war nur eine von vielen. Andere Gefangene mochten ganz anders denken. Arendt zum Beispiel.

»Ich hatte noch nie Probleme mit anderen Frauen«, sagte sie.

»Na ja ...« Ann-Kathrin drehte die Augen zur Decke.

»Moment mal!« Sofort verschränkte Eva die Arme vor der Brust. »Was willst du denn damit sagen?«

»Du hast aber auch nicht gerade viele Freundinnen, oder? Eigentlich hast du dich von jeher besser mit Männern verstanden. Das ist okay, versteh mich nicht falsch, immerhin bin ich mit dir nicht ohne Grund schon ewig befreundet. Nur denke ich, viele Frauen haben einfach Angst vor dir. Vor deiner Art. Deinem Auftreten.« Schnell fügte sie hinzu: »Ausnahmen gibt es natürlich immer.«

Eva schob den Teller weg. Sie war froh, dass sie zuvor schon beinahe die gesamte Portion vertilgt hatte, denn der Hunger war ihr jetzt endgültig vergangen. Ann-Kathrins Worte trafen sie. So war sie doch gar nicht. Oder?

»Du willst das nicht hören, ich weiß. Doch es ist eine Tatsache: Du bist sehr gut ausgebildet, hast ein solides Selbstbewusstsein und siehst noch dazu total gut aus. Du kommst alleine im Leben klar, brauchst keinen Mann an deiner Seite. Ich weiß natürlich, dass du dir das anders wünschst, doch für diejenigen Menschen, die dich nicht so gut kennen, macht es sicher nicht den Eindruck, als ob du massiv darunter leidest. Ganz im Gegenteil.«

»So wie du mich gerade schilderst, klingt es, als wäre ich die böse Stiefschwester von Aschenputtel.«

Ann-Kathrin stand auf, setzte sich neben sie und legte den Arm um ihre Schultern.

»So ein Blödsinn. Außerdem war die ziemlich hässlich, wenn ich mich richtig erinnere. Das bist du in keinem Fall. Ich weiß ja auch, woher das alles bei dir kommt, warum du deine Schutzmauern mit den Jahren so hochgezogen hast. Judith Herzog weiß das aber nicht.«

Ganz sanft strich Ann-Kathrin mit der Hand über Evas Rücken, die das für einen Moment einfach geschehen ließ. Nach einer Weile sagte sie endlich, was ihr schon den ganzen Abend auf der Seele lag: »Aber irgendjemand hier weiß etwas darüber.«

»Das hast du schon am Telefon angedeutet. Meinst du wirklich, das hat mit dir zu tun, mit deiner Geschichte? Wie kommst du darauf? Ich meine, es könnte doch eigentlich noch eine Menge solcher Wagen geben. Überall in Deutschland. So selten war ein Mercedes auch damals nicht. Es ist sicher nur ein Zufall, dass jemand denselben Wagen fährt wie deine Eltern. Oldtimer sind doch begehrte Liebhaberobjekte. Kann es sein, dass du vielleicht ein wenig dünnhäutig bist nach dieser Woche?

Du fühlst dich sicher noch fremd in der Stadt, ich hatte wenig Zeit... Meinst du nicht, es könnte daran liegen?«

»Das dachte ich erst auch. Aber da war noch etwas...« Eva stockte und sah zu Boden. »Neulich, als ich nach der Arbeit in meinen Wagen eingestiegen bin, da hat an meinem Spiegel ein schwarzer Trauerflor gehangen.«

Ann-Kathrins Hand stand einen Moment still. Dann fuhr sie fort, über Evas Rücken zu streichen, doch die Bewegungen waren eine Nuance schneller als zuvor. Eva setzte sich auf und schaute ihrer Freundin direkt ins Gesicht.

»Ich habe keine Ahnung, ob ich den Wagen verriegelt habe oder nicht. Manchmal vergesse ich das tatsächlich, wenn ich in Eile bin. An dem Tag war ich ziemlich in Gedanken und immer noch angespannt wegen der Sicherheitsvorkehrungen und der vielen Schlüssel... Aber ist das nicht ein Zufall zu viel? Ich werde das Gefühl nicht los, dass mich jemand mit meiner Vergangenheit konfrontieren will.«

»Aber Eva, wer sollte das sein? Hast du irgendjemanden im Verdacht? Könnte dich jemand von früher kennen? Aber die wichtigste Frage ist: Wozu? Das ist alles ewig her. Außerdem kannst du nichts für den Unfall deiner Eltern. Das alles hatten wir doch schon tausendmal.«

Eva nickte. »Ich weiß ja. Trotzdem...«

»Hast du denn überprüft, ob etwas im Wagen gefehlt hat? Gab es Einbruchspuren?«

Wieder verneinte sie.

»Eva, ganz ehrlich. Du weißt, dass ich nicht begeistert von deinem Job bin. Ich wünschte von Herzen, du wärst in einem positiven Umfeld, würdest meinetwegen auf einer Geburtsstation Kinder zur Welt bringen oder irgendetwas dergleichen. Das tue ich aber nur, weil ich seit Jahren spüre, wie traurig du bist. Du ziehst dich immer mehr zurück, kapselst dich ab, verschanzt dich hinter deiner Arbeit. Alle anderen gehen weiter vorwärts, machen ihren Weg, nur du... Und jetzt...« Sie legte ihre Hand auf Evas Arm. »Ich meine, schau dich doch an! Du wirkst völlig durcheinander. Dabei bist du extra aus Berlin weg, um Abstand von den alten Geschichten zu bekommen. Herrgott, Eva, ich wünsche mir doch nur, dass du endlich richtig glücklich wirst.« Sie seufzte. »Vielleicht war das einfach nur ein Dummejungenstreich. Weißt du, du darfst loslassen. So viele Jahre hast du dich für deinen Job und deinen Bruder aufgerieben. Aber jetzt ist deine Zeit. Nimm sie dir. Es ist nicht verwerflich, wenn du dich mal eine Weile nur um dich kümmerst.«

Eva standen Tränen in den Augen. Sie hielt den Blick fest auf Ann-Kathrin gerichtet. Vielleicht hatte sie recht. Es war ihr immer schon schwergefallen, sich selbst an die erste Stelle zu setzen. Zuletzt hatte ihr Pflichtbewusstsein sie an den Rand der Erschöpfung gebracht, ihr ständiges Bestreben, anderen zu helfen, in ihrem Job gut zu sein. Zwar hatte sie mittlerweile erkannt, dass sie so nicht weitermachen konnte, dennoch war ihr schlechtes Gewissen in den letzten Tagen wieder ihr ständiger Begleiter gewesen. Doch dieses Mal wegen Nicole Arendt.

»Da ist noch etwas, was ich dir erzählen wollte: die Frau, deren Wohnung vorgestern abgebrannt ist...«

»Was ist mit ihr? Du hattest schon erwähnt, dass du sie kennst.«

»Das ist die Frau von Arendt. Von dem Mann, den sie heute in der JVA zusammengeschlagen haben. Sie hat mich vor ein paar Tagen um Hilfe gebeten. Das bleibt aber bitte unter uns, dass er im Knast ist, bis die Polizei das rausgibt.«

Verblüfft schaute Ann-Kathrin sie an: »Weiß ich doch längst. Hey, ich mache meinen Job auch schon ein paar Tage, und das war so ziemlich das Erste, was die Anwohner mir unter die Nase gerieben haben. Aber wobei solltest du ihr denn helfen?«

»Wenn ich das wüsste. Ich habe getan, was du vorhin noch gesagt hast: mich nicht verantwortlich für die Probleme anderer gemacht. Denn die hatte sie ganz sicher, das konnte man sehen. Ich habe sie verarztet, so wie es meine Pflicht war. Aber alles andere ...« Eva dachte an die Schnitte an Nicoles Arm und an die verbundene Hand. »Deshalb habe ich ihr gesagt, dass sie sich an ihren Anwalt wenden sollte.«

»Moment. Du denkst doch jetzt hoffentlich nicht, dass du deswegen etwas mit ihrem Verschwinden zu tun hast? Das ist absurd, Eva.«

Eva zuckte die Schultern. Sie hatte absichtlich verschwiegen, dass Nicole hier, direkt vor dieser Haustür gestanden hatte. Jetzt konnte sie Ann-Kathrin nicht in die Augen sehen, weil sie sofort merken würde, dass Eva ihr etwas verschwieg. Schnell stand sie auf, ging ein paar Schritte zum Fenster und schaute in den Garten, in dem der Sturm sich etwas beruhigt hatte.

»Aber dieser Fall ... Irgendwas ist da im Busch, das sage ich dir«, hörte Eva ihre Freundin sagen. »Deshalb war ich auch so spät dran.«

Eva horchte auf. »Was meinst du?«

Sie drehte sich nicht um und wartete gespannt darauf, was Ann-Kathrin sagen würde. Hoffentlich war Nicole Arendt nicht irgendetwas Schlimmes passiert. Was, wenn Nicole gar nicht weggelaufen war? Plötzlich zog sich eine Gänsehaut über ihren ganzen Körper.

»Wenn ich das wüsste. Ich komme einfach nicht dahinter. Aber die Polizei hält irgendeine Information zurück. Da bin ich mir ganz sicher. Bis heute Vormittag waren sie total kooperativ, haben uns permanent involviert. Dann ist irgendetwas passiert. Keine Ahnung, was. Aber seitdem geben sie nichts mehr heraus, und ich rieche förmlich, dass dahinter eine bombastische Geschichte steckt. Sie sagen zwar, es wäre alles geklärt, die Untersuchungen seien beinahe abgeschlossen. Dann wurde aber die Absperrung verstärkt, und es sind neue Leute von der Spurensicherung angerückt. Ich sag dir, da versteckt sich noch irgendein dicker Hammer. Ich spüre das.«

Klar, überlegte Eva, häusliche Gewalt, ein inhaftierter Ehemann. Daraus ließe sich so manche üble Geschichte machen. Sie dachte daran, wie Brüggemann am Morgen urplötzlich aufgebrochen war. Ohne weiter darauf einzugehen, tastete Eva in ihrer Tasche nach seiner Karte. Ob sie ihm vielleicht doch von dem Vorfall mit Arendt erzählen sollte?

31.

Sie erwachte. Ihre Schläfen pochten, und ihr ganzer Kopf tat weh. Irgendetwas war mit ihrem Kiefer passiert, der bei der geringsten Bewegung schmerzte.

Es war, als würde ihr Gehirn nur Stück für Stück erfassen, was mit ihr geschehen war. Erst nach einer Weile konnte sie den Zustand ihres restlichen Körpers begreifen: schmerzhaft nach hinten gebogene Arme; sie war an Händen und Füßen an einem Stuhl festgebunden, konnte sich keinen Millimeter bewegen. Ihre Umgebung konnte sie nicht sehen. Etwas, das nach Leinen roch, war über ihren Kopf gezogen. Ein Sack vermutlich. Sie atmete stoßweise, als ihr alles wieder einfiel. Der Schmuck. Der Ring. Erinnerungsstücke eines Vergewaltigers. Das Messer an ihrem Hals, als der Fremde hinter ihr in den Wagen gestiegen war. Wie sie voller Angst nach Hause gefahren war. Er ihr befahl, still sitzen zu bleiben. Dann hatte er ihr etwas zu trinken gegeben, und sie war bewusstlos geworden.

Sie japste nach Luft, wobei der Stoff dicht an ihre Lippen geriet. Nicoles Magen rebellierte bei der Vorstellung, über wie viele Köpfe dieser Stoff schon gezogen worden war.

Was wird er mit mir tun?

Sie versuchte, sich zu beruhigen. Panik war gefährlich, sie musste auf der Hut sein. Noch lebte sie. Noch war es nicht zu spät. Eine Tür öffnete sich. Sie hatte nichts gehört, erkannte es jedoch an dem Lufthauch, der ihren Körper in dem dünnen Pullover erfasste. Augenblicklich senkte sie den Kopf, tat so, als wäre sie noch bewusstlos. Das Herz schlug ihr bis zum Hals, und sie hoffte inständig, dass der Sack darüber reichte, sonst wäre ihr Bluff durch die pulsierende Halsschlagader und die Stressflecken sofort aufgeflogen.

Ruhig bleiben, tief atmen, nicht bewegen.

Mit scharrenden Schritten näherte sich jemand, blieb vor ihr stehen, sie konnte den Körper als dunkleren Schatten direkt vor sich erkennen. Sie hörte ein Geräusch, ganz leise. Ein Klacken. Würde er sie jetzt angreifen? Oder war das ein Feuerzeug? Würde er etwa den Sack anzünden? Ein Schrei formte sich in ihrem Inneren, alles drängte zur Flucht, doch sie zwang sich, völlig reglos zu bleiben. Er sollte glauben, sie wäre noch bewusstlos. Ihre angespannten Muskeln brannten. Seit wann war sie hier? Ein paar Stunden? Seit gestern? Sie hatte keine Vorstellung, wie lange sie schon hier eingesperrt war. Plötzlich verschwand sein Schatten. Er musste jetzt hinter ihr sein. Wieder hörte sie ein Geräusch. Sie wusste nicht, aus welcher Richtung es kam, hatte keine Orientierung.

Was zum Teufel tat er da?

Dann hörte sie den Vibrationsalarm eines Telefons. Er ging ein Stück von ihr weg, das hörte sie an den scharrenden Schritten, erst dann meldete er sich. Ganz leise atmete sie aus, versuchte, sich einen Moment zu entspannen. Er sprach in einer fremden Sprache, irgendetwas Osteuropäisches. Sie versuchte, etwas aufzuschnappen. Mit ihr hatte er Deutsch gesprochen. Oder spielte ihr die Erinnerung einen Streich? Vielleicht waren sie zu zweit? Ein Deutscher, ein Ausländer. Sie konnte beim besten Willen nicht sagen, ob es der Mann war, der sie im Auto entführt hatte.

Seine Worte klangen gereizt, er war wütend. Dann hörte er zu, schnaufte widerwillig. Wieder hörte sie ein Klacken. Ein Deckel vielleicht. Was konnte das sein? Was machte er da? Die Angst jagte ihren Puls hoch, sie schwitzte.

Plötzlich verstand sie ihren Namen. Sie konzentrierte sich, wollte, musste verstehen, worum es ging. Schon schwieg der Mann wieder, hörte nur noch zu. Dann fiel das Wort »nehoda«. Er sagte es häufiger, es schien wichtig. Er knurrte beinahe, war kurz davor, die Geduld zu verlieren. Was konnte das bedeuten? Sie überlegte fieberhaft. Aber sie hatte keinen Schimmer. Es hätte alles heißen können. Mit wem sprach er? War das ihr Mann am anderen Ende? Nein, er konnte keine Fremdsprachen. Redeten sie gerade über das, was jetzt mit ihr passieren sollte? Ihre Bestrafung. Sie wollte an ihren Fesseln rütteln, sich wehren, fliehen, weit weg. Doch er durfte nicht merken, dass sie alles mitbekam. Sie kriegte kaum noch Luft, die Angst schnürte ihr die Kehle zu, ihr Herz schlug wild. Der andere sprach immer noch.

Ich komme hier nicht lebend raus.

Warum war sie nicht einfach abgehauen? Direkt in der ersten Nacht, nachdem sie wusste, was Robert getan hatte? Sie war so unfassbar dumm. Auf der Stelle hätte sie sich die Adresse eines Frauenhauses organisieren müssen, um unterzutauchen. Hätte es wenigstens versuchen können. Stattdessen hatte sie sich an die Vorstellung einer Liebe geklammert, die es längst nicht mehr gab, vielleicht nie gegeben hatte. Die ihr seit Jahren nur Schmerzen gebracht hatte. Und jetzt den Tod.

Es war ihre eigene Schuld. Ihre verdammte eigene Schuld.

»Ano«, sagte er bestimmt. Es klang wie ein Schlussurteil. Sie hatten etwas entschieden. Das spürte sie. Ihre Blase drückte heftig. Lange würde sie das Wasser nicht halten können.

Sie atmete ganz flach, erstarrte, das Blut sauste in ihren Ohren. Sie musste still bleiben, absolut still. Nur dann würde er sie in Ruhe lassen. So hatte sie es immer gemacht, in den Nächten, in denen ihr Mann getobt hatte. Vielleicht funktionierte das auch bei ihm. Bei dem Fremden.

Nur nicht wehren, nichts tun, was ihn noch mehr aufbrachte, egal ob Möbel hart an die Wände krachten oder Vasen am Boden zerbrachen. Nicht provozieren lassen. Sie hatte sich klein gemacht, war verschmolzen mit dem Untergrund, mit den Wänden, hatte sich einfach unsichtbar gemacht. Jahrelang hatte sie diese Haltung eingeübt, sie würde es auch jetzt können, völlig mit dem Stuhl eins werden. Schützen würde es sie nicht. Es würde alles nur herauszögern. Deshalb wappnete sie sich gleichzeitig, dass sie schließlich doch ein Schlag treffen würde. Immer war es so gewesen. Egal wie sehr sie sich bemüht hatte. Es hatte nie gereicht. Irgendwann würde er sie doch wahrnehmen. Dennoch blieb Nicole in ihrer Haltung. Hielt sich bereit für den ersten Fausthieb, für einen Tritt, für eine Hand an ihrer Gurgel.

Oder würde er sie gleich töten?

Das Klacken. Das musste ein Feuerzeug sein. Unablässig hatte sie es auf der Fahrt hinter sich gehört, hatte Benzin gerochen. Der Stoff über ihrem Kopf – er würde lichterloh brennen. Schweiß stand in Perlen auf ihrer Stirn, sie fühlte, wie er langsam über ihre Augen rann. Wenn sie noch länger so ausharren musste, würde sie ohnmächtig werden. Vielleicht waren es nur Sekunden, doch sie schienen endlos lang.

Dann endlich hörte sie seine Schritte, er bewegte sich durch den Raum, wieder traf sie ein Luftzug. Das musste die Tür gewesen sein.

Erleichtert seufzte sie auf, zitterte plötzlich am ganzen Körper, ihre Zähne schlugen schmerzhaft aufeinander, obwohl die Gefahr gebannt war. Der Stoff klebte an ihrem Mund, als sie verzweifelt nach Luft schnappte. Aber das war egal, jetzt wollte sie nicht an die anderen Münder denken, die den Stoff berührt hatten, an die Tränen, die er aufgesaugt hatte.

Sie lebte noch. Ihr war nichts geschehen.
Noch nicht.

32.

Obwohl sie am Wochenende eigentlich freihatte, war Eva in aller Frühe in die JVA gefahren. Sie hatte noch einmal nach Robert Arendt schauen wollen, zumal die Schicht in ihrer Abteilung an den Wochenenden äußerst dünn besetzt war und zurzeit zwei der sechs Krankenzimmer belegt waren.

Erleichtert stellte sie fest, dass Puls und Blutdruck des Patienten weiterhin normal waren und sah im Protokoll, dass Jasmin bereits eine Stunde zuvor alle Werte gecheckt hatte. Braves Mädchen, dachte Eva. Vielleicht hatte sie ihr wegen ihrer schüchternen Art wirklich zu wenig zugetraut – immerhin machte sie allein die Wochenendschicht und schien alles im Griff zu haben, denn auch die Methadonausgabe hatte sie schon komplett erledigt. Arendt schlief, deshalb ging Eva in ihr Büro, um endlich nach seiner Akte zu sehen.

Es war noch stiller als sonst in ihrer Abteilung. Nur je einer vom Pflegepersonal hatte am Wochenende pro Schicht Dienst. Alle anderen waren nur ungefähr alle zwei Wochen in Rufbereitschaft, von der aber nach Lisbeths Aussage nur selten Gebrauch gemacht wurde. Eva war froh, als sie ungesehen in ihr Dienstzimmer gelangt war, denn sie wollte nicht den Eindruck erwecken, als würde sie ihren Leuten nicht trauen und sie kontrollieren. Immerhin war das Team über zwei Monate ohne diensthabenden Arzt ausgekommen, das reichte Eva vollkommen als Beweis ihrer Zuverlässigkeit.

Sie startete den PC und zog sich den Stuhl heran. Sie würde die Akte von Arendt schnell ausdrucken, um sie daheim in Ruhe zu lesen. Der Bildschirm war immer noch dunkel, doch ein Symbol zeigte an, dass der Rechner hochfuhr. Sicher würde sie sich eines Tages an dieses Tempo gewöhnen, aber heute nervte es nur.

Sie schaute sich in ihrem Zimmer um und notierte

sich schließlich verschiedene Dinge, die sie mitbringen wollte: ein großformatiges Bild, einen Kalender, eine Pinnwand und vielleicht auch ein paar Fotos. Von Patrick und seiner Familie. Sie hielt inne. Nach kurzem Nachdenken strich sie den Punkt wieder. Nein, jeder konnte hier reinschauen. Fotos von Freunden und Familie waren ihre private Sache und hatten hier nichts zu suchen. Stattdessen schrieb sie Tassen und Gläser auf. Und ihren Lieblingstee.

Endlich zeigte der PC die Eingangsmaske. Ihr Passwort kannte sie jetzt schon auf Anhieb, und sofort nachdem sie Robert Arendts Namen eingegeben hatte, sah sie seine Akte vor sich. Da war ihr eigener Eintrag von seinem Besuch, dann ein weiterer von ihrem Vorgänger, der die Aufnahmeuntersuchung durchgeführt hatte. Es war jedoch nichts vermerkt, das ihr wichtig erschien. Die erste Untersuchung bei Haftbeginn, die eigentlich die komplette Krankengeschichte enthalten sollte, war nur sehr oberflächlich beschrieben. Die Direktorin hatte bei Evas Einstellungsgespräch schon erwähnt, dass der letzte Arzt mit der Technik auf Kriegsfuß gestanden hatte, deshalb hoffte Eva, dass in der Handakte mehr zu finden war.

Interessiert las sie weiter: Es gab keine gerichtlichen Auflagen, die Haftdauer, Haftart und Sicherungsmaßnahmen kannte sie bereits. Sie hatte keine Ahnung, wonach sie überhaupt gesucht hatte, aber wegen dieser Zeilen musste sie definitiv keinen Druckauftrag starten.

Als sie die Akte schon wegklicken wollte, entdeckte Eva am oberen Rand einen zweiten Reiter. Gespannt klickte sie darauf – woraufhin ein roter Kasten auf ihrem Bildschirm erschien: Zugriff verweigert. Sie versuchte es noch einmal, wurde jedoch erneut abgewiesen. Vielleicht war ein weiterer Zugangscode nötig, um in diese Akte zu sehen. Sie versuchte es bei Temme. Auch hier hatte sie mit ihrer Berechtigung keinen Zugriff. Resigniert schob sie die Tastatur weg. Ob sich dort die Protokolle von Judith Herzog verbargen? Sie würde Lisbeth gleich am Montag danach fragen. Ungeduldig klopfte sie auf die Tischplatte. Okay, dann musste eben Plan B her.

Entschlossen griff sie zum Telefon und suchte auf der Liste, die ihr Lisbeth vorsorglich unter die Schreibtischunterlage gelegt hatte, nach dem Eintrag für den Techniker. Lisbeth hätte die Nummer vermutlich sogar auswendig gewusst, doch die hatte dieses Wochenende frei. Da keine der genannten Abteilungen die richtige zu sein schien, rief sie kurzerhand bei der Pforte an.

»Korell, aus der ärztlichen Abteilung. Wir haben einen Patienten hier, der gestern in eine tätliche Auseinandersetzung geraten ist. Ich benötige deshalb die Aufzeichnungen der Kameras aus Haus II, 2. Stock, Zellenblock 230 bis 240. Können Sie mir sagen, an wen ich mich wenden muss, um die zu bekommen?«

Der Mann am anderen Ende räusperte sich und antwortete mit einem tiefen Bass: »Das wird heute vermutlich nichts. Dieser Bereich der Sicherheitsabteilung ist samstags nicht besetzt. Außerdem brauchen Sie dafür die Genehmigung der Direktion.«

Verärgert ballte Eva die Faust. Es konnte doch nicht sein, dass sie völlig umsonst hergekommen war.

»Hören Sie, wissen Sie denn, wo diese Aufzeichnungen sind? Ich würde hundertprozentig am Montag die Genehmigung erhalten. Meinem Patienten geht es schlechter, und ohne das Wissen über den genaueren Hergang... Ich würde mir das auch direkt bei Ihnen ansehen.«

»Tut mir leid, ich würde Ihnen ja gerne helfen. Es ist nur so, dass alle Aufzeichnungen dem Datenschutz unterliegen. Ich kann da beim besten Willen nichts machen, habe nicht einmal Schlüssel zu dem Raum. Fragen Sie einfach nächste Woche noch einmal danach.«

»Und wenn er bis dahin gestorben ist?«, rutschte es Eva heraus. Sie übertrieb maßlos, aber es war einen letzten Versuch wert.

»Bedauere. Wenn es so wichtig ist, könnten Sie höchstens den Sicherheitschef oder die Direktorin zu Hause unter ihrer privaten Nummer...«

Verflixt. Das bestimmt nicht. »Danke. Das ist derzeit noch nicht nötig. Unter den Umständen warte ich noch ein paar Stunden ab und schaue, wie sich sein Zustand entwickelt.«

Laut fluchend knallte sie den Hörer auf. Toll. Sie war so froh gewesen, endlich etwas tun zu können und nicht mehr untätig herumzusitzen. Und jetzt war sie kein Stück weiter als zuvor.

Sie kramte im oberen Schubfach und holte den Schlüssel für den Aktenschrank im Schwesternzimmer heraus. Dann ging sie eine Tür weiter. Die Kaffeemaschine lief, also würde Jasmin nicht lange weg sein. Eva beeilte sich, den Aktenschrank aufzuschließen. Arendt war zum

Glück ganz vorne im Alphabet. Immer wieder blätterte sie im Register vor und zurück, doch sie fand nichts unter seinem Namen. Sie sah sich im Zimmer um, konnte allerdings keinen weiteren Aktenschrank entdecken. Auf dem Schreibtisch lagen noch zwei Akten, doch auch dort war sie nicht dabei. Seltsam. Noch einmal ging sie die Akten zwischen »Ae« und »As« durch. Nichts. Irritiert schloss sie den Schrank wieder zu.

Vermutlich hatte Lisbeth sie gestern bei Arendt auf der Krankenstation hinterlegt. Sie würde auf dem Heimweg schnell dort nachsehen. Als sie an Lisbeths Schreibtisch vorbeikam, sah sie aus dem Augenwinkel eine Haftnotiz in einer kindlichen Schrift, auf dem i saß ein kleiner Kreis statt eines Punktes. Neugierig nahm sie sie an sich. Sie traute ihren Augen nicht: *Akte Robert Arendt an Psychologie* stand dort, versehen mit dem Datum des Vortags und dem Kürzel JB. Die Psychologin hatte bei Jasmin seine Akte angefordert.

Eva schüttelte den Kopf und schnaubte wütend. Judith Herzog war ihr zuvorgekommen. Unfassbar. Ihre eigenen Befunde wollte sie nicht herausrücken, bediente sich aber frech in ihrer Abteilung. Und sie selbst stand mit leeren Händen da.

Also blieb ihr nur, die Kameraaufzeichnungen zu besorgen. Die gab es jedoch nicht vor Montag. Gleich fiel ihr ein anderer Kommentar von Temme ein: »Sofern die Bilder greifbar sind«, hatte er gesagt. Hoffentlich war sie nicht auch in dieser Hinsicht zu spät dran... Nein. Stopp. Jetzt ging sie zu weit. Niemand würde einfach die Sachen manipulieren. Wozu auch? Die Beamten sahen sich völlig im Recht. Sie hörte mittlerweile schon die Flöhe husten.

Dennoch, eine Warnung Temmes war durchaus berechtigt gewesen: die vor der Psychologin. Eva hätte nicht nur Freunde. Was führte diese Frau bloß im Schilde?

Plötzlich bekam Eva eine Gänsehaut: Konnte es sein, dass die Psychologin etwas wusste? Konnte sie etwa den wahren Grund herausgefunden haben, warum Eva das Berliner Krankenhaus verlassen hatte? Dann wäre der Trauerflor ein völlig anderes Zeichen ...

Sie schüttelte den Kopf. Das konnte nicht sein. Nichts davon war aktenkundig. Das war ihre Bedingung gewesen. Judith Herzog konnte nichts von alldem, was in Berlin geschehen war, wissen. Niemand hatte die geringste Ahnung. Und das würde so bleiben.

Rasch nahm Eva ihre Tasche und schloss sorgfältig die Tür hinter sich ab.

33.

Brüggemann drückte auf die Vorspultaste. Die Straße, die auf dem Bildschirm zu sehen war, erschien schon am frühen Abend wie ausgestorben. Er fragte sich, wieso der Ladenbesitzer in dieser Gegend überhaupt eine Kamera eingerichtet hatte. Sicher eine Forderung der Versicherung, denn er konnte sich nicht vorstellen, dass der Gemüseladen besonders viele Einbrecher anlockte, und sehr unsicher wirkte das Viertel auch nicht.

Das Einzige, was sich auf den Aufzeichnungen gezeigt hatte, war ein Spaziergänger, der zuließ, dass sein Hund vor dem Laden sein Geschäft verrichtete. Der Halter machte keinerlei Anstalten, die Hinterlassenschaften zu beseitigen, und ließ das Tier obendrein noch das Holzgestell markieren, auf dem am nächsten Tag wieder Obst und Gemüse ausgestellt wurden.

Wie lecker, dachte Lars. Dem Kerl sollte man mal einen Haufen direkt vor die Wohnungstür legen!

Er hatte selbst nie Tiere gehabt, doch die zunehmende Zahl von Hundehaltern, die sich so respektlos verhielten, ließ seine Lust auf ein Haustier eher noch kleiner werden.

Der einzige Grund, sich ein Tier anzuschaffen, wäre sein Sohn. Lars drückte die Pausentaste und schaute auf die Uhr. Es war noch ziemlich früh am Morgen, aber er verspürte das dringende Bedürfnis, mit Jan zu sprechen. Die permanente Trennung von seinem Sohn setzte ihm auch nach über einem Jahr immer noch zu. Vermutlich würde er sich nie daran gewöhnen. Er nahm sein Handy zur Hand, legte es nach kurzem Überlegen jedoch wieder auf den Schreibtisch. Mirjam würde ihm den Hals umdrehen, wenn ihr Neuer wegen eines belanglosen Telefonats am geheiligten Samstag um diese Zeit geweckt würde.

Jan hatte ihm erzählt, dass er eigentlich froh über diese Unsitte seines Stiefvaters war, denn genauso wie Lars und Mirjam stand auch sein Sohn mit den Hühnern auf. Er liebte die Samstage, an denen er alle zwei Wochen mit seiner Mutter ganz entspannt reden und frühstücken konnte. Zwar hatte er sich mit dem neuen Mann an Mirjams Seite gut arrangiert, doch Jan hoffte im Grunde immer noch darauf, dass seine Mutter und sein Vater wieder ein Paar wurden. Lars biss sich auf die Lippe.

Noch einmal schaute er auf das Display. Dann schüttelte er den Kopf und steckte das Handy weg. Es gab viel zu tun heute, die Zeit drängte, und er sollte sich auf den Fall konzentrieren. Doch bei nächster Gelegenheit würde er seinem Sohn ein Smartphone schenken. Dann könnten sie WhatsApp-Nachrichten austauschen, ohne dass Jan sich an Zeiten halten musste oder eine Erlaubnis brauchte. Mirjams Neuer hielt nichts davon, Kinder zu verwöhnen, deshalb hatte seine Ex das immer abgelehnt. Aber die beiden mussten schließlich nichts davon wissen. Ein Männergeheimnis. Das würde Jan gefallen.

Er drückte wieder auf Play, dann auf schnelleren Vorlauf. Da! Er spulte noch einmal zurück. Der kleine weiße Renault Twingo fuhr an dem Laden vorbei. Er drückte auf Pause. 22.43 Uhr. Das passte. Nicole Arendts Schicht hatte um 22 Uhr geendet. Dann hatten sie noch gemeinsam die Stühle hochgestellt, geputzt und die Kasse gemacht. Ihre Kollegen hatten ausgesagt, dass sie ungefähr um 22.30 Uhr gemeinsam das Lokal verlassen hatten.

Die restlichen Mitarbeiter waren noch gemeinsam um die Ecke in die nächste Kneipe gegangen, Nicole Arendt hatte sich jedoch verabschiedet, weil sie angeblich Kopfschmerzen hatte. Das wiederum passte zu der Aussage der Ärztin, die ihm von einer Kopfwunde berichtet hatte. Allerdings hatten die Kollegen erzählt, dass sie nie viel Interesse an gemeinsamen Aktivitäten gezeigt hatte und lieber für sich blieb.

Lars spulte langsam vor und zurück. Er versuchte, einen Blick auf die Frau zu werfen, aber die schlechte Qualität der Aufnahme ließ keinen Schluss zu, wer am Steuer saß. Man sah lediglich einen körnigen Schatten. Der Weg vom Café zu den Arendts nach Hause dauerte jedoch so ziemlich genau fünfzehn Minuten. Um die Zeit, ohne Verkehr, vermutlich kürzer. Es passte also alles, und es gab es keinen Grund, an dem Ablauf zu zweifeln.

»Was hast du dann gemacht?«, fragte Lars laut das Standbild. Wenn sie Kopfweh, vielleicht eine Gehirnerschütterung gehabt und sich direkt danach hingelegt hatte, dann hätte sie das Feuer im Schlaf überraschen müssen. Doch zum Zeitpunkt des Brandes war definitiv niemand in der Wohnung gewesen. Oder war sie wegen ihrer Beschwerden doch in die Notaufnahme gegangen? Aber dann hätte sich der behandelnde Arzt sicher gemeldet. Der Name und ihr Foto waren durch alle Medien gegangen.

Er spulte weiter vor, bis er die ersten Einsatzfahrzeuge der Feuerwehr auf dem Bildschirm sah. Zwar waren ein paar andere Fahrzeuge den Weg entlanggefahren, doch Nicole Arendt war weder mit ihrem Auto noch einmal weggefahren, noch war sie zu Fuß auf den Bildern zu sehen. Womöglich hatte sie die andere Straßenseite benutzt. Nur wohin hatte sie gewollt? In ein Frauenhaus vielleicht, wie Eva Korell vermutet hatte?

Lars stellte sich vor die Karte von München und suchte gerade die Umgebung um das Wohnhaus der Arendts ab, als sein Telefon klingelte.

»Brüggemann«, meldete er sich, völlig in Gedanken.

»Lars, wir haben was gefunden. Im Keller des Hauses. Na ja, das wirft ein völlig neues Licht auf die ganze Geschichte.«

Sein Kollege Mayrhofer von der Spurensicherung machte einen ernsten Eindruck. »Kannst du vielleicht herkommen? Ich möchte wissen, was du von der Spurenlage hältst.«

»Klar. Ich mache mich sofort auf den Weg. Bis gleich.«

Lars legte den Hörer auf. Das war nun schon der zweite Fund, der alle Annahmen über den Haufen warf. Er war gespannt, was es dieses Mal war. Eigentlich hätte er seine Kollegin Aleksandra Jovic anrufen müssen, um sie mit zur Wohnung der Arendts zu nehmen. Sie müsste im Grunde zu Ausbildungszwecken bei jedem seiner Schritte dabei sein. Doch irgendetwas hielt ihn davon ab. Er nahm seine Jacke und machte sich eilig auf den Weg.

»Lass hören, was hast du gefunden?«, sagte Lars Brüggemann ohne langes Höflichkeitsgeplänkel.

Mayrhofer nickte und ging voraus in den Keller, der von einem Polizisten bewacht wurde. Ohne Licht zu machen, hielt der Beamte die Schwarzlichtlampe über den Boden. Deutliche Spuren waren zu sehen. Jemand hatte ganz offensichtlich versucht, Blut wegzuwischen.

Einen winzigen Tropfen hatte derjenige jedoch übersehen: Er hing seitlich am Deckel des Werkzeugkastens.

»Drinnen war auch ein Lappen, an dem wir ebenfalls Blutspuren gefunden haben. Vielleicht wurde damit ein Werkzeug gereinigt. Und an dem Teppichmesser haben wir auch Blut gefunden. Die Sachen sind bereits auf dem Weg zur KTU.«

Verdammt! Lars Brüggemann kratzte sich am Hinterkopf. Er hatte es gewusst: Es gab Ungereimtheiten. Nur gut, dass bisher nichts an die Presse rausgegangen war.

»Gab es draußen im Flur auch Spuren?«

»Negativ. Wir haben alles abgesucht. Nur hier drin.«

»Stammt das Blut von Nicole Arendt?«

»Wir analysieren das gerade. Zum Glück haben wir in ihrem Auto mehrere lange blonde Haare gefunden, die wir zum Abgleich nutzen können.«

»Und der Wagen? Ist da auch irgendwas zu sehen?«

»Wir sind noch dabei, den genau zu checken. Aber der ist ewig nicht gewaschen worden und voller Fingerabdrücke. Gerade außen. Keine Ahnung, ob wir dort was Brauchbares finden. Blutspuren haben wir aber nicht gefunden, falls du das meinst.«

»Danke, macht einfach weiter, und haltet mich auf dem Laufenden. Egal um welche Zeit«, sagte er und wollte sich gerade verabschieden, als ihm noch eine Sache einfiel. »Weiß Junges schon Bescheid?«

Mayrhofer schüttelte den Kopf. »Ich dachte, ich gebe die Info erstmal nur an dich weiter. Du wirst schon wissen, wem du sie weiterleiten willst.«

Lars klopfte seinem Kollegen auf die Schulter. Das

hatte er gut gemacht. Er musste natürlich abwarten, was die genaue Analyse ergab, aber eines schien ihm sicher: Seine erste Vermutung war damit hinfällig. Natürlich konnte es immer noch sein, dass Nicole Arendt die ganze Geschichte nur inszeniert hatte. Besonders wahrscheinlich war das allerdings nicht. Stattdessen musste Lars die Möglichkeit in Betracht ziehen, dass Frau Arendt ihre Wohnung nicht freiwillig verlassen hatte. Und dass sie eventuell verletzt worden war. Das wiederum hieß, dass es noch eine dritte Person gab, die in diesen Fall verwickelt war. Robert Arendt konnte aus dem Knast heraus seine Frau wohl kaum entführt haben. Allenfalls über einen Verbindungsmann, einen Komplizen. Und den durften sie keinesfalls aufschrecken, bevor sie eine Ahnung hatten, wo er sich mit Nicole Arendt aufhielt. Ihr Leben war eventuell in Gefahr.

Doch wer war der Mann, den sie suchten? Sie hatten keinen Hinweis auf einen Fremden, mit dem Nicole Arendt zu tun hatte. Niemand war im Haus aufgefallen. Kannten die Arendts den Betreffenden vielleicht schon länger? Oder war es jemand, der im Laufe des vergangenen Jahres aus der Haft entlassen wurde und mit dem sich Robert Arendt eine Zelle geteilt hatte? Er musste unbedingt alle Daten über Arendt sichten und genau überprüfen. Eigentlich eine gute Aufgabe für seine neue Kollegin. Eigentlich. Aber darum musste er sich jetzt wohl oder übel selber kümmern.

Brüggemann wusste genau, dass es nicht richtig war, dennoch beschloss er, die Information zunächst für sich zu behalten. Jovic war zu unerfahren. Sie konnte ihm in dieser Sache ohnehin nicht helfen, sie war einfach zu kurz dabei und kannte zu wenige von den harten Jungs. Junges wiederum war zu karrieregeil. Es hatte ihn sowieso gewundert, dass er Arendt nicht sofort hochgenommen hatte, um Schlagzeilen zu machen und damit auf der Leiter eine Position weiter nach oben zu klettern. Über den Flurfunk hatte Lars mitbekommen, dass Junges hoffte, stellvertretender Leiter des Bayerischen Landeskriminalamts zu werden. Lars hielt diesen Beweggrund in einer doch sehr publikumswirksamen Ermittlung für äußerst gefährlich. Junges schied damit definitiv auch aus.

Entschlossen kehrte Lars zu seinem Wagen zurück. Es gab noch einen anderen Weg, an Informationen über Arendt und seine Frau zu kommen. Da das Paar offenbar keine Freunde hatte und weder die Befragung der Arbeitskollegen noch der Nachbarn erhellende Einsichten gebracht hatte, wollte er unbedingt noch einmal mit der Ärztin sprechen. Wie er sie einschätzte, hatte sie sicher ihrerseits Nachforschungen angestellt.

Außerdem kannte sie beide Eheleute persönlich. Und sie hatte sich bislang nicht gescheut, ihre Meinung offen zu äußern.

34.

Ihr Handy klingelte, als Eva gerade auf dem Rückweg nach Hause war. Sie suchte nach einer Parkmöglichkeit, um den Anruf anzunehmen, aber auf der Lindwurmstraße war mal wieder keine zu finden. Ein Wagen einige Meter vor ihr setzte gerade den Warnblinker und blieb einfach in zweiter Reihe stehen. Super, damit würde sich der Verkehr noch mehr stauen.

Das unablässige Klingeln setzte Eva unter Druck, deshalb fuhr sie kurzerhand auf einen Grünstreifen direkt neben einem Baum und stand halb auf dem Bürgersteig. Ein Passant zeigte ihr einen Vogel, doch das war ihr egal. Als sie noch einmal bei Arendt gewesen war, hatte er hohes Fieber, deshalb hatte sie Jasmin gebeten, sie umgehend zu informieren, falls sich sein Zustand verschlechterte. Eva befürchtete, dass sie ihn doch noch in ein Krankenhaus überweisen musste, hatte allerdings keine Ahnung, welche Vorkehrungen sie dann treffen musste. Das wäre am Samstag ein echter Albtraum.

Es war ohnehin ein Witz, dass sich am Wochenende nur zwei Pfleger beim Dienst abwechselten, um die derzeit knapp über 700 Inhaftierten zu betreuen. Ihre Abteilung war mit den sechs Krankenpflegekräften, zwei medizinisch-technischen Assistenten und einer tageweise angestellten Laborassistentin viel zu dünn besetzt. Eva kannte noch immer nicht alle, denn bislang hatte sie immer nur die Tagschicht mit Hamid, Lisbeth und Jasmin gehabt.

Allein mit der Ausgabe von Methadon und anderen Substitutionsmitteln hätte sich eine Pflegekraft den kompletten Tag beschäftigen können. Es war Eva nicht klar gewesen, dass rund ein Fünftel der in Wiesheim Inhaftierten wegen Verstößen gegen das Betäubungsmittelgesetz einsaß und eine noch weit höhere Zahl der Gefangenen selbst abhängig war – oder nur unter Drogen die Haftbedingungen aushielt.

Direkt im Zimmer neben Robert Arendt machte gerade jemand einen kalten Entzug. Sie hatte seine Schreie auf dem Gang gehört. Eva mochte sich gar nicht ausdenken, was passieren würde, wenn in der JVA ein Virus umging, es eine Lebensmittelvergiftung gäbe oder wenn es sich einmal nicht um einen Fehlalarm handelte, sondern es tatsächlich irgendwo brannte. Sie musste unbedingt mit der Direktorin darüber sprechen. Langfristig musste sich einiges in ihrer Abteilung ändern.

»Wie geht es ihm?«, fragte sie hastig, ohne auf die Nummer auf dem Display zu achten.

»Lars Brüggemann hier. Von der Kripo. Wir haben uns gestern wegen der Arendts gesprochen.« Als sie nicht reagierte, fügte er hinzu: »Sie hatten mit jemand anderem gerechnet, oder? Wenn ich störe – ich kann auch später wieder anrufen.«

Eva schaute verdutzt nach draußen, als der ältere Herr nun renitent mit der Hand auf ihre Motorhaube schlug und ihr mit wütenden Gesten bedeutete, wegzufahren.

»Geht's noch? Moment mal«, sagte Eva entrüstet und suchte im Seitenfach der Türe nach ihrem Arztschild. Es stammte zwar aus Berlin, sie konnte sich jedoch nicht vorstellen, dass die Augen des Mannes noch so gut waren, dass ihm der Stempel auffallen würde. Wie erwartet, ging er sofort weiter, schimpfte jedoch immer noch laut vor sich hin.

»Herr Brüggemann, verzeihen Sie, aber ich musste noch meine Parkscheibe einlegen. Ich bin im Auto, wissen Sie.«

»Alles in Ordnung?«, fragte der Kommissar.

»Ja. Jetzt ist alles klar. Was kann ich für Sie tun?« Eva fuhr mit ihrer Linken die Linien des Lenkrads entlang.

»Ich weiß, es ist Wochenende, aber könnten wir uns irgendwo treffen? Ich müsste Ihnen noch ein paar Fragen stellen.«

Eva sah auf die Uhr. Eigentlich hatte sie noch fürs Wochenende einkaufen wollen. Andererseits hatte sie ohnehin keine Lust, zu kochen. Also sagte sie spontan: »In Ordnung. Ich bin allerdings in Rufbereitschaft.«

»Kein Problem. Ich genauso«, erwiderte er.

Sie verabredeten, sich der Einfachheit halber in einer Viertelstunde in dem Café zu treffen, in dem Nicole Arendt gearbeitet hatte.

Wie der Kommissar diese Bereitschaften wohl mit seiner Familie vereinbarte? Der goldene Ring an seiner rechten Hand war ihr beim ersten Treffen nicht entgangen, und sie fragte sich, wie seine Frau wohl damit umging. Evas letzter Freund hatte sich jedes Mal aufgeregt, wenn sie wegen einer plötzlich notwendigen OP oder wegen eines erkrankten Kollegen länger als geplant im Krankenhaus geblieben war. Eva drängte sich der Verdacht auf, dass Männer es in dieser Hinsicht leichter als

Frauen hatten und eher auf Verständnis stießen, wenn sie lange arbeiten mussten und Überstunden machten. Oder sie störten sich einfach weniger daran, stellten ihre Interessen in den Vordergrund und ließen sich nicht aus dem Konzept bringen.

Geschickt manövrierte Eva ihren Wagen durch die Umfahrung, die zu einem Rückstau geführt hatte. Am Sendlinger Tor wurde immer noch gebaut. Großartig. Die Fahrradfahrer schlängelten sich in hohem Tempo durch die stehenden Autos, und wieder beneidete Eva sie. Ungeduldig schaute sie auf die Uhr und versuchte abzuschätzen, ob sie pünktlich sein würde. Aber als sie ihren Wagen auf die Sonnenstraße gelenkt hatte, lief der Verkehr wieder zügiger. Geschickt wechselte sie die Spur, um an einem langsameren Fahrer vorbeizukommen und die verlorene Zeit aufzuholen. Sie liebte es, Auto zu fahren.

Manchmal, wenn sie spät aus der Klinik gekommen war und nicht abschalten konnte, war sie nur so zum Spaß durch die Gegend gefahren. An manchen Tagen hatte ihr das jedoch nicht gereicht. Sie hatte nie jemandem davon erzählt. Und geblitzt war sie auch nie worden – zum Glück, denn dann wäre sie ihren Führerschein für einige Zeit los.

Eva machte sich dabei nichts vor: Diese Fahrten waren kein Spiel – sie waren eher eine Sucht. Etwas drängte sie dann, das Tempo zu beschleunigen, sich ganz auf die Lichtsäule vor sich zu konzentrieren, die Arme anzuspannen, das Lenkrad fest im Griff zu haben. Jede abrupte Bewegung barg bei hohem Tempo ein Risiko.

Dann hatte sie das Adrenalin gespürt, das spätestens in dem Moment rauschhaft zu wirken begann, wenn sie an ihre Eltern dachte. An deren Todesnacht. An die Rauchsäule, die von dem brennenden Wagen aufgestiegen war. An das zerborstene Gerippe des alten Mercedes, dessen rechte Flanke nach dem Aufprall komplett aufgerissen war. An den miesen Alkoholiker, der ohne Licht aus einer Seitenstraße gefahren war und den Wagen gerammt hatte. Ihre Eltern waren schon tot gewesen, bevor die Rettungskräfte eintrafen.

Absolut pünktlich erreichte sie das Café. Es reizte sie, den Wagen erneut im Parkverbot abzustellen – ihr Arztschild lag noch im Fenster –, doch sie befürchtete, dass der Kommissar keinen Sinn für zivilen Ungehorsam hatte. Also parkte sie ein Stück entfernt rückwärts ein und erkannte im Rückspiegel Brüggemann vor dem Lokal, der zuerst eingetroffen war.

Der Kommissar war heute legerer gekleidet als bei ihrem letzten Treffen. Er trug eine schwarze Bikerjacke aus Leder mit einem grauen Rolli darunter, der farblich exakt mit den Schuhen harmonierte, dazu eine schwarze Jeans. Ein echt lässiger Stil, dachte Eva. Dazu war er sportlich, kernig und klug. Genau die Art Mann, die sie sich in diesem Beruf vorgestellt hatte. Seine Frau war zu beneiden. Oder auch nicht, wenn sie die Arbeitszeiten bedachte. Aber immerhin schien er in der letzten Nacht kurz zu Hause gewesen zu sein, denn er war frisch rasiert.

Galant öffnete ihr Brüggemann die Wagentür. Obwohl Eva im Grunde nicht viel mit solchen Gesten anzufangen wusste, fühlte sie sich dennoch geschmeichelt. Manieren und Höflichkeit kamen immer mehr aus der Mode. Vielleicht fiel es ihr deshalb so angenehm auf.

»Schön, dass Sie so schnell kommen konnten«, sagte er und warf die Tür zu, nachdem sie ausgestiegen war.

»Ich habe gerade nach einem Patienten gesehen und hätte mich im Laufe des Tages ohnehin noch bei Ihnen gemeldet.«

»Wirklich? Worum geht es?«, fragte er und war mit seiner ganzen Aufmerksamkeit bei ihr.

Eva winkte ab. »Lassen Sie uns erst einmal reingehen. Hier auf der Straße...« Sie schaute zu beiden Seiten, stellte allerdings fest, dass niemand da war, der ihnen hätte zuhören können. Egal. Es war zwar nicht mehr so eisig wie noch einen Tag zuvor, dennoch war es drinnen angenehmer. Und sie brauchte Koffein.

»Wieder einen Cappuccino für Sie?«, fragte Brüggemann, so als könne er Gedanken lesen. Er wartete ihre Antwort allerdings nicht ab, sondern bestellte per Zuruf gleich zwei.

Eva musste grinsen. Natürlich war der Kommissar im Dienst, hatte vermutlich nicht viel Zeit, aber der gute Eindruck von seinen Umgangsformen war damit relativiert. Er war also doch bloß ein Kerl mit Machoallüren und kein Superheld.

»Also?«, fragte Eva, nachdem sie ihm gegenüber an einem Zweiertisch direkt am Fenster Platz genommen hatte. »Was wollten Sie von mir wissen, Herr Brüggemann?«

»Ich wollte Sie bitten, mir Ihre Begegnung mit Nicole Arendt und die mit ihrem Mann noch einmal so genau wie möglich zu schildern.«

Nervös schaute Eva ihn an. Warum wollte er das noch einmal von ihr hören? Hegte er doch einen Verdacht gegen sie? Sofort fühlte sie sich wieder unwohl. Glücklicherweise kam in diesem Moment die Bedienung an den Tisch, die vom Typ her Nicole Arendt glich: mittelgroß, sehr dünn, blasse Haut, langes blondes Haar.

»Wissen Sie«, hob Brüggemann noch einmal an, als sie nicht sofort antwortete, »Sie sind tatsächlich die einzige Person, die in letzter Zeit beide Arendts persönlich gesprochen hat und sie einschätzen kann. Wir haben natürlich viele Sachen gehört, aber es handelte sich lediglich um Mutmaßungen, nicht um Fakten. Die beiden haben sich recht erfolgreich isoliert. Außerdem haben Sie sie noch in dieser Woche gesprochen, unmittelbar bevor sich dieses ... dieses Drama abgespielt hat.«

Eva blieb nicht verborgen, dass der Kommissar gezielt nach Worten suchte, und obwohl sie eigentlich hätte beruhigt sein müssen, wog für sie doppelt schwer, dass sie ihm beim ersten Mal einen Teil der Geschichte verschwiegen hatte. Damit hatte sie eindeutig einen Fehler gemacht, auch wenn ihre Gründe damals berechtigt waren. Ihm jetzt davon zu erzählen, war keine Option.

»Ich kann Ihnen natürlich keine Details nennen«, fuhr er fort, als sie sich weiter in Schweigen hüllte, »doch wir haben etwas in der Wohnung gefunden, das unseren ganzen Blick auf den Fall verändert. Deshalb möchte ich einfach sicher sein, dass ich kein Detail überhört habe. Wenn es Ihnen also nichts ausmacht, mir noch einmal ...«

Eva nickte. Er schaute sie intensiv aus seinen wasserblauen Augen an. Ein Lächeln huschte über sein Gesicht, bei dem sich die feine Andeutung eines Grübchens auf der rechten Wange zeigte. Dann senkte er den Blick und nahm einen Löffel braunen Zucker in seinen Cappuccino.

Eva wandte ihren Blick ab und beobachtete die vorbeifahrenden Autos draußen auf der Straße. Endlich platzte sie heraus: »Sie haben meinen Blazer gefunden, oder? Und meine Visitenkarte?«

Brüggemann schaute sie verständnislos an.

»Sie sprachen von einem Fund. Darum geht es doch, oder? Das ist der Grund, warum Sie mich sprechen wollen.«

Evas Stimme hörte sich kratzbürstiger an, als sie sollte. Sie war einfach viel zu nervös, musste versuchen, es sich weniger deutlich anmerken zu lassen. Sonst benahm sie sich wirklich verdächtig.

»Nein«, sagte er schlicht. »Ich weiß absolut nicht, von welchem Blazer Sie reden, aber ich kann Ihnen versichern, dass es nicht darum geht. Und bitte ...«

»... haben Sie Verständnis dafür, dass ich Ihnen keine Details nennen kann. Das sagten Sie bereits. Mehrfach. Meinen Sie nicht, es wäre einfacher, wenn Sie mir konkrete Fragen stellen? Dann kann ich Ihnen vielleicht auch die Informationen liefern, nach denen Sie suchen.«

Eva blinzelte kurz und nahm dann einen Schluck von ihrem Cappuccino, um ihm Zeit zu geben und sich selbst zu beruhigen.

»Sie wollen mehr wissen. Das kann ich verstehen. Aber ich möchte Sie nicht durch meine Fragen in eine bestimmte Richtung lenken«, fuhr er sachlich fort. »Sie haben mir gestern Morgen auf dem Parkplatz gesagt, dass Sie Nicole Arendt nicht für fähig halten, einen Brand zu legen. Mich würde vor allem interessieren, was Sie zu dieser Auffassung gebracht hat. Und zu Ihrem Blazer nur eins: Falls der in der Wohnung von Frau Arendt gewesen ist, wird er vermutlich genauso verbrannt sein wie Ihre Visitenkarte.«

Eva hielt einen Moment inne, dann schüttelte sie den Kopf und fasste sich an die Stirn. »Sie müssen mich für total überdreht halten!«, platzte es schließlich aus ihr heraus.

Brüggemann grinste und zog eine Augenbraue hoch. »Es ist alles noch in einem normalen Rahmen, denke ich. Allerdings wäre es vielleicht gut, wenn Sie mir einfach verraten, was es mit dem Blazer auf sich hat und warum Sie die Geschichte so beunruhigt.«

Sie hielt seinem Blick stand, lächelte zurück und sagte so ruhig wie möglich: »Als ich Frau Arendt verarztet habe, kam Blut an meinen Ärmel. Sie wollte den Blazer daraufhin unbedingt reinigen. Ihr war der ganze Vorfall überaus peinlich, deshalb habe ich ihn ihr überlassen. Und habe ihr meine Privatadresse gegeben, damit sie ihn mir wieder zurückgeben konnte.«

»Das ist alles?«, fragte Brüggemann.

Eigentlich nicht. Um nicht zu wirken, als würde sie ständig alles zurückhalten, sagte Eva stattdessen: »Ich erzähle am besten alles noch einmal der Reihe nach.«

Eva berichtete noch einmal im Detail, wie sie Nicole Arendt am Wochenende zuvor begegnet war. Wie die junge Frau dann vor der Tankstelle ohne ein Wort einfach verschwunden war und sie sich schließlich im Café zufällig wieder getroffen hatten.

»Sie erwähnten, sie habe Angst gehabt. Woran machen Sie das genau fest?«, fragte Brüggemann nach einer Weile.

»Eine gute Frage«, sagte Eva. Die sie natürlich weitaus besser hätte beantworten können, wenn sie ihm von Nicoles Besuch vor ihrer Haustür erzählt hätte. »Es war so ein Gefühl. Bevor sie hingefallen war, hatte ich sie die Straße entlanghasten sehen. Obwohl sie kaum noch bei Kräften war. So als liefe sie vor etwas davon. Und sie war immer unruhig und nervös, schaute über ihre Schulter, wollte weg.«

»So als würde sie verfolgt?«

»Möglich. Aufgefallen ist mir allerdings niemand. Wieso…?« Eva schaute Brüggemann an, der an ihr vorbei ins Leere blickte und in Gedanken versunken schien.

»Das ist interessant. Denn anders, als ich gestern geglaubt habe, kann es sein, … dass Frau Arendt … Vielleicht war sie nicht alleine, als die Wohnung brannte.«

»Sie meinen, Nicole Arendt hatte einen anderen?«, fragte Eva.

Brüggemann schaute sie verdutzt an. Offenbar hatte er daran nicht gedacht. Bis zu diesem Moment.

35.

Er rannte von einer Ecke in die andere. Das ständige Gemurmel aus dem Nachbarzimmer brachte ihn beinahe um den Verstand. Er musste nachdenken, verdammt! Brauchte Ruhe.

Diese ewigen Litaneien – als ob die je etwas genutzt hätten! Egal wie oft dieser alte verfickte Rosenkranz rauf- und runtergebetet wurde, es änderte ja doch nichts. Gar nichts. Die Welt war, wie sie eben war – und auf die Ewigkeit konnte er scheißen! Er nahm sich, was er wollte, und er würde sich nicht aufhalten lassen. Von keinem Gott, von keiner Blondine und schon gar nicht von dieser Scheißpolizei!

Wütend trat er gegen den Schrank, dessen Tür unkontrolliert aufschwang und krachend wieder ins Schloss fiel. Sofort herrschte Ruhe. Endlich.

Er musste einen Ausweg finden. Schnell. Er hatte alles so gut geplant, monatelang gewartet, und jetzt lief nichts mehr, wie es sollte. Nichts.

Er nahm die Zeitung von heute Morgen. Blätterte sie durch. Von vorne nach hinten. Und noch einmal zurück. Nichts. Nichts! Er hatte es überprüft. Es gab kein Wort. Keinen Hinweis. Auch in keiner anderen Ausgabe.

Aber das konnte einfach nicht sein. Sie mussten etwas entdeckt haben. Irgendetwas. Waren die denn wirklich so unfähig? Es konnte nicht alles verbrannt sein. Auf keinen Fall. Die waren nur einfach zu blöd. Sahen nicht hin, dachten nicht nach.

Aber es war wichtig, dass sie das Zeug fanden. Wenn

nicht, wäre der ganze Plan hin. Das wäre das Ende. Dann wäre alles umsonst gewesen. ALLES.

Kaum hörbar drang nun wieder leises Murmeln an sein Ohr. Die gleiche Tonhöhe, derselbe wiegende Rhythmus. Er hatte es satt, so satt. Diesem verdammten Gott war doch sowieso egal, was mit ihnen passierte, und Maria, der alten Nutte, genauso.

»Halt die Fresse, sonst schieb ich dir deinen Rosenkranz in den Hals, bis du nicht mehr atmen kannst!«, brüllte er, mit jedem Wort spie er Speichel aus, der an seiner Wange hinabrann. Mit seinem Handrücken wischte er ihn weg. Dann stieß er noch einen letzten wütenden Schrei aus.

Ein kurzes Husten von nebenan, dann war wieder Ruhe. Wie sollte er so nachdenken? Er ballte die Fäuste. Hatte gute Lust, jemandem die Fresse zu polieren.

Hatte er etwa wirklich ein Jahr umsonst seine Zeit abgesessen?

Oder hielten sie die Nachrichten bloß zurück? Wollten sie ihn so dazu bringen, einen Fehler zu machen? Oder auszupacken?

Da mussten diese Scheißbullen schon früher aufstehen.

Er setzte sich an den winzigen Tisch, nahm ein Blatt Papier und einen Stift. Er brauchte einen Plan B.

Zuvor musste er sich noch um diesen Idioten kümmern. Diesen Schlappschwanz. Aber er hatte keine Zeit... Eigentlich war der ja kreuzblöd, hatte nichts gemerkt. Das würde vermutlich so bleiben. Aber wenn er doch darauf käme? Vielleicht nicht jetzt, doch was wäre, wenn er irgendwann verstehen würde, was passiert war? Das Risiko durfte er nicht eingehen.

Er war kurz vor dem Ziel. Hatte sich endlich genommen, was ihm zustand. Jetzt musste nur noch dieser letzte Störfaktor ausgeräumt werden.

Und die Blonde.

Beide mussten weg. Und zwar schnell.

Der Rest konnte warten.

36.

Interessanter Gedanke, dachte Brüggemann und musterte das Gesicht der Ärztin, deren Blick sich immer wieder nach draußen richtete. Er hatte immer nur an einen Komplizen gedacht. Einen Kontakt aus dem Knast.

Sobald Eva Korell schwieg, musterten ihre grünen Augen ruhelos die vorbeifahrenden Autos und Menschen. Sie schien nach etwas zu suchen. Danach fragen mochte Lars sie aber nicht. Jedenfalls nicht heute. Vielleicht war es nur eine Art Tick, der ihr half, die richtigen Worte zu finden oder sich zu besinnen.

Der Gedanke mit dem neuen Freund war ihm selbst nicht gekommen, weil ihm die junge Frau als ausgesprochen scheu und als Einzelgängerin beschrieben worden war. Zudem hatte sie in einer gewalttätigen Beziehung ausgeharrt, ohne jemals den Eindruck zu erwecken, daraus ausbrechen zu wollen. So war zumindest die Einschätzung der Nachbarn und ihrer Kollegen gewesen. Wieder eine gute Aufgabe für Aleksandra Jovic, dachte Brüggemann und machte sich eine entsprechende

Notiz. Sie sollte noch einmal bei den Nachbarn nachhaken. Er musste seine Kollegin nun doch einbeziehen. Es stand vielleicht ein Leben auf dem Spiel, da zählte jede Sekunde. Er selbst konnte dann später noch einmal die Arbeitskollegen befragen.

»Sie sprachen von Verletzungen. Könnten Sie mir diese noch einmal genau aufzählen?«

Eva Korells Blick kehrte von weither zu ihm zurück, als er sie ansprach. Doch sofort war sie hoch konzentriert und gab ihm detailliert Auskunft. Trotz ihres umwerfenden Aussehens hatte sie auf den ersten Blick nichts typisch Weibliches an sich. Das lag nicht nur an ihrem blonden Kurzhaarschnitt und ihrer burschikosen Kleidung. Sie wirkte zudem stets pragmatisch, sprach strukturiert und konnte auf eine stille Art sehr resolut sein. Dennoch wirkte sie einfühlsam, und ihre dunkle Stimme hatte einen angenehmen melodischen Klang. Lars konnte sich gut vorstellen, dass sie ausgesprochen beruhigend auf Menschen mit echten Beschwerden wirken konnte. Für die JVA befürchtete er jedoch einen rapiden Anstieg an Krankheitsfällen, wenn sich die coole Optik der Ärztin erst einmal herumgesprochen hatte. Die schweren Jungs ließen sich sicher gerne von Eva Korell verarzten.

»... und dann hatte sie noch eine ältere Verletzung an ihrer rechten Hand. Worauf diese zurückzuführen war, kann ich Ihnen nicht sagen, da ich sie nicht behandelt habe. Sie trug diesen Verband auch noch, als ich sie das letzte Mal gesehen habe. Er war etwas schmuddelig und hätte längst gewechselt werden müssen.«

Brüggemann horchte auf. »Haben Sie eine Ahnung, welcher Art diese Verletzung gewesen sein könnte?«

Eva schüttelte den Kopf, dann schaute sie auf ihre Fingernägel und legte die Hände ineinander. Bevor sie ihm eine Antwort geben konnte, klingelte ihr Handy.

»Entschuldigen Sie bitte«, sagte sie und nahm mit ernstem Gesicht das Gespräch entgegen. Es schien um einen Patienten zu gehen, doch offenbar waren die Nachrichten positiv.

Da sich Eva während ihres Telefonats von ihm abgewandt hatte, konnte Lars sie weiter unauffällig betrachten. Ihre Nägel waren kurz geschnitten und nicht lackiert. Erst jetzt fiel ihm auf, dass sie keinerlei Schmuck trug. Außer einer Uhr, die wie eine antike Herrenuhr wirkte. Ansonsten nichts: kein Ohrring, keine Kette, kein Armband – und kein Ring.

Betreten legte er seine Linke über den Ehering. Er hatte ihn weiter getragen, obwohl er schon seit über einem Jahr nicht mehr mit Mirjam zusammen war. Er war nie auf die Idee gekommen, ihn abzulegen, schon allein als Zeichen, dass sein Sohn nicht um die einmal geschworene Einheit bangen musste. Dabei war mehr als offensichtlich, dass nur einer daran festhielt – und das war definitiv nicht seine Exfrau Mirjam.

Lars räusperte sich und nahm schnell einen Schluck von seinem Cappuccino, bevor er dem inneren Drang nachgab, jetzt sofort seinen Ehering vom Finger zu ziehen. Der hatte ohnehin nach all den Jahren eine tiefe Furche hinterlassen. Eine Unwucht, die sich nicht nur auf seiner Haut abgezeichnet hatte. Das ließ sich nicht leugnen. Langsam drehte er den Ring, beließ ihn aber an seinem Platz. Die Vergangenheit konnte man nicht einfach verschwinden lassen.

»War das der erwartete Anruf?«, fragte er, als Eva das Telefon umgedreht auf den Tisch legte und ihre Hand darauf ruhen ließ, wie einen Schutz.

Sie nickte. »Wo waren wir stehen geblieben? Ach ja, Sie fragten nach Frau Arendts Handverletzung. Ich kann natürlich keine echte Diagnose stellen und nur mutmaßen. Wegen eines Sturzes würde man wohl kaum einen Verband anlegen. Hämatome müssen nicht abgedeckt werden. Es bleibt somit nur eine Verletzung, die auf die Motorik wirkt, bei der der Verband eine stützende Funktion hätte, oder eine Wunde, die gegen äußere Einflüsse geschützt werden soll, wie eine Schnittwunde. Wenn ich tippen sollte, dann würde ich Letzteres vermuten.«

Wie interessant, dachte Lars. »Und wieso tippen Sie darauf?«

Die Ärztin zupfte an ihren Haarspitzen. Eine Geste, die sie immer dann machte, wenn sie sich konzentrierte. Oder war es ein Zeichen von Unsicherheit?

»Ach, nur so ein Gefühl. Sie kann natürlich auch vorher schon einmal gestürzt sein. Wie gesagt: An dem Tag war sie nicht in der besten gesundheitlichen Verfassung. Sie hatte sicher Kopfweh, immer wieder Schwindelattacken, war fahrig und durcheinander. Wäre sie meine Patientin gewesen, hätte ich ihr dringend Bettruhe verordnet. Und Schlaf. Insofern könnte sie genauso gut einen Schwächeanfall gehabt und sich bei einem Sturz mit der Hand abgestützt haben, wodurch eine üble Prellung oder Zerrung entstanden sein kann. Oder eben ein Schnitt. Ich müsste es sehen, um mich darauf festzulegen.«

Sie war vorsichtig mit ihren Einschätzungen – das gefiel Lars. Offenbar verstieg sie sich nicht vorschnell in Ideen, sondern stellte sie kritisch auf den Prüfstand. Vermutlich lag das an ihrem Beruf. Sicher musste auch sie täglich verschiedene Dinge checken, bevor sie eine Diagnose stellen konnte, um dann mit Medikamenten oder Therapien am Ende die Heilung herbeizuführen. Im Grunde waren ihre Jobs nicht so verschieden. Außerdem gefiel ihm, dass sie sich nicht so enorm wichtig nahm, obwohl ihr erster Auftritt im Café auch eine andere Einschätzung zugelassen hatte. Doch ihre sofortige Bereitschaft, ihn heute zu treffen, hing eindeutig mit ihrem Pflichtbewusstsein und nicht mit einem übergroßen Geltungsbedürfnis zusammen, wie er es bei männlichen Kollegen ihres Berufsstands schon häufiger beobachtet hatte.

»War das von Ihrer Seite alles?«, fragte Eva und riss ihn aus seinen Gedanken.

Brüggemann nickte und fuhr sich über den Nacken. »Für den Moment, ja.«

»Gut. Dann würde ich Ihnen gerne noch etwas aus der JVA erzählen. Ich weiß nicht, ob ich darüber Stillschweigen bewahren müsste, aber wenn Sie Arendt noch einmal befragen würden, käme es Ihnen sowieso zu Ohren. Er wurde gestern ziemlich übel zusammengeschlagen und liegt auf der Krankenstation.«

Brüggemann richtete sich auf. »Er ist ... was? Wie ist es dazu gekommen? Gab es einen Streit zwischen den Häftlingen?«

Eva zuckte die Schultern und strich sich die Haare aus dem Gesicht. »Ich weiß offen gestanden selbst nichts Genaues. Als ich dazukam, lag er bereits auf dem Boden. Vier Beamte hatten ihn niedergerungen, ein weiterer stand etwas abseits, hatte nur ein wenig Nasenbluten. Arendts Verletzungen nach zu urteilen – und die *habe* ich gesehen –, wurde er brutal niedergedroschen. Aber es gibt nur einen Zeugen, und dessen Aussage stimmt nicht mit der des Wachpersonals überein.« Ihre Hand zitterte, als sie das Glas Wasser, das mit dem Cappuccino gekommen war, zum Mund führte, um einen Schluck zu trinken. Sie stellte es wieder hin und sagte: »Sorry, aber ich bin immer noch aufgewühlt, wenn ich daran denke. Ich kann nicht besonders gut mit Gewalt umgehen, schätze ich.«

Und mit Ungerechtigkeit, dachte Brüggemann. Rasch sagte er deshalb: »Glauben Sie mir, daran habe ich mich auch nach all den Dienstjahren nicht gewöhnt. Und will es auch nicht. Das wäre der Moment, in dem ich kündigen würde.«

Evas Blick wanderte zwischen seinen Augen hin und her. Dann senkte sie ihn auf ihre Hände und sprach leiser weiter: »Ich habe versucht, mir ein genaueres Bild zu machen. Leider erhalte ich keinen Zugriff auf die Aufnahmen der Kameras auf dem Gang. Angeblich weil wir gerade Wochenende haben, wegen der Sicherheitsbestimmungen und der engen Personaldecke ...«

»Ihr Interesse in allen Ehren, Frau Korell, aber wäre es nicht ohnehin Sache der Gefängnisleitung, das zu untersuchen?«

»Da haben Sie natürlich recht. Ich weiß, es geht mich nichts an und ich engagiere mich vielleicht zu sehr in diesem Fall. Dennoch bin ich für die Gesundheit meiner Patienten in der JVA zuständig. Und diese Gewalt... Ich hatte das Gefühl, die Sicherheitsbeamten seien weit massiver vorgegangen, als notwendig war. Eher so als hätten sie eine ganz andere Absicht verfolgt.«

»Wie meinen Sie das? Welche Absicht?«, wollte Brüggemann wissen, der schon fürchtete, sie würde nicht weiterreden.

Sofort hob sie den Blick, forschte in seinen Augen, so als müsse sie erst abschätzen, inwieweit sie ihm vertrauen konnte. »Dem Gefangenen eine Lektion zu erteilen. Die Verletzungen sprechen eine absolut eindeutige Sprache. Die Wachmänner hingegen haben fast nichts davongetragen. Ein Rechtsmediziner könnte das natürlich noch besser beurteilen. Aber vorausgesetzt es stimmt, was der Zeuge ausgesagt hat...« Sie faltete ihre Hände und starrte darauf. »Jetzt sagen Sie mir: Kann ich das einfach so hinnehmen? So tun, als wäre mir das egal? Ich habe das intern schon mit einer Kollegin besprochen. Bei diesem Gespräch habe ich leider den Eindruck gewonnen, meine Einmischung könnte... unerwünscht sein.«

Brüggemann nickte. Er bewunderte Eva Korell für ihren Mut und ihre Aufrichtigkeit und hoffte, er würde später nicht bereuen, was er ihr jetzt anbot: »Wie wäre es, wenn ich die Aufnahmen für Sie anfordere? Wenn es stimmt, was Sie sagen, müsste ich allerdings anschließend in der JVA ermitteln und wegen Amtsmissbrauch gegen die Wachleute vorgehen. Man würde mich dann aber vielleicht auch fragen, wie ich von dem Fall erfahren habe.«

Eva nickte. Sie hatte verstanden, was er ihr damit sagen wollte. Für einen Moment hielt sie inne, dann streckte sie ihm ihre Hand entgegen.

»Einverstanden.«

37.

Es war stockdunkel im Zimmer, nur das beleuchtete Display ihres vibrierenden Smartphones war deutlich sichtbar. Eva hangelte danach und sah, dass es Ann-Kathrin war.

»Sag mal, du hast doch erzählt, dass diese Frau Arendt dich um Hilfe gebeten hat, richtig?«

»Weißt du eigentlich, wie viel Uhr es ist, Ann-Kathrin?« Eva machte Licht und kramte nach ihrer Armbanduhr, denn sie wusste es selbst nicht genau. Ungläubig schaute sie auf das Zifferblatt. Fünf Uhr. Mitten in der Nacht. Sie hoffte, ihre Freundin hätte einen guten Grund, sie so früh aus dem Bett zu werfen.

»Ach, verdammt. Ich habe schon eine Stunde gewartet, bevor ich mich gemeldet habe. Also: Hat sie?«

»Ich habe keine Ahnung, was du von mir willst, aber

die Antwort lautet: Ja. Sie bat mich, ihr zu helfen. Worum es dabei ging, weiß ich nicht. Ich habe ihr keine Gelegenheit gegeben, das zu erzählen. Aber das weißt du doch alles schon.« Eva hielt einen Moment inne. Etwas an der Stimme ihrer Freundin war komisch. »Sag mal, bist du betrunken?«

»Hackedicht, das trifft es besser. Ich habe schon einen Liter Kaffee und mindestens die doppelte Menge Wasser intus. Ich schwemme das aus. Noch ein Stündchen, dann ist alles gut.«

Kopfschüttelnd setzte sich Eva auf. In dem Zustand würde sie ihre Freundin nicht so leicht wieder loswerden.

»Weiß Victor ...«, fragte sie.

»Der schläft.«

Wer konnte es ihm verübeln, dachte Eva seufzend. Sie war am Abend schon früh ins Bett gegangen, hatte das Fenster geschlossen und das Schlafzimmer abgedunkelt, weil irgendein Nachbarskind wieder eine dieser nervigen Drohnen über ihr Grundstück gelenkt hatte.

»Ich habe gestern den ganzen Abend mit einem Kerl von der Feuerwehr verbracht. Die Typen können vielleicht was vertragen! Aber es hat sich gelohnt, das sage ich dir.«

Eva hörte laute Schluckgeräusche am anderen Ende, die von einem trinkenden Pferd hätten stammen können, dann fuhr Ann-Kathrin endlich fort: »Also: Erinnerst du dich, ob die Frau da etwas bei sich hatte? Eine Tasche? Einen Umschlag? Ein Päckchen? Irgendetwas?«

»Was?« Eva hatte Schwierigkeiten, den Gedankengängen ihrer Freundin zu folgen.

»Kann es sein, dass sie dir etwas geben wollte?«

Die Dringlichkeit in Ann-Kathrins Stimme machte Eva neugierig. Sie war auf irgendetwas gestoßen. Noch einmal versuchte sich Eva die Szene in Erinnerung zu rufen. An der Tankstelle hatte die Frau ganz sicher nichts bei sich. Keine Tasche, nichts. Darüber hatte sie sich damals gewundert. Aber an dem Abend? Eva konnte sich genau an die Strickmütze erinnern, an den abgetragenen Mantel, die viel zu dünnen Leinenturnschuhe. Aber ob Nicole Arendt eine Tasche bei sich hatte, konnte sie nicht sagen.

»Tut mir leid, ich glaube, sie hatte nichts bei sich. Soweit ich mich erinnere, wollte sie nur mit mir reden. Weil ich in der JVA bin. Deshalb habe ich sie an den Anwalt ihres Mannes verwiesen.«

»Wie hat sie darauf reagiert? War das eine Option für sie?«

»In diesem Punkt bin ich mir sicher: Nein, absolut nicht. Sie hat völlig desillusioniert gewirkt, hat den Kopf hängen lassen und etwas vor sich hin gemurmelt, das ich nicht verstehen konnte.«

»Kein Wunder!«, entfuhr es Ann-Kathrin.

»Könntest du mir endlich sagen, worum es hier geht? Was hast du herausgefunden?«

Ann-Kathrin schnäuzte sich lautstark.

»Entschuldigung. So ganz fit bin ich wohl doch nicht.«

Ungeduldig warf Eva einen Blick an die Decke. Himmel noch einmal, wann kam Ann-Kathrin denn endlich zum Punkt? Sie war furchtbar, wenn sie einen Kater hatte.

»Eva, meinst du, diese Nicole könnte selbst ihre Wohnung angezündet haben, um etwas zu vertuschen, was ihr Mann gemacht hat?«

»Du meinst ... dass er ... sie geschlagen hat?«, fragte Eva vorsichtig. Sie hoffte, dass ihre Freundin mit dieser Information verantwortlich umging, obwohl sie nicht in bester Verfassung war.

»Nein. Das wusste doch ohnehin jeder. Die Nachbarn haben oft genug die Polizei verständigt. Das muss über Jahre so gegangen sein.«

Geschockt ließ Eva sich in ihr Kissen sinken. Sie hatte nicht erwartet, dass die Vorkommnisse in der Wohnung der Arendts bemerkt worden waren. Nach ihrer Erfahrung zogen es die Menschen in der unmittelbaren Umgebung meist vor, sich nicht in fremde Angelegenheiten einzumischen, und stellten sich lieber blind und taub. Und Nicole Arendt war so bemüht gewesen, einen normalen Eindruck zu machen. Selbst mit ihrer Kopfverletzung hatte sie gearbeitet, war nicht daheim geblieben. Um allen das Gefühl zu geben, es wäre nicht schlimm. Nur ein Streit. Nichts weiter. Alles ganz normal. Dabei wusste längst jeder Bescheid.

»Was ich meine ...«, fuhr Ann-Kathrin fort, »... das betrifft eher die anderen Frauen.«

»Ich verstehe dich nicht. Wovon redest du? Welche anderen Frauen?«

Ungeduldig schnaubte ihre Freundin in den Hörer.

»Das ist es ja gerade! Ich habe keine Ahnung! Der Kerl, der bei den Löscharbeiten dabei war, hat sich nichts aus der Nase ziehen lassen. Ich weiß nur, dass es irgendeinen Hinweis auf eine andere Straftat geben muss. Etwas, das Arendt mit anderen Frauen gemacht hat. Und es muss ein dickes Ding sein, sonst würden die nicht alle so dichthalten.«

Eva schüttelte den Kopf. Brüggemann hatte gestern von einem Fund gesprochen. Was es war, das hatte er ihr allerdings nicht verraten, also behielt sie dieses Detail lieber für sich.

»Wenn es einen Verdacht gegen Arendt geben würde, hätte man ihn dann nicht verhört oder Anklage erhoben? Darüber wäre ich in jedem Fall informiert worden. Immerhin liegt er auf meiner Station.«

Eva hörte am anderen Ende ein lautes Stöhnen.

»Ann-Kathrin? Alles in Ordnung?«

»Ja, verdammt. Du hast vermutlich recht. Vielleicht wollte der Typ sich nur wichtigmachen. Und dafür saufe ich mir den Verstand aus dem Hirn«, klagte Ann-Kathrin.

»Na ja, ein kleines bisschen ist noch übrig, würde ich sagen, was meinst du?«, fragte Eva lachend.

»Mach dich jetzt bloß nicht über mich lustig! Das war ultraharte Recherche. Scheiße, mein Kopf.« Sie stöhnte. »Und ich habe gedacht, ich wäre ganz dicht davor, vor der echt großen Story!«

»Die kommt schon noch. Ganz bestimmt. Wenn du am allerwenigsten damit rechnest.«

»Meinst du? Was hat sich denn bei dir getan?«, fragte Ann-Kathrin gähnend. »Gibt es Neuigkeiten aus dem Knast? Von unserer Psychologenfreundin?«

»Nichts, was eilen würde. Leg dich jetzt erst einmal

hin. Wir können später noch einmal telefonieren, wenn du deinen Rausch ausgeschlafen hast.«

Es kam keine Antwort mehr. Ihre Freundin hatte aufgelegt. Eine interessante Art, ein Telefonat zu beenden. Vermutlich hatte Ann-Kathrin noch beipflichtend genickt und war dann augenblicklich eingeschlafen.

Eva starrte das Telefon an. Gut, dass ihre Freundin nicht weiter nachgehakt hatte. Sie hatte ein schlechtes Gewissen, weil sie ihr nichts von Brüggemanns neuem Verdachtsmoment gesagt hatte. Doch Eva wusste, dass Ann-Kathrin ihn nach dieser Information unentwegt belagert hätte. Deshalb kam es für sie nicht infrage, irgendetwas aus dem vertraulichen Gespräch mit dem Kommissar preiszugeben, zumal es damit quasi direkt an die Presse gegangen wäre. Dennoch fiel Eva ihr Schweigen schwer.

Allerdings auch aus einem anderen Grund: Sie hätte generell über das Treffen mit Lars Brüggemann reden müssen. Aber Eva befürchtete, dass ihre Freundin auf der Stelle gemerkt hätte, was Sache war: dass sie seit gestern viel zu oft an den Kommissar dachte.

38.

Sie hielt die Luft an. Lauschte. Immer wieder musste sie sich vergewissern, dass sie allein war.

In ihrem Kopf pochte ein dumpfer Schmerz, und auch ihr Magen krampfte sich ständig zusammen. Wenn sie nicht einfach wegnickte, hatte sie das Gefühl, das Zimmer würde sich drehen.

Hatte der Mann ihr wieder irgendetwas gegeben? Ihr eine Spritze verpasst, die sie wegdämmern ließ? Sie hatte längst jedes Gefühl für Zeit und Raum verloren und sehnte sich nur noch nach Wasser und nach Licht.

Durch die Unbeweglichkeit und Kälte hatte sie kaum noch Gefühl in ihren Gliedern. Auch ihre Zehen spürte sie fast nicht mehr. Vielleicht war durch die Fesseln die Blutzufuhr gestört. Oder es lag an dem, was er ihr gab? Drogen etwa? Sie begann zu zittern, musste husten. Ihr Mund war staubtrocken.

Sie hatte keine Ahnung. Es war so furchtbar dunkel.

Noch vor Stunden – oder waren es Tage? – war sie froh gewesen, noch am Leben zu sein. Aber wie lange würde sie es hier aushalten? Ohne etwas zu trinken? Zu essen?

Sie spürte, wie sich wieder bleierne Müdigkeit über sie legte, wie eine schwarze, undurchdringliche Decke. Würde sie wieder wach werden, wenn sie jetzt dem Drang nachgab, einfach wegzudriften? Oder spritzte er ihr so lange etwas, bis sie gar nicht mehr zu sich kam? Bis sie nur noch dahindämmerte, und dann ...

Nicole japste nach Luft, sog dabei den Stoff zu dicht vor ihren Mund, musste husten, ihr Magen hob sich. Sie schloss die Augen.

Nein, nein. Aufwachen. Sie durfte nicht einschlafen. Nicht mehr. Sie fürchtete zu sterben, nie mehr aufzuwachen.

Hilfe! Warum kam denn niemand?

39.

»Du hast es versprochen! Du hast alles im Griff«, murmelte Robert im Schlaf.

Eva beugte sich über ihren träumenden Patienten. Nachdem sie ohnehin früh geweckt worden war, hatte sie spontan beschlossen, noch einmal bei Arendt nach dem Rechten zu sehen. Seine Werte waren stabil, nur das Fieber leicht erhöht.

Sie hätte gerne ein Blutbild zur Kontrolle gehabt, aber damit würde sie noch bis zum nächsten Tag warten müssen. Ein echter Nachteil gegenüber dem Krankenhaus, an dem sie diesen Service rund um die Uhr hatte nutzen können.

»Nein, nein!«, stöhnte Arendt, als Eva gerade seine Werte in die Liste eintragen wollte.

Behutsam legte sie ihm die Hand auf den Arm, als er begann, sich heftiger zu bewegen. Er würde noch den Infusionsschlauch aus seinem Arm reißen.

»Sie sind in Sicherheit, Herr Arendt. Es ist alles in Ordnung«, redete Eva beruhigend auf ihn ein.

»Was? Wo?«, seine Augenlider flatterten, und er schob sich in seinem Bett hoch.

»Alles in Ordnung, Herr Arendt. Ganz ruhig«. Sie hielt ihn an den Schultern fest. »Können Sie mich hören? Es gab einen Vorfall in Ihrem Trakt. Erinnern Sie sich? Sie wurden verletzt, und wir haben Sie vorerst zur Beobachtung hier bei uns auf der Krankenstation untergebracht. Sie haben eine Rippenserienfraktur und ein Bauchtrauma. Deshalb dürfen Sie sich bitte nicht allzu heftig bewegen. Aber das wird wieder. Mit etwas Ruhe... Herr Arendt?«

Seine Muskeln gaben nach, sein Körper wurde schlaff, und er fiel wieder zurück in die Kissen. Eva nutzte den Moment, um ihm in die Augen zu leuchten.

Plötzlich und unerwartet brach der Mann in Tränen aus.

»Meine Frau...«, stammelte er. »Ist sie...«

Eva schüttelte den Kopf. »Nein, es gibt noch keine Neuigkeiten. Aber seien Sie sicher, die Polizei tut alles und sucht nach besten Kräften nach ihr.«

Robert Arendt wandte den Kopf zur Wand. Es schien ihm peinlich zu sein, vor ihr zu weinen, denn er wischte jetzt rigoros seine Tränen weg und zog geräuschvoll die Nase hoch.

»Ich hätte sie nie alleine lassen dürfen. Ich habe schon immer gewusst, dass so was passieren würde. Immer.«

Der Mann tat Eva leid.

»Herr Arendt, Sie haben das doch nicht mit Absicht gemacht, oder?« Noch während sie es aussprach, ärgerte sie sich über ihre Formulierung. Das war unklug. Deshalb fügte Eva schnell hinzu: »Sie hatten vermutlich gehofft, nicht erwischt zu werden, bis Sie in die Kontrolle kamen. So wie eine Menge anderer Menschen auch täglich mit viel zu viel Alkohol im Blut durch die Gegend fährt.«

Unwillkürlich schob sich wieder das Bild des Unfallwagens ihrer Eltern vor Evas Augen, aber sie drängte es mit Gewalt zur Seite. Das hatte hier nichts zu suchen.

Wieder sah sie Arendt an. Er wirkte zwar krank und blass, aber seine ganze Statur zeigte, welchen Eindruck er erwecken konnte, wenn er wütend war. Er war einen Kopf größer als seine Frau. Plötzlich musste Eva an den Gefangenen denken, der sie bedroht hatte. Wie würde sie über Arendt urteilen, wenn sie ihn so kennengelernt hätte? Harmlos? Immerhin hatte Nicole Arendt ihn genau so erlebt. Brutal. Mehrfach.

Eva drehte sich zur Seite und tat, als würde sie etwas in ihr Krankenblatt eintragen. Er war ihr Patient. Es stand ihr nicht zu, ihn zu verurteilen. Sie musste nur zusehen, dass er wieder auf die Beine kam.

»Ich wusste, dass sie irgendwann gehen würde. Immer schon. Ich habe so einen Menschen wie sie nicht verdient«, fuhr Arendt fort. »Sie ... ich habe sie schlecht behandelt, müssen Sie wissen. Immer wenn die Angst über mich kam, sie könne ... sie würde ...«

Wieder liefen ihm Tränen über das Gesicht. Eva wusste nicht, ob er sich selbst bedauerte oder ob er sein Verhalten bereute. Sie wartete einfach still ab, ob er noch mehr sagen würde.

»Ich bin kein bisschen besser als mein Vater. Ich habe sie auch im Stich gelassen«, murmelte er. »Aber ...«

Eva drehte sich ihm wieder zu und ließ das Klemmbrett sinken.

»Nicole. Sie ist hübsch. Und klug. Und fleißig. Ich wusste, dass sie nicht lange allein bleiben würde. Dabei hat sie die ganze Zeit zu mir gestanden. Jeden Besuchstermin hat sie wahrgenommen, obwohl es schwer für sie war, es kam ja kein Geld mehr rein, und neben der Arbeit... Sie ist der einzige Mensch, der immer zu mir gestanden hat...« Er schluckte hart. »Ich hätte sie nie schlagen dürfen! Ich bin ein echter Idiot!«

Sein ganzer Körper vibrierte, dennoch versuchte er, die Tränen zurückzuhalten. Eva konnte deutlich spüren, wie sehr sein Tun ihn beschämte. Das war nicht gespielt. Das war echt.

»Vermutlich denken Sie, dass ich nichts anderes verdient habe«, murmelte er. »Und wissen Sie was, Sie haben recht: Ich bin ein Loser. Das war ich mein ganzes Leben schon. Ich wollte es nie wahrhaben, habe mich aufgeführt wie der dicke Macker. So als könnte mir das Schicksal nichts anhaben. Doch im Grunde habe ich alles selbst versaut. Immer wieder bin ich ein wenig aus dem Dreck herausgekommen, und dann bumm, bin ich wieder in der Scheiße gelandet. Jedes Mal ein Stück tiefer... Stellen Sie sich vor: Zuletzt habe ich als Putze gearbeitet. Nachdem sie mir den Führerschein abgenommen haben, bekam ich keinen anderen Job mehr. Das war das Letzte. Reinigungskraft heißt das neuerdings so hochtrabend. Dabei wischt man den Dreck anderer Leute weg. Und bleibt in seinem eigenen stecken.«

»Aber Frau Herzog hat erzählt, dass Sie hier eine Ausbildung begonnen haben. Das ist doch ein Anfang. Sie können Ihr Leben immer noch in den Griff bekommen.«

»Und wofür?«, fragte er Eva und sah ihr völlig desillusioniert ins Gesicht. Seine Miene erinnerte sie an die seiner Frau. So hatte auch Nicole ausgesehen, bevor sie in der Dunkelheit verschwand. Vor genau einer Woche.

»Sie ist weg«, krächzte er. »Es ist egal, was ich jetzt tue. Sie kommt nicht wieder zu mir zurück. Ich habe es total vermasselt. Endgültig.« Er lachte. »Mal ehrlich: Würden Sie einen wie mich nehmen? Eine Putze? Einen, der mit schrumpeligen Händen auf dem Boden herumkriecht und penetrant nach Desinfektionszeug riecht? Na?«

Er starrte durch Eva hindurch, war irgendwo weit weg in Gedanken.

»Und nach dem Knast, seien wir ehrlich, da wird mich erst recht keiner nehmen. Ich bin am Ende, habe nichts mehr. Nichts. Alles ist verbrannt. Keine Wohnung. Meine Frau ist weg. Und irgendwann lande ich wieder hier. Wie viele schaffen es nach dem Knast? Kaum einer. Das hat sie durchschaut. Sie ist eben echt clever, die Nicole.« Er nickte, sah nach draußen. »Ich habe immer geahnt, dass das passieren würde. Es hat mich wahnsinnig gemacht, hier drin zu sitzen, nichts dagegen tun zu können. Weil ich es *wusste*.«

Eva legte seine Unterlagen langsam wieder auf den Tisch. Offenbar hielt auch Arendt es für möglich und wahrscheinlich, dass im Leben seiner Frau ein anderer war. Nur eines passte dazu einfach nicht: Nicoles Gemütslage. Sie wirkte niedergeschlagen, hoffnungslos. Am Ende. Vor einer Woche noch. So sah man nicht aus bei einem Neuanfang, auf dem Weg in ein anderes, besseres Leben.

Als Arendt fortfuhr, war seine Stimme nur mehr ein Flüstern: »Ich wusste es schon lange. Wenn ich getrunken hatte, was ich andauernd getan habe, ist die Eifersucht aus mir herausgebrochen. Dabei hat sie nie etwas gemacht. Nie. Allein der Gedanke, dass sie mich verlassen könnte, der hat mich irre gemacht. Ich brauchte ein Ventil. Dann habe ich sie geschlagen... Und sie, sie hat mir immer wieder verziehen. Das hat es noch schlimmer gemacht. Ich habe mich ständig geschämt, egal ob ich betrunken war oder nicht, habe mich mieser und mieser gefühlt. Um dann wieder zuzuschlagen. Ein Teufelskreis, aus dem ich nicht herausgefunden habe. Bis... Und jetzt... Dabei liebe ich sie doch, verdammt.«

Er presste die Lippen aufeinander und sah Eva aus hohlen Augen an. Seine Reue kam ein wenig zu spät.

»Gewalt war noch nie ein gutes Mittel, um jemandem zu zeigen, wie sehr man ihn liebt. Gewalt macht eigentlich alles nur noch komplizierter«, sagte Eva und hielt seinem Blick stand.

»Ich weiß. Mittlerweile. Wirklich. Aber jetzt ist es zu spät...«

»Sind Sie deshalb ausgerastet, neulich, in Ihrer Zelle?«, wagte sie nun zu fragen.

»Was? Nein. Ich wollte bloß... Ich musste telefonieren. Er...« Robert Arendt brach mitten im Satz ab, schüttelte den Kopf. »Egal. Es ist nicht mehr zu ändern. Ich wäre jetzt gerne alleine. Geht das?«

Eva nickte. Sie war froh, dem Zimmer entkommen zu können, in dem Selbstzweifel und Perspektivlosigkeit Robert Arendt genauso gefangen hielten wie die Gitter vor den Fenstern.

40.

»Hallo! Dachte ich mir doch, dass ich dich auch hier finde«, begrüßte Aleksandra Jovic ihren Chef. Sie hatte ihre braunen Haare zu einem strengen Zopf zusammengebunden. »Gibt es was Neues? Ist die Frau wiederaufgetaucht?«

Brüggemann schüttelte den Kopf. »Negativ. Es gibt zwar immer wieder Meldungen, dass jemand unsere Vermisste gesehen haben will, aber weitergebracht hat uns noch keine.« Bevor die junge Kollegin nachfragen konnte, stellte Brüggemann eine Gegenfrage. »Und bei dir? Was hat die Befragung der Anwohner ergeben?«

»Nichts, was wir nicht schon wüssten. Das Ehepaar lebte sehr zurückgezogen. Das hat sich auch nicht geändert, nachdem Arendt inhaftiert wurde. Obwohl die Nachbarn die junge Frau als fleißig, sauber und freundlich beschrieben haben, wollte offenbar niemand näheren Kontakt zu ihr. Die meisten waren bloß froh, dass die ehelichen Auseinandersetzungen, die wohl in den letzten Jahren einige Male vorgekommen waren, ein Ende hatten. Sie äußerten sich nicht begeistert darüber, dass die Polizei ständig ins Haus kam. Weil die Leute so viel reden...«

»Weißt du, wie oft die Kollegen dort waren?«

Aleksandra nickte. »Sechs Mal. Offiziell wegen Ruhestörung, sagen sie. Die Nachbarn hatten gehört, wie Dinge zerbrachen. Dazwischen lagen allerdings immer einige Monate. Gestritten haben die Arendts häufiger, doch zumeist hatten die Nachbarn nicht den Verdacht, dass der Frau ernsthaft etwas passieren könnte. Es ging wohl eher um den Krach während der Streitereien.«

Brüggemann nickte. Die Art, wie Nicole Arendt beschrieben wurde, passte für ihn genau zu ihrer Opferrolle: schüchtern, still, nur bestrebt, nicht aufzufallen. So konnten die Nachbarn auch wunderbar an ihr vorbeisehen, ohne auf die Idee zu kommen, ihr Hilfe anzubieten.

»Gab es irgendeinen Hinweis darauf, dass es einen anderen Mann in Nicole Arendts Leben gab?«

Aleksandra Jovics Kopf schnellte hoch: »Nein. Wieso? Sollte es?«

»Ich bin noch dabei, mir die Aufnahmen vom Laden gegenüber anzusehen, ob in dieser Nacht jemand dort war. Es ist nur so eine Idee... Aber wenn du sagst, dass niemand einen Mann bei ihr gesehen hat...«

»Ich habe allerdings nicht explizit danach gefragt. Soll ich noch einmal rausfahren? Vielleicht gibt es noch woanders eine Kamera. Bei dem Café, in dem sie arbeitet, zum Beispiel. Wenn sie einen Kerl hatte, könnte es doch sein, dass der sie mal abgeholt hat.«

Brüggemann nickte. »Ihre Kollegen haben zwar niemanden erwähnt, aber es wäre besser, das noch einmal zu überprüfen.«

Er war erleichtert, dass die Kollegin auf diese Art zu den Ermittlungen beitrug. Er wollte in jedem Fall abwarten, bis die Rückmeldung aus dem Labor da war, bevor er sie in seine neueste Theorie einweihte. Eigentlich rechnete er jede Minute damit. Dann war es früh genug, sie ins Boot zu holen. Bis dahin hielt er es für besser, wenn sie völlig unvoreingenommen an die Untersuchung heranging.

»Ich habe noch etwas, bevor ich losfahre: Ein Polizist hat sich an Nicole Arendt erinnert. Sie war in die Wache gekommen, genau einen Tag vor dem Brand. Der Beamte hat an einem Lehrgang teilgenommen und deshalb erst gestern bei der Spätschicht von unserer Suche erfahren. Frau Arendt wollte unbedingt mit seinem Dienststellenleiter sprechen, doch bevor der sie hereinbitten konnte, ist sie ohne jeden Grund aus dem Revier gerannt. Deshalb hat er sich noch so genau an ihren Besuch erinnert. Wenn du mich fragst: Die hat irgendein psychisches Problem. Der Kollege meinte ebenfalls, sie habe seltsam gewirkt. Vielleicht ist sie auch am folgenden Abend kopflos aus der Wohnung gerannt, ohne den Herd auszuschalten, und will jetzt nicht auf der Bildfläche erscheinen, weil sie die Konsequenzen scheut.«

Jovics letzte Worte rauschten ohne Nachhall an Brüggemann vorbei. Manchmal waren es die unauffälligsten Dinge, die dem Puzzle einen Sinn gaben. Woran es lag, konnte Brüggemann nicht einmal genau sagen, er hatte jedoch das deutliche Gefühl, soeben eine Schlüsselinformation bekommen zu haben.

»Hat Frau Arendt dem Kollegen einen Grund genannt, warum sie ausgerechnet mit dem Leiter sprechen wollte? Eine Anzeige hätte sie doch auch direkt bei ihm machen können.«

Eifrig nickte Aleksandra Jovic. »Ja. Moment...« Sie blätterte in den Aufzeichnungen, die sie immer mit flinken Fingern direkt in ihr Smartphone tippte. »Es ging um eine Nadja. Einen Nachnamen hat er nicht genannt. Sagt dir das was?«

Mit einem tiefen Seufzer stieß Brüggemann Luft aus. Natürlich sagte ihm das etwas. Nadja war das letzte Opfer des Monsters, das sie im vergangenen Jahr gesucht und bis heute nicht gefunden hatten. Die Ärzte hatten Nadjas Leben noch retten können. Aber ihr seelisches Leid war wohl so schlimm gewesen, dass sich das Mädchen kurz nach der Entlassung aus dem Krankenhaus umgebracht hatte. Er wunderte sich, dass Jovic nichts von der Serie mitbekommen hatte, obwohl sie ständig in den Schlagzeilen gewesen war. Allerdings war Jovic damals noch nicht in seinem Team gewesen. Zudem hatten die Vergewaltigungen nach Nadjas Tod abrupt geendet, und seither hatte der Täter nicht wieder zugeschlagen.

»Bist du da ganz sicher?«, fragte Lars nach.

»Absolut! Ich habe es mir extra notiert«, sie hielt zum Beweis ihr Smartphone hoch. »Was ist los? Du siehst aus, als hättest du ein Gespenst gesehen. Was hat es denn mit dieser Nadja auf sich?«

»Später. Bitte gib mir noch den Namen von dem Beamten. Ich muss da noch einmal nachhaken. Bis auf Weiteres gilt: kein Wort darüber. Zu niemandem.«

Aleksandra nickte, ihre Stirn war in Falten gelegt. Brüggemann hätte sich ohrfeigen können für seinen letzten Satz. Er sah förmlich, wie der Körper seiner Kollegin vibrierte, wie bei einem Hund, der eine Fährte aufgenommen hatte. Sicher würde sie sich sofort auf den

Namen stürzen, sobald sie die Möglichkeit dazu hatte. Es wunderte ihn ohnehin, dass sie nicht schon längst alte Fälle studiert hatte. Nach der Heimlichtuerei von Junges hätte er darauf wetten können, dass sie das zuallererst tun würde. Sonst war sie immer hellwach.

In dem Moment hörte er seinen Blackberry summen. Er vergaß immer wieder, dass diese Generation ein anderes Verständnis von Notizen hatte, denn schon fand er Jovics Gesprächsnotiz als Kopie in seinem Maileingang.

»Danke!«, murmelte er und vermied es, sie noch einmal anzusehen. Stattdessen tat er so, als würde er sich wieder den Straßenbildern zuwenden. Es war die einzige Chance, dass sie vielleicht doch von der Geschichte abließ und sie nicht so schnell an die große Glocke hängte. Noch nicht.

Endlich verließ Aleksandra Jovic das Büro, nachdem sie alle Mails gecheckt und ihn dabei noch eine gefühlte Ewigkeit beobachtet hatte. Erleichtert atmete er durch.

Vielleicht war er paranoid, was seine neue Kollegin anbelangte. Aber er traute ihr nicht. Er konnte gar nicht genau sagen, woran es lag, hatte auch keinerlei Anhaltspunkt für seine Skepsis. Vermutlich war es einfach ihre Art, Menschen zu betrachten. Ihr Blick hatte manchmal etwas Kaltes, oft wirkte sie dabei sogar überheblich. Außerdem wusste er nie, was in ihrem Kopf vorging. Ihre Miene blieb immer undurchdringlich. Und dieses Mal hatte sie eindeutig nicht ihre Hausarbeiten gemacht. Hätte er vorhin nicht nachgehakt, wäre die Verbindung zu den Vergewaltigungen nie zustande gekommen. Sie hätte den wichtigsten Hinweis einfach übersehen.

Aber Jovic war jetzt sein geringstes Problem. Er

musste in Ruhe darüber nachdenken, was die neue Information für seine Ermittlungen bedeutete. Er nahm ein Blatt Papier. Vielleicht würde es ihm helfen, alles zu notieren, was er wusste, um eine Struktur in seine Gedanken zu bringen.

Vor allem war nun zweifelsfrei erwiesen, dass Nicole Arendt von den Schmuckstücken wusste und deren Bedeutung kannte. Sie hatte der Polizei einen Hinweis geben wollen. Wieso war sie nicht geblieben? Das Handy der Vermissten war in der Wohnung verbrannt. Auch der PC war unbrauchbar. Sie konnten also nicht feststellen, ob die junge Frau mit jemandem über die Fälle gesprochen hatte.

Was Brüggemann noch immer stutzig machte, war die Lage der Schmuckstücke. Mitten im Wohnzimmer auf dem Tisch. So als sollten sie darüber stolpern. Hatte Nicole Arendt sie extra dort hingestellt? Aber was, wenn die Wohnung komplett ausgebrannt wäre? Dann hätte es keinen Beweis mehr gegeben. Vielleicht wollte sie genau das? Aber der Brandherd war eindeutig die Küche gewesen, dann hätte sie doch besser alles dorthin gelegt, wo die Hitze am größten war.

Er strich sich mit den Händen über den Kopf. Nein. Das machte keinen Sinn.

Wieder dachte er an das Blut im Keller. Eher wahrscheinlich erschien ihm, dass Nicole Arendt mundtot gemacht worden war, weil sie die Stücke entdeckt hatte. Nur wer steckte dahinter? Arendt? Doch woher sollte er wissen, dass seine Frau hinter sein Geheimnis gekommen war? Hatte sie ihm das gesagt?

Sofort machte er sich eine Notiz. Gleich morgen früh musste er nicht nur die Kameraaufnahmen von letztem Freitag einfordern, die er Eva Korell versprochen hatte, sondern auch die Mitschnitte von Arendts privaten Telefonaten mit seiner Frau – sofern welche existierten. Er hoffte sehr darauf.

Dennoch gefiel ihm auch an dieser Variante eines nicht: der Zeitpunkt. Sie bekamen den vergebens gesuchten Täter quasi auf einem Silbertablett serviert, inklusive der Beweisstücke. Zu einem Zeitpunkt, zu dem der Gefangene gerade noch in Haft war. Warum nicht früher? Warum jetzt?

Brüggemanns Finger rasten über die Tastatur. Schon hatte er die Berichte gefunden. Er suchte nach der Täterbeschreibung. Bingo: Die passte nicht. Zwar stimmte der Zeitraum – denn der letzte Übergriff war etwas über zwölf Monate her, lag also vor Arendts Inhaftierung. Der beschriebene Täter war jedoch kleiner und untersetzt. Natürlich konnte es sein, dass Arendt im Knast abgenommen hatte, aber gewachsen war er seit damals ganz sicher nicht.

Stellte sich nur die Frage, was die Arendts mit diesen Fällen zu tun hatten. Es musste eine Verbindung geben. Kannten sie den Täter vielleicht nur zufällig? Hatten sie versucht, ihn zu erpressen? Nein. In dem Fall wäre Nicole Arendt wohl kaum zur Polizei gegangen.

Wahrscheinlicher schien ihm, dass Arendt im Knast etwas mitbekommen hatte. Vielleicht bewahrte er die Trophäen für jemanden auf, dem er etwas schuldig war. Und war im Knast zusammengeschlagen worden, weil irgendetwas schiefgelaufen war? Möglich. Aber das erklärte nicht, warum Nicole Arendt verschwunden war.

Nur eine Variante blieb ansatzweise plausibel: die des ominösen Dritten, von dem es bislang aber keinerlei Spur gab.

Hinweise konnte es nur an drei Orten geben: im Knast, in der ausgebrannten Wohnung oder im Café. Da Lars im Knast am Montag bessere Chancen hatte, an die gesuchten Informationen zu kommen, und Aleksandra Jovic schon zum Café unterwegs war, entschied sich Brüggemann für die Wohnung.

Er nahm die Fotos, die die Feuerwehr gemacht hatte, und breitete sie vor sich aus. Danach würde er sich noch einmal genau die Kameramitschnitte ansehen.

Niemand konnte unsichtbar bleiben. Und wenn es wirklich einen Komplizen gab, dann würde Brüggemann ihn finden. Früher oder später. Nur musste er jetzt Gas geben: Denn wenn es diesen Dritten gab, dann hatte er Nicole Arendt in seiner Gewalt.

Und das schon seit mehr als zwei Tagen ...

41.

Eva ging nachdenklich durch ihre Wohnung. Es war früh am Nachmittag, und sie hielt eine dampfende Tasse Tee in der Hand. Eigentlich wäre ihr eher nach Wein zumute gewesen. Oder nach einem Whiskey. Aber das schied aus. Nicht nur der Unfall ihrer Eltern hatte dazu geführt, dass sie ein gestörtes Verhältnis zu Alkohol hatte. Sie hatte zu viele Kollegen erlebt, die aus Frust über das Leben oder den Job oder wegen beidem zum Trinken gekommen waren. Meist fing es harmlos an: ein Wein am Nachmittag, dann zwei, irgendwann tranken sie noch etwas früher, jedes Mal ein wenig mehr ... und schon hatte man ein Laster, das in der Gesellschaft nicht wirklich als Suchtproblem galt, solange man nicht auffällig wurde. Nein, danke.

Sie setzte sich in ihren grauen Lesesessel, den sie extra so ausgerichtet hatte, dass sie direkt in den Garten schauen konnte. Es war völlig windstill, kein Halm und kein Blatt regten sich. Eindeutig die Ruhe vor dem Sturm, denn am Horizont bauten sich bereits erste graue Gewitterwolken auf. Sie schaute nach oben. Na also, bei dem Wetter hatte das Kind scheinbar die Lust verloren, die blöde Drohne fliegen zu lassen.

Vorsichtig pustete Eva in die heiße Flüssigkeit und wärmte sich die Hände an der Tasse. Sie lehnte sich zurück, spürte, wie sich die Müdigkeit wie eine Decke auf sie legte. Ihr Körper sehnte sich nach Ruhe, nur ihr Kopf arbeitete unablässig.

Seit sie die Krankenstation verlassen hatte, dachte sie ständig über Arendt nach. Und über sich selbst. Darüber, wie sie morgen vorgehen wollte, sobald Brüggemann ihr eine Rückmeldung zu den Aufnahmen der Flurkameras gab. Das Thema ging ihr nahe.

In ihrem ersten Jahr nach dem Medizinstudium hatte ihr ein Ausbilder beigebracht, dass es als Arzt nicht nur um Fachwissen und Handwerk ging, sondern um zwei weitere Dinge, die mindestens genauso wichtig waren: Empathie und Haltung. Sich in einen Menschen hineinzuversetzen, seine Beweggründe und seine Besonderheiten zu erkennen, war essenziell für eine erfolgreiche Behandlung. Nicht jeder vertrug dieselben Dinge auf dieselbe Weise. Musste man bei einer Diagnose darauf achten, dass ein Familienangehöriger dabei war, oder sagte man es dem Patienten unter vier Augen? Dies einzuschätzen, obwohl man sein Gegenüber kaum kannte, beeinflusste in jedem Fall die Heilung. Gleichzeitig musste man seine Position klar vertreten. Als Arzt wog man ständig zwischen Risiko und Chance ab. Natürlich entschied am Ende der Patient. Doch die eigene Haltung beim Vortragen der verschiedenen Optionen ließ bereits erahnen, welche Präferenz man aus medizinischer Sicht hatte. Insofern konnte man nicht sagen, man nähme dadurch keinen Einfluss.

Eva war beides immer leichtgefallen. Der frühe Verlust ihrer Eltern hatte sie gelehrt, wie zerbrechlich das Leben war. Und auch, welche Wucht eine Nachricht haben konnte. Dass ein Satz reichte, um alles aus den Angeln zu heben, was einem bis dahin Ruhe und Sicherheit gegeben hatte. Eine Erfahrung, auf die sie zwar gerne verzichtet hätte, die aber für ihren Beruf überaus wertvoll war. Und sie war immer bemüht gewesen, Haltung zu wahren, sich nicht beugen zu lassen.

Zumindest hatte Eva das geglaubt. In dieser Woche war sie jedoch mit einer Reihe von Dingen konfrontiert worden, die sie an sich und ihren Einstellungen zweifeln ließen. Oder waren es wirklich nur ihre Schuldgefühle gegenüber Nicole Arendt, die sie so sehr ins Schwanken brachten?

Vorhin, als sie bei Arendt war, hatte es sie getroffen wie ein Schlag: Seit sie ihn auf dem Boden liegend gesehen hatte, kämpfte sie für ihn. Weil er unmenschlich behandelt wurde.

Dabei hatte er selbst seine Frau geschlagen. Mehr als einmal. Ihre unsichere Art zeigte deutlich, dass er sie nicht nur körperlich verletzt hatte. Ihre Seele hatte weit schlimmere Wunden davongetragen. Und Nicole hatte ihm genauso wenig entgegenzusetzen gehabt wie Robert den vier Wachmännern.

Trotzdem: Es stand Eva nicht zu, über Patienten zu urteilen. In ihrem Beruf ging es darum, die Menschen zu versorgen, egal wie alt sie waren, welche Hautfarbe oder welches Geschlecht sie hatten. Oder welche Geschichte. Vielleicht hatte sie deshalb so leichtfertig und ohne Vorbehalte den Job in der JVA angenommen.

Vorhin, als Arendt von seiner Frau gesprochen hatte, waren jedoch viele Fragen in ihr aufgekeimt: Hatte er es im Grunde nicht verdient, sich einmal genauso zu fühlen wie seine Frau? War es richtig von ihr, gegen die Wachmänner vorzugehen, die nur ihre Pflicht getan hatten, auch wenn ihr die Mittel drastisch erschienen? Gab es in dem Fall ein Richtig oder Falsch? War Judith Herzog deshalb so aufgebracht gewesen? In ihren Sitzungen hatte die Psychologin vielleicht noch mehr Dinge aus der Ehe gehört. Abschreckende Details. Rührten daher ihre Vorbehalte, die Eva in dem letzten Gespräch deutlich herausgehört hatte? Maß Judith Herzog ihren Patienten doch an seiner Vergangenheit, obwohl sie Arendt eine gute Prognose für die Zukunft gegeben hatte?

Eva nahm einen großen Schluck Tee und spürte der Wärme nach, die sie durchlief. Die Wolken draußen waren näher gerückt und mit ihnen ein böiger Wind, der die Sträucher im Garten umherpeitschte. Der Herbst war schneller gekommen, als sie erwartet hatte.

Sie fand keine Antwort auf ihre Fragen. Noch nicht. Aber am Montag musste sie sich ihrer Sache sicher sein. Andernfalls würde sie ihrem Bauch folgen müssen. Der sagte sehr deutlich, dass niemand es verdient hatte, ein Opfer von Willkür und Gewalt zu werden, egal was er getan hatte. Dennoch wäre ihr wohler bei der Sache, wenn sie echte Argumente vorweisen könnte. Immerhin riskierte sie, bereits in ihrer zweiten Arbeitswoche die gesamte Belegschaft der JVA gegen sich aufzubringen. Das war ihr seit vorgestern bewusst.

Nachdenklich stellte sie die Tasse zur Seite, zog die Knie an und legte ihre Arme darum. Noch eines gab ihr Rätsel auf: Wie konnte Nicole immer wieder auf ihren Mann zugehen? Wie konnte sie es schaffen, ihm zu verzeihen? Beim ersten Mal, vielleicht. Aber beim zweiten, dritten, zehnten Mal?

Gerne hätte Eva die Meinung von Judith Herzog dazu gehört, sie schätzte allerdings, dass die kein gesteigertes Interesse an einem weiteren Gespräch mit ihr hatte. Schon gar nicht, wenn Ann-Kathrin mit ihrer Einschätzung richtiglag und es irgendein Konkurrenzding zwischen ihnen gab.

War es eine bizarre Form von Abhängigkeit? Robert

und Nicole wirkten beide verloren. Wie zwei Menschen, die sich aus Angst vor dem Ertrinken an demselben Zweig festhielten, obwohl sie wussten, dass er das Gewicht nicht halten würde. Und nun hatte die Strömung beide fortgerissen und trieb sie davon.

Seufzend legte sie ihren Kopf auf die Knie. Für Eva war Liebe stets mit zwei Begriffen verbunden: Verantwortung und Verlust. Den Tod ihrer Eltern hatte sie nur verkraftet, indem sie die Pflicht, ihren Bruder großzuziehen, umgehend übernommen hatte. Sie war dreizehn Jahre alt gewesen, er hingegen erst elf und noch weniger in der Lage, den Verlust zu verstehen und ihn zu ertragen. Wochenlang hatte sie Angst gehabt, auch ihn zu verlieren, wenn sie ihn nicht stützte. Also hatte sie ihren Kummer so tief es ging in sich vergraben, nachdem endlich der Prozess gegen den betrunkenen Fahrer beendet gewesen war, der ihre Eltern auf dem Gewissen hatte.

Damals hatte sie sich zwei Dinge geschworen: ihren Bruder nie im Stich zu lassen und Medizin zu studieren, um Menschen wie ihren Eltern helfen zu können. Vielleicht war es eine Flucht zu dem kleinsten gemeinsamen Nenner gewesen, denn ihr Bruder war die einzige Familie, die ihr noch blieb. Vielleicht war es auch ein Kampf gegen die Ohnmacht, die sie einem übermächtigen Schicksal gegenüber empfand. Sie beide waren wie eine Boje im Meer, hielten sich gegenseitig geradeso über der Oberfläche, ließen sich aber nicht von dem Geschehenen herunterziehen.

Patrick hatte das alles gut verarbeitet, war seit Jahren glücklich verheiratet und stolzer Vater. Für Eva hingegen war Liebe immer noch angstbesetzt. Bis heute. Natürlich hatte es Männer in ihrem Leben gegeben. Doch wirklich gebunden hatte sie sich innerlich nie. Und nach der letzten Trennung hatte sie erkannt, dass die Selbstbestimmtheit längst ein Teil von ihr geworden war, sie sich im Alleinsein gut eingerichtet hatte. Vielleicht zu gut.

Aber jetzt dachte sie immer häufiger an diesen Kommissar, den sie kaum kannte. Er hatte etwas an sich, das sie nervös machte. Auf eine gute Art. Außerdem weckte er ihre Neugier. Und dieses Interesse hatte nichts mit dem Fall zu tun, in dem er gerade ermittelte. Vielmehr war er verbindlich. Spielte keine Spielchen. Und er vermittelte eine Ruhe, die ihr guttat. Sie neigte nicht wie sonst zur Flucht. Ganz im Gegenteil.

Eva seufzte. Vermutlich lag es daran, dass er verheiratet war. Damit war er keine echte Gefahr, würde unerreichbar bleiben. Gleichzeitig erhöhte das natürlich den Reiz.

Am liebsten hätte sie Brüggemann jetzt sofort angerufen, um ihm endlich alles zu erzählen, jede Facette der Geschichte.

Nicht nur die fehlenden Details über Nicole Arendt. Auch über sich selbst.

Das irritierte sie fast noch mehr.

42.

Sie zuckte zusammen, als sie ein Scharren vernahm. Ihre Augenlider flatterten, und sie musste sich erst wieder in die Realität zurückkämpfen.

Sie wusste nicht, ob sie sich nur einbildete, dass jemand im Raum war und auf sie zukam, oder ob ihr Geist ihr etwas vorgaukelte. Es fiel ihr immer schwerer, klare Gedanken zu fassen, weil sie kaum bei Bewusstsein war, sofort wieder wegdämmerte. Sie sammelte etwas Speichel im Mund, schluckte ihn runter, doch das brennende Gefühl im Rachen blieb. Sie leckte ihre Lippen, die sich wie rissiges Papier anfühlten. Ihre Zunge lag dick und geschwollen in ihrem Mund.

Etwas holte sie aus ihrer Lethargie. Eindeutig hatte sich ein Schatten über ihr Sichtfeld gelegt, und sie spürte die Anwesenheit eines anderen Menschen.

»Wer bist du?«, stammelte sie mit krächzender Stimme.

Statt einer Antwort wurde das Leinen vor ihrem Gesicht ein Stück angehoben. Sie zuckte vor Schreck zurück, doch da war nichts, da war kein Raum. Sie hatte das Gefühl zu fallen, riss die Augen weit auf, krallte die Hände an den Stuhl, als sie etwas in ihrem Mund fühlte. Panisch drehte sie den Kopf weg, versuchte auszuweichen, spuckte.

»Trink!«, befahl er und riss ihren Kopf zurück. Wieder spürte sie etwas Festes an ihrem Mund. Sie wollte zurückweichen, aber er hielt ihren Unterkiefer fest gepackt und zwang ihr das Ding einfach in den Mund. Ihre spröden Lippen rissen an einigen Stellen, Tränen liefen ihr die Wangen herab.

»Trink, du blöde Kuh, oder willst du verdursten, verdammt?«, herrschte er sie an. Sie hörte keinen Akzent. Er sprach klares Deutsch, hatte eine tiefe Stimmlage. Er war aggressiv. Und er stank.

Konnte sie ihm trauen? Das letzte Mal war sie von dem Zeug ohnmächtig geworden. Aber sie hatte keine Wahl. Sie musste irgendwie am Leben bleiben und brauchte dringend Flüssigkeit. Als sie die ersten Schlucke aus der Trinkflasche saugte, krampfte sofort ihr Magen. Ihr ganzer Körper wollte sich vor Schmerzen zusammenkrümmen, aber ihre Fesseln hielten sie fest. Die Flüssigkeit schmeckte zwar wie Wasser, war jedoch viel zu kalt. Sie hielt die Krämpfe kaum aus, wimmerte, doch er hielt ihr Gesicht unerbittlich fest. Wieder begann sich der Raum zu drehen.

Nicole blinzelte, hustete, versuchte, sich seinem Griff zu entziehen, doch es gelang ihr nicht, ihren Kopf nur einen einzigen Millimeter aus dieser Position zu bekommen. Er war stark und sie am Ende ihrer Kräfte. Also schluckte sie, trotz der quälenden Schmerzen.

Minutenlang hielt sie so aus. Längst war ihr Durst gestillt, aber er hörte nicht auf, das Ding in ihren Mund zu pressen. Sie hatte Mühe, Luft zu bekommen, fürchtete, das Bewusstsein zu verlieren. Die Anstrengung war einfach zu groß, und sie begann, am ganzen Körper zu zittern.

Endlich riss er den Flaschenhals weg, seine Hand hielt aber weiter ihren Kiefer umklammert. Keuchend schloss sie die Augen, doch plötzlich presste er seine Finger in ihren Mund, versuchte, ihn weiter zu öffnen.

Was hatte er vor? Nicole bäumte sich in ihrem Stuhl auf, wehrte sich mit aller Kraft, wollte sich seinem Griff entziehen. Ohne Vorwarnung traf sie ein Faustschlag mitten ins Gesicht und riss ihr den Kopf zur Seite. Sie sah Lichtblitze, und ein beängstigendes Geräusch kam aus ihrem Nacken.

»Hör auf, dich anzustellen, sonst...«

Tränen liefen ihr die Wangen herab. Sie wusste nicht, wer er war, was er wollte. »Bitte... nicht...«, krächzte sie. Zumindest glaubte sie das. Hören konnte sie es nicht, zu laut rauschte das Blut in ihren Ohren. Alles drehte sich.

Er zögerte nicht, sondern zwang erneut mit brutalem Druck ihren Kiefer auseinander, presste so lange, bis ihr Mund so weit geöffnet war, dass er ihr etwas hineinschieben konnte.

Laut schluchzte sie auf, als sie etwas in ihrem Rachen spürte, viel zu weit hinten. Sie konnte den Brechreiz kaum kontrollieren. Als hätte er es gespürt, klappte er ihren Mund zu, hielt ihr Kinn. Jetzt schmeckte sie die Banane, ihr Magen hob sich, sie schmeckte Galle, schluckte, ihr ganzer Oberkörper war eine einzige Welle, doch er hielt ihren Kopf wie in einem Schraubstock.

»Friss endlich!«, schrie er, dass es in ihren Ohren klingelte.

In den Nächten, in denen Robert sie geschlagen hatte, war ihr oft der Gedanke gekommen, sie sei direkt in der

Hölle gelandet. Aber sie wusste jetzt, dass das nur der Vorhof gewesen war.

Widerwillig begann sie zu kauen, kämpfte gegen die Übelkeit und die Angst, die sich langsam durch jede Pore fraß.

Der Teufel hatte sie erst jetzt heimgesucht.

43.

Die Bewegung tat Eva gut. Während ihre Beine in gleichmäßigem Tempo ausschritten, schienen auch ihre Gedanken langsam geordneter. Schon nach kurzer Zeit hatte sie entschieden, dass sie etwas gegen die Wachleute unternehmen wollte. Egal was Robert getan hatte: Die vier Wachleute hätten ihn fixieren können, ohne diese rohe Form der Gewalt anzuwenden. Wenn es ihr nicht gelang, den Menschen in der JVA auf Augenhöhe zu begegnen, wäre sie schlicht am falschen Platz. Das hieß nicht, dass sie die Delikte bagatellisieren wollte, wegen derer die Gefangenen einsaßen. Dennoch war es ihr wichtig, diese Taten von dem Menschen zu entkoppeln, der als Patient zu ihr kam. Egal was er getan hatte, sie musste ihm mit Achtung begegnen und sich für seine Gesundheit einsetzen, solange er in der Einrichtung war. Das entsprach dem Eid, den sie als Ärztin geleistet hatte. Genauso mussten es auch die Wachleute handhaben, die in Wiesheim für Ruhe und Ordnung sorgten. Wurden sie selbst zu Aggressoren oder gingen ihnen die Nerven durch, waren sie kein bisschen besser als diejenigen Gefangenen, die wegen Gewaltdelikten einsaßen.

Zufrieden ging Eva weiter. Mit dieser Entscheidung konnte sie gut leben. Einmal mehr war sie für ihre Bekanntschaft mit Temme dankbar, der ihr verdeutlicht hatte, wie schmal der Grat zwischen ihr und den Inhaftierten im Grunde war.

Seine Beweggründe hatte sie sofort verstanden, auch wenn sie seine Taten nicht gutheißen konnte. Doch das Leben vermochte offenbar jeden Menschen an einen Punkt zu bringen, an dem keine Alternative mehr blieb oder die bestehenden Regeln nicht passend erschienen.

Sie würde gleich am nächsten Vormittag mit Lisbeth sprechen, sich auch ihren Eindruck schildern lassen und sich natürlich die Mitschnitte der Kamera ansehen. Aber sie konnte sich nicht vorstellen, dass dies ihre Meinung ändern würde.

Eva schaute sich um. Die Umgebung war ihr völlig unbekannt, deshalb zog sie ihr Handy heraus und ließ sich anzeigen, wo sie sich genau befand. Sie zoomte den Kartenausschnitt heran. Instinktiv hatte sie die Richtung zu dem Stadtteil eingeschlagen, in dem die Wohnung der Arendts lag. Sie musste an Brüggemann denken. »Zufall?«, würde er fragen. Natürlich nicht. Also entschied sie sich, einen Bogen zu machen und sich das Haus anzusehen.

Die drei- bis fünfstöckigen Mietshäuser, die in diesem Stadtteil die Straße säumten, hatten keinerlei Charme. Es waren graue Kästen mit verwaschenen Fassaden. Auf den meisten Balkonen sammelte sich Müll, wurden Getränkekisten gestapelt, standen Fahrräder oder Wäschespinnen. Auf kaum einem sah sie Blumen. Die Gardinen waren fast überall zugezogen, in den unteren Etagen auch oft die teils windschiefen Jalousien. Selbst die vereinzelt stehenden Einfamilienhäuser waren alt und in einem schlechten Zustand. An Fensterläden und Türen blätterte die Farbe ab, und die einst weißen Fassaden waren gelbstichig. Graffiti-Sprüche zierten Wände und Stromkästen. Hier wirkte München nicht so nobel, wie es sich immer den Anschein gab.

Eva folgte der Straße und nahm schon bald einen eigenartigen Geruch wahr. Neugierig ging sie weiter und sah in einigen Hundert Metern Entfernung rot-weißes Flatterband vor einem Haus, dessen Fassade noch einen Tick schlimmer aussah. Das musste es sein.

Neugierig lief Eva weiter darauf zu. Sie hätte schwören können, dass der Brandgeruch mit jedem Schritt intensiver wurde, obwohl sie sich das sicher nur einbildete.

Schwarzer Ruß hatte sich an der Fassade nach oben gefressen. Im dritten Stock waren die Scheiben zum Teil geborsten, deshalb vermutete Eva, dass dort die Wohnung der Arendts gewesen sein musste. Es schien ein großes Glück gewesen zu sein, dass nicht das gesamte Gebäude hatte evakuiert werden müssen. Den Spuren nach zu urteilen, waren die Flammen durch die Markise auf dem Balkon schon auf das nächste Stockwerk übergegangen. Sie dachte an den verheerenden Hochhausbrand in London vor nicht allzu langer Zeit und war froh, dass man Nicole Arendt nicht als verkohlte Leiche gefunden hatte.

Sie seufzte und sah nachdenklich die Straße hinunter. Die Frau konnte sich nicht in Luft aufgelöst haben. Es musste eine Spur von ihr geben. Irgendwo.

Noch einmal sah sie an dem Haus hoch. Dann ging sie hinüber auf die andere Straßenseite, um einen besseren Blick in die Wohnung zu haben. Der Rest einer verkohlten Gardine wehte trostlos nach draußen, sonst war nichts zu erkennen. Eva war froh, dass Arendt das nicht sehen musste. Wie lange es wohl dauern würde, bis die Polizei die Wohnung freigab?

Es musste furchtbar sein, wenn alles, was man einmal besessen hatte, unwiederbringlich zerstört war. Das, was das Feuer nicht ruinierte, wurde vom Löschwasser unbrauchbar gemacht. Keine Fotos, keine Bücher, Briefe, Erinnerungsstücke. Man sammelte so viel an in einem Leben. Es würde Eva das Herz brechen, wenn ihr jemand all das einfach nehmen würde. Durch eine Unachtsamkeit, aus der die meisten Brände entstanden. Ihr Cello, das einst ihrer Mutter gehört hatte. Die letzten Dinge, die ihr aus ihrem anderen Leben geblieben waren.

Andererseits wäre man danach völlig frei. Dann gäbe es nichts, was eine Erinnerung auslöste, sofern man es schaffte, die Gedanken an die Vergangenheit zu kanalisieren. Wegzudrücken.

Ein älterer Herr näherte sich Eva von der Seite.

»Furchtbar, nicht wahr?«, sagte er nur und stellte sich neben sie.

»Kann man wohl sagen«, antwortete Eva. »Ich habe mich gerade gefragt, was es für einen Menschen bedeutet, alles zu verlieren.«

»Furchtbar«, sagte er erneut. »Ich habe in der Nacht keinen Schlaf gefunden, wissen Sie. Hermann mein Name. Ich wohne gleich hier«, ergänzte er, höflich nickend, und deutete auf eine Wohnung im Nachbarhaus schräg gegenüber. »Meine Frau und ich haben uns die Wohnung gekauft, als die Blocks hier gerade errichtet wurden. Top, sage ich Ihnen. Ganz modern.«

Er gab ein freudloses Lachen von sich. »Das sieht man jetzt längst nicht mehr. Als meine Frau gestorben ist, bin ich trotzdem geblieben. Alte Bäume verpflanzt man nicht mehr. Obwohl die Wohnung zu groß ist. Und obwohl alles immer mehr verkommt. Das zieht auch andere Menschen an, wissen Sie. So ist das eben. Mit der Ruhe ist es seitdem nicht mehr weit her. Ich bin oft noch wach, wenn es draußen längst dunkel ist.«

Eva nickte ihm zu. Das kannte sie. Schon seit ihrer Jugend hatte sie immer wieder Phasen, in denen sie keinen Schlaf fand.

»Hier ist dann ewig lange Krach. Das meint man jetzt nicht. Aber in ein paar Stunden, dann knattern die Mopeds durch die Straßen, die Musik dröhnt, und die Jugend zieht grölend ihre Runden. Arbeiten müssen die scheinbar nicht. Das gab es zu unserer Zeit nicht. Gut, dass meine Frau das nicht mehr erleben muss.«

Eva hörte dem Mann nur mit halbem Ohr zu, als er sich weiter über seine Nachbarschaft ausließ, über die neuen Sitten in der Gesellschaft. Obwohl sie ihm im Grunde recht geben musste, dass ein wenig mehr Rücksichtnahme keine schlechte Sache wäre.

»Und dabei hatten die noch die Handwerker da an

dem Tag«, fuhr der Mann mit seinen Litaneien fort. »Elektriker, glaube ich. Eine Bekannte, die unten im Hochparterre wohnt, die hat gemeint, dass deshalb auch kein Rauchmelder angegangen ist. Da war was falsch gekoppelt. Sonst hätte man das ja viel früher gemerkt, die Dinger sind ja seit Ende 2017 Pflicht und waren extra ganz neu installiert worden. Machen einen Heidenlärm.«

Eva merkte auf. Was für ein Zufall: ausgerechnet an dem Tag, als der Brand entstand?

»Wissen Sie, die waren ganz modern. Sind per Funk verbunden. Ich verstehe davon ja nichts, ich kann mit Computern und diesem Zeug nichts anfangen. Normalerweise schaltet da wohl einer den Nächsten an. Höllisch laut ist das dann. Irgendwas hat der Mann an dem Tag falsch gemacht, oder aber er hat vergessen, die zu aktivieren, denn kein Einziger ist angegangen. Na ja, viel wert war diese Reparatur der Hausverwaltung nicht, sonst hätten sie ja einen richtigen Betrieb beauftragt. Die sparen eben, wo es geht.«

Evas Gedanken machten sich schon wieder auf Wanderschaft, denn die Ausführungen des Mannes, der sehr einsam wirkte, waren ihr viel zu detailliert und langatmig. Sie wollte jedoch nicht unhöflich sein und sah davon ab, ihn zu unterbrechen. Vermutlich hatte er nicht mehr viel Ansprache. Sie konnte zumindest so tun, als würde sie ihm für eine Weile ihr Ohr schenken. Sie fragte sich, ob sie auch so werden würde, wenn sie auf Dauer allein bliebe: nach Aufmerksamkeit lechzend und ein wenig umständlich, weil man gar keine richtige Konversation mehr führte. Oder zu viele Selbstgespräche. Bei denen ertappte Eva sich sogar jetzt schon manchmal. Der Mann brauchte keinen Kommentar von ihr, sondern sprach einfach weiter, während Eva ihm mit halbem Ohr geduldig weiter zuhörte. Sie hatte ohnehin nichts mehr vor.

»Der Wagen von dem, der war echt alt. Ein Mercedes 190E. Früher, da kann ich mich erinnern, war das ein echt schicker Wagen. Der von dem Handwerker war aber auch gut gepflegt, das muss ich sagen. Sehr sauber, wie frisch aus der Waschanlage. Was man wohl heute für so einen Oldtimer zahlt? Der war sicher Baujahr 1993 oder 1994. Ach, was rede ich da. Zu der Zeit waren Sie sicher noch gar nicht auf der Welt. Oder noch ganz klein.«

Eva bekam eine Gänsehaut. Nein, dachte sie, da war ich gerade elf Jahre alt. Es war 1992, als ihr Vater den Wagen damals kaufte. Sie wollte sich nichts anmerken lassen, deshalb fragte sie so ruhig wie möglich: »Welche Farbe hatte denn der Wagen? Wissen Sie das noch?«

»Natürlich! Dunkelblau! Eine schöne Farbe. Der Lack war noch gut in Schuss, aber die Felgen, die waren nicht original, da bin ich mir sicher. Die waren riesig und sehr breit. Viel zu sportlich, wenn Sie mich fragen.«

»Mein Vater hatte auch so einen. Früher...«, sagte Eva.

»Tatsächlich?«, rief der Mann erfreut. »Dann hatte er einen sehr guten Geschmack. Und verdiente wohl auch nicht schlecht. Ich hätte mir so einen ja nicht leisten können...«

»Erinnern Sie sich zufällig noch an das Nummernschild?«, fragte Eva.

»Nein. Leider. Meine Augen, wissen Sie? Ich hänge das ja nicht an die große Glocke, aber ich habe den Star. Den grauen, nicht den grünen, Gott sei Dank.«

Eva zog ihr Handy hervor und tat so, als hätte sie gerade eine wichtige Nachricht bekommen.

»Es tut mir leid, ich muss jetzt wieder weg, Herr Hermann.« Demonstrativ hielt sie ihr Handy hoch. »Ich bin Ärztin, wissen Sie. Ihre Augen sollten Sie übrigens richten lassen. Der Eingriff ist heutzutage ein Klacks. Dauert nur ein paar Stunden, und Sie dürfen noch am selben Tag nach Hause.«

»Wirklich? Machen Sie so was?«

Jetzt musste Eva lächeln. Der Mann war wirklich nicht übel.

»Leider nein. Aber fragen Sie doch Ihren Hausarzt, der kann Ihnen sicher einen Kollegen empfehlen.« Sie reichte ihm zum Abschied die Hand. »Eins noch: Haben Sie das auch der Polizei erzählt, das von dem Elektriker?«

Er warf sich ins Kreuz. »Natürlich!«, antwortete er entrüstet. »Gleich, als die hier angekommen sind. Ich glaube bloß, das hat diese junge Frau nicht sehr interessiert. Die hat sich nicht einmal eine Notiz gemacht, war nur mit ihrem Smartphone beschäftigt. Na ja, ist ja auch nicht so wichtig, was ein alter Depp wie ich zu sagen hat.«

Da war Eva allerdings anderer Meinung. Es konnte kein Zufall sein, dass erneut dieser Wagen an einem Ort auftauchte, an dem sich auch Nicole Arendt aufhielt. Zuvor hatte Eva diese Parallele nicht erkannt, war zu sehr in ihrer eigenen Geschichte gefangen und dadurch für die Fakten blind gewesen. Aber jetzt gab es keinen Zweifel.

»Um wie viel Uhr war der Mann denn hier? Und darf ich Ihren Namen an die Polizei weiterleiten?«, fragte sie und versuchte, ihre Aufregung im Zaum zu halten.

Denn jetzt war sie sich ganz sicher.

44.

Noch immer atmete sie stoßweise und bekam nur langsam ihre Übelkeit in den Griff. Immer wieder war Galle in ihrer Kehle aufgestiegen, doch er hatte ihren Kopf nach hinten gebogen und sie keine Sekunde losgelassen. Wenn ihr Kauen langsamer wurde, packte er ihr Kinn fester, bewegte ihren Kiefer brutal rauf und runter. Zwei Bananen hatte er ihr jeweils in Hälften tief in den Rachen geschoben. Ihre Kehle war wund von der Magensäure, und ihr ganzer Kopf schmerzte höllisch.

Zwar hatte er sie danach in Ruhe gelassen, sie vermutete ihn jedoch immer noch in der Nähe. Schemenhaft konnte sie einen dunklen Schatten erkennen, war sich aber nicht sicher, ob er das war oder nur eine Lichttäuschung. Still liefen Tränen über ihr Gesicht, und sie zitterte am ganzen Körper.

Was wollte er von ihr?

Fieberhaft arbeitete ihr Kopf, versuchte unentwegt, sich an etwas zu erinnern. An seinen Geruch, an die Stimme. War er ein Gast gewesen, den sie unhöflich bedient hatte? Oder war sie ein Zufallsopfer? Die Möglichkeit, die am wahrscheinlichsten war, schob sie weit von sich.

Dass Robert ihn geschickt hatte. Er hatte sie in der SMS gewarnt.

In jedem Fall wollte er sie am Leben erhalten. Sonst hätte er sie nicht zum Essen gezwungen. Doch wozu? Eine Welle durchlief ihren Körper, als sie einen kühlen Lufthauch fühlte. Es war nur eine leichte Bewegung der Luft, kaum wahrnehmbar, doch sie hatte so sehr gekämpft, dass ihr schweißnasser Körper sofort fror. Sie hielt den Atem an, um zu lauschen.

Etwas knackte an ihrer Seite. Oder tropfte da etwas? Voller Panik drehte sie den Kopf in die Richtung.

Im nächsten Augenblick hörte sie ein Schnipsen. Dieses Mal schien es von der entgegengesetzten Seite zu kommen. Nicole presste sich an die Rückenlehne des Stuhls, versuchte, so leise zu atmen wie nur möglich, um auf den nächsten Angriff gefasst zu sein. Ihre Ohren waren das Einzige, was sie warnen konnte.

Schon vernahm sie ein Scharren. Dann kalte Luft. Es kam direkt auf sie zu! Sie konnte sich nicht beherrschen und schrie laut auf. Ein heiseres Lachen war seine Antwort.

Er spielte mit ihr. Er weidete sich an ihrer Angst.

Wütend versuchte sie, die Fäuste zu ballen, doch es wollte ihr nicht gelingen. Sie spürte nur ein leichtes

Kribbeln in den Fingern. Längst war jegliches Gefühl aus ihren Händen gewichen, so fest hatte er sie verschnürt.

»Wer bist du?«, flüsterte sie kaum hörbar. Dann setzte sie nach: »Was willst du?« Sie hatte nichts zu verlieren. Der Kerl war wahnsinnig.

Er antwortete nicht. Aber er bewegte sich auch nicht. Hatte er sie nicht verstanden? War er doch Ausländer? Sie konnten zu zweit sein. Der Mann im Auto musste nicht derselbe sein, der zuvor telefoniert hatte. War sie einer Bande zum Opfer gefallen?

»Was willst du?«, fragte sie noch einmal, dieses Mal lauter, akzentuierter.

»Dich«, antwortete er.

Im selben Augenblick riss er ihr den Sack vom Kopf. Er hatte ein Büschel Haare erwischt, und Nicole schrie laut auf vor Schmerz. Es fühlte sich an, als hätte er die Haut an ihrem Hinterkopf mit abgetrennt.

Sie blinzelte, weil das Licht so plötzlich kam, und sog gleichzeitig Luft tief in ihre Lungen, weil sie endlich wieder frei atmen konnte. Sie wünschte, sie hätte die Hände über ihre Augen legen können, doch im Moment gab es keinen Weg, sich zu schützen. Sie konnte nur ihren Kopf beugen. Sonst nichts. Ihre Augen tränten vor Anstrengung.

Als sie sich endlich an das Licht gewöhnt hatte, hob sie den Kopf und versuchte zu erkennen, wer vor ihr stand. Irgendwoher kannte sie das Gesicht. Und auch wenn sie nicht gleich wusste, wer er war, irgendwo in ihrem Kopf schlummerte eine Information, die es ihr verraten konnte.

Sein Gesicht war aufgedunsen, seine dunklen, ungewaschenen Haare standen in Strähnen kreuz und quer von seinem Kopf ab, so als hätte er sie sich gerauft. Er war nur mit einer speckigen Jeans und einem Unterhemd bekleidet. Besonders groß war er nicht, vielleicht so wie sie selbst, und er hatte einen Bauch, der von fettem Essen oder Alkohol rührte. Oder beidem.

Er kam einen Schritt auf sie zu. In seinem Kinn war ein Grübchen zu sehen, in seinem linken Ohrläppchen trug er einen kleinen Silberring, wie man ihn für Piercings benutzte.

»Bist du bereit?«, fragte er.

Seine Zähne waren auffallend kurz, seine Lippen wulstig. Die dunklen Augen standen weit auseinander, und er glotzte sie unverhohlen an. Nicole blinzelte kurz, wollte seinem starrenden Blick ausweichen. Seine großen Hände waren zu Fäusten geballt, und die Muskeln an seinen Oberarmen zuckten nervös.

Dann registrierte sie es: die Tätowierung. Ein Rosenkranz, der um gefaltete Hände geschlungen war. Dieselbe Zeichnung, die Robert an seinem Oberarm trug. Dieselbe Zeichnung ... Ihre Augen weiteten sich, und sie starrte ihn an. Er nickte nur, setzte ein feistes Grinsen auf.

»Jetzt *bist* du bereit!«, stellte er fest, und sein Lachen hallte von den kahlen Wänden wider.

45.

Zum Glück hatte Eva die Visitenkarte bei sich, die Kommissar Brüggemann ihr neulich auf dem Parkplatz gegeben hatte. Über diese Nummer sei er immer zu erreichen, hatte er gesagt. Es dämmerte schon, und Eva hoffte inständig, dass er den Anruf annehmen würde. Sie musste ihm einen Hinweis auf den Wagen geben, denn wenn dieser ominöse Handwerker wirklich etwas mit dem Verschwinden von Nicole Arendt zu tun hatte... Sie mochte den Gedanken nicht weiterdenken, bereute nur immer aufs Neue, dass sie sich vor einer Woche die Sorgen der Frau buchstäblich vom Hals gehalten hatte. Vermutlich wäre sonst alles ganz anders gekommen.

Aber vielleicht konnte sie jetzt etwas wiedergutmachen. Viele Modelle aus dem Jahr würde es sicher nicht mehr geben, und sie hoffte, dass die Polizei darüber schnell den Fahrer finden konnte. Auch wenn sie sich täuschte und er nichts mit dem ganzen Fall zu tun hatte, es sich nur um einen dummen Zufall handelte, könnte er irgendetwas gesehen haben. Vielleicht war er sogar in der Wohnung der Arendts gewesen, hatte dort etwas installiert.

Das Freizeichen ertönte. Komm schon, dachte Eva und hielt im Laufen an. Und wenn sie sich zu sehr einmischte? Der Mann hatte gesagt, er habe der Polizei seine Beobachtung bereits geschildert. Was, wenn sie es längst überprüft hatten? Würde Brüggemann sie dann für eine Wichtigtuerin halten?

Egal. Dann würde sie sich eben lächerlich machen. Solange die geringste Chance bestand, dass diese Information dem Kommissar bei seinen Ermittlungen entgangen war, durfte sie sie nicht einfach für sich behalten. Das war sie Nicole Arendt schuldig. Und deren Mann.

Brüggemanns Mailboxansage ertönte. Verdammt. Eva konnte ihr Pech kaum fassen. Ausgerechnet jetzt! Sie räusperte sich, bevor sie zum Hinterlassen einer Nachricht aufgefordert wurde. Nachdem sie ihren Namen und ihre beiden Rufnummern genannt hatte, berichtete sie von ihrer Begegnung mit Herrn Hermann und davon, dass ein Handwerker mit einem dunkelblauen Mercedes 190E, vermutlich Baujahr 1992, an dem Tag des Brandes wegen Elektroarbeiten in dem Haus gewesen war. Sie fügte noch an, dass sie selbst diesen Wagen zuvor zweimal bemerkt hatte, als sie in Nicole Arendts Nähe gewesen war.

Eva wartete noch einen Moment, hoffte, er würde den Anruf doch noch entgegennehmen, was jedoch nicht geschah.

»Ich gehe jetzt unmittelbar nach Hause. Ich wohne im Betzenweg in Obermenzing, aber das hätten Sie vermutlich auch so herausgefunden«, sagte sie und machte erneut eine Pause. »Wenn Sie noch Zeit haben, dann kommen Sie ruhig vorbei.« Was redete sie denn da? Schnell fügte sie hinzu: »Oder rufen Sie einfach zurück. Ich bin jedenfalls erreichbar.«

Eva beendete die Aufnahme und schüttelte den Kopf. Sie hoffte, dass sich ihre Nachricht nicht ganz so grauenhaft anhörte, wie sie in ihren Ohren geklungen hatte.

Hoffentlich verstand Brüggemann den Anruf nicht als eine verkappte Bitte um ein Date. Sie hätte sich ohrfeigen können. Diese Information war wichtig, das spürte sie deutlich. Hoffentlich hatte sie mit ihrer seltsamen Nachricht nicht schon wieder alles verdorben.

Nachdem sie die schnellste Route zurück nach Hause auf ihrem Handy gesucht hatte, beschleunigte sie ihren Schritt. Eine gute Dreiviertelstunde würde sie brauchen. Sie schaute in den Himmel, doch es war kein Mond zu sehen. Die dunklen Wolken hatten sich bedrohlich vor die Sterne geschoben.

Wieder dachte sie an Nicole Arendt. War es der Mann in dem blauen Mercedes gewesen, der ihr solche Angst gemacht hatte? Konnte er ein Stalker sein, der in ihr sein Opfer erkannte? Wenn es so war, dann hatte er sie schon seit Tagen umkreist, wie ein Tier seine Beute.

Hatte er ihr irgendwo aufgelauert? War sie deshalb so gerannt? Möglich. Vielleicht zog Nicoles Art Männer an, die sie dominieren oder in Angst versetzen wollten. Nein. Stopp. So durfte sie nicht denken, denn das würde im Umkehrschluss heißen, dass so etwas selbstbewussten Frauen nicht geschehen konnte. Und das – davon war Eva überzeugt – war ausgemachter Blödsinn. Das Schicksal konnte jeden Menschen treffen. Jederzeit. Sicherheit war im Leben nur eine Illusion.

Sie kaute nachdenklich auf ihrer Unterlippe. Wenn sie doch nur wüsste, was Nicole Arendt an dem Abend von ihr gewollt hatte. Sie erinnerte sich beim besten Willen nicht mehr an den genauen Wortlaut, war sich jedoch nahezu sicher, dass sie etwas über ihren Mann erzählen wollte. Über Robert. Nicht über einen Fremden. Es war zum Verrücktwerden. Das alles ergab einfach keinen Sinn!

Eva bog gerade in die nächste Straße ein, als der Reihe nach die Straßenlaternen aufleuchteten und es leicht zu tröpfeln begann. Sie stellte den Kragen ihres Mantels hoch und ging noch etwas schneller. Ihre Stiefel hatten eine glatte Sohle, deshalb musste sie achtgeben, dass sie nicht ausrutschte. Hätte sie doch bloß den Wagen genommen.

Plötzlich klingelte ihr Handy. Voller Erwartung schaute sie auf das Display und war beinahe enttäuscht, weil es Ann-Kathrin war.

»Wo bist du?«, fragte Eva sofort. »Kannst du mich vielleicht abholen, Ann? Ich bin im ...« Sie lief zur nächsten Straßenecke und versuchte, den Straßennamen auf dem Schild zu entziffern.

»Ich kann hier nicht weg«, flüsterte Ann-Kathrin. »Ich bin in einer Pressekonferenz, trotzdem musste ich dich jetzt sofort sprechen. Hast du meine SMS gesehen?«

»Nein.« Eva hörte ihrer Freundin sofort an, dass etwas Ernstes geschehen war. Sie hatte vorhin keinen Kopf für Nachrichten gehabt und deshalb den Posteingang nicht gecheckt.

»Dachte ich mir, weil du dich nicht gerührt hast. Ich bin im LKA. Sobald ich hier fertig bin, komme ich bei dir vorbei, ja? Ich hatte recht. Sie haben etwas in der Wohnung gefunden. Es gibt Hinweise, dass der Mann von deiner Vermissten ein gesuchter Vergewaltiger ist. Eines seiner Opfer ist sogar gestorben.«

Eva stand mitten auf der Kreuzung im Regen. Sie traute ihren Ohren nicht.

»Hast du mich verstanden, Eva?« Jetzt senkte sie noch einmal die Stimme. »Dieser Arendt liegt doch noch bei dir auf der Station, oder? Wenn der neulich die Wärter angegriffen hat... Tu mir bitte den Gefallen und fahr da heute nicht mehr hin, ja? Und falls doch, nimmst du dir Wachen mit. Versprichst du mir das?«

Eva nickte. »Ja.« Mehr brachte sie nicht heraus, denn sie konnte noch nicht fassen, was sie gerade gehört hatte.

»Gut. Wie gesagt. Ich beeile mich. Ich kann meinen Artikel auch bei dir schreiben. Vielleicht ist das bescheuert, aber ich muss mich einfach vergewissern, dass du in Ordnung bist. Und dann erzähle ich dir alles, was ich weiß. In Ordnung? Pass auf dich auf, ja? Echt, ich kann gar nicht glauben, in was du dich da hineingeritten hast. Bis später. Ich beeile mich.«

Völlig betäubt steckte Eva ihr Handy ein. Jetzt war ihr klar, warum Brüggemann nicht auf ihre Nachricht reagierte. Wenn es diese Pressekonferenz gab, hatte er jetzt sicher alle Hände voll zu tun. Den Rückruf konnte sie bis auf Weiteres vergessen.

Wahnsinn. Ann-Kathrin hatte eine Bombe hinter der Geschichte vermutet, und ihr Instinkt hatte sie nicht getäuscht. Dennoch konnte Eva nicht wirklich begreifen, dass das wahr sein sollte.

Robert Arendt ein Vergewaltiger? Sie wusste nicht, woran es lag, doch die Nachricht traf sie wie eine Ohrfeige. Wie konnte sie sich einbilden, über Menschenkenntnis zu verfügen, wenn sie sich so in dem Mann getäuscht hatte? Sie hatte Mitleid mit ihm gehabt. Und sie hatte ihm geglaubt, dass er seine Frau liebte und dass er seine Taten bereute. Auch wenn sie das, was er Nicole angetan hatte, verabscheute und verurteilte, so hatte sie doch das Gefühl gehabt, dass er im Kern ein guter Mensch war. So wie Georg Temme.

Sie schüttelte den Kopf. Es war lächerlich. Sie hatte absolut keine Ahnung. Gar keine. Ann-Kathrin hatte vermutlich voll ins Schwarze getroffen: Sie war die Falsche für die JVA.

Immer wieder verhielt sie sich blauäugig und naiv. So wie bei den Inhaftierten im Garten, die ihr etwas vorgegaukelt hatten, und so wie bei dem Kerl, dessen Atem sie heute noch riechen konnte. Aber sie hatte sich weiter vorgemacht, sie hätte alles im Griff.

Nur eines war jetzt klar: Wenn Eva schon so schockiert war, wie musste diese Nachricht auf Nicole Arendt gewirkt haben? War das etwa der Grund für ihren nächtlichen Besuch gewesen? Oder hatte sie schon länger davon gewusst? War sie am Ende darin involviert, hatte ihn gedeckt und war deshalb verschwunden, als es brenzlig wurde?

Völlig in Gedanken lief Eva weiter durch den Regen. Die Nässe spürte sie jetzt nicht mehr.

46.

Feixend stand der Mann vor ihr, seine Hände waren tief in den Hosentaschen vergraben, und er wippte immer wieder auf den Zehenspitzen. So sehr sie sich auch bemühte, es gelang Nicole noch immer nicht, ganz deutlich zu sehen. Ein trüber Schleier lag über ihren Augen, und sie versuchte verzweifelt, ihn wegzublinzeln. Sie starrte weiter auf seine Füße, denn sie konnte seinem Blick nicht standhalten. Seine Art widerte sie an.

Langsam begann sie, aus den Augenwinkeln ihre Umgebung zu erfassen: Sie waren in einem Keller, ihr Stuhl stand auf nacktem Betonboden. Die Wände hingegen waren mit grauem Schaumstoff ausgekleidet, genauso wie das Innere der Tür. Als Teenager war sie einmal mit einer Freundin im Proberaum einer Band gewesen. Sie wusste, wofür dieses Material war. Es schluckte den Schall. Egal wie sehr sie schreien würde, niemand draußen würde sie hören. Sie brauchte nicht mehr auf Hilfe zu warten. Sie war ihm hier ausgeliefert. Bis er mit ihr fertig war. Und wie sie aus den Berichten wusste, konnte das dauern. Sie schloss kurz die Augen, schluckte ihre Tränen herunter.

»Weißt du, warum du hier bist?«, fragte er. Seine buschigen Augenbrauen hoben sich, er schob sein Becken nach vorn und wippte wieder auf den Zehenspitzen.

Verzweifelt überlegte sie, welche Antwort er hören wollte. Sie hatte keine Ahnung. Also entschied sie sich, zu schweigen. Jedes Wort konnte ihn herausfordern. Konnte falsch sein. Deshalb zuckte sie die Schultern und hielt den Blick gesenkt. Es war ohnehin egal.

Sie würde die Nächste sein. Sein fünftes Opfer.

»Du gehörst jetzt mir. Robert hatte dich lange genug.«

Ihr Blick schnellte hoch, sie konnte nichts dagegen tun. Was sollte das heißen? Warum erwähnte er Robert?

Er lachte, ging in eine Ecke des Raumes und holte einen Stuhl, stellte ihn direkt vor sie hin und schwang sich rittlings darauf. Dann nahm er sein Feuerzeug und ließ es auf- und zuschnappen. Was wollte er bloß mit dem Ding? Instinktiv versuchte sie, sich zurückzuschieben, von ihm wegzukommen. Was natürlich nicht ging.

Deutlich konnte sie an seiner Mimik ablesen, dass er es genoss, sie zu ängstigen. Er leckte sich den Mund, immer wieder huschte ein Grinsen über sein Gesicht. Er kam ihr bekannt vor, aber noch immer hatte sie keine Ahnung, woher sie das Gesicht zu kennen glaubte.

»Ich gehöre zu Robert. Auch wenn er jetzt im Gefängnis ist. Und egal ... was du mit mir tun willst: Wir sind verheiratet. In guten wie in schlechten Zeiten.«

Nicole hob trotzig das Kinn und hielt dieses Mal seinem Blick stand. Er hatte ja keine Ahnung. Sie hatte so viele miese Jahre überstanden. Aber nun war sie erleichtert, dass nicht Robert der Gesuchte war. Das gab ihr Kraft. Ein klein wenig.

»Du kannst machen, was du willst, aber ich werde immer zu ihm gehören.«

Zu ihrem Erstaunen senkte er nach diesem Satz

den Blick. Dann strich er sich nachdenklich über den Nacken. Sie kannte diese Geste... Die Art, wie er den Kopf seitlich hob und sie dann schräg ansah, war ihr vertraut. Genauso sah Robert sie immer an, wenn er etwas von ihr wollte. Wie konnte das sein?

»Er war so winzig, als er geboren wurde«, begann er leise zu erzählen. »Viel zu dünn. Und kleiner als ich. Sieht man heute nicht mehr. Der Klügere war jedoch immer schon ich. Das hat dein Robert scheinbar vergessen. Was jetzt wiederum von Vorteil für mich ist. Denn bis der geschnallt hat, was los ist, ist er längst verurteilt. Lebenslänglich.«

Blitzschnell fügte sich in Nicoles Kopf eine Information an die andere. Roberts Bruder! Sie saß Uwe gegenüber. Dem Sohn, den die Mutter weggeben hatte.

Ohne ein weiteres Wort von ihm erfasste Nicole, was geschehen war: Uwe hatte das alles inszeniert, hatte jedes Detail minutiös geplant. Die Tätowierung. Den Schmuck. Ihre Entführung. Er wollte Robert die Schuld in die Schuhe schieben. Darauf war alles hinausgelaufen. Rache. Und sie war nicht zur Polizei gegangen!

Ihr Atem beschleunigte sich, ihr Herz pochte wie ein Hammer. Nein. Damit durfte Uwe nicht durchkommen. Die Polizei musste ihm auf die Schliche kommen. Man würde sie suchen. Ganz sicher. Robert würde keine Ruhe geben. Und irgendwann würden sie sie finden. Das hoffte sie zumindest. Denn das war der einzige Weg, dass Robert nicht für etwas verurteilt würde, das er nie getan hatte. Und ihr einziger Weg zu überleben.

Voller Abscheu sah sie Uwe ins Gesicht. Tatsächlich

sah er ihrem Mann irgendwie ähnlich. Nur kleiner und kompakter. Diese Tatsache widerte sie beinahe noch mehr an.

»Das kannst du nicht machen!«, entfuhr es ihr.

»Kann ich nicht?« Er lachte. »Das habe ich längst! Du hättest ihn sehen sollen: Er war so froh, weil ihm sein großer Bruder den Job bei der Reinigungsfirma besorgt hat. War dankbar, dass er putzen durfte. Lächerlich. Er hat sich nie gewundert, dass ich plötzlich wieder da war. Aber auf die Idee, mich zu euch einzuladen, darauf kam er nicht. Nicht ein einziges Mal. Du solltest mich nicht kennenlernen, und in seinem Leben hatte ich nichts zu suchen. Sonst wäre alles ganz anders gekommen. Vielleicht.«

Uwes Gesicht verfinsterte sich, seine Kiefer malmten wütend, und seine Arme wirkten stocksteif. Dann nickte er, wie um sich selbst das Gesagte zu bestätigen, und knurrte: »Die Polizei wird schon bald herausfinden, dass er überall geputzt hat, wo später Frauen verschwunden sind. Es gibt immer Parallelen: dieselbe Straße, dasselbe Haus, das direkt gegenüber und einmal sogar dieselbe Etage.«

Wieder blinzelte Nicole. Tränen schossen ihr in die Augen. Robert würde sich nicht gegen die Vorwürfe wehren können, solange sie verschwunden blieb. Denn nur sie hätte ihm ein Alibi geben können.

»Das hat er nicht verdient«, murmelte sie leise.

»Nicht verdient?«, sagte Roberts Bruder. »Nicht verdient? Er hat *jede Strafe* verdient. Gerade du müsstest froh sein, dass ich dich endlich von ihm befreie. Wie oft hat er dich geschlagen? Häh? Wie oft? Glaubst du, dem liegt wirklich was an dir? Ich kann es nicht fassen!«

Wütend ließ er seine Faust in die Stuhllehne krachen. Nicole zuckte zusammen, als eine Strebe dabei zerbrach. Uwes Hand blutete, doch er nahm keinerlei Notiz davon.

Er sah an ihr vorbei. Dann holte er zum nächsten Schlag aus. »Nur damit das klar ist: Du bleibst jetzt bei mir. Hier geht es dir besser, das wirst du schon noch merken. Du musst bloß... mitmachen, kapiert? Ich binde dich los, sobald du mir sagst, dass du verstanden hast, wie die Sache läuft.«

Sein Blick heftete sich fest auf ihr Gesicht. Wie ein Pfeil bohrte er sich tief in sie hinein und hielt sie genauso fest wie ihre Fesseln. Ohne jedes Erbarmen.

»Du wirst hier mit mir leben. Dir wird es an nichts fehlen. Du kriegst Essen, Trinken, Klamotten. Du kannst tun und lassen, was du willst. Arbeiten musst du bei mir nicht mehr. Nicht so wie bei meinem Bruder. Bei mir wirst du auch mal richtigen Sex kriegen. Guten Sex. Wie klingt das für dich?«

Nicole bekam kaum mehr Luft, wieder hob sich ihr Magen. Sie musste an die Banane denken, konnte sich nicht gegen die Bilder wehren, wie er andere Teile in ihren Mund drängen würde, in jede ihrer Körperöffnungen. Dachte an die Zeitungsbilder der Frauen, die er brutal missbraucht hatte. An Nadja. Fassungslos schüttelte sie den Kopf. Das konnte er nicht ernst meinen.

»Es bleibt alles in der Familie«, setzte er nach und kicherte. »Du musst dir nichts dabei denken. Robert und ich haben immer alles brüderlich geteilt. Die Klamotten, unsere CDs, alles.« Er prustete laut los. Ein widerliches, dreckiges Lachen. »Und jetzt dich!«

»Sie werden mich suchen.« Nicoles Stimme überschlug sich, und sie musste hecheln, während sie sprach. »Sie sind sicher schon auf der Suche.«

»Davon träumst du nur, Süße. Davon träumst du nur. Ich weiß, wie alleine du bist. Ich kenne dich schon eine ganze Weile. Hab dich die ganze Zeit beobachtet. Dich sucht niemand.« Langsam hob er seine Faust, drehte sie von rechts nach links, dann leckte er mit weit herausgestreckter Zunge das Blut ab. »Ich habe alles so inszeniert, dass sie denken, du wärst untergetaucht, nachdem du die Andenken deines Mannes entdeckt hast. Eure Bude habe ich abgefackelt. Komplett.«

Er grinste. »Das war vor drei Tagen. Und schau ...« Er sah zu beiden Seiten und hob unschuldig die Arme. »... niemand hier. Kein Retter hat dich gefunden. Und das wird so bleiben. Dafür habe ich gesorgt.«

Nicole schüttelte den Kopf. Etwas musste ihr einfallen. Er hielt sich für unbesiegbar. Sie musste cleverer sein, irgendetwas tun.

Es gab nur eine Chance. Vermutlich war es die einzige. Sie musste lügen. Stockend sagte sie: »Ich habe jemandem davon erzählt. Von dem Schmuck.«

Sein Grinsen erstarb. »Du hast was? Bist du bescheuert?«

Er starrte sie an.

»Ich habe von dem Schmuck erzählt. Nachdem ich ihn im Keller gefunden habe.« Fieberhaft überlegte sie.

Schließlich presste sie heraus: »Ich habe der Gefängnisärztin gesagt, dass Robert es nicht gewesen sein kann. Dass er ein Alibi hat. Für jede der Nächte. Weil er immer bei mir war. Wo auch sonst?«

Krachend stieß Uwe den Stuhl von sich. Sie hatte eindeutig ins Schwarze getroffen. Er glaubte ihr. Diesen Punkt hatte sie richtig eingeschätzt. Es ging ihm nicht um sie. Es ging ihm auch darum, die letzte Zeugin aus dem Weg zu räumen.

Mit einem großen Satz war er bei ihr, fasste sie unter dem Kinn und riss ihr Gesicht hoch.

»Das soll ich dir glauben? Dass du deinen Mann ans Messer lieferst, wenn alle Indizien gegen ihn sprechen? Nein. Das kann nicht sein. Sag sofort, dass das nicht wahr ist!«

Sie sah etwas in seinen Augen lodern. Eine kalte Wut, wie sie sie noch nie bei einem Menschen gesehen hatte. Schlagartig wurde ihr übel. Was hatte sie erwartet? Dass er sie nach dieser Lüge freiließ?

Verdammt! Sie hatte rein gar nichts erreicht. Im Gegenteil: Vermutlich hatte sie damit Eva Korell in große Gefahr gebracht.

Noch immer starrte er sie hasserfüllt an.

Nicole riss den Mund auf, wollte ihre Lüge zurücknehmen, doch bevor sie etwas sagen konnte, krachte seine Faust hart gegen ihre Schläfe. Sie atmete noch einmal laut auf, dann sackte ihr Kopf weg, und der Raum versank in Dunkelheit.

47.

Lars Brüggemann saß schweigend auf dem Beifahrersitz neben seiner Kollegin Aleksandra Jovic. Seit sie das Medienzentrum des LKA verlassen hatten, war ihm kein Wort mehr über die Lippen gekommen. Er konnte nicht fassen, dass Junges einen Alleingang gemacht hatte. Bis handfeste Beweise da waren, hatte er versprochen. Bisher lag aber nichts vor. Und nicht nur das: Obendrein hatte Brüggemann nur durch Zufall von der Pressekonferenz erfahren.

»Willst du die gesamte Fahrt schweigen?«, fragte sie nach einer Weile. »Oder erzählst du vielleicht mal, welche Laus dir über die Leber gelaufen ist?«

Er rieb sich das Kinn. Überhaupt juckte es ihn. Manchem Kollegen hätte er gerne mal eine verpasst. Aber warum sollte er Jovic in diese Geschichte mit hineinziehen? Er mochte Junges nicht. Hatte er nie getan. Er mochte Menschen, die ihren Job gut machten. Die die Dinge lieber zweimal überprüften, bevor sie ein Urteil über jemanden fällten. Gründlichkeit im Job und Leichtigkeit im Leben, das gefiel ihm. Junges hatte beides nicht. Er war schnell bei der Hand mit Verdächtigungen und ebenso schnell mit seinem Mundwerk. Zwar gab er sich stets korrekt, war aber oberflächlich und im Grunde desinteressiert an allem, was nicht seiner nächsten Beförderung diente. Mit dieser Aktion wollte er groß rauskommen, die Schlagzeilen am Sonntagabend sollten ihm gehören. Breaking News. Was für ein Arschloch.

»Schon verstanden«, murrte Aleksandra Jovic.

»Es ... Ach, verdammt, es hat nichts mit dir zu tun.«

»Das weiß ich auch«, sagte sie genervt. »Verrätst du mir vielleicht, womit dann?«

»Mir gefällt das alles nicht.«

»Dir gefällt *was* nicht? Du musst schon konkreter werden, damit ich dich verstehe.«

Brüggemann sah aus dem Seitenfenster auf den regennassen Bürgersteig, auf dem die Menschen eilig versuchten, irgendwo Schutz vor dem heftigen Schauer zu finden.

»Ich kann nicht konkreter werden«, antwortete er schließlich. »Aber mir ist das alles zu einfach. Das stinkt doch zum Himmel.«

»Da kann ich dir nicht folgen. Junges hat gesagt, dass laut KTU die Blutspuren im Keller von Nicole Arendt stammen. Er geht davon aus, dass die junge Frau in der Wohnung überwältigt und während des Brandes im Keller festgehalten wurde. Daran klingt für mich nichts einfach, tut mir leid. Und er fordert die Leute auf, uns Hinweise zu geben, falls sie die Frau gesehen haben. Und das mit der Vergewaltigungsserie ...«

Er nickte und fiel ihr barsch ins Wort: »Ich weiß, es sieht alles richtig aus. Es ist so ein Gefühl, herrje.« Er schnaubte, rieb sich die Hände an der Hose. »Ich kann das nicht erklären, Herrgott noch mal«, herrschte er sie an.

»Schon gut, schon gut. Ich frag ja nicht mehr!«

Aleksandra Jovic murmelte etwas in ihrer Heimatsprache vor sich hin. Verfluchte ihn vermutlich. Und sie tat recht daran: Er verhielt sich unmöglich. Heute konnte er seinen Ärger einfach nicht zurückhalten. Selbst der Boxsack, der in seiner Wohnung hing, würde zum Abreagieren nicht ausreichen. An dem ließ er regelmäßig seine Wut aus, wenn die Emotionen überkochten. Danach ging es ihm in der Regel besser. Falls nicht, dann machte er noch ein paar Klimmzüge an der Stange, die er im Türrahmen befestigt hatte. Beide Geräte hatte er als Jugendlicher bekommen, aber erst im letzten Jahr bei seinem Auszug aus dem Haus wiederentdeckt. Manches fand man genau im richtigen Moment.

»Was wird denn jetzt genau mit Arendt? Warum fahren wir eigentlich um die Zeit in die JVA? Festnehmen müssen wir den ja wohl nicht mehr, und Fluchtgefahr besteht akut auch keine.«

Es fiel Lars schwer, ruhig zu bleiben. Nicht nur, dass Aleksandra Jovic sich nicht die Bohne für die Schmuckstücke und den Fall Nadja interessierte. Sie hatte auch keine Ahnung, was echte Ermittlungsarbeit bedeutete. Dennoch bemühte er sich dieses Mal um einen ruhigeren Ton, denn im Grunde war es an ihm, sie darin auszubilden. Und das hatte er in letzter Zeit so oft es ging vermieden.

»Ich werde ihn befragen. Arendt kann seine Frau nicht selbst entführt haben. Wir müssen versuchen, einen Hinweis auf seinen Komplizen zu bekommen. Vielleicht kann ich ihn zum Reden bringen ... solange noch nichts zu ihm durchgesickert ist.«

»Und wenn nicht?«

Tja, das war die erste richtig gute Frage, die Aleksandra Jovic ihm heute gestellt hatte. Wenn nicht, dann mochte er gar nicht wissen, was mit der jungen Frau passieren würde, wenn morgen in der Frühe die Zeitungen voller Bilder von den Frauen aus der Vergewaltigungsserie waren. Denn wenn Robert Arendt einen Komplizen hatte, würde es den sicher nicht amüsieren, dass ihm die gesamte Münchner Polizei auf den Fersen war. Immerhin waren sie über Jahre unentdeckt geblieben. So in die Ecke getrieben, wusste man nie, wie diese Typen reagierten.

»Das ist genau der Grund, warum ich so sauer bin, Jovic. Dieser Wirbel. Ich hoffe, wir finden die Frau. Und ich hoffe, sie ist dann noch am Leben, nach diesem verdammten Rummel. Das hat für mich jetzt oberste Priorität.«

»Vielleicht finden wir doch noch irgendeinen Hinweis. Wenn wir die alten Sachen noch einmal durchgehen? Sie aus einem anderen Blickwinkel betrachten, mit Arendt als Verdächtigem? Auch das wäre möglich, oder?«

»Natürlich! Das wird jetzt ein Kinderspiel!«, er seufzte. »Jovic, wir waren dem Kerl damals wochenlang auf den Fersen. Er hat nie einen Fehler gemacht. Trotz der Beschreibung sind wir ihm nicht auf die Spur gekommen. So, als würde er gar nicht existieren. Und jetzt – zack – löst sich das alles auf. Und ich hatte gerade mal zwei Tage...«

Jovic presste die Lippen zusammen und starrte geradeaus.

Sie schien mit den Tränen zu kämpfen. Sofort bereute er seinen Ausbruch. Sie hatte seine Wut nicht verdient. Jovic hatte noch nicht viel Erfahrung, aber das Ganze war nicht ihre Schuld. Er selbst hatte auch Fehler gemacht. Gerade deshalb musste er sich zurückhalten und durfte sie nicht als Katalysator für seine eigenen Unzulänglichkeiten nutzen. Denn wäre er schneller gewesen ... Er zog sein Handy aus der Tasche und sah, dass eine neue Nachricht auf seiner Mailbox war. Die Nummer sagte ihm jedoch nichts. Das war sicher Junges, der das weitere Vorgehen abstimmen wollte. Als er aus dem Fenster schaute, sah er bereits die Scheinwerfer, die den Eingang der JVA Wiesheim beleuchteten, und steckte das Handy weg. Junges konnte warten.

Während Jovic den Wagen geschickt nahe dem Eingang parkte, musste er wieder an das Treffen mit der Ärztin denken.

»Jovic, tust du mir einen Gefallen? Arendt hatte am Freitag ein Problem hier im Knast. Er ist an dem Tag zusammengeschlagen worden. Davon müsste es Kameraaufnahmen geben. Versuch du doch bitte schon einmal, die zu besorgen. Und alle Akten, die du über den Mann bekommen kannst.«

»Mach ich. Sonst noch was?«

»Ja. Telefonaufzeichnungen gibt es hier offiziell nicht. Zum Schutz der Privatsphäre der Gefangenen. Inoffiziell hören die Sicherheitsleute die Jungs aber ganz gerne mal ab. Um Gefahren auszuschließen. Lass doch mal deinen Charme spielen und sieh zu, ob du was herausbekommen kannst, ja?«

Sie lächelte. »Keine Sorge, die kriege ich«, sagte Aleksandra Jovic selbstbewusst und löste das Gummi, mit dem sie ihre Haare zu einem Pferdeschwanz gebunden hatte. Dann schüttelte sie die Haare aus, betrachtete sich kurz im Spiegel und strich sich über die Augenbrauen.

Sie zwinkerte ihm zu. »So sehe ich nicht so streng aus. Kommt in diesem Fall vielleicht besser. Auf geht's, Chef.«

48.

Außer Atem und völlig durchnässt eilte Eva über den Weg zu ihrem Haus. Zu ihrer Erleichterung stellte sie fest, dass drinnen bereits alles hell erleuchtet war. Gut, dass Ann-Kathrin einen Zweitschlüssel hatte, sonst wäre ihre Freundin beim Warten ebenfalls pitschnass geworden.

»Hallo! Du bist schon da?!«, rief Eva, schloss die Tür und schüttelte sich. Aus der Küche hörte sie ein Klappern.

»So schnell hatte ich gar nicht mit dir gerechnet. Bin gleich bei dir, ich muss nur erst aus den nassen Sachen raus!« Als sie gerade nach oben gehen wollte, fiel ihr der blinkende Anrufbeantworter auf. Ob das schon der Rückruf des Kommissars war?

Eva drückte auf Start, während sie sich aus dem klatschnassen Trenchcoat schälte, der an ihr klebte. Als sie Brüggemanns Stimme hörte, bemühte sie sich, keinen Laut zu machen, um ja nichts von seiner Rückmeldung zu verpassen.

»Entschuldigen Sie die späte Störung, aber wir haben Hinweise darauf, dass Robert Arendt ein gesuchter Vergewaltiger ist. Der Staatsanwalt wird Anklage erheben...«

Ein seltsames, dunkel tönendes Geräusch ließ sie innehalten. Sie drückte den Pausenknopf, lauschte. Doch sie nahm nichts weiter wahr. Vermutlich wieder diese blöde Drohne. Sie ließ das Band weiterlaufen.

Schade nur, dass Brüggemann nicht gleich vorbeigekommen war. Bei dem, was jetzt sicher bei ihm los war, allerdings kein Wunder. Zu ihrer Nachricht hatte er nichts gesagt. Egal. Sie hatte ihre Pflicht getan. Alles Weitere lag nun in den Händen der Polizei. Aber es gefiel ihr durchaus, dass er sich Sorgen um sie machte.

Eva schnappte sich ein frisches Handtuch aus dem Ablagekorb in der Gästetoilette und rubbelte damit ihre Haare trocken. Ihr war eiskalt, und sie brauchte jetzt dringend einen heißen Tee. Oder besser noch einen Kakao. Sie hoffte, dass Ann-Kathrin schon mit einem dampfenden Getränk auf der Couch saß und an sie gedacht hatte.

»Hast du gehört?«, rief sie ihr zu. »Das war der Kommissar, mit dem ich mich neulich über Nicole Arendt unterhalten habe. Brüggemann heißt der. Kennst du den vielleicht?«

Als Eva erneut ein leises Surren hinter sich hörte, spürte sie, dass jemand näher kam. Sie ließ das Handtuch auf ihre Schultern sinken. Einen Moment zu spät erkannte sie, dass neben ihrem Spiegelbild nicht das Gesicht von Ann-Kathrin auftauchte – sondern das eines fremden Mannes.

Am Haken hatte gar keine Jacke von Ann-Kathrin gehangen, da war kein nasser Schirm, kein Auto vor der Tür. Das alles schoss ihr jetzt durch den Kopf – einen Augenblick zu spät.

Blitzschnell fuhr sie herum und gab dem widerlichen Kerl, der ebenso groß war wie sie, einen gezielten Kinnhaken. Er taumelte zurück, konnte sich jedoch an der Kommode abstützen und rappelte sich sofort wieder auf.

Eva nutzte die Gelegenheit, schrie so laut sie konnte, um auf sich aufmerksam zu machen, und suchte verzweifelt etwas, womit sie sich verteidigen konnte.

Schon war er wieder bei ihr. Da erst sah sie das Ding, von dem das Surren kam und das wie eine abgesägte Pistole aussah. Ein Elektroschocker. Damit durfte er sie keinesfalls erwischen. Dann wäre sie geliefert.

Sie packte sein Handgelenk, versuchte, es von sich wegzudrehen, aber der Kerl war stärker als sie. Nur eines blieb ihr noch: Sie biss so fest sie konnte in seinen Arm. Sie schmeckte Blut, ihr Kiefer schmerzte, aber sie ließ nicht los. Er schrie.

Als sie von ihm abließ, war die Waffe weg. In seiner anderen Hand, schoss es Eva durch den Kopf. Die Tür war nur zwei Meter entfernt. Sie drehte sich um, wollte los, da packte er sie an den Haaren, riss sie brutal zurück. Er keuchte.

Na warte, dachte Eva, wandte sich mit Schwung um, wollte ihm in die Weichteile treten, doch es war zu spät. Er setzte den Elektroschocker direkt auf ihre Brust. Wellen liefen durch ihren Körper, ein rasender Schmerz verzerrte ihre Wahrnehmung, sie krampfte.

In wenigen Sekunden geschah alles gleichzeitig: Erst bog sich ihr Rückgrat nach hinten durch, dann sackten ihre Beine einfach unter ihr weg. Doch er ließ nicht los, hielt das Gerät weiter fest an sie gepresst. Ihr Herz hatte einen völlig anderen Rhythmus, bis ihr Körper einfach zusammenklappte und sie völlig ungebremst, mit dem Gesicht voraus, auf die Steinfliesen fiel.

Kurz bevor sie das Bewusstsein verlor, dachte sie noch daran, dass sie klatschnass gewesen war. Würde sie den Schock überleben?

Teil 3

49.

Ungeduldig klingelte Ann-Kathrin zum dritten Mal und schob sich noch enger mit dem Rücken an die Tür, um nicht völlig nass zu werden. Sie war später dran, als ihr lieb war, aber ihr Chef hatte darauf bestanden, dass sie ihren Artikel sofort schrieb. Kein Wunder: Es war die Topnachricht des Tages. Alle wollten diese Schlagzeile bringen. Also war sie notgedrungen in die Redaktion gefahren und hatte dort den brandeiligen Bericht über die Ergebnisse der Pressekonferenz geschrieben, während ihr Chef die alten Berichte zu den Vergewaltigungen noch einmal zusammengefasst hatte.

»Verdammt, Eva, nun komm schon!«, fluchte Ann-Kathrin. Sie schaute um die Ecke, sah Lichtschein in den Garten fallen. »Sitzt du auf deinen Ohren, oder was?«

Kurz entschlossen nahm sie ihr Handy und drückte Evas Nummer. Die Verbindung baute sich auf, und schon klingelte drinnen das Handy. Es schien gleich hinter der Tür im Flur zu liegen, denn sie konnte es laut und deutlich hören. Sonst blieb alles still. Kein Türgeräusch, keine Schritte, kein Rufen.

Ann-Kathrin konnte es nicht leiden, zu warten. Erst recht nicht, wenn sie aufgeregt war, und schon gar nicht bei diesem ekligen Wetter. Falls Eva einem Gespräch aus dem Weg gehen wollte und hoffte, sie würde wieder gehen, wenn sie sie nur lange genug im Regen stehen ließ, dann hatte sie sich geschnitten. Sie würde bleiben, würde sich nicht abwimmeln lassen.

Victor hatte ihr von Evas Besuch erzählt. Und ihr eingeimpft, dass sie nachsichtig mit ihrer Freundin sein sollte. Aber das war Quatsch, da war sie sich sicher. Mit Geduld konnte sie Eva nicht helfen, weil sie keine Ahnung hatte, aus welchem Holz Typen wie Arendt geschnitzt waren. Sie glaubte viel zu sehr an das Gute im Menschen. An Gerechtigkeit.

Ann-Kathrin schwor sich, erst dann wegzugehen, wenn sie mit Eva gesprochen und ihr die Gefahr ihres Kontakts deutlich gemacht hatte. Sie hielt den Knopf jetzt ununterbrochen gedrückt und klingelte Sturm.

Diese Vergewaltigungsfälle waren furchtbar gewesen. Ann-Kathrin hatte selbst über den letzten geschrieben. Hatte mit dem Rechtsmediziner gesprochen, der die Verletzungen des Mädchens gesehen hatte. Eva war ihre beste Freundin, und sie musste einfach sichergehen, dass sie vorsichtig war.

Ann-Kathrin kannte Eva besser als jeder andere. Sie waren von Kindesbeinen an befreundet. Und sie wusste genau: Wenn Eva sich einmal eine Meinung gebildet hatte, war sie kaum bis gar nicht davon abzubringen. Dann ging sie mit dem Kopf durch die Wand, wenn es sein musste. Evas Cello war das beste Beispiel: Sie hatte fast zehn Jahre lang Unterricht genommen, jeden Tag geübt, bis sie es leidlich konnte. Und noch heute kämpfte sie mit dem Instrument, das einmal ihrer Mutter gehört hatte. Um besser zu werden. Nur weil diese zu Lebzeiten immer den Wunsch gehabt hatte, eines ihrer Kinder solle eines Tages darauf spielen. Doch im Grunde war es Eva verhasst.

Nachdem sich minutenlang immer noch nichts tat, steckte Ann-Kathrin leise vor sich hin schimpfend ihr Handy ein, hängte sich ihre Lederjacke über den Kopf und ging um das Haus herum. Es gab ein kleines Tor, über das man in den Garten gelangte und über das sie locker klettern konnte. Vielleicht reagierte Eva auf klopfen oder Steine werfen, falls sie im Bad im Obergeschoss war. Irgendwann musste sie ihr ja öffnen. Ann-Kathrin schwor sich, für die Zukunft Evas Zweitschlüssel an ihren Schlüsselbund zu hängen.

Zu ihrer Überraschung stand das Tor offen. Das war mal wieder typisch Eva. Sie war einfach zu leichtsinnig. Auf solche Nachlässigkeiten warteten Einbrecher nur. Natürlich konnte nicht nur sie, sondern auch jeder andere das niedrige Ding leicht überwinden, aber es war einfach wichtig, es diesen Kerlen so schwierig wie möglich zu machen. Evas uneinsichtiger Garten barg ohnehin ein Risiko. Deshalb schloss Ann-Kathrin sorgfältig das Tor hinter sich, bemerkte dabei jedoch, dass das Schloss kaputt war. Als sie einen großen Busch umrundete, entdeckte sie Spuren im Gras. Es sah aus, als hätte Eva irgendetwas mit einer Sackkarre über den Rasen befördert. Getränkekisten womöglich. Die Schlammspuren führten um den Bewuchs herum direkt auf die Terrasse.

»Verdammt!«, entfuhr es ihr, als sie sah, dass die Glastür zum Garten ebenfalls ein Stück geöffnet war. Ann-Kathrin war beileibe kein ängstlicher Mensch. Doch die

Düsternis des Herbststurms, der nur langsam über ihr zur Ruhe kam, gepaart mit dieser unheimlichen Szenerie, machten ihr eine Gänsehaut.

»Eva?«, rief sie. »Komm schon. Du willst mich veralbern, oder?«

Sie ging noch ein paar Schritte weiter, hielt jetzt ihr Handy wie eine Waffe vor sich. »Eva?«, fragte sie noch einmal und hörte selbst das Zittern in ihrer Stimme.

Ann-Kathrin reckte den Hals, suchte jeden Winkel ab, den sie von ihrem Standort einsehen konnte, aber in der Wohnung schien nichts ungewöhnlich. Alles war so wie bei ihrem letzten Besuch. Vorsichtig ging sie noch ein Stück weiter, froh, dass sie durch die bodentiefen Fenster das hell erleuchtete Wohnzimmer komplett überblicken konnte. Die Stockwerke darüber lagen im Dunkeln. Eva wäre nicht ins Bett gegangen, ohne die Tür zu schließen und das Licht zu löschen, soviel stand fest.

Zitternd wählte Ann-Kathrin Victors Nummer. »Schatz, ich bin bei Eva. Sie macht nicht auf, doch alles ist hell erleuchtet, und die Terrassentür zum Garten steht sperrangelweit offen. Irgendwas stimmt hier nicht. Ich gehe da jetzt rein... Nein. Ich rufe nicht zuerst die Polizei. Drinnen ist niemand, das kann ich sehen. Ich denke, jemand ist in Evas Abwesenheit hier eingebrochen. Es gibt auch Schleifspuren im Garten... Nein, Victor, ich bin nicht leichtsinnig, und jetzt sei einfach mal kurz still, und bleib in der Leitung. Für alle Fälle.«

Sie hielt das Telefon von sich weg, wollte sich nicht durch Victors Bedenken von ihrem Tun abhalten lassen. Sie hoffte noch immer, alles würde sich nur als ein dummer Zufall herausstellen. Außer der Stimme ihres Mannes, der sie weiter von ihrem Vorhaben abbringen wollte, und dem unablässigen Regen war alles mucksmäuschenstill. Wer auch immer hier gewesen war, hatte längst das Weite gesucht oder hielt sich versteckt.

Da Victor nun quasi an ihrer Seite war, fühlte sie sich etwas sicherer. Er wüsste, was zu tun wäre, wenn ihr etwas passierte. Deshalb rief sie laut und vernehmlich: »Ich komme jetzt rein, hören Sie? Falls Sie noch da sind, wäre das der Zeitpunkt, um schleunigst abzuhauen, denn bei drei rufe ich die Polizei.« Sie horchte. Nichts. »Ich zähle bis drei: eins.«

Wieder hielt sie inne, Victors Stimme war nun auch verstummt. Dann ging sie langsam in das Wohnzimmer hinein, scannte erneut jeden Winkel, konnte jedoch keine Veränderung erkennen.

»Zwei«, zählte sie langsam und schob sich weiter in das Zimmer hinein. Jetzt konnte sie den Rest der Wohnung einsehen. Evas Kochnische war perfekt aufgeräumt. Alle Schubladen geschlossen. Keine Unordnung, keine Spuren. Das sprach nicht für einen Einbruch.

Bei »drei« sprang Ann-Kathrin um die Ecke in den Flur hinein. Blitzschnell erfasste sie die Details: Evas Mantel auf dem Boden, ein Handtuch daneben, ihre Handtasche auf dem Sideboard direkt neben dem Schlüsselbund und Evas Handy. Und von einem Detail konnte sie ihren Blick nicht losreißen: von dem Fleck, der wie eine glutrote Sonne mitten auf den weißen Fliesen zu leuchten schien. Sofort nahm sie das Handy wieder an ihr Ohr.

»Victor, hörst du mich? Ruf die Polizei an. Die Kripo. Lass dich mit dem Beamten verbinden, der den Fall Arendt betreut. Du darfst dich nicht abwimmeln lassen. Die sollen sofort herkommen und gleich ein Team von der Spurensicherung mitbringen. Ich bleibe hier und mache ihnen die Tür auf... Wieso? Victor, ich glaube, Eva... ihr ist etwas passiert.« Ann-Kathrins Unterlippe bebte, und sie hörte selbst den hysterischen Unterton in ihrer Stimme. »Lüge, wenn sie sich nicht sofort in Gang setzen. Sag, du hättest Schreie gehört, irgendwas. Bitte, Victor, das ist mein Ernst. Beeil dich!«

Ihr ganzer Mut war mit einem Mal verpufft. Vor lauter Angst konnte sie nicht mehr klar denken. Eva entführt, womöglich in den Händen von diesem Tier... Das konnte, das durfte einfach nicht sein.

Kraftlos sank Ann-Kathrin in die Hocke und wiegte sich sachte hin und her, peinlich genau darauf achtend, dass sie nichts berührte.

50.

Robert hielt sich die Hand vor die Augen und schwieg hartnäckig.

»Herr Arendt, die Beweise sprechen Bände. Morgen, spätestens Dienstagfrüh, steht der Staatsanwalt hier und erhebt Anklage. Also bitte: Sie müssen etwas mit den Schmuckstücken zu tun haben.«

Resigniert schüttelte Arendt den Kopf, seine Augen

waren blutunterlaufen, und er sah Jahre älter aus als noch vor wenigen Tagen.

»Sie sollten lieber nach Nicole suchen, statt immer wieder hier aufzukreuzen und mir das Leben schwer zu machen«, murmelte er und drehte den Kopf weg.

Brüggemann zwang sich, geduldig zu bleiben.

»Was denken Sie denn, was wir tun, Mann! Wie sind wir wohl auf die Blutspuren in Ihrem Keller gestoßen? Auf die Ringe? Wir drehen nicht Däumchen, wenn Sie das denken. Der Einzige, der nicht bereit ist, mit uns zu *arbeiten*, sind momentan Sie.«

Arendts Kopf flog herum, seine Augen waren weit aufgerissen. »Welche Blutspuren? Wovon reden Sie? Ist Nicole verletzt?« Wieder schlug er die Hände vors Gesicht, ließ sie dann aber langsam sinken. »Aber was frage ich. Sie glauben mir ja doch nicht. Ich war das nicht. Ich weiß nicht einmal, von welchem Schmuck Sie reden. Und überhaupt: Ich war die ganze Zeit hier drin. Das wissen Sie doch genau. Niemand wollte mir Freigang geben, als ich darum gebeten habe. Wie hätte ich dann etwas damit zu tun haben können?«

»Das frage ich Sie! Und halten Sie mich nicht für dumm, Arendt. Meine Kollegin wertet gerade Ihre Telefonprotokolle aus, checkt, mit wem Sie in der Zelle waren, und ich hoffe für Sie, dass sie nichts darin findet, was unsere Annahme bestätigt. Denn wenn Ihrer Frau etwas passiert, weil Sie uns nicht sofort weitergeholfen haben...«

»Noch einmal: Ich weiß nicht, wo meine Frau ist. Sie... Schon die ganze letzte Woche konnte ich sie nicht erreichen. Zum ersten Mal, seit ich hier bin. Ich hatte die ganze Zeit das Gefühl, dass etwas nicht in Ordnung ist, habe das tausendmal gesagt. Fragen Sie die Ärztin, die Psychologin, die Wachen. Aber hier drin hört ja keiner zu. Mir schon gar nicht. Und jetzt ...«

»Das kann auch ein wunderbares Ablenkungsmanöver gewesen sein, Herr Arendt. Woher soll ich wissen, dass das stimmt?«

»Weil ich die Wahrheit sage. Ich will meine Frau zurück, hören Sie! Ich ... Ach, Scheiße!«, schrie er verzweifelt und krallte seine Hände in die Bettdecke, bis die Knöchel weiß hervortraten.

»Nur so viel: Ihre Frau ist erst seit Donnerstag verschwunden. Davor war sie bei ihrer Arbeit. Aber es ging ihr nicht gut. Sie hatte Angst. Nur vor wem?« Brüggemann beobachtete Arendt genau, während er sprach. Keine Regung in seinem Gesicht durfte ihm entgehen. »Hatte sie vielleicht Angst vor Ihnen? Sie sind ja in den letzten Jahren nicht gerade sanft mit ihr umgegangen.«

Arendts Kiefer bewegten sich heftig. Der Gefangene kämpfte mit seiner Wut, die er kaum noch kontrollieren konnte. Wäre der Mann gesund gewesen, wäre er unruhig im Zimmer auf und ab gelaufen – oder Schlimmeres.

»Ich habe sie nicht umgebracht, wenn Sie das meinen«, knurrte Arendt und starrte Brüggemann an.

»Aber kleingehalten, abgeschottet, verunsichert, dominiert«, beharrte Brüggemann und ließ Arendt bei seinen Worten nicht aus den Augen. »Wenn man einen Menschen zerstören will, isoliert man ihn am besten. Und dann hatten Sie gehofft, dass keiner merken würde, wenn sie plötzlich einfach weg ist.«

Arendt erstarrte für einen Moment. Nur seine Unterlippe zitterte. Obwohl er dagegen ankämpfte, liefen ihm Tränen über die Wangen. Dann drehte er abrupt den Kopf weg, starrte in die Weite des Raumes und verbarg sein Gesicht so gut es ging.

Als er sich einigermaßen beruhigt hatte, erwiderte er: »Das klingt alles vollkommen logisch, oder? Für Sie passt das perfekt: Wer einmal Scheiße baut, der macht das wieder. Klar. Dem kann man alles anhängen. Aber das mit Nicole... Ich wollte wirklich, dass sich etwas ändert. Ich bereue, was ich gemacht habe. Wissen Sie eigentlich, wie es ist, hier drin zu sitzen? Tag für Tag in dieser Enge? Ohne Freiheit, ständig kontrolliert? Die meisten halten das nur mit Drogen aus. Oder sie machen andere fertig.« Er lachte laut auf. »Ich hatte mir geschworen, nie wieder hier zu landen. Keiner will mehr an so einen Ort zurück, wenn er das einmal erlebt hat. Definitiv nicht.« Arendt sah Lars direkt in die Augen. »Doch wenn ich Ihnen zuhöre, ist es sowieso schon zu spät. Ich habe gar keine Wahl mehr. Ihr Urteil ist gefällt, egal was ich sage.«

»Glauben Sie mir, es ist *nicht* zu spät. Wenn Sie mir jetzt helfen, dann... Sie wollen doch Ihre Frau zurück, oder?« Brüggemann holte tief Luft. »Also: Wer ist der andere Mann? Was wissen Sie über ihn? Seit wann hat sie einen Neuen?«

Arendts Mund verzog sich zu einer gequälten Fratze, und mit einer ruppigen Bewegung wischte er sich die Tränen weg. Dabei schob sich der Ärmel seines Krankenkittels ein Stück hoch und gab den Blick auf den unteren Rand einer Tätowierung frei.

Verdammter Mistkerl, dachte Brüggemann. Für einen kurzen Moment hatte Arendt es geschafft, ihn zu überzeugen. Bei seinem letzten Besuch hatte er noch keine Ahnung von der Verbindung zu den Vergewaltigungen gehabt. Das war jetzt anders. Egal was der Mann auch beteuerte, egal wie sehr Lars selbst überzeugt war, dass etwas an der Geschichte nicht stimmte: Die Indizien sprachen definitiv gegen Arendt.

Sofort änderte er seine Taktik. »Wie Sie meinen, Herr Arendt. Ich habe ohnehin keine Lust mehr, meine Zeit weiter mit Ihnen zu vertun. Sie sollten sich für den Staatsanwalt allerdings ganz genau daran erinnern, was Sie im vergangenen Jahr an den Abenden des 25. Juli, 17. August, 12. September sowie am 6. Oktober gemacht haben. Denn das wird der Sie morgen ganz sicher fragen. Ich bin schon sehr gespannt auf Ihre Geschichten.«

Arendt fuhr hoch, sein Gesicht war gerötet, und er ballte die Fäuste, während er sprach: »Ich erzähle keine Geschichten, Herr Brüggemann! Die Einzige, die bezeugen kann, dass ich an diesen Abenden daheim gewesen bin, war ... Ach, Scheiß drauf. Sie glauben mir ja doch nicht!« Er brach ab, fixierte die Bettdecke.

»Das *war* Nicole? Wollten Sie das gerade sagen?«, führte der Kommissar Arendts Satz fort. »Interessante Formulierung, Herr Arendt. Wirklich interessant. Und wissen Sie was? Ich habe mittlerweile das Gefühl, dass Sie eifersüchtig waren, es nicht ertragen konnten, dass Ihre Nicole einen Neuen hatte. Deshalb haben Sie sie verschwinden lassen. Wenn ich herausfinde, dass das die Wahrheit ist, dann ...«

Mit diesen Worten verließ Brüggemann das Krankenzimmer. Es hatte keinen Sinn. Der Typ würde nie reden. Langsam wusste auch Lars nicht mehr, was er glauben sollte. Vielleicht war die einfache Lösung dieses Mal doch die richtige. Er dachte an die Tätowierung, strich sich die Haare aus der Stirn und machte sich auf den Weg zu seiner Kollegin.

51.

Im Kontrollraum der Haftanstalt fand Brüggemann Aleksandra Jovic allein vor. Sie saß seitlich auf einem Tisch und ließ gelangweilt ein Bein baumeln. Dutzende von Bildschirmen standen in zwei Reihen eng beieinander und zeigten das Innere der Gänge, den Speisesaal, den Wäscheraum, die Außenanlagen. Außer in den Zellen gab es in der JVA kaum einen Bereich ohne Kameras. Doch auch dort konnte jederzeit jemand durch die Klappe in das Innere sehen und prüfen, was darin vor sich ging. Unbeobachtet fühlen konnten die Männer sich nie.

Zurzeit sah man auf den Bildschirmen nur hin und wieder einen Wärter, der seine Runden drehte. Offenbar war der abendliche Einschluss schon erfolgt, obwohl es noch früh war.

Für Brüggemann ähnelte die Situation der eines Big-Brother-Hauses, nur dass die Menschen hierher nicht freiwillig kamen. Und es gab kein Fernsehpublikum, das die nörgelnden, dreisten oder dummen Kommentare frenetisch bejubelte oder bloß darauf wartete, dass X mit Y Streit bekam. Lars konnte gut verstehen, dass es Menschen gab, die die völlige Aufhebung der Privatsphäre nicht aushielten. Das musste furchtbar sein. Entwürdigend.

»Nicht viel los um die Zeit«, meinte seine Kollegin und deutete auf die Monitore. »Wegen akutem Personalmangel werden die am Wochenende schon um 19 Uhr in die Zellen gebracht, hat der Sicherheitsmann gesagt. Wundert mich offen gestanden nicht, dass die niemanden bekommen. Echt trostlos hier drin.«

Lars hielt seinen Blick auf die Monitore gerichtet.

»Er hat nichts gesagt, richtig?«, las Jovic treffsicher an seiner Miene ab.

Lars schüttelte den Kopf. »Natürlich nicht. Er ist alles andere als geständig. Ich habe allerdings etwas gesehen... Ich muss das zwar noch einmal überprüfen, aber ich denke, ich habe mich getäuscht. Vielleicht ist er doch unser Mann. Und du?«

»Keine Ahnung. Ist alles sehr kompliziert hier. Wir mussten erst eine Weile diskutieren, dann mit dem Chef telefonieren, du weißt schon. Danach ist der Mann verschwunden und...«

In diesem Moment kam der Sicherheitsbeauftragte, der die Nachtschicht hatte, zurück.

»KHK Brüggemann«, stellte sich Lars selbst vor, erntete jedoch nicht mehr als einen flüchtigen Blick des Mannes. »Meine Kollegin meinte, Sie haben etwas für uns? Noch einmal danke, dass Sie das möglich machen konnten, noch dazu am Wochenende und um diese Zeit. Wir wissen ja, wie eng die Besetzung hier ist.« Der Kommissar hatte die Erfahrung gemacht, dass mancher Kollege nur ein wenig hofiert werden musste, um etwas freundlicher zu reagieren.

Allerdings hatte er dieses Mal keinen Erfolg mit seiner Masche. Die Miene des Sicherheitsmannes blieb versteinert.

»Die Kameraaufnahmen sind schon gelöscht. Von der gesamten Woche. Seit Freitagabend.«

»Das ist nicht Ihr Ernst«, rutschte es Aleksandra Jovic heraus.

»Hören Sie mal«, sagte der Beamte. »Wir haben hier nicht so viel Geld, die alle zu archivieren. Die Festplatten brauchen wir wieder.«

Jovic wollte etwas erwidern, aber Brüggemann bedeutete ihr, sich zurückzuhalten.

»Ist es denn üblich, dass die Aufnahmen am Freitag gelöscht werden?«

Der Beamte schüttelte den Kopf.

»Das nicht. Normalerweise machen wir das erst am Anfang der Woche. Doch hin und wieder kommt es schon vor, dass wir den Rhythmus ändern. Wie es halt passt.«

Brüggemann hätte gerne gefragt, in welchen Fällen und wie oft das vorkam, hielt sich allerdings zurück. Stattdessen wollte er wissen: »Können Sie mir den Namen des Kollegen sagen, der die Löschung durchgeführt hat? Ich meine, vielleicht ist dem noch irgendwas aufgefallen.«

Der Beamte schaute verächtlich. »Glauben Sie, wir gucken uns das Zeug beim Löschen an?« Er schüttelte den Kopf, blätterte dann jedoch in einer Liste, fuhr mit dem Zeigefinger die Zeilen entlang, stutzte kurz, suchte weiter und las dann ganz normal den Namen vor. »Das war der Matej Sokol.«

»Und die anderen Sachen?«, fragte Aleksandra Jovic, während Brüggemann sich den Namen notierte.

»Die Telefonaufzeichnungen habe ich.« Er hielt einen Stick hoch. »Aber Sie wissen, dass die vor Gericht nicht zulässig sind, oder? Wollte ich nur gesagt haben. Wegen der Akte muss ich Sie auf Montag vertrösten. Die hat wohl die Psychologin, Judith Herzog, mit nach Hause genommen. Die betreut den Arendt und muss nach dem Vorfall sicher ein Gutachten erstellen...«

»In Ordnung«, sagte Brüggemann mit Blick auf die Uhr. »Wir müssen dann mal wieder weiter.«

Es war schon 20.45 Uhr, und für den nächsten Tag sollten Jovic und er wieder fit sein. Deshalb verabschiedete er sich von dem Sicherheitsmann und verließ mit seiner Kollegin die JVA.

»Wie gehen wir weiter vor?«, fragte Aleksandra Jovic und unterdrückte ein Gähnen.

Brüggemann nahm ihr den Stick ab. »Du fährst nach Hause und ruhst dich aus. Ich habe heute nichts mehr vor und höre die Telefonaufzeichnungen ab.«

»Soll ich nicht, zu der Psychologin fahren? So spät ist es noch nicht und ich könnte das auf dem Heimweg machen. Dann sparen wir uns morgen den Weg. Und vielleicht kann ich ihr noch ein wenig auf den Zahn fühlen.«

Brüggemann schaute sie erstaunt an. »Traust du dir das zu? Alleine?«

»Irgendwann muss ich ja mal anfangen, oder?«

»Stimmt auch wieder.« Brüggemann zögerte einen Moment, gab sich dann jedoch einen Ruck. Sie waren in jedem Fall effektiver, wenn sie getrennt voneinander arbeiteten.

»In Ordnung. Wenn es Probleme geben sollte, dann melde dich. Vielleicht kriegen wir darüber doch noch neue Hinweise.«

Als sie aus der JVA auf den Parkplatz kamen, stand direkt neben dem Tor ein Motorradfahrer mit einer dicken Maschine und hielt einen zweiten Helm in der Hand. Jovic schaute verlegen zu ihm. »Mein Freund«, meinte sie nur und warf Brüggemann den Autoschlüssel zu. »Er fährt mich rasch dahin. Du siehst, mir kann gar nichts passieren.«

Lars sah zu, wie Jovics Kopf unter einem silbernen Helm verschwand, sie sich gekonnt auf das Motorrad schwang und den Fahrer umklammerte. Der Motor heulte laut auf, als die beiden in Richtung Innenstadt davonfuhren.

Brüggemann stand für einen Moment auf dem Parkplatz und schaute den Lichtern nach, die sich auf der regennassen Straße hundertfach spiegelten. Es hatte aufgehört zu regnen.

Wenigstens etwas, dachte er. Mit einem tiefen Seufzer machte er sich auf den Weg zu seinem Dienstwagen und bereitete sich auf einen weiteren einsamen Sonntagabend vor, an dem er sich mit Arbeit betäuben würde.

52.

Nur langsam kam Eva zu Bewusstsein. Ihr war elend kalt, und ihr Kopf schmerzte, als wolle er zerspringen. Etwas in ihr drängte sie, die Augen zu schließen, wieder zurück in den Schlaf zu fliehen. So als würde sie willenlos von einem dunklen Strudel mitgerissen. Als es ihr endlich gelang, die Augen zu öffnen, erkannte sie das Dämmerlicht eines Kellerraums.

Ihre Arme waren seitlich an einer Heizung fixiert, ihre Beine an den Fußgelenken zusammengebunden. Die Kälte, die sie völlig zu durchdringen schien, kam von dem rauen, eisigen Betonboden. Sie versuchte, sich hochzustemmen, ihren Po anzuheben, aber sie kam kaum hoch, denn sie war auch um die Taille herum an den Heizkörper gefesselt. Mit einem lauten Stöhnen zog sie die Beine etwas heran und begriff erst jetzt, dass sie fast nackt war. Bis auf das durchnässte T-Shirt hatte sie nur ihren Slip an. Hatte er sie etwa... Sie suchte ihren Körper ab, spürte in sich hinein. Nein. Das nicht. Nur ihr Kopf hatte etwas abbekommen.

Schlagartig war sie hellwach, als sie neben sich einen Eimer erkannte, der randvoll mit Wasser war. Wer auch immer der Mann war, er kannte sich aus. Entweder mit Foltermethoden oder mit Medizin. Er wollte sie erfrieren lassen. Wenn er ihren Körper immer wieder mit kaltem Wasser übergoss, würde er die Hypothermie, die dann einsetzte, gnadenlos vorantreiben. Deshalb hatte er sie auch ausgezogen. Damit es schneller ging...

Sie erinnerte sich noch genau an ihre erste Vorlesung zu dem Thema. Von diesem Phänomen sprachen Mediziner, wenn die Körpertemperatur unter 35 Grad sank. Erst würde sie stark zittern, dann würde ihr jede Bewegung immer schwerer fallen, sie würde konfuses Zeug denken und reden, fantasieren – und schließlich ins Koma fallen. Wenn in den nächsten Stunden niemand käme, um sie zu befreien, konnte Eva an Unterkühlung sterben.

Sie überlegte, wie kalt es wohl hier drin sein mochte, wie viel Zeit ihr noch blieb. Draußen waren es am Abend vielleicht sechs oder sieben Grad gewesen, eher weniger. Der Boden schien ihr noch kälter. Sie versuchte zu errechnen, wann sie ungefähr das Bewusstsein verlieren würde, aber es gelang ihr nicht. Sie konnte nur mutmaßen. Nur einmal war ihr ein Fall von Unterkühlung untergekommen, als ein Mann in einen eiskalten Fluss gefallen war. Sie schätzte, ihr würden noch zwölf Stunden bleiben, aber es kam darauf an, wie stark die Temperatur in der Nacht absank – und wie oft er kommen würde, um sie zu übergießen.

Verzweifelt zog sie an ihren Fesseln, prüfte, ob es nicht doch eine Möglichkeit gab, sich zu befreien, ließ aber sofort wieder von dem Versuch ab. Es hatte keinen Sinn. Die Kabelbinder würden sich enger ziehen und nur die Blutzufuhr weiter erschweren. Sie musste ruhig bleiben, einen anderen Ausweg suchen.

Als sie sich weiter in ihrem Verlies umsah, erkannte sie Nicole, die ein paar Meter entfernt auf einem Stuhl festgebunden war. Ihr Kopf hing zur Seite, Blut war auf ihr Shirt getropft, ein Auge blau unterlaufen. Drei Tage musste sie schon hier drin festsitzen. Erst jetzt nahm Eva den stechenden Geruch nach Schweiß und Urin wahr. Lebte Nicole überhaupt? Eva fixierte ihren Brustkorb und stellte erleichtert fest, dass er sich langsam hob und senkte.

Dennoch traute Eva sich nicht, sie anzusprechen. Noch nicht. Jedes Geräusch konnte den Entführer anlocken. Sie brauchte Zeit, musste nachdenken, herausfinden, was hier gespielt wurde. Zwar war die Tür geschlossen, doch der Kerl konnte jeden Augenblick zurückkommen, und sie durfte ihn nicht verärgern, damit er nicht sofort den Eimer benutzte. Von Nicole wusste sie nicht, wieso sie bewusstlos war. Spritzte ihr der Kerl etwas? Verpasste er ihr auch Elektroschocks? Sie konnte nichts erkennen. Sah keine Spuren. Doch das hieß nichts. Es war einfach zu dunkel.

Okay. Als Nächstes musste sie prüfen, ob es eine Möglichkeit gab, dass sie fliehen oder irgendwie auf sich aufmerksam machen konnten. Der Raum war nahezu leer. Neben ihr stand ein Tisch, auf dem sie ihre Arzttasche entdeckte. Sie war geöffnet, der gesamte Inhalt auf dem Tisch verteilt.

Kannte er sich mit Medizin aus? Ein Arzt etwa? Sie versuchte, sich das Gesicht ins Gedächtnis zu rufen, das sie für den Bruchteil einer Sekunde im Spiegel gesehen hatte. Sie konnte sich beim besten Willen nicht mehr an das Bild erinnern, nur daran, dass der Kerl dunkle Haare hatte. Der Rest war nur schemenhaft in ihrer Erinnerung, nicht greifbar. Verdammt! Wieso reagierte ihr Kopf so schwerfällig?

Sie schloss die Augen. Langsam. Keine Panik. Ruhig überlegen. Alles andere hatte keinen Sinn.

Nein. Der Wagen fiel ihr wieder ein. Die Entführung hatte nichts mit ihr zu tun. Sonst wäre Nicole nicht hier. Doch der Kerl, den sie gesehen hatte, war ein völlig Unbekannter, dessen war sie sich sicher. Jemand hatte ihn beauftragt. Nur wieso? Und wer? Egal. So kam sie nicht weiter. Die Gründe waren zweitrangig. Wichtiger war, hier rauszukommen. Das hatte erste Priorität.

Sie zwang sich, den Raum weiter zu erfassen, herauszufinden, was sie gegen den Angreifer tun konnte.

Sie musterte die Schaumstoffmatten, die nackte Betondecke, an der eine vergitterte, dreckige Lampe hing. Wäre die nicht an, wäre der Raum stockdunkel. Gab es eine Kamera? Jetzt suchte sie nach einem kleinen roten Licht oder nach einem Loch. Konnte er sie beobachten? Systematisch überprüfte sie mit ihrem Blick jeden Zentimeter. Irgendwann konnte sie kaum noch etwas sehen, das Bild verschwamm vor ihren Augen, und sie musste blinzeln, so sehr strengte sie ihr Tun an. Sie war sich nicht völlig sicher, ob sie sich in einem Keller oder einem Lagerraum befand, konnte auch den gesamten Bereich hinter sich nicht sehen.

Ihr Körper vibrierte. Sie versuchte noch einmal, der quälenden Kälte auszuweichen, versuchte, die Hüfte anzuheben. Ohne Erfolg. Egal. Weiter. Nachdenken. Sie musste sich beeilen, solange ihr Verstand noch funktionierte. Also keine Kamera. Das vermutete sie zumindest. Wozu auch? Sie waren beide gefesselt. Nicole konnte sich allenfalls mit dem gesamten Stuhl umkippen, würde sich bei dieser Aktion aber sehr wahrscheinlich am Kopf oder sonst irgendwo verletzen.

Blieb die Frage, ob Nicole sich überhaupt wehren konnte oder ob sie vollgepumpt mit Drogen oder Medikamenten war. Würde sie überhaupt zu sich kommen? Und was dann? Sie saßen so oder so in der Falle.

Frustriert ließ Eva den Kopf an den Heizkörper sinken und zuckte zusammen. An ihrer Schläfe musste eine Wunde sein, denn eine Stelle brannte nach der Berührung wie Feuer.

Die schalldichten Wände und das Vorgehen des Mannes ließen nur einen Schluss zu: Das, was hier gerade passierte, war von langer Hand geplant. Also doch Arendt? Aber warum hätte er ihre Entführung veranlassen sollen? Es musste ihm doch klar sein, dass spätestens am nächsten Morgen jemand nach ihr suchen würde. Wenn sie nicht bei der Arbeit erschien, würde ihr Verschwinden bemerkt werden. Sie verdrängte den Gedanken, dass niemand wusste, wo sie war, genauso wie die Tatsache, dass ihr Körper zu diesem Zeitpunkt bereits seine Funktion eingestellt hätte, wenn sie weiterhin dieser Kälte ausgesetzt blieb.

Mit Macht strömten jetzt die letzten Stunden in ihre Erinnerung zurück. Ann-Kathrins Anruf. Der Hinweis auf den Vergewaltiger. Worum ging es dabei? Sie hatte keine Ahnung und ärgerte sich, nicht gefragt zu haben. Waren sie vielleicht nicht die Ersten, die hier gefangen gehalten wurden? Hatte das nichts mit der alten Geschichte zu tun, sondern damit, dass sie beide blond waren? Denn eine andere Parallele gab es zwischen ihr und Nicole nicht.

Wieder sah Eva an sich herunter. Er hatte sie ausgezogen. Sie begann, unkontrolliert zu zittern, so als würde das Bewusstsein, nackt zu sein, die Temperatur noch einmal reduzieren. Sie suchte den Raum ab, konnte ihre Klamotten jedoch nirgends entdecken. Nicole war komplett bekleidet. Wollte er ihr vor Nicoles Augen etwas antun? Sie beide hier unten vergewaltigen?

Alles in ihr drängte zur Flucht, und nur mit Mühe konnte sie den Impuls unterdrücken, laut zu schreien.

Nicht panisch werden. Nachdenken. Sie war schlauer als dieser Dreckskerl. Sie musste sich wach halten, ihren Kreislauf irgendwie in Schwung bringen. Stoßweise atmen, Hände auf- und zumachen, mit den Zehen wackeln. Viel mehr ging nicht, aber ihr wurde wenigstens etwas wärmer. Zumindest zitterte sie nicht mehr.

Als Nächstes versuchte sie, mit ihren Beinen an ein Tischbein zu gelangen. Sie verbog sich so gut es ging, ihre bewegungslose Hüfte schränkte ihren Radius allerdings massiv ein. Aber was hätte es auch gebracht? Den Tisch zu verschieben, hätte dem Kerl keinen Einhalt geboten.

Je länger sie überlegte, desto aussichtsloser erschien ihr die ganze Situation. Sie konnte die Beine anziehen und vielleicht den Kerl mit einem gezielten Tritt zu Fall bringen. Und was dann? Er würde sich hochrappeln, den Eimer nehmen. Oder eines der chirurgischen Instrumente, die auf dem Tisch lagen. Oder die Infusionen, die Medikamentenampullen. Aufhören, befahl sie sich. Sie durfte sich keine Horrorszenarien ausmalen, verdammt.

Wenn sie jetzt die Nerven verlor, wäre alles vorbei. Blieb nur eine Möglichkeit: reden. Sie musste wissen, wer er war. Und etwas finden, mit dem sie ihn aufschrecken konnte. So könnte sie etwas Zeit schinden. Vielleicht würde ihn das länger von ihr und Nicole fernhalten.

Und dann?, fragte eine unerbittliche, innere Stimme. Wenn er sie beide hier einfach zurückließe, würden sie dennoch nicht freikommen. Und elend verrecken. Denn auch wenn jemand nach ihnen suchte – niemand wusste, wo sie steckten. Die Polizei hatte schon seit Tagen nach Nicole gesucht und bisher keinerlei Spur. Sonst wären sie beide jetzt nicht in diesem verdammten Loch eingesperrt.

Eva fühlte, wie sich ein dunkles Knurren tief in ihrem Inneren formte und wütend seinen Weg nach draußen suchte. Sie hatte sich eine neue Stelle, eine neue Wohnung, ein neues Leben ausgesucht. Nach Jahren, in denen sie sich selbst in ihrem Job und ihrer alten Verantwortung gefangen hielt. Und wofür das alles? Bestimmt nicht, um hier zu sterben!

Etwas musste ihr einfallen. Irgendetwas.

Während sie erneut den Blick durch den Raum gleiten ließ, vibrierte ihr Körper heftig. Okay, dachte sie, jetzt geht es los, wir sind bei 35 Grad angekommen. Würde die Temperatur noch um weitere vier Grad sinken, würde das Zittern abebben. Endgültig.

Vor Angst konnte sie kaum atmen. Es gab nur einen Weg: Sie musste Nicole wach bekommen. Ihnen blieb keine Zeit mehr!

53.

Unterwegs hatte Lars noch einmal angehalten, um sich an einer Tankstelle etwas Essbares zu besorgen. Das schlaffe Salatblatt auf dem Käsebrötchen und die gelblich schimmernde Creme, die unter dem Schnitzel herausquoll, machten ihm zwar keinen Appetit, doch weil er um diese Zeit keine große Auswahl mehr erwarten konnte, nahm er einfach beide belegten Semmeln und dazu eine Flasche Bier zum Herunterspülen.

Er packte die fettige Tüte gerade in den Fußraum, um den Sitz nicht zu ruinieren, als sein Handy klingelte.

Santana. Der fehlte ihm heute gerade noch.

»Gut, dass ich Sie erreiche, Herr Brüggemann. Santana hier. Sie sind bislang mit dem Fall Arendt betraut, richtig?«

Brüggemann brummte zustimmend.

»Wir haben für den Häftling erhöhte Sicherheitsverwahrung angeordnet. Er kommt in Einzelhaft, Montag wird er dem Amtsrichter vorgeführt. Ich wollte nur, dass Sie das wissen.«

»Der Mann ist derzeit im Krankentrakt untergebracht. Er wurde zusammengeschlagen. Ich denke, es besteht keine Veranlassung zu einer Verlegung.«

»Das ist mir sehr wohl bekannt, Hauptkommissar Brüggemann. Die Entscheidung über seine Unterbringung überlassen Sie aber bitte mir. Er ist stabil und braucht keine Sonderbehandlung zu erwarten. Schon gar nicht nach dieser Vergewaltigungssache.«

Arroganter Arsch, dachte Brüggemann, sagte aber: »Natürlich. Wie Sie meinen.«

»Dann überführen wir ihn morgen gemeinsam, nachdem wir ihn gesprochen haben«, lenkte Santana zu Brüggemanns Erstaunen ein. »Neun Uhr, können Sie das einrichten?«

Brüggemann bestätigte dem Staatsanwalt den Termin und beendete dann das Gespräch. Mateo Santana war ein aalglatter Jurist mit Prädikatsexamen, immer sündhaft teuer gekleidet und mit besten Manieren. Obwohl er ihm nie etwas getan hatte und sich immer korrekt verhielt, blieb Brüggemann lieber auf Abstand zu ihm. Der Mann schien keinerlei Makel zu haben, und allein das war ihm nicht geheuer. Es schien, als könne man an seiner strahlenden Fassade nur abblitzen. Mit »dem Glatten«, wie er ihn nannte, in die neue Woche zu starten, verhieß nichts Gutes.

Lars warf sein Handy auf den Beifahrersitz und überlegte gerade, sich noch schnell ein zweites Bier für zu Hause zu holen, als ihm wieder einfiel, dass er vorhin noch eine Nachricht bekommen hatte. Beinahe hätte er die völlig vergessen. Zu seinem Erstaunen ertönte die angenehme Stimme von Eva Korell, die ihm einen Hinweis auf den verdächtigen Wagen eines Handwerkers gab. Dem würde er gerne nachgehen.

Er nickte, speicherte die Nummer der Ärztin ab und steckte sein Handy weg. So hatte er sie eingeschätzt: Sie wäre eine gute Polizistin geworden – auch wenn er mit den Jahren gelernt hatte, den gut gemeinten Beobachtungen von Anwohnern zu misstrauen. Oft genug steckte ein persönlicher Groll hinter solchen Hinweisen oder das Bedürfnis, sich hervorzutun. Aber das hatte nichts mit Eva Korell zu tun, die dieser Fall offenbar genauso sehr beschäftigte wie ihn.

Als Brüggemann gerade den Wagen starten wollte, meldete sich über Funk die Zentrale: »Lars, du sollst sofort eine Frau zurückrufen. Ann-Kathrin Delgado. Klingt dringend. Es geht um einen Einbruch, wenn ich das richtig verstanden hab. Sie wollte unbedingt mir dir sprechen. Wegen einer... Moment... Eva Korell. Einen Wagen haben wir schon zu der Adresse geschickt, aber du sollst dringend zurückrufen.«

Brüggemann sagte der Name irgendetwas, er konnte ihn aber nicht einordnen. Doch alles, was mit der Ärztin zusammenhing, weckte sofort sein Interesse.

»In Ordnung. Schick mir die Nummer auf mein Handy.« Dann gab er sich einen Ruck. »Und bitte überprüf doch, ob in München noch ein blauer 190er Mercedes, Baujahr 1992, zugelassen ist, und nenn mir die Fahrzeughalter, falls es welche gibt.«

»Hast du ein Kennzeichen?«

»Leider nein.«

»Schon gut. Das geht auch so in Ordnung. Ich liebe knifflige Aufgaben um die Uhrzeit. Da vergeht der Dienst schneller. Schönen Feierabend.«

Brüggemann seufzte. Er hoffte, er hätte Gelegenheit, noch einmal mit der Ärztin zu sprechen. Nachdem die SMS mit der Telefonnummer von Frau Delgado eingetroffen war, aktivierte er die Freisprechanlage und rief sie an, während er wieder auf die Hauptstraße fuhr.

»Frau Delgado, Brüggemann hier, Kripo München. Man hat mir ausgerichtet, ich solle mich dringend bei Ihnen melden. Worum geht es denn?«

Die Frau am anderen Ende der Leitung räusperte sich. Ihre Stimme klang aufgeregt: »Sind Ihre Leute schon unterwegs?«

Brüggemann seufzte. Die Frau klang überspannt. Das konnte er heute absolut nicht gebrauchen. Aber er bemühte sich um Ruhe.

»Wir haben bereits einen Wagen angefordert, ja. Aber worum geht es denn, Frau Delgado?«

»Um meine Freundin, Eva Korell. Sie ist vermutlich entführt worden. Ich habe Blutspuren gefunden...« Ihre Stimme brach.

Unmittelbar setzte Brüggemann den Warnblinker und parkte an der nächsten Bushaltestelle. Obwohl er die Frau nicht kannte, sagte ihm sein Gefühl, dass tatsächlich etwas nicht in Ordnung war. Ganz und gar nicht in Ordnung. War Eva Korell mit ihren Nachforschungen dem Täter auf die Füße getreten?

»Wo sind Sie? Bitte erzählen Sie mir genau, was passiert ist.«

»Ich bin in ihrer Wohnung. Wir waren verabredet. Sie... Es ging ihr nicht gut, deshalb wollten wir reden. In der Wohnung war Licht, und als sie nicht auf mein Klingeln reagiert hat, bin ich durch den Garten rein. Ich wusste ja nicht, was los war, sonst wäre ich nicht einfach da durchgelaufen. Das müssen Sie mir glauben. Ich bin noch immer hier, habe aber nichts angerührt.«

Brüggemann knetete mit beiden Händen das Lenkrad.

»Gut gemacht, Frau Delgado. Wann genau haben Sie das letzte Mal mit Frau Korell gesprochen?«

»Vor drei Stunden. Glaube ich zumindest. Ich wollte früher hier sein, aber ich ...«, sie druckste herum und schniefte. »Ich musste noch etwas in der Redaktion fertigstellen, deshalb hatte ich mich verspätet.«

Brüggemann horchte auf. Jetzt wusste er, woher ihm der Name bekannt vorgekommen war: Delgado, eine Journalistin vom *Münchener Blatt*. Braune Locken, mittelgroß, kompakte Figur, intelligent und schlagfertig. Obwohl er weitestgehend Abstand zur Presse hielt, hatte er diese Frau in guter Erinnerung. Und noch etwas war sicher: Sie kannte sich zumindest in der Theorie mit Kriminalfällen aus und würde keine waghalsigen Alleingänge unternehmen. Nicht so wie die Ärztin, die sich offenbar mit ihrer Neugier in Schwierigkeiten gebracht hatte.

»Berichten Sie mir bitte genau, wie Sie die Wohnung vorgefunden haben«, bat er sie. »Am besten in der Reihenfolge, in der Sie es bemerkt haben.«

Ann-Kathrin Delgado schilderte präzise und strukturiert, welche Spuren sie gefunden hatte, dass Evas Tasche, ihr Handy, die Schlüssel sowie alle Papiere noch in der Wohnung waren und sonst alles unversehrt schien.

Wie bei Nicole Arendt, schoss es Brüggemann durch den Kopf.

»Im Flur lag ihr klitschnasser Mantel auf dem Boden, daneben ein Handtuch. Und da ist auch der Blutfleck«, beendete sie ihren Bericht.

Brüggemann ließ zischend Luft ab. Warum hatte er

die Ärztin nicht früher zurückgerufen? Oder war gleich vorbeigefahren, um sie wegen Arendt zu warnen? Er hatte nur eine kurze Nachricht hinterlassen, weil er mit sich selbst und seiner Wut auf Junges beschäftigt war.

»Okay. Und sie kann nicht gestürzt sein und hat den Notruf gewählt?«

»Und die sind dann über die Terrasse rein und haben die Türe offen stehen lassen? Unwahrscheinlich, finden Sie nicht?«

»Wenn sie ohnmächtig geworden ist...«

»Moment.« Er hörte, dass die Frau am anderen Ende etwas tat. »Nein. Sie hat keinen Notruf abgesetzt. Die Nummer wäre dann ja auf ihrem Telefon gespeichert. Und Evas Volvo steht vor der Tür, falls Sie das auch noch wissen möchten.«

»Okay. Meine Kollegen müssten gleich bei Ihnen sein.«

»Und bitte, geben Sie eine Fahndung nach ihr raus. Ich spüre, dass etwas nicht stimmt!«

Brüggemann hörte, dass die Stimme von Ann-Kathrin Delgado zitterte. Er ließ sich noch einmal die genaue Adresse durchgeben, als sich erneut via Funk die Zentrale meldete.

»Lars, wir haben zwei Fahrzeughalter eines blauen Mercedes des genannten Typs in München.«

»Moment, Selma. Ich habe hier erst noch etwas anderes«, unterbrach Brüggemann die Frau am anderen Ende. »Schick bitte einen zweiten Streifenwagen in den Betzenweg 85b. Dringend. Die Spusi soll auch gleich hinfahren. Vermutlich eine Entführung. Frau Delgado wird die Tür öffnen. Und eine Personenfahndung muss auch raus.«

»Danke«, murmelte Ann-Kathrin.

Vom anderen Ende der Funkverbindung meldete sich erneut seine Kollegin. »Willst du die Daten von den Fahrzeughaltern jetzt nicht mehr? Vorhin klang es so dringend.«

War es vorhin auch noch, dachte Brüggemann, hielt sich aber zurück.

»Selma, ich habe noch Frau Delgado auf der anderen Leitung.«

»Okay, ich warte.«

Die Frau ließ sich nicht so einfach abwimmeln. Erst als Brüggemann versprach, sich ebenfalls auf den Weg zu machen, war sie bereit, aufzulegen. Sie stand eindeutig unter Schock.

»In Ordnung«, antwortete er über Funk und ließ den Wagen an. »Schieß los, Selma.«

»Also: Ein Halter ist über neunzig, ein Günther Wolpert. Der interessiert dich vermutlich nicht. Der andere ist ein gewisser Robert Arendt. Nach unseren Daten ...«

»Heilige Scheiße!«, fiel ihr Brüggemann ins Wort und setzte sein Blaulicht aufs Wagendach. Dieser verdammte Mistkerl hatte ihn tatsächlich die ganze Zeit an der Nase herumgeführt! Er konnte schlecht selbst den Wagen gefahren sein. Also musste es einen Komplizen geben. Brüggemann schlug wütend auf das Lenkrad. »Selma, Planänderung. Ich mache mich auf den Weg in die JVA. Und bitte versuch, Jovic auf dem Handy zu erreichen. Sie soll sich im Präsidium bereithalten.«

54.

Mit einem Stöhnen wurde die gefesselte Nicole langsam wach. Eva lächelte, als die junge Frau sie ansah, und versuchte, ihr Zittern so gut es ging zu unterbinden. Obwohl sie wahnsinnig fror und ihr Gesäß kaum noch spürte, fühlte sie sich gleichzeitig fiebrig und heiß.

»Hören Sie mich, Frau Arendt? Ist alles in Ordnung mit Ihnen? Haben Sie Schmerzen?«, fragte Eva leise und wunderte sich über ihre krächzende Stimme.

»Sie? Wieso?«, fragte Nicole verwirrt. Dann begriff sie und riss die Augen auf. »Nein! Nicht Sie ... Das ist alles meine Schuld!«

Mit einem lauten Schluchzer warf sie den Kopf nach hinten, stieß einen Fluch aus, sah dann wieder Eva an und biss sich heftig auf die Lippe. Ihr ganzes Gesicht war verzerrt, und sie schüttelte unentwegt den Kopf.

»Das ist doch nicht Ihre Schuld. Dieser Kerl ... Sie können nichts dafür!«, versuchte Eva, sie zu beruhigen.

Nicole blinzelte, zog die Nase hoch und presste die Lippen fest zusammen. »Sie haben ja keine Ahnung! Es *ist* meine Schuld. Ganz allein meine. Ich habe Sie da reingeritten.« Die junge Frau drehte den Kopf weg und sah in eine andere Ecke des Raumes. Offenbar konnte sie Eva nicht einmal ansehen. »Robert hat recht. Genau wie meine Eltern.« Sie hielt inne, schüttelte den Kopf. »Sie alle haben es immer gewusst: dass ich einfach das Letzte bin. Zu nichts zu gebrauchen. Ich hätte den Schmuck nehmen sollen, ihn der Polizei geben ... Aber ich ... ich habe an Robert geglaubt... habe nichts getan. *Nichts*. Und damit alles versaut. Und jetzt sind Sie hier. Und... dafür bin nur ich verantwortlich! Weil ich jedem Ärger bringe, der mich kennt.«

»Nicht, Nicole! Beruhigen Sie sich. Bitte! Schuld ist allein dieser Mistkerl, der auch Sie an diesen Ort geschleppt, Sie gefesselt... und Ihnen wer weiß was angetan hat.«

Nicole schüttelte den Kopf. »Ach, Frau Korell, Sie haben keine Ahnung. Sie meinen es nur gut, das weiß ich. Aber ich hätte alles verhindern können... verhindern *müssen*. Ich bin so verdammt dumm und naiv.« Sie lachte laut und hysterisch auf.

Nicoles Blick war unstet, ihre Mundwinkel zuckten. Eva war sich sicher, dass die junge Frau kurz vor einem Nervenzusammenbruch stand. Schon veränderte sich ihr Gesichtsausdruck erneut, dieses Mal zitterte ihr Kinn, und sie schien den Tränen nah.

»Sehen Sie sich doch nur an! Wie Sie zittern... Ihr Gesicht...«, stieß Nicole mit letzter Kraft hervor und blickte einmal kurz zu ihr.

»Pscht. Beruhigen Sie sich, bitte!« Eva hielt ihren Kopf hoch, versuchte, ihre Zuckungen in den Griff zu bekommen, und heftete ihren Blick fest auf Nicoles Gesicht. Sie musste sich beherrschen, Nicole Sicherheit suggerieren, damit sie nicht völlig kollabierte.

»Es geht mir gut, hören Sie! Er hat mir nichts getan. Wir sind beide am Leben. Alles wird wieder gut!«

»Noch«, wandte Nicole ein. »Noch.«

Eva schüttelte den Kopf. Die Endgültigkeit in Nicoles

Stimme jagte ihr Angst ein. Immerhin war die junge Frau schon länger hier eingesperrt. Und was er in dieser Zeit mit Nicole gemacht hatte, wollte Eva sich nicht ausmalen. Sie erzitterte, betrachtete Nicole, die den Kopf hängen ließ und weinend den Boden fixierte. Auch ihre eigenen Kräfte schwanden zusehends. Aber sie durften nicht aufgeben. Sie mussten einen klaren Verstand bewahren und auf eine Chance zu entkommen warten. Eva musste Nicole vermitteln, dass es einen Ausweg gab. Irgendeinen. Auch wenn sie selbst keine Ahnung hatte, wie der aussehen konnte.

»Bitte, Nicole, sagen Sie mir, was Sie sehen. Ich habe eine Verletzung am Kopf. Wie schlimm ist die?« Eva drehte ihren Kopf so, dass Nicole die verletzte Seite sehen konnte.

»Sie haben eine Platzwunde. Ungefähr drei Zentimeter lang, oberhalb der Schläfe. Die müsste geklammert werden. Dringend. Sonst bleibt Ihnen da eine hässliche Narbe. Und eine dicke Beule kann ich sehen. Die spüren Sie wahrscheinlich mehr. Sie ist ganz blau.«

Vom Sturz, dachte Eva. Nachdem sie mit dem Elektroschocker niedergestreckt wurde, war sie mit dem Kopf auf die Fliesen geschlagen.

»Sonst noch etwas?«, fragte Eva und merkte erleichtert, dass das Schniefen ihrer Mitgefangenen abebbte. Nicole kannte sich durch ihre eigene Geschichte gut mit Verletzungen aus, deshalb vertraute Eva ihrer Einschätzung. Die Ironie dieser Tatsache ließ sich nicht leugnen.

»Nein. Aber ...«, Nicole zögerte. »Wieso hat er Sie

ausgezogen? Er hat Sie doch nicht ... Während ich bewusstlos ...«

Nicole riss ihre Augen weit auf und wurde schlagartig bleich, ihr ganzer Körper bebte. Sie stand kurz vor einem Panikanfall.

Eva schüttelte vehement den Kopf und versuchte, ihr eigenes Zittern zu unterbinden und möglichst nüchtern zu klingen: »Ich denke, er wollte, dass mir verdammt kalt wird. So kann man Menschen gefügig machen.«

Nicole nickte, doch ihr Kopf zuckte unkontrolliert, was auf großen inneren Stress hindeutete. Es musste Eva gelingen, sie weiter abzulenken.

»Und Sie?«, fragte Eva. »Wie ist das alles passiert?«

»Ich kam aus dem Café, wollte nach Hause fahren. Er muss dort gewartet haben, riss plötzlich die Tür hinter dem Fahrersitz auf und hielt mir ein Messer an den Hals.«

Die junge Frau schilderte die Ereignisse der Nacht langsam und ohne jede Emotion. Sie war offenbar innerlich noch von dem eigenen Erlebten distanziert. Eva hoffte, dass dies erst einmal so bleiben würde.

»Ich musste zu mir nach Hause fahren. Es war kalt, und es hat gestürmt. Dort hat er mich in einen anderen Wagen einsteigen lassen und gesagt, er würde mich umbringen, wenn ich nicht still sitzen bleibe. Dann ist er im Haus verschwunden. Ich ...«, Nicoles Lippen zitterten, es fiel ihr schwer, zu sprechen. »Ich hätte Krach schlagen können. Vielleicht hätte mich jemand gesehen. Aber ich ... ich konnte mich einfach nicht bewegen. Ich saß bloß da und habe *gewartet*. Können Sie sich das vorstellen? Da hätte ich weglaufen können. Hilfe holen. Aber ... er hätte mich sowieso gefunden ... und ich ... hatte solche Angst. Todesangst.«

Eva nickte. »Der Wagen ... ein Mercedes, oder?«

Nicole Arendt schaute erstaunt auf. »Woher wissen Sie das?«

»Nur eine Vermutung. Aber vielleicht hilft uns das.«

Eva wusste, was der Kerl in der Zeit getan hatte. Er hatte Nicoles Sachen in der Wohnung deponiert und ganz in Ruhe Feuer gelegt. Er musste sich nicht beeilen, denn er wusste, dass die Rauchmelder ausgeschaltet waren. Dafür hatte er zuvor gesorgt. Sicher hatte die Wohnung bereits lichterloh gebrannt, als endlich jemand etwas bemerkte – und da war er mit Nicole längst über alle Berge.

»Wissen Sie, wo wir sind?«

Nicole zuckte die Schultern. »Er hat mir etwas zu trinken gegeben. Davon bin ich müde geworden. Ich weiß nur, dass wir über die Landsberger Straße gefahren sind. Irgendwann war ich weggetreten, und dann ...«, ihr Blick wanderte durch den Raum, »... bin ich hier wieder aufgewacht.«

Jetzt weinte Nicole Arendt wieder.

»Nicht doch, nicht.« Eva zerrte an ihren Fesseln, sie hätte Nicole am liebsten in den Arm genommen, konnte aber nicht mehr tun, als ihre Finger in den Heizkörper zu stemmen. Eva kannte diesen Impuls: Wenn jemand traurig war, wollte sie gleich helfen, Trost spenden. Warum hatte sie das nicht in dieser verfluchten Nacht vor ihrer Haustür getan?

»Es ist genauso meine Schuld«, murmelte sie schließlich. »Sie hatten mich um Hilfe gebeten. Hätte ich ...«

Energisch schüttelte Nicole den Kopf. »Nein. Das hätte nichts genützt.«

Eva stutzte und sah ihre Mitgefangene irritiert an.

»An diesem Abend ... Ich wollte ihn verraten, wissen Sie, wollte Ihnen alles erzählen. Er sollte im Knast verrecken für das, was er getan hatte. Da war ich fest davon überzeugt, Robert hätte diese Frauen getötet ...«

»Er war es nicht, oder?«, schlussfolgerte Eva. Arendt hatte also nicht gelogen. Eva hatte das die ganze Zeit gespürt. Doch dann war es so leicht gewesen zu glauben, dass der miese Ehemann auch zu allem anderen fähig war. Einmal Täter, immer Täter. Dabei hätte Eva es besser wissen müssen.

»Nein. Er war es nicht. Und trotzdem ... Ich habe es für *möglich* gehalten. Ich. Seine Frau. Dabei hätte ich wissen müssen, dass er nie ...«

Nicole begann, mit ihrem Oberkörper hin und her zu wippen, soweit ihre Fesseln es zuließen. Ihr Kopf zuckte. Sie war kurz davor, die Nerven zu verlieren.

»Nicht!«, bat Eva. »Bitte. Der Mann, der Sie hergebracht hat: Wer ist das? Könnte er nicht gemeinsam mit Robert ... Ich meine ... Sind sie Komplizen?«

Wieder schüttelte Nicole den Kopf. »Mein Mann hat mit alldem nichts zu tun. Es ist ... sein Bruder. Uwe. Die beiden hatten seit Jahren keinen Kontakt mehr. Er hat mir nicht erzählt, dass sie sich wieder getroffen haben. Robert hat immer gesagt, sein Bruder sei abgerutscht ... Uwe hat das alles geplant. Er will sich rächen, will

Robert alles in die Schuhe schieben.« Langsam drehte sie den Kopf und sah Eva aus leeren Augen an. »Und er will mich. Will, dass ich bei ihm bleibe. Für immer.«

55.

Lars raste durch die dicht befahrene Innenstadt, die Tonfolge des Martinshorns von A nach D dröhnte über seinem Kopf, gab den Rhythmus für seine Bewegungen vor. Konzentriert hielt er das Lenkrad fest, passierte rote Ampeln, wechselte die Spur, um so schnell wie möglich nach Wiesheim zu kommen. Immer wieder ging er im Kopf das letzte Gespräch mit Arendt durch, fragte sich, warum er nicht hartnäckiger geblieben war. Immerhin hatte er die Tätowierung *gesehen*. Und er war sich sicher gewesen, dass Arendt mit einem Komplizen arbeitete. Dass ein Wagen, der auf Robert zugelassen war, am Abend des Brandes vor Nicoles Wohnung gestanden hatte, hätte ein Zufall sein können. Immerhin war es auch Roberts Wohnstätte. Nicht aber, dass ein Handwerker diesen Wagen kurz zuvor gefahren hatte. Lars war sich fast sicher, dass Nicole Arendt in der Brandnacht ebenfalls in diesem Wagen gesessen hatte. Ob freiwillig oder unfreiwillig, das war die Frage. Diese ganze Geschichte stank zum Himmel. Er umklammerte das Lenkrad fester und legte noch mehr an Tempo zu.

Als er in die letzte Rechtskurve zum Parkplatz der

Haftanstalt einbog, blendete ihn der Scheinwerfer eines Fahrzeugs. Er stieg hart auf die Bremse und war für einen Moment blind. In letzter Sekunde konnte er das Steuer herumreißen, sonst wäre er frontal in den Krankenwagen gerast, der ebenfalls mit Blaulicht fuhr und jetzt mit hohem Tempo auf die Hauptstraße einbog. Sein Wagen schlingerte, Brüggemann lenkte gegen, bekam den Wagen wieder in den Griff, konnte aber nicht verhindern, dass sein Hinterreifen mit einem lauten Knall gegen die Bordsteinkante stieß.

Das war verdammt knapp gewesen. Sein Herz hämmerte. Er hielt noch immer mit ausgestreckten Armen das Lenkrad umklammert und versuchte, sich zu beruhigen. Im rhythmischen Schein des Blaulichts sah er einen Wachmann auf seinen Wagen zukommen.

Lars stellte die Beleuchtung aus, ließ den Wagen einfach an Ort und Stelle stehen, stieg aus und ging Richtung Tor, nachdem er sich überzeugt hatte, dass kein größerer Schaden entstanden war.

»Geht es Ihnen gut? Das war ja verdammt knapp!«, rief ihm der Wachmann zu. »Die hatten nicht damit gerechnet, dass um die Zeit noch jemand hierherkommt, und die Ausfahrt ist recht unübersichtlich, sorry. Kann ich Ihnen helfen?«

Brüggemann zog seinen Ausweis heraus. »Ich muss zu einem Inhaftierten. Es ist spät, ich weiß, aber er ist ein wichtiger Zeuge in einem Entführungsfall. Robert Arendt, er liegt bei Ihnen auf der Krankenstation.«

Der Wachhabende schaute verblüfft und deutete in die Richtung, die der Krankenwagen genommen hatte.

»Dann hätten Sie den wohl doch besser gerammt. Da war er drin, der Arendt.«

»Was?« Brüggemann traute seinen Ohren nicht.

»Der Kerl ist völlig durchgedreht. Hat einen der Wärter angefallen, der ihn in eine Spezialzelle verlegen sollte. Es gab eine Schlägerei, danach war Arendt bewusstlos. Er wird gerade ins Krankenhaus überführt. Es sieht nicht gut für ihn aus, meinte der Notarzt, muss sofort auf Intensiv. Fraglich, ob er die Nacht übersteht.«

Brüggemann fuhr sich mit beiden Händen durch die Haare und starrte nach oben in den dunklen Nachthimmel. Das durfte doch einfach nicht sein. Nur ein einziger Mensch konnte ihm helfen – und der war nicht mehr vernehmungsfähig.

»Gibt es Kameras auf der Krankenstation?«, fragte er sofort, obwohl er sicher war, die Antwort bereits zu kennen.

»Nein«, antwortete der Mann. »Das ist der einzige Bereich, der nicht voll überwacht wird. Das Gebäude ist schon alt, wissen Sie.«

Brüggemann nickte. Der zweite tätliche Zusammenstoß mit einem Wachhabenden. Zum zweiten Mal keine Aufzeichnungen. Brüggemann erinnerte sich an den Verdacht, den Eva Korell geäußert hatte. Das waren ein paar Zufälle zu viel.

Arendt hatte am Tropf gehangen und war alles andere als fit gewesen, als er vor ein paar Stunden bei ihm war. Der hatte in seinem Zustand ganz sicher keine Schlägerei angezettelt. Aber wenn jemand Arendt mundtot machen wollte – war er seinem Vorhaben in dieser Nacht wohl einen Schritt näher gekommen. Brüggemann hatte das Gefühl, in diesem Fall ständig hinterherzuhinken, zu spät zu kommen. Er hoffte, das würde nicht so bleiben. Aber er hatte keine Ahnung, wie er jetzt weiter vorgehen sollte.

Er drückte dem Mann seine Karte in die Hand. »Ihre Kollegen, die ihn ins Krankenhaus begleiten, sollen mich bitte umgehend informieren, sobald Arendt vernehmungsfähig ist. Könnten Sie das bitte ausrichten?«

Der Mann nickte.

Dann sprintete Lars zu seinem Wagen zurück, wendete und fuhr mit Blaulicht zum Präsidium. Jovic sollte umgehend die Telefonaufzeichnungen auf dem Stick prüfen, während er sich auf den Weg nach Obermenzing machte, um mit der Journalistin zu sprechen.

Zum ersten Mal hoffte er darauf, die Presse wäre ihnen einen Schritt voraus. Schließlich musste es irgendeinen Hinweis geben. Noch gestern war es leicht gewesen anzunehmen, dass Nicole Arendt sich mit ihrem Neuen aus dem Staub gemacht hatte.

Aber zwei verschwundene Frauen – Lars konnte nicht glauben, dass die Fälle nichts miteinander zu tun hatten. Und Robert Arendt war der Dreh- und Angelpunkt. Nur was wusste Eva Korell, oder was hatte sie getan, dass man sie aus dem Verkehr ziehen musste?

56.

Noch bevor sich die Tür zum Kellerraum öffnete, hörte Eva ein Geräusch. Einen Knall, so als gäbe es vor der Tür, die sie sehen konnte, noch eine weitere. Vermutlich aus Metall. Waren sie in einem großen Lager? Oder bloß in einem weitläufigen Keller?

»Er kommt«, raunte sie Nicole zu und zählte die Sekunden, bis sich die Tür öffnete, um eine Vorstellung von der Entfernung zu bekommen.

Als ein leises Kratzen direkt von der Tür her zu vernehmen war, fügte sie mit fester Stimme hinzu: »Halten Sie sich zurück, Nicole. Ich will nicht, dass er Ihnen etwas antut. Verstanden?«

Nicole riss ihre Augen weit auf, duckte dann den Kopf so tief es ging und spannte gleichzeitig ihren Körper an, bereit zu flüchten. So wie sie es vermutlich immer dann getan hatte, wenn ihr von Robert Gefahr drohte. Nur dass hier unten eine Flucht unmöglich war.

Aber Eva wollte sich nicht klein machen. Das hatte sie noch nie getan, und sie würde nicht ausgerechnet heute damit anfangen. Sie legte ihren Kopf gegen das Gerippe der Heizung, drückte ihre Brust heraus, versuchte, das Beben ihres Körpers zu unterdrücken.

Sie hatte aus der Szene mit dem Kerl in ihrem Büro gelernt. Solchen Typen konnte man nur mit Stärke beikommen. Wenn ihr dieses Arschloch etwas tun wollte, würde ihn Bitten und Betteln nicht davon abhalten. Lieber wollte sie ihm direkt und unverwandt in die Augen sehen, ohne jede Furcht. Adrenalin schoss durch ihren Körper und ließ sie für einen Moment die lähmende Kälte vergessen.

Als die Klinke nach unten gedrückt wurde, schrie Eva aus Leibeskräften.

»Zu Hilfe! Hilfe! Hört mich keiner? Verdammt, es muss doch jemand hier sein! Wir sind hier unten! Im Keller! Hiiiilfe!«

Mit zwei Sätzen war Uwe Arendt bei ihr, sein Gesicht zu einer Fratze verzogen. Er hielt ihr mit seiner riesigen Pranke Mund und Nase zu, stieß ihren Kopf dabei mit solcher Wucht gegen die Rippen des Heizkörpers, dass Eva Lichtblitze sah. Obwohl sie kaum noch Luft zum Atmen hatte, schrie sie unter seiner Hand weiter. Dann wollte sie ihn beißen, bekam den Kiefer aber nicht weit genug auf. Sie lief Gefahr, ihn sich auszurenken. Schon jetzt schmeckte sie Blut, und ihr Kiefer knirschte von dem Druck. Es half nichts: Sie musste aufhören. Kraft sparen. Auf die nächste Gelegenheit warten.

Seine schwielige, derbe Hand rieb auf ihrer Gesichtshaut. Sie ekelte sich vor dieser Berührung. Genau wie vor seinem Geruch. Magenflüssigkeit stieg in ihrer Speiseröhre auf. Sie schluckte hart, versuchte, den Brechreiz zu unterbinden. Gleichzeitig bemerkte sie, dass sich ihre Wahrnehmung veränderte. Der Raum schien irgendwie schief zu hängen, und ihre Lunge brannte. Sie brauchte Sauerstoff. Jetzt.

Obwohl Eva wusste, dass sie besser stillhalten sollte, war ihr Körper voller aufgestauter Wut. Sie musste einfach etwas tun, ruckelte hin und her, versuchte, den Kopf irgendwie unter seiner Hand wegzubekommen. Ihre verletzte Schläfe pochte, während sie ihr Gesicht unter seiner Hand weiter in Richtung Heizung zu drehen versuchte, um seiner Berührung auszuweichen.

Auch Uwe keuchte vor Anstrengung, warf ihr wütende Blicke zu. Ihre Reaktion hatte ihn überrascht. Sie zu halten und gleichzeitig etwas zu finden, womit er sie ruhig stellen konnte, strengte ihn an. Das war gut. Sehr gut.

Jetzt hielt Eva wieder still, wartete. Und tatsächlich: Als sie sich nicht mehr wehrte, lockerte sich sein Griff. Sie konnte wieder durch die Nase atmen. Aber so sehr Eva es gehofft hatte, über ihnen im Haus rührte sich nichts. Sie waren allein mit ihm, sonst wäre dem Dreckskerl sicher jemand zu Hilfe geeilt. Doch in jedem Fall war ein Gegner besser als zwei.

Im selben Moment erhöhte Uwe mit seiner Linken wieder den Druck auf ihr Gesicht, mit einem Fuß stand er jetzt auf ihrem Oberschenkel, reckte sich nach etwas auf dem Tisch. Mit aller Macht zog Eva ihr Bein zur Seite, hoffte, ihn damit aus dem Gleichgewicht zu bringen.

»Mieses Dreckstück!«, brüllte er und versetzte ihr einen brutalen Fausthieb gegen den Kopf.

Eva hörte ein Knacken, ihr Gesicht prallte mit einem lauten Knall gegen den Heizkörper. Für einen Moment blieb ihr die Luft weg, alles um sie drehte sich, schien auf sie zuzukommen. Blut lief ihr aus der Nase, die sicher gebrochen war.

»Nein!«, brüllte Nicole wie von Sinnen. »Lass sie. Bitte! Sie hat doch gar nichts mit der Sache zu tun! Ich...«

Nicole schrie immer weiter, doch er reagierte nicht. Er kniete sich vor Eva, presste ihr dabei sein Knie brutal in den Unterleib, riss ihren Kopf an den Haaren nach oben. Evas Sichtfeld war voller leuchtender Punkte. Sie hatte das Gefühl, in ein Loch zu fallen, in ihren Gliedern kribbelte es. Dann spürte sie, wie er etwas um ihren Hals legte.

»Wollen wir doch mal sehen, ob wir dich nicht ruhig kriegen, du miese Doktorenschlampe, mit deinem eigenen hübschen Spielzeug!«

Er ließ ihren Kopf los, der einfach nach unten sackte, aber etwas war da an ihrem Hals. Panisch hob sie den Kopf wieder an. Wieder drehte sich alles. Nur langsam kam das Zimmer vor ihren Augen zum Stillstand. Die Tür stand immer noch offen. Sie wollte gerade wieder losschreien, als sich etwas an ihrem Hals schnell verengte. Irritiert riss sie an den Fesseln, wollte an ihren Hals fassen. Dann sah sie in seiner Hand den Blasebalg. Die Blutdruckmanschette!

Grinsend pumpte er Luft in das Gerät. Evas Brust wurde eng. Dieser Bastard! Ihr Herz hämmerte wie wild, während sich der Druck auf ihre Venen verstärkte. Sie hatte den Mistkerl massiv unterschätzt.

Und noch etwas wurde ihr in dem Moment klar: Er hatte sein Gesicht nicht verdeckt. Ihm war es egal, dass sie ihn erkannte. Er würde sie nicht gehen lassen. Jedenfalls nicht lebend.

»Hör auf, Uwe, bitte! Sie hat mir nur geholfen. Sie...«, rief Nicole.

Blut rauschte in Evas Kopf. Fünf Liter pro Sekunde

pumpte das Herz. Doch bald würde nichts mehr fließen. Er klemmte ihre Venen ab. Nur noch wenige Sekunden, dann würde ihre Welt stillstehen. Nicoles hysterische Stimme wurde immer leiser, rückte in weite Ferne. Genau wie das heisere Lachen von Uwe. Sie würde bald bewusstlos werden. Wenn er nicht nachgab, würde kein Blut mehr in ihr Gehirn fließen, und die Zellen würden absterben. Eine nach der anderen.

Eva schüttelte den Kopf, zerrte verzweifelt an ihren Fesseln, versuchte, sich aufzubäumen. Ihr Atem ging stoßweise. Immer schneller pumpte ihr Herz. Jetzt war der Druck so schmerzhaft, dass sie glaubte, ihr Kopf würde platzen. Sie erstarrte. Nicoles Schreie schwollen an, aber die Worte konnte Eva nicht verstehen. Das Rauschen in ihren Ohren dröhnte, die Wände schienen näher zu kommen.

Mit letzter Kraft riss Eva die Augen auf. Sie sah Uwes Blick, der neugierig auf ihr Gesicht gerichtet war. Wie bei einem Experiment beobachtete er, was mit ihr geschah. Sie öffnete den Mund, wollte ihm ihre Abscheu in seine Visage schreien, da verschwamm das Zimmer vor ihren Augen. Nur sein Lachen schallte noch leise in ihren Ohren ...

»Bitte! Nicht!«, schrie Nicole mit spitzer Stimme. »Ich habe dich angelogen! Hör auf, Uwe! Sie weiß nichts! Nichts! Oh Gott, bitte!«

Eva blinzelte. Der Druck an ihrem Hals gab mit einem Mal nach. Sofort setzte der Schwindel wieder ein, doch sie konnte atmen. Gierig japste sie nach Luft. Ihr Herz raste immer noch. Ihr Gesicht wurde ganz heiß, während das Blut durch ihre Adern schoss. Am Ende ihrer Kräfte, schloss sie die Augen und ließ ihren Kopf an den Heizkörper sinken.

»Mach die Augen auf! Los!«, befahl ihr Uwe.

Sofort riss Eva die Augen wieder auf. Die Manschette hing noch um ihren Hals. Nein! Er durfte nicht noch einmal pumpen! Das würde sie nicht aushalten. Sie wollte ihn bitten, doch sie konnte nicht sprechen, selbst das Atmen fiel ihr schwer. Ohne zu blinzeln, fixierte sie seinen Mund, der sich jetzt öffnete.

»Du hältst dein Maul, hast du mich verstanden?«

Eva hielt seinem Blick stand. Sie wollte nicken, aber ihre Glieder folgten ihren Befehlen nicht mehr. Die Kälte war unvermittelt wieder da. Sie zitterte am ganzen Körper, ihre Beine wackelten unkontrolliert.

»Beim nächsten Mal halte ich das Ding noch etwas länger dicht, hörst du!« Er lachte. »Deine Arzttasche ist eine echte Wundertüte. So eine hätte ich mir viel früher zulegen sollen.« Dann beugte er sich zu Eva hinunter, fuhr mit dem Zeigefinger unter die Manschette und raunte ihr ins Ohr: »Wenn du nicht mitmachst, setze ich der da drüben eine Spritze. Irgendeine. Auswahl habe ich jetzt ja mehr als genug. Oder ich nehme gleich zwei. Von den Wechselwirkungen verstehe ich ja nichts.« Er zog an der Manschette, ließ sie dann zurückschnalzen. »Hast du verstanden? Also benimm dich. Kapiert?«

Sein fauliger Atem streifte ihre Nase. Eva wollte weg von seiner Stimme, weg von seinem Körper, wollte sich tief in ihr Innerstes verkriechen. Wollte nur noch eine Hülle sein. Mit Mühe gelang es ihr, leicht den Kopf auf und nieder zu bewegen, damit er merkte, dass sie verstanden hatte.

Er durfte Nicole einfach nichts tun. Eva würde es nicht ertragen, ihm zuzusehen, wie er die junge Frau quälte. Auch Nicole atmete schwer und beobachtete jede seiner Bewegungen mit vor Schreck geweiteten Augen, immer wieder zuckte ihr Kopf unkontrolliert zur Seite. Sie wussten es beide: Dieser Mann kannte kein Mitleid.

Endlich trat er einen Schritt zurück. Aber der niederträchtige Ausdruck blieb in seinem Gesicht, und Eva war sich nicht sicher, ob er nicht wie ein Springteufel erneut auf sie zukommen würde. Er hasste sie. Wie er vermutlich jeden hasste, dem er sich unterlegen fühlte.

Nun wandte er sich Nicole zu. Sein Grinsen erstarb. Er hob den Kopf, seine Nasenflügel weiteten sich, so als nähme er ihre Witterung auf, er musterte Nicole von oben bis unten, wie ein Tier, das auf seine Beute lauert.

Aufmerksam, gespannt, auf dem Sprung.

Unberechenbar.

Nicole presste sich noch enger an die Lehne, als wolle sie eins mit dem Stuhl werden. Ihre Hände waren so verkrampft, dass ihre Knöchel weiß hervortraten. Ihr Gesicht schimmerte aschfahl, beinahe grau, und ihre Augen lagen dunkel in ihren Höhlen. Sie wirkte um Jahre gealtert. Ihre Lippen zitterten.

»Und jetzt zu uns. Du hast mich also angelogen?«

Nicole hielt den Blick gesenkt. »Ja«, murmelte sie kaum hörbar. Langsam schloss sie die Augen, als erwartete sie einen Schlag. Eine Ader an ihrem Hals pulsierte.

Uwe scharrte kurz mit den Füßen, verschränkte die Arme vor der Brust, ließ Nicole keine Sekunde aus den Augen. Er bewegte sich nicht. Minutenlang. Nicole krümmte sich unter seinem Blick, verzog ihr Gesicht, wie unter starken Schmerzen. Eva zerrte an ihren Fesseln, wollte ihn von Nicole ablenken.

Die Minuten dehnten sich, die Luft schien von der Wut zu vibrieren, die Uwe aus jeder Pore drang.

Langsam drehte er sich um und ging zu dem Tisch. Er streckte seine Hand aus, tippte kurz auf jedes Utensil, murmelte etwas Unverständliches vor sich hin. So als wolle er abzählen, welches Mittel er wählen würde. Eva starrte Nicole an. Sie würde ihr nicht helfen können. Sie müsste mit ansehen, was er ihr antat. Eva hielt die Luft an, als seine Hand zum Stillstand kam.

Nicole hatte mittlerweile gewagt, die Augen einen Spaltbreit zu öffnen, und lugte angsterfüllt unter ihren Haaren hervor.

»Tut es dir leid?«, fragte er, ohne sich zu ihr umzudrehen. Er nahm eine Ampulle, drehte sie in der Hand.

»Ja«, antwortete Nicole und sah Eva mit Tränen in den Augen an. »Alles. Sehr sogar.«

Eva legte ihren Kopf schief und presste die Lippen zusammen. Sie wusste, dass Nicole nur sie meinte, und schüttelte den Kopf.

Wie in Zeitlupe legte er die Ampulle zurück auf den Tisch.

»Hast du es dir überlegt?« Er sog Luft ein. »Bist du jetzt bereit?«

Nicole hielt den Blick weiter auf Eva gerichtet. In

einem stillen Fluss liefen Tränen über ihre Wangen. Uwe presste mit aller Kraft seine Fingerspitzen auf die Tischplatte, Eva sah das Muskelspiel seiner Unterarme. Nicole musste nachgeben. Sie musste einfach!

»Also, was?«, wiederholte Uwe mit einem Knurren. »Du hast gesehen, wie es der Frau Doktor gegangen ist. Ja oder nein?«

Nicole sah an die Decke. Ihr Blick wanderte unruhig von einer Ecke in die andere. Noch einmal neigte sich ihr Kopf zu Eva, ihre Blicke trafen sich. Dann zuckte sie die Schultern und begann, ganz langsam den Kopf zu schütteln. Eva sah, wie Uwe den Druck auf seine Finger weiter verstärkte, seine Nasenflügel hoben sich, die Zähne waren gefletscht, während er auf ihre Antwort wartete.

»Nein«, sagte sie endlich mit kratziger Stimme. »Das... Ich... Ich kann das einfach nicht.«

57.

Als Lars wenig später den Betzenweg entlangfuhr, sah er schon von Weitem die Einsatzfahrzeuge der Polizei. Obwohl es spät war und verdammt kalt, standen auf der gegenüberliegenden Straßenseite jede Menge Schaulustige, hatten nur Jacken oder einen Bademantel übergeworfen, aber das obligatorische Handy in der Hand, um die Geschehnisse festzuhalten und auf der Stelle weiterzugeben. Sie waren auf der Suche nach

Aufregung, nach Sensationen. Ohne jedes Anstandsgefühl. Sie kotzten ihn an.

Die Eingangstür von Eva Korells Haus stand weit offen. Die Kollegen mit weißen Schutzanzügen waren bereits im Flur, hatten im Garten Scheinwerfer aufgestellt und untersuchten auch dort jeden Zentimeter, was durch den starken Regenguss am frühen Abend sicher nicht ganz einfach war.

Vor der Haustür entdeckte Brüggemann bereits die dunkel gelockte Journalistin, die einem Kollegen Auskunft erteilte, den Blick jedoch unverwandt ins Haus gerichtet hielt.

»Brüggemann, wir hatten telefoniert«, stellte er sich vor.

Ann-Kathrin Delgado gab ihm die Hand, die spürbar zitterte. Dies und die verlaufene Schminke unter ihren großen braunen Augen ließen keinen Zweifel daran, wie sehr sie getroffen war. Sie war definitiv nicht aus beruflichen Gründen hier, und Brüggemann stellte erleichtert fest, dass sie offenbar auch keinen ihrer Kollegen verständigt hatte.

»Bisher haben wir keinen Anhaltspunkt. Niemand hat etwas gesehen«, klärte ihn nun der Mann vom Kriminaldauerdienst auf. »Wir haben bei der Nachbarin geklingelt, aber die Frau geht immer zeitig ins Bett und hatte schon tief und fest geschlafen. Nur hinten im Garten haben wir ein Plastikteil gefunden, das vom Flügel einer Drohne stammen könnte. Vielleicht hat sie damit jemand beobachtet.«

»Glauben Sie? Unfassbar. Eva war immer so vorsichtig

mit Handy, PC und allem. Sie war beinahe neurotisch, hat überall die Kamera abgeklebt, damit genau das nicht passiert«, sagte Ann-Kathrin Delgado und schüttelte den Kopf. »Wer auch immer Eva entführt hat, konnte während des Platzregens vollkommen unbeobachtet agieren. Die Sicht war kaum weiter als ein, zwei Meter, als ich hier angekommen bin. Und hier hinten ...« Sie zuckte die Schultern. »Dabei war Eva so froh über den Garten.«

»Sie kennen Frau Korell gut?«, fragte Brüggemann.

Die Journalistin nickte. »Wir kennen uns seit der Schulzeit. Sie ist gerade erst vor ein paar Wochen hergezogen, und ich war so froh, sie wieder in meiner Nähe zu haben. Und jetzt das ... Wobei ich sie gewarnt habe. Das Gefängnis ... Aber Eva wollte davon nichts hören, sie war unbeirrbar. So ist sie eben, wenn sie sich etwas in den Kopf gesetzt hat.«

Wieder schaute die Frau ungläubig in den Flur. Sicher stellte sie sich die Frage, ob sie etwas hätte verhindern können, wenn sie nur eher da gewesen wäre. Genauso, wie er es gerade tat.

»Sie hatten miteinander telefoniert, um sich zu verabreden«, versuchte er, sie abzulenken. »Könnten Sie mir bitte noch einmal ganz genau wiederholen, was Frau Korell Ihnen gesagt hat?«

»Eigentlich war ich es, die angerufen hat. Ich habe mir Sorgen gemacht, wegen der Pressekonferenz heute im LKA. Robert Arendt liegt auf Evas Station. Und weil ich weiß, wie sie sich um ihre Patienten kümmert ... Sie musste mir versprechen, dass sie nicht wieder zu ihm fährt. Sie ... Sie hatte mich gefragt, ob ich sie mit dem

Auto abholen könnte. Wegen des Regens. Aber ich wollte erst in die Redaktion. Wäre ich doch nur ...«

Die Journalistin senkte den Blick.

»Sie müssen sich keine Vorwürfe machen, Frau Delgado. Wären Sie nicht so hartnäckig geblieben, hätten wir vermutlich erst am Montagmorgen erfahren, dass Frau Korell verschwunden ist. Der Entführer hat sicher nicht damit gerechnet, dass wir so früh hier sind. Das bringt uns einen enormen zeitlichen Vorsprung. Er kann noch nicht weit sein.«

Brüggemann hörte selbst, wie fade seine Behauptung klang, und er sah der Dunkelhaarigen an, dass sie keines seiner Worte trösten konnte.

»Sie haben keinen Anhaltspunkt, richtig?«, entgegnete sie prompt mit gedämpfter Stimme.

Es hatte keinen Sinn, ihr etwas vorzumachen. »Nein. Im Moment nicht.« Dann fiel ihm etwas ein. »Gab es jemanden, mit dem Frau Korell Ärger hatte? Neulich habe ich auf dem Parkplatz vor der JVA beobachtet, dass sie etwas gesucht hat. Vermisste sie vielleicht einen Schlüssel?«

Ann-Kathrin legte die Stirn in Falten, überlegte, schüttelte dann den Kopf. »Zumindest hat sie mir nichts davon erzählt. Ich kann gerne noch bei meinem Mann nachfragen. Vielleicht... Sie war neulich bei uns.« Als sie gerade ihren Mann anrufen wollte, um zu fragen, hielt sie in der Bewegung inne. »Doch. Moment. Da war etwas. Das hätte ich beinahe vergessen.«

Brüggemann wünschte, sie würde sich mit ihrer Erklärung etwas beeilen.

»Sie hat erzählt, dass sie einen Trauerflor am Rückspiegel ihres Wagens vorgefunden hat.«

»Wann war das?«

Ann-Kathrin zuckte die Schultern. »Irgendwann in der vergangenen Woche. Ich habe nicht nachgefragt. Ich ...«

Die Journalistin schlug die Hände vors Gesicht.

Das alles klang nicht gut. Gar nicht gut. Ein Todessymbol. Warum hatte die Ärztin ihm nichts davon gesagt? Er hatte ihr sogar seine Mobilnummer gegeben. Für alle Fälle.

In dem Moment spürte Brüggemann den Vibrationsalarm seines Handys. Er hoffte, dass ihn jemand verständigen wollte, dass Arendt wieder aus dem Koma erwacht war. Aber der Anruf kam nur von seiner Kollegin. Dabei brannte ihm die Zeit unter den Nägeln.

»Jovic. Was gibt es?«, fragte Brüggemann.

»Ich habe zwei Dinge für dich. Nachdem du mich ins Büro kommandiert hast, habe ich mir zunächst die Mitschnitte der Anrufe vorgenommen. Und du hattest recht: Arendt hat nicht nur mit seiner Frau telefoniert. Auch mit einem Kerl. Der natürlich nie seinen Namen nennt. In dem letzten Telefonat hat Arendt wortwörtlich gesagt: *Wenn sie einen anderen hätte, das ertrage ich nicht, das wäre das Ende. Ihrs und meins.*«

Brüggemann nickte. Ein Komplize. Der Mann, der den blauen Mercedes gefahren hatte, jede Wette.

»Und auf wessen Namen ist der Anschluss angemeldet?«

Ann-Kathrin Delgado ließ Brüggemann nicht aus den Augen.

»Das habe ich natürlich gleich überprüft. Jetzt wird es kurios: Das Handy, das er angerufen hat, läuft auf Robert Arendt selbst.«

Brüggemann schüttelte den Kopf, um der Journalistin zu signalisieren, dass es sich um keine neue Spur in Evas Fall handelte.

»Aber jetzt komme ich zu der zweiten Sache. Dieser Mercedes, den du heute ermittelt hast ...«

»Ist auch auf Arendt angemeldet, ich weiß«, fiel er ihr ins Wort.

»Moment!«, fuhr Jovic fort. »Das schon. Aber die Adresse, auf die der Mercedes gemeldet ist, stimmt nicht mit der abgebrannten Wohnung überein. Dieser Robert Arendt lebt in Moosach.«

Brüggemann wiederholte die genaue Adresse, um sie sich zu merken. Er wollte sich gleich auf den Weg machen und bat Jovic, sich die Aufnahmen von dem Tag des Brandes noch einmal genau anzusehen. Er hoffte, dieser Mercedes wäre darauf zu sehen. Und mit etwas Glück auch der Fahrer.

»Den Weg nach Moosach können Sie sich sparen«, sagte die Journalistin, nachdem er aufgelegt hatte. »Ich war schon dort. Roberts Mutter wohnt da. Sie hat ihren Mädchennamen wieder angenommen, nachdem ihr Mann sich das Leben genommen hatte. Auf mein Klingeln hat jedoch niemand geöffnet. Eine Nachbarin meinte, die Frau sei sicher schon in einem Altersheim. Sie hat sie seit Monaten nicht mehr gesehen. Wegen dem furchtbaren Regen habe ich nicht weiter gefragt. Aber es sieht tatsächlich alles danach aus: heruntergelassene Jalousien im unteren Geschoss, der Garten voller Unkraut, das Postfach zugeklebt. Vielleicht wusste sie auch, was ihr Junge treibt, und ist deshalb auf und davon. Mütter merken oft mehr, als sie zugeben.«

Trotzdem sollte er hinfahren, dachte Brüggemann. Für ihn klang das nach einem perfekten Versteck für jemanden, der in die Haut von Robert Arendt schlüpfen wollte. Aber das sagte er nicht laut.

»Wann genau waren Sie da?« Brüggemann fühlte förmlich, dass er endlich eine Spur hatte.

»Unmittelbar bevor ich hierherkam. Wir dachten, es könnte ein guter Aufmacher für die nächste Ausgabe sein, wenn wir ein Interview mit der Mutter hätten.«

»Gab es dort eine Garage?«

»Ja. Wieso?« Ann-Kathrin Delgado riss die Augen auf. »Denken Sie ...«

Er bemühte sich, seine Aufregung zu vertuschen. »Ich überprüfe das lieber noch einmal«, sagte Lars und versuchte, unverfänglich zu klingen. »Bringen Sie Frau Delgado doch bitte mit einem Wagen nach Hause.«

Sie hielt ihn am Arm fest. »Halten Sie mich informiert?«, fragte sie und hielt Brüggemann hoffnungsvoll ihre Karte hin. »Bitte. Ich gebe auch nichts an mein Blatt weiter. Ehrenwort. Ich bin als Freundin hier.«

»Ich weiß«, sagte Brüggemann, nickte kurz und bahnte sich einen Weg zu seinem Wagen.

Lars hoffte inständig, dass er dieses Mal nicht hinterherhinkte. Sofort ging er schneller, und sobald er außer Sicht war, rannte er.

58.

»Wie bitte? Du kannst das nicht?« Er legte den Kopf in den Nacken und ballte die Fäuste. »Das werden wir noch sehen.«

Er fuhr herum, war mit zwei Schritten hinter Nicole, hielt ein Messer auf sie gerichtet. Eva riss den Mund auf, brachte aber keinen Ton heraus.

Ohne zu zögern, fuhr er mit der Klinge unter ihre Fesseln, schnitt sie in Windeseile auf. Hilflos legte Nicole ihre Hände in den Schoß, während er ihre Fußfesseln löste. Dann zerrte Uwe sie grob an ihren tauben Armen auf die Füße, die sie nicht halten konnten. Weinend taumelte Nicole, sank halb zu Boden, doch er riss sie wieder hoch, zog sie eng an sich, wie zu einem teuflischen Tanz.

Eva bemerkte, wie er genießerisch die Augen schloss, als seine Nase kurz über Nicoles Haare strich, doch binnen Sekunden veränderte sich sein Gesicht erneut, hatte er sich wieder in der Gewalt. »Kein Laut, keine Geste, verstanden?«, sagte er zu Eva. »Sonst war es das. Und du weißt, ich drohe nicht nur.«

»Bitte! Lassen Sie sie! Das bringt doch nichts!«, bettelte Eva. »Die Polizei...«

Uwe stieß Nicole wie eine Puppe wieder auf ihren Stuhl. Sie rieb sich ihre Handgelenke, die tiefe Rillen hatten, und weinte.

»Hältst du endlich deine verdammte Fresse! Es geht hier um Nicole und mich. Hörst du! Oder soll ich dich sofort fertigmachen?« Er beugte sich zu Eva herunter und hob ihr Gesicht an. »Dann ist es aus mit deinem klugen Gehabe, dein Hirn nur noch Brei.« Er ließ die Zunge aus dem Mund hängen und verdrehte die Augen.

Eva schüttelte den Kopf und sah entschuldigend zu Nicole, der Uwe nun demonstrativ das Messer unters Kinn hielt, sie damit zum Aufstehen zwang und sich dann hinter sie schob.

»Und was soll der Scheiß mit der Polizei, hä? Die kriegen mich nicht. Sind mir damals nicht draufgekommen. Und das werden sie auch jetzt nicht. Die denken, Robert ist für alles verantwortlich. Dafür habe ich gesorgt.«

Nicole zuckte zusammen, als sie den Namen ihres Mannes hörte, doch es kam kein Ton über ihre Lippen. Als ihre Beine erneut wegzusacken drohten, packte Uwe sie an der Taille und hob sie hoch. Sein Atem ging stoßweise, traf Nicole im Nacken. Ihre dünnen Haarsträhnen flogen bei jedem Atemstoß zur Seite. Er zitterte, als er ihren Geruch tief einsog. Sein Brustkorb blähte sich weit auf, seine Lider flatterten.

Eva sah einen Schweißtropfen über sein Gesicht laufen, der auf Nicoles Schulterpartie tropfte. Nicole hatte es ebenfalls gespürt, denn sie fixierte mit weit aufgerissenen Augen den Boden, schluckte heftig und presste ihre Lippen fest zusammen.

»Lauf«, befahl Uwe ihr jetzt, stieß sie von sich weg und bohrte die Messerspitze in ihren unteren Rücken.

Nicole gehorchte, obwohl sie immer wieder stolperte. Als sie an Eva vorbeikam, formte diese stumm *Es tut mir leid* mit dem Mund. Doch Nicole bekam das nicht mit, sah an ihr vorbei ins Leere. Eva ahnte, warum: Sie hatte sich bereits in ihr Schicksal ergeben.

Schon fiel die Tür hinter den beiden ins Schloss. Eva starrte auf die Klinke, bis sie den dumpfen Schlag der zweiten Metalltür hörte.

Dann war es still.

Eva wandte den Blick zu dem Stuhl, auf dem noch vor Minuten Nicole gesessen hatte. Was würde er mit ihr anstellen? Panik stieg in ihr hoch. Furchtbare Bilder strömten auf sie ein. Eva hoffte bloß, sie müsste nicht zu sehr leiden und würde es irgendwie überstehen. Nicole wirkte so zart, aber sie hatte schon ganz anderes ausgehalten. Und Uwe wollte sie lebendig. An diesen Gedanken klammerte Eva sich.

Mit der Einsamkeit drang unvermittelt die Kälte wieder in ihr Bewusstsein. Der Schock hatte sie abgelenkt und gelähmt, doch jetzt schlugen ihre Zähne unkontrolliert aufeinander, und sie bemerkte, dass sie bis unterhalb der Hüfte jedes Körpergefühl verloren hatte.

Sie konnte nur noch eines tun: warten. Auf ihren Tod oder darauf, dass Uwe zurückkam.

Sie wusste nicht, welche Option die schlimmere war.

59.

Er schloss die Tür hinter ihnen, machte sich aber nicht die Mühe, sie abzuschließen. Sie gingen die Treppe hinauf. Im Flur war es stockdunkel, dennoch ließ er das Licht aus, er kannte offenbar jeden Winkel. Dann schob er sie nach draußen, in den Garten.

Nicole überlegte, zu schreien, obwohl ringsum alle Häuser im Dunkeln lagen. Als hätte er ihr Vorhaben bemerkt, stieß er ihr das Messer in den Rücken. Weglaufen war ebenfalls keine Option, denn schon jetzt drohten ihre Beine permanent einzuknicken. Es hatte keinen Sinn. Er würde erst sie, dann die Ärztin töten. Sie konnte nur Zeit schinden. In der Hoffnung, dass die Polizei herausfand, wo sie waren. Sie sah sich um, kannte die Umgebung aber nicht.

Er schob Nicole weiter über den Weg bis zu einer Garage. Die grelle Deckenleuchte blendete Nicole. Ein Zischen entfuhr ihr, instinktiv wollte sie die Hände vor die Augen legen. Doch ein jäher Schmerz durchzuckte ihre Schultern, und sofort ließ sie die Arme wieder sinken. Sie waren nicht mehr zu gebrauchen, waren völlig taub. Tränen liefen ihr über die Wangen, doch sie machte keinen Mucks.

»Steig ein, na mach schon«, herrschte er sie mit gedämpfter Stimme an. Zitternd setzte sie sich in den Wagen. Es war derselbe blaue Mercedes, in dem sie zuletzt gesessen hatte. Wohin wollte er dieses Mal? Er lud etwas in den Kofferraum, löschte wieder das Licht.

Dann stieg er ein, startete den Motor und fuhr rückwärts ohne Licht aus der Garage.

»Was passiert jetzt?«, wagte sie irgendwann zu fragen, als sie aus der Stadt herausfuhren. Sie kamen durch ein Industriegebiet, das Nicole jedoch nicht kannte.

»Schnauze«, blaffte er nur und trat aufs Gas.

Sie klammerte sich an den Sitz, zwang sich mühsam, nicht vor und zurück zu schaukeln. Ihre Tränen flossen immer weiter, das Licht der Straßenlaternen und Reklameschilder flog an ihr vorbei. Die Orte wurden kleiner, die Wälder immer dichter. Ihre Angst lag ihr wie eine bleierne Kugel im Magen. Sie fragte sich, wie lange die Ärztin alleine da unten in der Kälte noch aushalten würde. Doch sie wagte nicht, ihn danach zu fragen.

Plötzlich bog er in einem Waldstück in einen Schotterweg ein.

Hier also würde es enden.

Sie holperten ein Stück den Weg entlang. Sie hörte das Geräusch der Äste, die am Lack des Autos kratzten und gegen die Windschutzscheibe peitschten. Vorboten dessen, was ihr blühen würde. Sie waren mitten im Nichts. Hier würde sie niemand hören, keiner die Polizei rufen. Die Sichel des Halbmonds stand kalt am Himmel, tauchte die Umgebung in fadenscheiniges Licht.

Unvermittelt stieg Uwe in die Bremsen, riss die Autotür auf, rannte nach hinten zum Kofferraum und machte sich dort an etwas zu schaffen. Sie hörte blecherne Geräusche.

Der Druck auf ihre Blase war von dem Geholpere des

Wagens so stark geworden, dass sie befürchtete, in die Hose zu machen. Es wäre nicht das erste Mal, seit er sie gefesselt hatte, ihre Hose war schon ganz steif von getrocknetem Urin. Aber hier im Wagen musste sie sich beherrschen, um ihn nicht noch wütender zu machen. Sie verkrampfte sich immer mehr, konzentrierte ihren Blick auf einen Fleck auf dem Armaturenbrett.

»Aussteigen«, rief er von hinten.

Sie war völlig steif, konnte sich kaum bewegen. Dann hörte sie ein Jaulen. Nicht von ihm. Auch nicht von ihr. Woher kam das?

Nicole fuhr herum, wegen der geöffneten Kofferraumhaube konnte sie jedoch nichts erkennen. Langsam stieg sie aus.

Zitternd beobachtete sie einen kleinen braunen Hund, der auf der Wiese herumlief und die Erde beschnupperte. Sie kannte die Rasse: ein Prager Rattler. Das Tier war ganz jung und zitterte leicht, so als würde es frieren. Was wollte er mit einem Hund?

»Komm«, lockte er ihn. »Komm! Bei Fuß!«

Der Hund reagierte nicht, drehte weiter seine Runden, die Nase schnüffelnd dicht über der Erde, bis er einen Platz gefunden hatte, um sich zu erleichtern.

»Fuß! Los jetzt!«, kommandierte Uwe ungeduldig.

Der Hund drehte sich noch einmal um die eigene Achse, dann senkte sich sein Hinterteil. Eine Hündin also, dachte Nicole gerade, als Uwe auf das Tier zuging und es grob packte.

Den grauen Metalleimer bemerkte sie erst, als Uwe den Hund hineingeworfen hatte. Der Kleine rappelte sich wieder hoch, schnupperte an den Wänden, lief darin im Kreis herum, fiepte leise.

Was hatte er vor?

Dann presste sie sich die Faust vor den Mund, schüttelte den Kopf und begann zu zittern. Uwe hievte einen Benzinkanister aus dem Kofferraum.

Nein. Das durfte er nicht tun!

Dann ging alles sehr schnell: Uwe goss Benzin in den Eimer, das Tier bellte, seine Krallen kratzten an den Metallwänden. Der Hund fand auf dem nassen Boden keinen Halt, stellte sich auf die Hinterläufe, aber er war zu klein.

Schon zündete Uwe einen Lappen an, ließ die Flammen daran hochkriechen, hielt ihn direkt über den Eimer. Die Flammen erhellten sein Gesicht, auf dem sich ein teuflisches Grinsen ausgebreitet hatte. Er wollte ihn abfackeln. Vor ihren Augen.

»Nicht!«, schrie Nicole. »Bitte!«

Der Hund winselte, sie hörte sein Kratzen, er wollte weg. Das Feuer versetzte ihn in Panik.

»Sie hat nicht gehört. Es ist ihre eigene Schuld. Sie hatte die Wahl«, sagte Uwe, so als würde das alles entschuldigen. Der Lappen brannte jetzt lichterloh.

Nicole schüttelte den Kopf und mit bebenden Lippen sagte sie: »Bitte! Lass sie am Leben. Bitte.« Dann fügte sie leise hinzu: »Für mich.«

Für einen Moment stand alles still. Uwe hielt den brennenden Lappen in der Hand, von dem sich Teile lösten und glimmend in der Luft tanzten. Seine Augen starrten hasserfüllt in den Eimer.

Das Tier fiepte und jaulte, als wüsste es, was gleich geschehen würde. Immer jämmerlicher wurden die Laute, die aus dem Eimer drangen.

»Bitte«, sagte sie noch einmal.

Dann musste sie sich abwenden. Sie konnte nicht hinsehen. Sie ignorierte ihre Schmerzen, hob die Arme, presste sich so fest wie möglich die Hände auf die Ohren, zog den Kopf zwischen die Schultern, als Uwe plötzlich neben ihr war und ihr eine Hand herunterriss. Voller Abscheu starrte sie ihn an.

»Nur damit du weißt, was mit denen passiert, die nicht spuren«, raunte er ihr zu, räumte den Kanister ins Auto und machte sich wieder am Kofferraum zu schaffen.

Nicole konnte sich nicht bewegen. Es roch nach verbranntem Gras, nach Benzin. Langsam drehte sie sich um. Der Eimer stand noch dort, daneben stieg eine Rauchsäule von den Resten des Lappens auf. Sie atmete erleichtert auf. Am liebsten hätte sie das Tier sofort befreit, traute sich jedoch nicht, denn er hatte weiterhin sein Feuerzeug in der Hand. Die Gefahr war noch nicht vorüber.

»So hat alles angefangen«, hörte sie ihn jetzt sagen. »Mit blöden Viechern. Nachdem mein Vater... Dieser Feigling, der sich vor allem gedrückt hat und sich einfach eine Kugel in den Kopf jagte. Ich habe ihn damals gefunden, hat Robert das je erzählt? Das halbe Gesicht hat ihm gefehlt. An der Wand klebte Blut und Gehirnmasse, Splitter von Knochen und Zähnen. Ich habe nicht weggesehen. Ich konnte das aushalten. Da wusste ich, dass ich stärker bin als er, dass ich keine Memme bin. Es gibt nichts, was ich nicht aushalte. Ich habe keine Angst. Nie. Ich bin verdammt stark.«

Er knallte die Kofferraumhaube zu. Mit monotoner Stimme fuhr er fort: »Jetzt will ich das alles nicht mehr. Es war nur ein Ersatz, verstehst du. Weil alle mich weggestoßen haben. Für dich würde ich mich ändern.«

Er trat nahe an Nicole heran. »Nur damit das klar ist: Wenn du nicht mitmachst, dann wird es genau so enden. Für den Köter, für dich und für die Ärztin. Also überleg dir gut, was du mir das nächste Mal antwortest, wenn ich dich frage. Das wird deine letzte Chance sein.«

Er ging zur Fahrerseite, an der die Tür weit offen stand, und drehte sich noch einmal um.

»Und falls du jetzt wieder mit deinem Ehemann anfängst: Um den habe ich mich längst gekümmert. Der ist kein Problem mehr. Der spielt in Zukunft weder für dich noch für mich eine Rolle.«

Uwes heiseres Lachen hallte noch über die Ebene, nachdem er die Tür zugeworfen hatte. Nicole starrte in den dunklen Himmel und zerrte am Ausschnitt ihres Pullovers, der ihr mit einem Mal viel zu eng erschien. Sie rang nach Luft.

Als er den Wagen startete, breiteten die Scheinwerfer ihr helles Licht über den Feldweg. Der Eimer schimmerte im Rot der Schlussleuchte.

Ein Ruck ging durch Nicoles Körper. Ohne zu zögern, kippte sie mit einem Tritt den Eimer um. Wenigstens das Tier sollte frei sein. Dann drehte sie sich um und stieg zu Uwe in den Wagen.

Es gab keinen Ausweg. Nicht für sie.

60.

Lars hatte das Blaulicht schon vom Wagendach genommen, bevor er die Adresse erreichte. Jetzt parkte er das Auto ein ganzes Stück von dem Haus entfernt, auf das Arendts Mercedes zugelassen war.

Auf der Straße vor ihm, die beiderseits von Einfamilienhäusern gesäumt war, bewegte sich nichts. Aus den Straßenlaternen, die im aufkommenden Wind leicht hin und her schaukelten, sickerte trübes Licht. Er hielt sich im Schatten der Zäune und Hecken, auch wenn seine rechte Seite dadurch vollkommen nass wurde.

Plötzlich tauchte ein Bewegungsmelder den Garten neben ihm in grelles Licht. Er wich ein paar Schritte zurück, beobachtete, ob sich etwas in dem Haus rührte, aber niemand schien Notiz davon zu nehmen. Sicherheitshalber wechselte Lars die Straßenseite.

Bevor er zu dem gesuchten Gebäude kam, griff er wie gewohnt in seine Jacke. »Scheiße«, fluchte er leise. Er hatte seine Waffe nicht dabei. Am Wochenende ließ er sie immer im Schrank im Revier, hätte sie in die JVA ohnehin nicht mitnehmen dürfen, und danach hatte er vollkommen vergessen, sie zu holen.

Verdammt! Er führte sich wie ein Anfänger auf. Dann musste er wohl oder übel seinen Plan ändern. Er würde kurz überprüfen, ob der Mercedes in der Garage stand, und dann Verstärkung rufen.

Langsam schob er sich um die letzte Ecke. Die Journalistin hatte mit ihrer Beschreibung des Hauses nicht untertrieben. Es war mit Eternit-Platten eingedeckt, von denen einige zerbrochen waren und nur noch schief an einem Nagel hingen. Im Erdgeschoss waren rundherum die Läden geschlossen. Papierfetzen und eine zerknüllte Getränkedose lagen hinter dem Zaun. Im Vorgarten sah er bloß wirres Gestrüpp, und zwischen den Gehwegplatten wuchsen Gras und Moos. Tatsächlich wirkte alles, als wäre geraume Zeit niemand mehr in dem Haus gewesen.

Brüggemann vergewisserte sich noch einmal, dass niemand auf der Straße war, und schlich dann geduckt die Einfahrt entlang, die zur Garage führte. Er entdeckte ein kleines Fenster an der Seite, das völlig blind vor Dreck war. Er kratzte ein Sichtloch frei und leuchtete mit der Lampe seines Smartphones hinein.

Nichts. Verdammter Mist! Dabei hätte er wetten können, dass er den Wagen hier finden würde. Er lehnte sich an die Mauer und stieß die Luft aus, die er die ganze Zeit angehalten hatte.

Frustriert grub er seine Hände tief in die Hosentaschen und machte sich auf den Rückweg. Nur gut, dass er nicht bei Junges Alarm geschlagen hatte. Dieser Flop hätte ihn am Ende seinen Job gekostet, oder er wäre auf ewig in der Verwaltung versauert.

Als er gerade zurück zur Straße wollte, hörte er ein Geräusch. Ein leises Klopfen. Er fuhr herum, sah an der dunklen Fassade hinauf. Doch da war nichts. Das Haus lag noch genauso traurig und verlassen im Dunkeln wie zuvor. Die Stille in dieser Straße war beinahe unwirklich. Nur in weiter Ferne vernahm man die Geräusche einer Bahn, die über die Gleise donnerte. Sonst war nichts zu hören.

Kaum hatte er sich erneut umgedreht, hörte er wieder etwas. Ein Kratzen. Jetzt war er sich sicher. Er ging noch einmal ein paar Schritte auf das Haus zu. Das Fehlen seiner Waffe wurde ihm wieder bewusst, und er fühlte sich nicht wohl, so völlig schutzlos.

Rasch nahm er sein Handy und schrieb Jovic eine SMS.

Bin bei der Adresse. Kein Mercedes. Weiträumige Suche nach Ärztin und Wagen fortsetzen. Prüfe noch das Haus. Melde mich anschließend noch mal.

Nachdem er die Nachricht abgeschickt hatte, fühlte Lars sich etwas besser. Denn irgendetwas stimmte hier nicht. Das sagte ihm sein Instinkt. Nur was?

Er vermutete, dass er einen Junkie antreffen würde, der das leer stehende Haus entdeckt und sich hier eingenistet hatte. Er stellte sein Handy lautlos, damit es ihn nicht verriet. Wenn diese Typen auf harten Drogen waren, wusste man nie, wie sie reagierten, wenn plötzlicher Lärm sie aus ihrem Delirium holte.

Vorsichtig schlich Brüggemann um das Haus herum zu dem hinteren Garten, der diesen Namen nicht verdient hatte. Eine Bungalowschaukel mit eingerissener Stoffüberdachung stand ausgeblichen und traurig in der hinteren Ecke. Das Gras war fast kniehoch. Definitiv war hier seit Monaten niemand mehr durchgelaufen. Dichte Rosenbüsche und Efeu rankten am Haus hoch, bedeckten die unteren Fenster schon fast komplett.

Rasch umrundete er noch die Garage über einen schmalen Plattenweg und fiel beinahe über eine Sackkarre, die achtlos hinter dem Gebäude lag. Die Räder waren voller Matsch.

Zum Teufel! Er war einfach zu blöd!

So schnell wie möglich ging er den Weg zurück und trat erneut ans Garagenfenster.

Wieder nahm er die Lampe seines Handys zur Hilfe. Jetzt sah er es ganz deutlich: eine Pfütze. Hier hatte bis vor Kurzem ein Wagen gestanden. Ein sehr nasser Wagen.

Seine Nackenhaare stellten sich auf, als er erneut ein leises Kratzen vernahm. Dieses Mal verstummte es nicht, als er hinter der Garage hervortrat. Er leuchtete an der Hauswand empor in den ersten Stock.

Was er dort sah, ließ ihn augenblicklich erstarren.

61.

Für einen Moment wusste Eva nicht, ob ihre Erinnerungsfetzen aus einem Traum stammten oder aus der Realität. Sie wusste nur, dass sie zu sich kommen musste. Dringend. Blinzelnd hob Eva den Kopf, sah müde auf. Sie befand sich noch irgendwo zwischen den Welten, als sich mit einem Mal die Tür weit öffnete und Uwe mit Nicole zurückkehrte.

Die Wände des Kellers kamen näher, wollten Eva zurück in die Dunkelheit zwingen, in der sich die Wirklichkeit in einer schnellen Abfolge von Bildern verlor.

Eva riss die Augen auf. War das wahr? Oder bildete sie sich das alles ein? Sie wusste es nicht. Aber sie musste sich zwingen, wach zu bleiben. Unbedingt. Ihr Zittern konnte sie mittlerweile nicht mehr unterdrücken.

Langsam drehte Eva den Kopf und blinzelte, um Nicole klarer zu sehen. Ihr Blick war stumpf, und sie sah nicht zu Eva herüber, war völlig in sich gekehrt. Wenigstens schien sie unversehrt zu sein. Zumindest äußerlich. Wie schlecht es um sie stand, zeigte sich jedoch daran, dass sie jetzt ohne jeden Zwang vor Uwe hertrottete, sich auf den Stuhl setzte, die Hände in ihrem Schoß faltete und sich langsam vor und zurück wiegte. Er trug keine Waffe und musste sie auch nicht fesseln. Sie war längst in eine Ecke ihres Inneren gekrochen, in der seine Verletzungen sie nicht mehr erreichen konnten.

Lauf! Eva bildete das Wort in ihrem Kopf, versuchte, ihr anzudeuten, was sie tun sollte. *Sieh zu, dass du wegkommst!*

Die Tür stand noch offen, obwohl Uwe den Raum wieder verlassen hatte. Offenbar sah auch er in Nicole keine Gefahr mehr, sonst wäre er dieses Risiko nicht eingegangen und hätte sie längst wieder an den Stuhl gebunden. Wie hatte er sie so gefügig gemacht? Sie hatte ihm zuvor so tapfer die Stirn geboten. Jetzt wirkte sie völlig willenlos.

Evas Mund bewegte sich, aber es kam nur ein heiseres Krächzen heraus. Sie räusperte sich, ihre eiskalten Lippen ließen sich jedoch nur mit Mühe formen. Noch einmal versuchte sie es, doch sie hauchte eher, als dass sie sprach.

Etwas kam Eva wieder ins Gedächtnis. Blaue Augen. Wärme. War das ein Traum gewesen? Sie wusste nicht, ob ihr Verstand ihr die Bilder vorgaukelte oder nicht. Sie weitete ihre Augen, suchte mit ihrem Blick Halt, doch der Raum drehte sich immer noch.

Verlor sie schon ihre Fähigkeit, zu denken? Eva sackte in sich zusammen und schloss die Augen. Alles war so schwer, sie war müde. Sie wollte sich nur noch fallen lassen, schlafen, der Kälte entfliehen. Mit einem Mal spürte sie ihren eigenen Atem auf ihrer Brust. Fühlte deutlich etwas Wärme. Sie hauchte, wiederholte ihr Tun, merkte, wie sie langsam wieder zu Bewusstsein kam.

Eine Hand. Wärme. Kein Traum. Jetzt erinnerte sie sich ganz deutlich. Los. Mach weiter, sagte sie sich. Nicht aufgeben.

Sie zog und streckte ihre gefühllosen Beine so gut es eben ging, fühlte ein leichtes Kribbeln. Sie musste in Bewegung bleiben, den Kreislauf auf Trab halten, um nicht zu erfrieren.

Endlich bewegte sich Nicoles Kopf. Eva sah sie eindringlich an.

»Lauf!«, krächzte sie nur. Doch es war laut genug, dass Nicole es hören konnte.

Nicole schüttelte den Kopf. »Es ist zu spät«, schluchzend schlug sie die Hände vors Gesicht. Ihr Jammern schwoll an.

»Pssst!«, beschwor Eva sie. Nicole durfte den Plan mit ihrem Geheule nicht versauen. Gebannt starrte Eva in den Flur, ob Uwe zurückkehrte, doch es blieb still draußen.

»Er ist weg«, raunte Eva. Keine Reaktion. »Bitte, Nicole, Sie müssen fliehen. Jetzt!«

Doch die andere schüttelte den Kopf, hielt die Arme um ihren Körper geschlungen, wiegte sich und weinte immer lauter.

»Du kannst es schaffen, Nicole, hörst du! Nun lauf!«

Nichts geschah. Wut wallte in Eva hoch. Stärker als zuvor. Mit der Wut kam auch ihre Stimme zurück. Endlich war sie wieder hellwach. Eva reckte ihren Kopf, entdeckte die Verbandschere auf dem Tisch.

»Mach mich los!«, herrschte sie Nicole an, hoffte, sie würde nun endlich aus ihrer Lethargie erwachen. Sie hatten nur diese eine Chance, unbeschadet zu entfliehen.

»Die Schere«, sagte sie mit scharfer Stimme. »Auf dem Tisch!«

Nicole reagierte nicht, hatte jeden Willen verloren.

»Bitte«, flehte Eva jetzt. »Ich will nicht sterben, Nicole!«

Endlich ließ Nicole ihre Hände sinken. Ihr Gesicht war feucht, von Schweiß oder Tränen. Oder von beidem, dachte Eva.

Nicoles Blick richtete sich auf die Tür. Sie zögerte noch.

»Die Schere!«, beschwor Eva sie erneut.

Wie in Zeitlupe stand Nicole auf, schlurfte wie eine Marionette, die an Schnüren geführt wurde, zum Tisch. Ihr Gesicht zeigte keinerlei Regung. Eva bog sich nach vorne, soweit es eben ging, fieberte ihrer Befreiung entgegen. Endlich würde sie von dem elendig kalten Boden wegkommen.

Aber etwas stimmte nicht. Nicole nahm die Schere zwar auf, hielt aber in der Bewegung inne und starrte sie bloß an.

»Nein!«, murmelte Eva, die erkannte, was Nicole vorhatte. Dann etwas lauter: »Nicht. Nicole, das ist es nicht wert. Bitte! Mach mich los! Wir schaffen das!«

Nicole stand einfach nur da, ihre Schultern hingen kraftlos herab, wieder liefen Tränen über ihre Wangen. Still, dieses Mal.

»Er sagte, er habe sich um ihn gekümmert«, murmelte Nicole, »um Robert.«

Mit ausdrucksloser Miene sah sie Eva direkt ins Gesicht. »Er wollte da draußen einen Hund verbrennen. Lebend. Nur wegen mir hat er in letzter Minute von ihm abgelassen. Mit uns wird er das Gleiche machen. Ohne jeden Skrupel. Er hat sogar Spaß daran.«

Eva schüttelte den Kopf. Nein. Nicole durfte sich nichts antun. Nicht vor ihren Augen, nicht in diesem Moment. Sie zerrte an ihren Fesseln, obwohl sie wusste, dass es keinen Sinn machte.

»Nicole, bitte. Es gibt eine Lösung«, beschwor sie sie.

Wieder schaute Eva zur Tür und lauschte. Gerade als sie Nicole einweihen wollte, hob diese die Schere, umfasste sie mit der Faust und richtete die Spitze direkt auf ihre Brust.

Eva konnte den Blick nicht abwenden. Die Verbandschere war eigentlich zu stumpf. Dennoch – auch damit konnte man sich böse verletzen. Nicoles Arm bewegte sich direkt auf ihr Herz zu. Eva atmete erleichtert auf. Sie drang nicht durch den Stoff.

Nicoles Gesichtsausdruck veränderte sich blitzschnell. Sie hatte ihren Entschluss gefasst. Es gab kein Zurück. Sie warf die Schere weg, fand eine Nagelschere, legte auch die zur Seite, kramte weiter. Schließlich hielt sie das Skalpell in der Hand.

»Bevor Uwe mich kriegt ...«

»Nein!«, flehte Eva sie an. »Nicht. Bitte!«

Nicole schloss die Augen, streckte ihren linken Arm aus, drehte ihr Gesicht zur Decke. Dann zog sie die Klinge der Länge nach über ihren Arm. Sie wusste, was sie tat. Oft genug hatte sie sich oberflächlich verletzt, hatte dabei quer geschnitten. Doch dieses Mal meinte sie es ernst. Der Schnitt war tief. Rotes Blut schoss aus der Wunde, lief über die alten Narben. Feine Linien zogen sich über ihren Arm, bis das Blut am Ellenbogen heruntertropfte.

Eva begann zu schreien. Es war ein hoher, unmenschlicher Ton, wie der einer Sirene. Er ging durch Mark und Bein.

Nicole stöhnte, taumelte leicht, setzte gerade das Werkzeug an ihrem anderen Arm an, als Uwe in den Keller gerannt kam. Er riss Nicole das Skalpell aus der Hand, warf es ans andere Ende des Raumes. Dann schob er sie auf den Stuhl, starrte auf die Wunde, aus der im Rhythmus ihres Herzens Blut sickerte. Er riss die Mullbinden aus ihrer Verpackung, presste sie fest auf Nicoles Armgelenk und legte dann ihre Hand darauf.

Sie leistete keinen Widerstand. Das kurze Aufflammen eines eigenen Willens war mit seinem Erscheinen wieder erloschen.

Eva betete, dass es so blieb. Vielleicht reichte die Zeit.

Dann drehte Uwe sich zu ihr um. Seine Zähne waren gefletscht, die Fäuste geballt.

»Das war deine Idee, oder? Du hast ihr das eingeredet«, knurrte er, außer sich vor Wut.

Eva schüttelte den Kopf, aber er war schon neben ihr, nahm den Eimer und klatschte ihr das Wasser ins Gesicht.

Eva schnappte nach Luft. Ihr Körper vibrierte vor Kälte.

»Verrecken sollst du, miese Schlampe!«

Sie harrte ganz still aus, konnte nur noch hoffen.

Hektisch wischte Uwe jetzt die Spritzen und Kanülen vom Tisch. Er suchte etwas anderes, etwas mit mehr Wirkung, drehte sich einmal um sich selbst, dann sah er das Skalpell. Er rannte in die Ecke, in der es gelandet war, kam zurück, fixierte mit seinen Augen Evas rechten Arm.

»Das büßt du mir!«, schrie er und holte aus.

In dem Moment stöhnte Nicole laut auf. Uwes Sorge um sie war stärker als seine Wut auf Eva: Er drehte sich um. Doch er war nicht gefasst auf den Taser, den Brüggemann ihm in Höhe des Herzens auf die Brust hielt und erst zurückzog, als Uwe zu Boden sackte.

62.

Ohne weiter auf Uwe zu achten, der verkrampft auf dem Boden lag, zog Lars blitzschnell seine Jacke aus, stopfte sie Eva unter die Beine, die sich bereits eiskalt anfühlten und breitete zusätzlich eine Rettungsdecke über ihr aus, die er – genau wie den Elektroschocker – in Uwes Mercedes gefunden hatte.

Am liebsten hätte er Eva gleich losgeschnitten, entschied sich aber, zuerst Nicole zu versorgen, die schon verdammt viel Blut verloren hatte. Er suchte in Evas Utensilien und fand schließlich auf dem Boden einen Venenstauer, den er um Nicoles Arm legte und mit aller Kraft zuzog. Die junge Frau registrierte kaum etwas. Da er nicht wusste, ob das an ihrem geschwächten Kreislauf lag oder ob sie einen Schock erlitten hatte, hob er sie vorsichtig vom Stuhl und setzte sie sanft auf den Boden, damit sie sich nicht verletzte, falls sie ohnmächtig wurde. Sie war unfassbar leicht, wog nicht mehr als sein Sohn.

»Hören Sie mich, Frau Arendt? Verstärkung ist unterwegs. Auch ein Krankenwagen«, versicherte er ihr.

Als er sich aufrichten wollte, geriet er von einem Tritt in den Rücken ins Taumeln. Er konnte gerade noch schützend seinen Arm ausstrecken, um nicht mit dem Kopf gegen die Wand zu knallen. Dann rollte er sich blitzschnell zur Seite ab. Er lag jetzt ganz in der Ecke, konnte nicht ausweichen und war weit weg von allen Dingen, mit denen er sich gegen seinen Angreifer hätte wehren können.

»Vorsicht!«, brüllte Eva laut. »Er hat das Skalpell!«

Lars wandte sich ruckartig um und stieß mit aller Kraft seine Rechte nach vorn, an der er die Finger gespreizt hielt. Doch Uwe war kleiner, als er vermutet hatte, konnte ausweichen, boxte mit der Linken Brüggemanns Arm weg, machte einen Satz nach vorne, und erwischte den Kommissar an der Seite.

Lars stöhnte auf, der Schnitt brannte höllisch. Er presste seine Hand darauf und riskierte einen flüchtigen Blick auf die Wunde, die nicht allzu tief war. Uwe war blitzschnell, nutzte die kurze Unaufmerksamkeit und versetzte Lars einen Tritt unters Kinn, sodass er erneut ins Taumeln kam und rückwärts gegen die Wand prallte.

»Sie haben keine Chance, Arendt. Meine Leute sind längst unterwegs.«

»Sie bluffen. Ich sehe nur einen Bullen, der sogar zu blöd war, mir Handschellen anzulegen, und der unbewaffnet in ein fremdes Haus eingedrungen ist. Böser Fehler!«

Arendt warf das Skalpell mit Leichtigkeit von einer Hand in die andere, sein Gesicht hatte einen amüsierten Ausdruck. Er schien die Situation zu genießen, immer wieder zog er die scharfe Klinge durch die Luft. Brüggemann ließ ihn nicht aus den Augen, immerhin hatte er diesen Fehler schon zweimal gemacht.

Als Arendt zu einem Sprung nach vorne ansetzte, das Skalpell jetzt in Höhe von Brüggemanns Gesicht, verharrte er plötzlich mitten in der Luft. Sein Kopf flog nach hinten und das Skalpell fiel zu Boden, als sich seine Finger verkrampften. Dann sackte er langsam in sich zusammen, bis er zuckend bäuchlings auf dem Boden lag.

Nicole, auf die niemand mehr geachtet hatte, war auf allen vieren nach vorne gekrochen und hielt auch jetzt noch den Taser unablässig an Arendts Wade gedrückt. Sie hörte auch nicht auf, als er vor ihr lag, setzte immer wieder neu an, die Oberlippe angewidert nach oben gezogen.

»Der böse Fehler bist du«, schnaubte sie. »Das ist für Robert!«

Brüggemann ließ sie noch einen Moment gewähren, dann nahm er ihr den Taser ab, kniete sich sofort auf Uwes Rücken, drehte ihm beide Arme nach hinten und fixierte sie mit seinen Beinen.

»Danke!«, sagte er gerade zu Nicole, als sie die Augen verdrehte und mit einem Seufzer wegsackte.

Unvermittelt hallte ohrenbetäubender Lärm nach unten. Mit lauten Rufen drangen oben Männer in das Haus, Türen knallten, Schritte polterten, kurze Befehle ertönten. Endlich war jemand auf der Treppe zum Keller, die erste Metalltür flog auf. Bewaffnete Männer mit Helmen kamen in den Kellerraum, übernahmen den Gefangenen, der nun von drei Leuten gehalten, in Handschellen genommen und abgeführt wurde. Endlich war der hämische Ausdruck von Arendts Gesicht verschwunden.

Brüggemann kümmerte sich nicht um seine eigene Verletzung, sondern tat, was er schon vor geraumer Zeit hatte tun wollen, als er zum ersten Mal hier im Keller war. Während er Evas Fesseln durchschnitt, kommandierte er die Männer zu Nicole, forderte zwei Tragen an und den Notarzt. Außerdem solle jemand in den ersten Stock gehen und sich um die ältere Frau dort oben kümmern.

»Alles in Ordnung?«, fragte er Eva besorgt, die ihre wunden Handgelenke rieb. Ihre Lippen waren blau angelaufen, ihre Lider flatterten, und ihr Gesicht war kreidebleich, doch sie nickte.

»Wird das reichen, um ihn zu verurteilen?«, flüsterte sie mit bebender Stimme.

»Ja«, sagte er und hielt kurz ihre Hand. Am liebsten hätte er sie fest in den Arm genommen – nicht nur wegen der Kälte, der sie seit Stunden ausgesetzt war. Aber etwas hielt ihn zurück. Eine leise Ahnung, dass diese unglaublich tapfere Frau so nicht behandelt werden wollte.

Zusammen mit dem Notarzt kam jetzt Jovic in den Raum, die einen spitzen Schrei ausstieß, als sie die blutende Wunde an Lars' Seite entdeckte.

»Bitte fordern Sie noch mehr Verstärkung«, rief sie und rüttelte an der Schulter des Sanitäters, der sich gerade über Nicole beugte. »Mein Kollege hat auch etwas abbekommen.«

»Passt schon. Das ist nur ein Kratzer«, sagte Lars, ging selbst zu dem Tisch, riss eine Packung Mullbinden auf und drückte sie fest in seine blutende Seite. »Ich komme klar. Meine Sache hat Zeit. Diese Frauen haben weit mehr mitgemacht. Die müssen zuerst versorgt werden. Ohne die Idee von Frau Korell und ohne das mutige Einschreiten von Frau Arendt... Das war alles verdammt knapp.«

»Was meinst du?«, fragte seine Kollegin.

Er hob die Hand und bat sie damit, noch einen kleinen Moment zu warten. Besorgt beobachtete er, wie beide Frauen auf Tragen gehoben und aus dem Keller gebracht wurden.

»Sie kommen doch in Ordnung, oder?«, fragte er den Notarzt. »Sie sind extrem wichtige Zeuginnen!«

»Die Jüngere hat viel Blut verloren und ist leicht dehydriert. Die andere Frau ist unterkühlt, dürfte jedoch keine größeren Schäden davontragen. Beide müsste ich natürlich genauer untersuchen. Das kann ich erst im Krankenhaus. Aber ich denke, es kommt alles in Ordnung!« Er deutete auf Brüggemanns Wunde. »Ihnen schicke ich auch gleich noch jemanden, der das versorgt.«

Brüggemann nickte und schlug Jovic auf die Schulter. Dann sagte er: »Egal ob wir Beweise finden, um Uwe Arendt die Vergewaltigungen nachzuweisen, und egal ob er gesteht oder nicht: Den kriegen wir dran! Zweifache Entführung, ein versuchter Mord, Freiheitsberaubung, tätlicher Angriff auf einen Beamten. Der sitzt. Und zwar verdammt lange.«

»Du hattest also recht mit dem Komplizen?«

»Nicht wirklich.«

Jovic schaute ihn verständnislos an.

»Das liest du alles in meinem Bericht. Morgen. Nachdem wir eine Mütze Schlaf hatten. Jetzt gehen wir zu den Sanitätern und überlassen der Spurensicherung das Haus. Nur bitte sorg dafür, dass mein Handy nicht übersehen wird.«

Dann deutete er auf das Gerät, das unter dem Tisch lag.

»Die Aufnahme läuft sicher noch.«

Er musste unbedingt hoch, in den ersten Stock, um zu erfahren, wie es der alten Frau ging.

Als sie an dem Fenster im Obergeschoss erschienen war, hatte es wie eine Szene aus »Psycho« gewirkt: ihr bleiches Gesicht, das schwarze Kleid und in ihrer Hand der silberne Rosenkranz, der im Licht seines Handys schimmerte und immer wieder über die Fensterscheibe kratzte, während er durch ihre Finger glitt.

63.

Eva brachte das Kopfteil ihres Bettes in eine aufrechte Position, zog das Tischchen mit dem Tablett vorsichtig näher zu sich hin und hob den hellblauen Plastikdeckel an. Ein Teller dampfender Makkaroni mit Tomatensoße, Parmesan und gemischtem Salat stand vor ihr. Der Anblick trieb ihr Tränen in die Augen. Würde sie ab jetzt bei jedem Essen vor Dankbarkeit heulen? Seit gestern Nacht hatte sie dauernd geweint. Vor allem als am frühen Morgen Ann-Kathrin mit einem gigantischen Blumenstrauß zu Besuch gekommen war. Eva hoffte, dass diese Gefühlsduselei an der Übermüdung, den Medikamenten und dem Stress lag. Wenn sie immer so wäre, könnte sie sich selbst nicht ausstehen.

Als es zaghaft an der Tür klopfte, wischte sie sich deshalb resolut ihre Tränen fort und beeilte sich, den Teller wieder abzudecken und das Tablett wegzuschieben.

Sie setzte sich aufrecht hin und strich sich durch die Haare. Brüggemann trat zusammen mit seiner Kollegin ins Zimmer.

»Wie geht es Ihnen?«, fragte der Kommissar und ließ ein kurzes Lächeln über sein Gesicht huschen.

Eva nickte und wandte verlegen den Blick ab. Er hatte sie in einem fürchterlichen Zustand in dem Kellerloch vorgefunden: ihr Gesicht voll getrocknetem Blut, die Nase gebrochen, zitternd und halb nackt. Während Uwe mit Nicole verschwunden war, hatte Eva die Kälte an den Rand des Wahnsinns gebracht. Den Kommissar hatte sie zunächst für ein Trugbild gehalten – bis sie seine warme Hand auf ihrer Schulter gespürt hatte. Zwischen Brüggemann und ihr war eine Verbindung entstanden, die nichts mit dem normalen Leben zu tun hatte und die ihr im Nachhinein peinlich war. Dennoch musste sie etwas loswerden.

»Sie haben mir das Leben gerettet«, brachte Eva stockend hervor und sah ihm fest in die Augen. »Dafür bin ich Ihnen zutiefst dankbar.«

Brüggemann nickte, ließ sie nicht aus den Augen. Aleksandra Jovic trat von einem Fuß auf den anderen, fühlte sich sichtlich unwohl. Eva war allerdings froh, dass sie da war.

»Brauchen Sie noch irgendetwas? Werden Sie gut versorgt?«, fragte Jovic irgendwann. Vermutlich um das peinliche Schweigen zu durchbrechen.

Eva schüttelte den Kopf und musste schmunzeln, als Lars Brüggemann genervt an die Decke sah.

»Danke der Nachfrage, Frau Jovic. Für mich wird hier

alles getan.« Eva deutete auf das Tablett. »Da alle wissen, dass ich Ärztin bin, geben sie sich furchtbar viel Mühe, damit ich bloß nicht auf die Idee komme, das Krankenhaus wegen irgendwelcher Missstände zu verklagen. Ein Vorteil, wenn man Kollegin ist.« Eva bemühte sich, die verkrampfte Stimmung zu lockern. »Und Sie?«, fragte sie an Brüggemann gewandt. »Was macht Ihre Verletzung?«

Bevor Brüggemann etwas sagen konnte, trat Aleksandra Jovic eifrig neben ihn. »Er wurde mit acht Stichen genäht. Eigentlich sollte er sich heute ruhig halten ...«

»Sie können sicher verstehen, dass ich erst dem Staatsanwalt alle Fakten liefern wollte«, fiel Brüggemann seiner Kollegin ins Wort und trat einen Schritt näher an Evas Bett. »Für unseren Fall ist übrigens Mateo Santana verantwortlich, der gleich mit Ihnen sprechen will, sobald Sie entlassen werden.«

»Vermutlich schon heute Abend«, sagte Eva, und, an Jovic gewandt, fügte sie an: »Das ist wiederum eindeutig ein Nachteil, wenn man Ärztin ist. Die wollen sie dann so schnell es geht wieder loswerden.«

»Ist das denn in Ordnung? Ich meine, kümmert sich jemand um Sie?«, fragte Brüggemann und erntete daraufhin einen erstaunten Seitenblick seiner Kollegin.

Eva musste grinsen. »Ich denke, ich komme klar, danke. Und wenn nicht – meine Freundin Ann-Kathrin Delgado haben Sie ja bereits kennengelernt, wie ich hörte.« Dann fragte sie, was ihr schon die ganze Zeit unter den Nägeln brannte: »Wie wird es jetzt weitergehen? Haben Sie ausreichend Beweise gegen Arendt? Hat die Aufnahme geklappt?«

Brüggemann hob den Daumen. »Das hat sie. Allerdings müssen wir abwarten, ob das Gericht das Video zulässt.«

Verwirrt schaute Eva Brüggemann an. »Wieso das?«

»Arendt hat keine Zustimmung zu der Aufnahme gegeben. Und ich habe mir ohne Durchsuchungsbefehl Zutritt zu dem Haus verschafft. Da jedoch Gefahr im Verzug war...« Er fuhr sich mit der Hand über den Nacken. »Entschuldigung, ich verfalle immer in unseren Jargon. Kurz gesagt: Wir gehen davon aus, dass die Aufnahme zugelassen wird, obwohl Arendts Anwalt sie als Beweismittel vermutlich anfechten wird. Außerdem haben wir im Zweifel ja immer noch Nicole Arendt und Sie als Zeuginnen. Eines ist jedenfalls sicher: Mit den läppischen fünf Jahren wegen Freiheitsberaubung in drei Fällen kommt er ganz sicher nicht davon.«

»Wieso in drei Fällen?«

»Außer Ihnen beiden war noch Frau Voss, die Mutter von Uwe und Robert, seit Monaten im ersten Stock eingesperrt.«

Evas Augen weiteten sich. »Das darf nicht wahr sein!«, entfuhr es ihr.

»Wir können nicht genau sagen, seit wann Uwe dort lebt«, übernahm Jovic das Wort. »Die Frau leidet an Demenz, war stark unterernährt und kann uns deshalb keine verlässlichen Angaben machen. Wir gehen derzeit davon aus, dass Uwe seit ungefähr einem Jahr dort von der Rente seiner Mutter lebte. Vielleicht auch schon, seit er aus dem Ausland zurück ist und wieder Kontakt zu seinem Bruder aufnahm.«

Eva setzte sich wie auf ein Stichwort auf. Wie konnte sie das vergessen? Sie musste unbedingt ihren Bruder Patrick anrufen. Er durfte auf keinen Fall über die Medien von der Geschichte erfahren.

»Bitte, ich müsste dringend telefonieren ...«, sagte Eva hastig.

»Ich glaube, das hat Ihre Freundin schon erledigt«, beruhigte sie Aleksandra Jovic lächelnd. »Jedenfalls wenn es um Ihren Bruder geht. Frau Delgado hat ihn direkt aus Ihrer Wohnung angerufen. Schon als Sie verschwunden waren und auch danach standen die beiden dauernd in Kontakt. Es steht Ihnen natürlich frei ...«

»Wir warten solange draußen, wenn es für Sie in Ordnung ist«, meinte Brüggemann und schob seine Kollegin Richtung Tür.

Eva war verblüfft. Aber auch dankbar und froh, dass Ann-Kathrin so umsichtig war. Natürlich kannte sie sich besser als jeder andere mit der Presse aus, und es war im Grunde logisch, dass sie daran gedacht hatte, Patrick zu informieren. Schließlich gehörte sie seit Langem quasi zur Familie.

»Nein, nein«, beeilte sich Eva zu sagen. »Unter den Umständen kann mein Anruf warten. Er macht sich sicher weniger Sorgen, wenn ich ihn am Abend von zu Hause aus anrufe.«

»Sind Sie sicher?«, fragte Brüggemann fürsorglich.

»Ganz sicher«, bekräftigte Eva. »Außerdem schätze ich, dass Sie beide heute noch eine Menge Dinge zu tun haben und wieder ins Präsidium müssen. Diese Geschichte mit seiner Mutter ... Das war noch nicht alles, oder?«

»Nein«, sagte Brüggemann. »Wenn Sie wollen, erzähle ich Ihnen ausführlich, was wir mittlerweile wissen.«

Eva nickte, und Brüggemann zog sich einen Stuhl heran. Jovic blieb stehen und verschränkte die Arme. Offenbar war sie nicht erbaut darüber, dass er einer Zeugin Auskunft über die Ermittlungen geben wollte, hielt sich aber zurück.

»Sie hatten recht mit Ihrer Einschätzung. Robert Arendt hatte weder mit den Vergewaltigungen zu tun noch mit dem Brand in seiner Wohnung oder der Entführung seiner Frau. Und bei der Sache im Knast haben Sie ebenfalls ins Schwarze getroffen: Matej Sokol, der Wärter, von dem Sie mir erzählt haben, ist gebürtiger Tscheche, lebt aber seit seiner Kindheit hier. Er hat mit Uwe längere Zeit für eine Schieberbande gearbeitet, die Luxusautos über Tschechien weiter in den Osten überführte. Als Sokols Frau ihr erstes Kind bekam, hat er sich einen anständigen Job gesucht – in der JVA. Da Sokol nie auf dem Radar der Behörden aufgetaucht war, gab es in Wiesheim keinerlei Grund, seine vorherige Beschäftigung als Kfz-Mechaniker anzuzweifeln. Er hat auch bis vor ein paar Tagen einen tadellosen Job gemacht. Die Beurteilungen von Kollegen und Vorgesetzten sind einwandfrei – und er ist aus eigenen Stücken auf uns zugekommen, als er von Uwes Festnahme hörte.« Brüggemann hielt kurz inne. »Sein Fehler war, sich weiter mit Uwe zu treffen. Als Robert nun kurz vor seiner Entlassung stand, musste Uwe handeln und bat Sokol, ihn unschädlich zu machen. Uwe drohte ihm, seine Vergangenheit auffliegen zu lassen. So unter Druck geraten, hat Sokol eingewilligt. Beim ersten Mal sind Sie dazwischengekommen, deshalb hat er am Sonntag erneut zugeschlagen.«

Eva schlug sich die Hand vor den Mund. »Davon wusste ich gar nichts! Ist Arendt etwa ... Er war doch schon so schwer verletzt!«

»Keine Angst. Es geht ihm gut. Er musste zwar operiert werden, uns wurde aber versichert, er sei jetzt wieder stabil.«

Eva schaute kurz zum Fenster. Offenbar wurde jeder, der mit Uwe Arendt zu tun hatte, von ihm in den Dreck gezogen. So, als würde er das Böse förmlich ausstrahlen.

»Wie kann man so werden?«, machte Eva ihrem Entsetzen Luft. »Ich meine, klar, Robert Arendt hat seine Frau geschlagen. Das ist keine Bagatelle und schrecklich genug. Aber dieser Uwe Arendt, das ist ein ganz anderes Kaliber.«

Endlich kam wieder Bewegung in Aleksandra Jovic, die ihre verschränkten Arme löste und fortfuhr: »Wie so oft hatten die beiden keine leichte Kindheit. Ich will damit nicht entschuldigen, was sie getan haben. Bei keinem von ihnen. Es hat mit Macht und Ohnmacht zu tun. Mit Verlustängsten und fehlender Empathie.«

Eva legte den Kopf schief. Verlustängste und Ohnmacht. Damit hatte sie auch ihre Erfahrungen gemacht. Sie wusste, was beides bedeutete. Ob die beiden Beamten inzwischen ihre Geschichte kannten? Sie nagte an ihrer Unterlippe.

Zu Evas Erleichterung erzählte Jovic einfach weiter:

»Die Mutter der beiden, Frau Voss, arbeitete als Kosmetikerin, der Vater war zwanzig Jahre älter und bei einer Versicherung tätig. Als sie ungeplant schwanger wurde, hat er sie aus Pflichtbewusstsein geheiratet, Uwe hat er aber zeitlebens spüren lassen, dass er nicht gewünscht war. Er hat ihn ständig getadelt und geschlagen, wenn er nicht gehorchte. Uwe war nicht gut in der Schule, immer wieder gab das Anlass zu Streit. Faul sei er, eine Last. Die Mutter hat Uwe auch nicht geschützt. Ihre Angst war wohl einfach zu groß, ihr Mann hat immerhin die ganze Familie ernährt. Er solle nicht so weinerlich sein, hat sie Uwe vorgeworfen. Das hat den Jungen vermutlich noch härter getroffen als die Schläge des Vaters.«

Jovic holte kurz Luft: »Obwohl ebenfalls ungewollt, war Robert vom ersten Tag an das Lieblingskind des Vaters. Der verbrachte jetzt mehr Zeit zu Hause, spielte stundenlang mit Robert oder besuchte mit ihm den Tierpark. Für Uwe hat das alles noch schlimmer gemacht, er fühlte sich noch weniger geliebt. Und an allem, was schieflief, trug automatisch Uwe die Schuld. Er rebellierte dagegen, wurde wieder vom Vater geschlagen, fühlte sich ohnmächtig und ungeliebt. Ein Teufelskreis. In dieser Zeit ist auch bereits der Hass gegen Robert in ihm aufgekeimt. Robert wiederum hat zu seinem großen Bruder aufgesehen und wollte unbedingt so werden wie er. Eines Tages hat sich der Vater im Haus das Leben genommen, weil er keine Arbeit mehr fand und die Schulden nicht mehr abzahlen konnte. Robert war damals gerade vier und Uwe zwölf Jahre alt. Uwe hat die Leiche des Vaters gefunden. Er hat seine Mutter im Übrigen genau in das Zimmer eingesperrt, in dem damals der Tote gelegen hat.«

Jovic biss sich auf die Lippe und rang um Fassung. Eva schluckte schwer. Sie erinnerte sich noch ganz genau an die Zeit nach dem Unfall ihrer Eltern. An das Gefühl der Machtlosigkeit. An ihre Wut, die kein Ventil fand. Uwe war sicher traumatisiert gewesen. Wenn ihm damals jemand geholfen hätte ...

»Frau Voss hat ihren Mädchennamen wieder angenommen«, übernahm nun Brüggemann das Wort. »Die Schulden ihres Mannes, der noch versucht hatte, durch Sportwetten die finanzielle Misere von der Familie abzuwenden, konnte sie von ihrem Gehalt jedoch nicht bezahlen. Nach außen sollte davon niemand etwas merken. Sie wollte das Ansehen ihres Mannes bewahren und versuchte mit allen Mitteln, das Haus zu halten.«

Dabei wäre es vielleicht besser gewesen, irgendwo ganz neu anzufangen. Wo es keine Erinnerungen, keine Dämonen gab, dachte Eva. Aber auch sie hätten das damals nicht gekonnt. Es hätte sich wie ein Verrat angefühlt. So als würde man die Verstorbenen vergessen. Aber in gewisser Weise war es wie eine Fessel, die einen in der Vergangenheit hielt.

»Brauchen Sie eine Pause?«, fragte Brüggemann besorgt.

Eva schüttelte den Kopf, und er erzählte weiter: »Die Jungs waren in der Zeit meist sich selbst überlassen, Uwe sollte für den kleinen Bruder sorgen. In der Nacht arbeitete Frau Voss zusätzlich im Bahnhofsviertel in einer zweifelhaften Bar. Vielleicht nicht nur das – doch darüber können wir nur spekulieren. Die Heimlichtuerei, die Doppelbelastung, der Verlust des Mannes und die Verantwortung für die Jungs brachten die Frau schnell an den Rand ihrer Leistungsfähigkeit. Am Abend flehte Uwe sie an, bei ihnen zu bleiben, sie nicht allein zu lassen. Er hatte Angst. Sie warf ihm dann an den Kopf, dass es seine Provokationen waren, die den Vater in den Tod getrieben hatten. Sie brauchte einen Schuldigen und fand ihn in Uwe.«

Eva schluckte. Die Schwere der Geschichte hing förmlich in der Luft und sie war froh über den Blumenstrauß, der ein wenig Farbe in das Zimmer brachte. Dennoch verstand Eva noch nicht, wieso Uwe eines Tages angefangen hatte, Frauen zu vergewaltigen. War das eine Abrechnung mit seiner Mutter? Gab es ihm einen Kick? Ein Gefühl von Macht?

»Bitte erzählen Sie weiter«, sagte sie schließlich nach einer Weile, in der sie schweigend nebeneinandergesessen hatten.

»In der Schule wurde Uwe wegen seiner *Nuttenmutter* gehänselt – und genauso wegen des Vaters, der sich vor der Verantwortung gedrückt hatte. Die Kinder haben vermutlich nur das weitergetragen, was sie daheim von ihren Eltern hörten. Aber es traf ihn hart. Erst wehrte Uwe sich nur verbal, dann prügelte er sich immer öfter, schließlich schwänzte er und ging klauen.«

»Ein Schrei nach Aufmerksamkeit«, sinnierte Eva laut.

Jovic nickte. »Dem keiner Beachtung schenkte. Im Gegenteil. Robert hat erzählt, er sei oft nachts von den Streitereien wach geworden. Eines Tages hat Uwe seine Mutter in seiner Verzweiflung im Schlafzimmer eingeschlossen, um zu verhindern, dass sie in diese Bar ging. Er wollte eben ein ganz normales Leben führen, wünschte sich, dass die Hänseleien aufhörten.«

»Wie alle Kinder«, fügte Eva hinzu. Sie spürte, wie ihre Augen sich mit Tränen füllten, und schaute zur Decke.

»Am nächsten Tag hat Frau Voss das Jugendamt aufgesucht und Uwe zur Pflege freigegeben. Seine Schulprügeleien und die anderen Fehltritte haben eine deutliche Sprache gesprochen, und sie hat dort argumentiert, dass sie verhindern wolle, dass der Jüngere sich die Unarten des Großen abschaute. Uwe kam umgehend in ein Heim.«

Brüggemann pausierte kurz, deutete auf ein Glas und nahm sich einen Schluck Wasser, nachdem Eva ihm zugenickt hatte.

»Vermutlich hat sie sich dennoch Vorwürfe gemacht, war erschöpft, frustriert und einsam. Immer häufiger hat sie sich in Tabletten und Alkohol geflüchtet, war oft kaum noch ansprechbar. Anders als Uwe hat Robert sich nicht getraut, zu rebellieren, hat wahrscheinlich befürchtet, dann wie Uwe abgeschoben zu werden.

Der große Bruder hat ihm entsetzlich gefehlt, er war ja ständig allein. Immer hat er gebettelt, ihn besuchen zu dürfen, doch die Mutter ließ keinerlei Kontakt zu. Als Robert seine Ausbildung beendet hatte, verließ er sein Elternhaus, ließ auch den Mercedes dort – ein Erbe seines Vaters – und hatte dann ebenfalls keinerlei Kontakt mehr zu seiner Mutter.«

»Nicole Arendt dachte übrigens, die Mutter sei längst tot«, warf Aleksandra Jovic ein. »Sie kannte sie nicht einmal.«

Brüggemann fuhr fort, die kriminelle Karriere von Uwe kurz zu umreißen, der sich im Heim immer häufiger latent aggressiv und sadistisch verhielt, dadurch mehr und mehr zum Außenseiter wurde. Damals hatte er wohl auch damit begonnen, Tiere zu quälen.

»Jetzt verstehe ich«, sagte Eva. »Irgendwann hat ihm das nicht mehr gereicht, und er hat es mit Menschen versucht.« Eine Gänsehaut überlief sie, und ihr wurde übel, als sie wieder an seine Hände auf ihrem Gesicht dachte.

»Wir haben jetzt auch eine Vermutung, warum Nadja, eines seiner Opfer, sich das Leben genommen hat. Er hat wohl eine GoPro getragen und das Ganze live gefilmt. Das wusste sie natürlich. Offensichtlich brachten ihm diese Clips ein lukratives Zusatzeinkommen ein – der Zuschauer konnte dadurch direkt in die Rolle des Vergewaltigers schlüpfen ...«

Eva schüttelte sich. »Widerlich. Ich verstehe einfach nicht, dass es Menschen gibt, die so etwas kaufen. Was ist nur mit unserer Gesellschaft los?«

»Glauben Sie mir, das fragen wir uns auch oft genug«, pflichtete Brüggemann ihr bei. »Im Darknet gibt es für solche Videos einen verdammt großen Markt. Meine Kollegen wussten damals schon davon, haben es aber nie veröffentlicht. Sie hatten die Hoffnung, eines Tages über ein solches Video dem Täter auf die Spur zu kommen.«

Eva zog die Decke bis ans Kinn. Ihr war mit einem

Mal wieder furchtbar kalt. Und sie überlegte, ob sie nicht doch eine weitere Nacht im Krankenhaus verbringen sollte. Die Vorstellung, allein in ihrem Haus zu sein, ängstigte sie. Uwe war dort gewesen – und sie wusste noch immer nicht, wie er hineingekommen war. Da fiel ihr wieder das Summen ein, die Drohne.

»Hat er ...«, sie rang um Worte. »Hat er mich auch beobachtet?«

Brüggemann sah kurz zu Jovic, die daraufhin nickte und das Wort übernahm. »Wir haben noch nicht alles gesichtet, was auf seinem Computer war. Es gibt Massen von Filmen. Nicht alle stammen von ihm, er hat natürlich auch jede Menge konsumiert. Von Nicole haben wir allerdings bereits Aufnahmen gefunden, und wir denken ...«

»Schon gut.« Eva hob die Hand. Sie wollte nichts weiter hören. Er würde ins Gefängnis wandern. Das allein zählte. Sie war vor ihm in Sicherheit. Und alle anderen Frauen auch. Eines war allerdings klar: Sie würde alle Hebel in Bewegung setzen, dass er nicht in Wiesheim inhaftiert wurde. Beim Gedanken an die JVA fiel Eva noch etwas ein: »Sie haben vorhin gesagt, dass Robert nichts mit dem Ganzen zu tun hatte. Wie sind denn dann diese Beweisstücke in die Wohnung gelangt? Und wieso hat Uwe Nicole entführt?«

»Das ist der besonders perfide Teil der Geschichte«, knurrte Brüggemann. »So gefühllos er erscheinen mag: Uwe weiß genau, wie Menschen ticken. Auch ich wäre schließlich fast auf seinen Trick hereingefallen. Es war so naheliegend, in dem Mann, der seine Frau misshandelte und der nicht ohne Grund im Knast saß, auch einen Vergewaltiger zu sehen.«

Jovic nickte. »Und genau darauf hat Uwe gesetzt.«

Brüggemann übernahm wieder das Wort: »Uwe hatte wieder Kontakt zu seinem Bruder aufgenommen. Vielleicht hat er erst nur seine Nähe gesucht, nachdem er lange im Ausland war. Doch es hat sich herausgestellt, dass es Robert deutlich besser ergangen war als Uwe: Er war verheiratet, hatte einen Job, eine Wohnung. Es hatte das Vergangene hinter sich gelassen, auch wenn seine latente Angst vor dem Verlassenwerden in Handgreiflichkeiten und Beschimpfungen gegenüber Nicole ausartete. Aber nach außen hin stimmte alles. Uwe war eifersüchtig. In seinen Augen hatte der kleine Bruder das große Los gezogen.« Brüggemann hielt kurz inne. »Da hat er plötzlich eine Möglichkeit erkannt, die Schuld für seine Verbrechen auf einen anderen zu lenken. Er hat vermutlich im Ausland schon immer Frauen missbraucht, aber nun hat er das hier in der Stadt gemacht. Und ist noch brutaler geworden. Dann hat er seinen Bruder überredet, sich das gleiche Tattoo stechen zu lassen. Ab da ist er immer vermummt geblieben, hat aber dafür gesorgt, dass die Frauen Teile des Tattoos erkennen konnten. Wenigstens zwei der Opfer. Irgendwann machte Uwe Robert betrunken und sorgte mit einem anonymen Hinweis dafür, dass die Polizei ihn ohne Führerschein erwischte. Das war schon das zweite Mal, und darauf folgte die Haft. Aber bereits für das erste Besäufnis, in dessen Folge Robert seinen Job als Fahrer verlor, war Uwe verantwortlich. Diese

Anzeige war fast noch wichtiger, denn nachdem Uwe ihm einen Job als Reinigungskraft besorgt hatte, bekam Robert einen Bezug zu den Opfern: Er putzte genau in den Häusern, in denen die Frauen wohnten, oder im direkten Umfeld. Aber da er für die Tatzeiten ein Alibi hatte, war er nie als Verdächtiger gesehen worden. Bis zur vergangenen Woche.«

»Unfassbar, diese Geschichte!«, entfuhr es Eva. »Lassen Sie mich raten: Dieses Alibi ist Nicole!«

»Genau. Auch deshalb musste sie verschwinden.« Brüggemann schnaubte. »Das Ende kennen Sie: Uwe zog in das Haus seiner Mutter und drohte ihr, Robert etwas anzutun, wenn sie nicht mitspielte – obwohl sie in ihrem Zustand vermutlich gar nicht in der Lage war, etwas gegen ihn zu unternehmen. Wir können nicht sagen, wie viel sie von den Vorgängen in ihrem Haus wusste. Sie erzählt nur immer von der Zeit, als die Jungs klein waren. Was vermutlich besser für sie ist.« Brüggemann hielt einen Moment inne. »Für Uwe war das Arrangement perfekt. Er konnte sich nun völlig seinen Fantasien hingeben. Solange Robert einsaß, durfte er allerdings keine Frau mehr belästigen. Auf Nicoles Fährte hat Robert seinen Bruder dann selbst gebracht: Er konnte nicht ertragen, dass seine Frau allein daheim war, und bat seinen Bruder, dem er blind vertraute, ein Auge auf sie zu haben.«

»Das nahm der dann eine Spur zu wörtlich«, knurrte Jovic.

»Genau. Uwe steigerte sich mehr und mehr in die Vorstellung hinein, Nicole zu *seiner* Frau zu machen.

Wir haben überall im Haus Fotos von ihr gefunden, es grenzt schon an Besessenheit.«

»Deshalb hat er sie in dem Keller nicht einfach umgebracht, obwohl sie sich geweigert hat, seinen Bedingungen Folge zu leisten«, folgerte Eva. »Ich hatte solche Angst um sie. Und fand sie gleichzeitig so mutig.«

Brüggemann nickte. »Das ist sie. Trotz ihrer Geschichte. Oder gerade deswegen.«

»Sie war für Uwe das perfekte Opfer: von allen Kontakten längst isoliert, niemand hätte länger nach ihr gesucht. Auch wir hatten vermutet, sie hätte in einem Frauenhaus Schutz gesucht. Für ihn war es das Sahnehäubchen an der Geschichte, Robert nach seiner Verurteilung die wahre Geschichte zu offenbaren. Als Strafe dafür, dass er damals bei der Mutter bleiben durfte.«

So viele Opfer. So viel Leid. »Ich glaube, ich muss das jetzt erst einmal verdauen«, sagte Eva. Sie fühlte sich auf einmal völlig erschöpft und brauchte dringend Schlaf.

»Wenn Sie irgendwann etwas brauchen ...«, der Kommissar, der ihre Müdigkeit offenbar bemerkt hatte, erhob sich und hielt ihr zum Abschied die Hand hin.

Eva ergriff sie und ergänzte: »... melde ich mich. Versprochen. Danke, dass Sie gekommen sind, um mir das alles zu erzählen.«

Brüggemann hielt ihre Hand einen Moment länger fest, als es üblich war. Jedenfalls schien es Eva so. Er öffnete den Mund, so als wolle er etwas sagen, doch dann lächelte er bloß und folgte Jovic, die schon zur Tür hinaus war.

64.

Ein Klingeln an der Haustür weckte Eva aus einem unruhigen, traumlosen Schlaf. Sie brauchte einen Moment, um sich zu orientieren. Das Schlafmittel, das der Arzt ihr mitgegeben hatte, wirkte offenbar stärker als gedacht. Mit einem Blick auf die Uhr stellte sie fest, dass sie sich erst vor einer halben Stunde hingelegt hatte. Dennoch war sie völlig weggetreten.

Dabei war es helllichter Tag. Es klingelte erneut.

Eva zog sich eine Decke um die Schultern, gähnte herzhaft, schüttelte sich und schlurfte zur Tür. Zu ihrer Überraschung stand dort Nicole Arendt, die eine Sonnenbrille trug und sie mit schief gelegtem Kopf und zusammengepressten Lippen anschaute.

»Frau Arendt, kommen Sie doch rein!«, sagte Eva erfreut und hielt die Tür weit auf.

»Ich wollte Sie nicht stören ... Sie haben geschlafen, oder?«, die junge Frau suchte nach Worten. Die Situation erinnerte Eva an ihre erste Begegnung an dieser Tür. »Ich wollte Ihnen nur das hier bringen.« Mit diesen Worten streckte sie Eva eine edle Papiertasche entgegen.

»Nichts da. Heute kommen Sie bitte rein.« Eva schaute sie aufmunternd an. »Und sagen Sie nicht, Sie hätten etwas anderes vor. Das glaube ich nämlich nicht. Außerdem hätte ich mich ohnehin bei Ihnen gemeldet, um mich zu bedanken.«

Als Nicole sich immer noch nicht bewegte, zog Eva

sie einfach an dem Arm herein, mit dem sie ihr noch immer die Tasche hinhielt. Eva merkte zu spät, dass es ausgerechnet der verbundene Arm mit den Schnitten war.

»Entschuldigung!«, entfuhr es Eva, und sie ließ sofort wieder los.

Falls sie Nicole Arendt wehgetan hatte, ließ diese sich davon nichts anmerken. Vermutlich stand sie genau wie Eva noch unter dem Einfluss von Schmerz- und Beruhigungsmitteln.

»War es ... hier?«, fragte die junge Frau schließlich.

Eva nickte. »Genau hier. Ich fürchte, den schwarzen Staub von der Spurensicherung werde ich nie wegbekommen.« Eva zuckte mit den Schultern. Es sollte ein Scherz sein, aber noch während sie es sagte, erschien ihr der Kommentar unpassend. Immerhin hatte Nicole kein Zuhause mehr, und alle ihre Sachen waren verbrannt. Eva hoffte, dass sie nicht in weitere Fettnäpfchen treten würde.

»Mögen Sie einen Kaffee? Oder Tee?«, fragte Eva und ging durch das Wohnzimmer hindurch in die Kochnische.

Nicole Arendt folgte Eva zögernd, stellte die Tüte auf den Wohnzimmertisch, nahm schließlich ihre Sonnenbrille ab und bat um einen Tee.

»Wenn es keine Umstände macht«, fügte sie schüchtern hinzu.

Eva hatte unzählige Sorten in ihrem Schrank. Sie entschied sich für einen türkischen Apfeltee, den ihr mal eine Patientin aus ihrer Heimat mitgebracht hatte. Eva hatte ihn bisher nie probiert, er duftete allerdings lecker, und da man das Pulver nur in heißes Wasser einrühren musste, konnte sie gleich zurück ins Wohnzimmer.

Sie stellte die zwei Tassen auf den Tisch und setzte sich Nicole gegenüber auf die Couch.

»Brauchen Sie Zucker? Oder Milch?«, fragte sie, als Nicole gedankenverloren in ihrer Tasse rührte, doch die schüttelte nur den Kopf, blieb verkrampft auf der äußersten Kante des Sessels sitzen und schaute sich mit großen Augen im Zimmer um.

»Danke. Es passt alles«, murmelte sie.

Die Situation war seltsam. Eva schaute auf die Tasche. Der Name eines exklusiven Münchner Kaufhauses stand darauf, aber sie konnte sich noch nicht entschließen, hineinzusehen. Stattdessen rührte nun auch sie schweigend in ihrer Tasse.

»Wir sind schon ein tolles Duo, wir beide«, sagte Eva schließlich.

Irritiert hob Nicole Arendt den Kopf und sah sie fragend an.

Eva deutete erst auf ihre Nase, die geschient und mit Pflaster beklebt war, und dann auf Nicoles Veilchen, das mittlerweile eine eher grüne Färbung aufwies. »Man könnte uns für Schwestern halten.«

Endlich schien sich auch Nicole zu entspannen und lehnte sich im Sessel zurück.

»Jetzt bin ich doch neugierig, was Sie mir mitgebracht haben.« Eva zog die Tüte heran und lugte hinein.

»Falls er nicht passt, können Sie ihn umtauschen«, sagte Nicole eifrig. »Ich war mir nicht sicher wegen der

Größe. Aber ich wollte Ihren ersetzen, weil der doch verbrannt ist.«

Eva hielt einen schwarzen, taillierten Samtblazer hoch. Ein edles Stück, das sicher sündhaft teuer gewesen war.

»Der ist wunderschön!« Sie warf die Decke von ihren Schultern und schlüpfte hinein. »Und schauen Sie: Er passt perfekt!«

Eva war gerührt. Sie bekam nicht oft so teure Geschenke, und etwas in ihr ermahnte sie, den Blazer nicht anzunehmen. Gleichzeitig genoss sie das warme und weiche Gefühl des Stoffes in ihrem Nacken.

»Ich habe Ihnen zu danken. Kommissar Brüggemann hat mir erzählt, dass Sie sich geweigert haben, als er sie losmachen wollte. Ich verstehe noch immer nicht, wieso...«, sie stammelte, suchte nach den richtigen Worten. »Wo ich Sie doch erst in diese Situation gebracht habe. Wenn ich nicht gelogen hätte...«

Eva hob die Hand. »Nicht. Nein. Sie tragen keinerlei Schuld an dem, was passiert ist. Sie und Robert sind genauso Opfer dieses kranken Mannes geworden wie ich. Er hat mich schon länger beobachtet. Entweder dachte er, Robert hätte mir in der Haft etwas erzählt, oder er ist Ihnen an dem Abend gefolgt, an dem Sie bei mir waren.«

»Sehen Sie, dann...«

»Nein. Ich sehe gar nichts. Dafür trage ich genauso die Verantwortung. Hätte ich Ihnen zugehört, Sie nicht gleich abgewiesen... Wer weiß, wie dann alles verlaufen wäre.«

Nicole nahm die Tasse in die Hand und pustete in den heißen Tee. Sie sah Eva nicht an, starrte nur in die warme Flüssigkeit.

»Ich konnte nicht zulassen, dass wir Sie nie wiederfinden, wissen Sie. Ich war mir absolut sicher, dass er Sie niemals freiwillig gehen lassen würde. Sein Blick, als Sie sich geweigert haben ... und als ich den Motor des Wagens hörte ...« Eva vermied es bewusst, die Situation zu beschreiben. »Hätte Brüggemann mich befreit, wären sofort Rettungswagen und Einsatzfahrzeuge angerückt. Wenn Arendt die gesehen hätte, wäre er abgehauen und untergetaucht.«

Nicoles Lippen zitterten. »Aber Sie haben Ihr Leben aufs Spiel gesetzt. Sie waren schon völlig blau gefroren. Und haben auch noch den Lockvogel gespielt. So etwas hat noch nie jemand für mich getan.«

Eva ließ den Blick über Nicoles Silhouette wandern. Was er wohl an diesem Abend mit ihr getan hatte? Eva entschied sich, nicht nachzufragen. Sie wollte Nicole Arendt, über die sie schon so viel wusste, dieses kleine Stück Würde lassen.

Stattdessen entgegnete sie: »Sie vergessen eines: Hätten Sie den Kerl nicht mit letzter Kraft niedergestreckt, wäre der Plan von Brüggemann und mir völlig schiefgelaufen. Ich möchte mir gar nicht ausmalen, was dann passiert wäre. Insofern bin ich *Ihnen* zutiefst dankbar.« Eva schlang die Arme um ihren Oberkörper. »Und für diesen Blazer. Er ist definitiv viel zu teuer – aber ich liebe ihn jetzt schon.«

Nicole lächelte freudig, und zum ersten Mal hatte ihr

Gesicht ein wenig Farbe. Erst jetzt konnte man erkennen, wie hübsch sie wirklich war.

»Ich habe ihn von dem Geld gekauft, das ich gespart habe. Zum Glück ist das auf der Bank und nicht dem Brand zum Opfer gefallen. Aber ich bekomme ja auch noch Geld von der Versicherung.«

»Was werden Sie jetzt tun?«, fragte Eva. »Wo werden Sie denn leben? Würde es Ihnen helfen, wenn Sie hier ... Ich meine, nach allem, was wir zusammen erlebt haben ... Oben habe ich noch ein Gästezimmer.«

Nicole lächelte, winkte jedoch ab. »Das ist sehr freundlich von Ihnen, Frau Korell, aber bis auf Weiteres bin ich in einem Hotel untergebracht. Die Kosten übernimmt die Versicherung. Auch wenn es sich um Brandstiftung gehandelt hat. Ich glaube, die sind froh, dass der Schuldige gefunden ist. Zumal er nicht mittellos ist.«

Das freute Eva zu hören. »Und ... wie geht es Ihrem Mann?«

»Er wird noch eine Weile brauchen, bis er ganz gesund ist. Wir sind jedoch zuversichtlich, dass er nach der Reha wieder ganz der Alte ist.« Lächelnd erzählte Nicole: »Stellen Sie sich vor, die JVA hat sich dafür eingesetzt, dass die Zeit im Krankenhaus auf seine restliche Haftstrafe angerechnet wird.«

Darüber wunderte sich Eva kein bisschen. Natürlich wollte die Gefängnisleitung die Sache mit Matej Sokol unter dem Teppich halten und war sicher zu einigen Zugeständnissen bereit.

»Wir haben beschlossen, noch einmal von vorne anzufangen«, erzählte Nicole weiter. »Dass Roberts Mutter noch lebt, war für mich völlig neu. Robert hat sich für seine Familie geschämt und für das, was in seiner Kindheit passiert ist. Deshalb hat er nie darüber geredet und mir auch verschwiegen, dass er wieder Kontakt zu Uwe hatte. Ich nahm einfach an, seine Eltern würden nicht mehr leben. Vom Selbstmord seines Vaters wusste ich natürlich und auch davon, dass sein Bruder bereits in einem Heim untergebracht war, bevor Robert zur Schule ging.« Sie wischte verlegen mit den Händen über ihre Oberschenkel. »Wir ... Wir werden bei seiner Mutter einziehen, das Haus wieder auf Vordermann bringen. Es klingt vielleicht verrückt, ausgerechnet dorthin zu gehen, wo alles passiert ist. Aber ... Sie kommt alleine nicht mehr klar. Das Haus würde immer mehr verfallen, und wir müssten ohnehin etwas Neues suchen. Vielleicht schaffen wir es auf die Art, den Teufelskreis zu durchbrechen. Ein letzter Versuch, sozusagen.«

Nicole machte eine kurze Pause. »Es darf nicht wieder so werden wie vor seiner Verhaftung. Darüber haben wir ganz offen gesprochen.« Sie kniff die Lippen zusammen. »Alleine schaffen wir das nicht, das wissen wir beide. Robert hat in Wiesheim gute Erfahrungen mit seiner Gesprächstherapie gemacht, und die will er jetzt fortsetzen. Es gibt mehr als genug, was aufzuarbeiten ist ...«

Ein Lächeln huschte über Nicole Arendts Gesicht, und sie zupfte an dem Verband an ihrem Arm. »Ich glaube, ich möchte das auch machen. Eine Therapie. Sie hatten mir ja schon einmal geraten, mit jemandem zu sprechen.« Sie sah betreten zu Boden.

»Nicole, das ist eine tolle Idee! Wenn Sie möchten, erkundige ich mich für Sie nach einer fähigen Therapeutin.«

Nicole nickte, und ein Lächeln huschte über ihr Gesicht. »Das Angebot nehme ich gerne an. Sie kennen sich da sicher besser aus als ich. Ich wüsste gar nicht, worauf ich achten sollte.«

Eva schwieg für einen Moment. Ann-Kathrin hatte sie ebenfalls bei ihrem letzten Besuch ermuntert, das Erlebte mit einer Therapeutin zu besprechen. Eva hatte diesen Vorschlag kategorisch abgelehnt. Den wahren Grund hatte sie ihrer Freundin jedoch nicht gesagt: dass sie einfach viel zu viel Angst vor dem hatte, was eine fremde Person aus ihr herauslesen könnte. In ihrem Inneren lagen so einige Dinge im Argen. Mehr als die meisten Menschen durch ihr forsches Auftreten vermuteten. Doch sie wusste um ihre Ängste und fürchtete, dass sie eine Lawine lostreten würde, wenn man nur den kleinsten Stein in ihrem Inneren bewegte. Und vielleicht würde sie dadurch jeglichen Halt verlieren. Sie blinzelte kurz und faltete ihre Hände im Schoß.

Nicole, die ein paar Schlucke von ihrem Tee getrunken hatte, beobachtete Eva mit gerunzelter Stirn.

»Möchten Sie vielleicht noch etwas Tee?«, überspielte Eva ihre Nervosität. Sie ahnte, dass Nicole eine Frage auf der Zunge lag.

»Nein, danke. Alles bestens. Ich frage mich nur gerade ...« Nicole zögerte, nahm sich aber schließlich ein Herz. »Ich hoffe, ich bin nicht zu neugierig, aber leben Sie eigentlich ganz alleine hier?«

Jetzt war es an Eva, dem Blick von Nicole Arendt auszuweichen.

»Ja. Meine letzte Beziehung...« Eva war drauf und dran, Nicole ihre bewährten Ausflüchte herunterzuleiern, die sie schon so lange äußerte, dass sie beinahe selbst anfing, sie zu glauben. Im letzten Moment entschied sie sich dagegen. Nicole hatte leere Worthülsen nicht verdient. »Ich tauge nicht für Beziehungen«, antwortete Eva schlicht. »Ich... ich habe so viel Angst davor, dass eine Beziehung irgendwann zerbrechen könnte, ich einen geliebten Menschen verliere, dass ich erst gar keinen an mich heranlasse. Jedenfalls nicht richtig nahe. Deshalb bin ich im Grunde mit meinem Job verheiratet.«

Eva zog den Blazer enger um sich und konnte einen Seufzer nicht unterdrücken. Dass sie außerdem beinahe sicher war, dass noch einmal etwas Schlimmes in ihrem Leben passieren würde, behielt sie für sich. Zwar hieß es, dass der Blitz nie zweimal an derselben Stelle einschlug. Doch daran glaubte Eva schon lange nicht mehr – und hatte in ihrem Beruf oft genug das Gegenteil bewiesen bekommen. Das sagten die Leute vermutlich nur, um sich in Sicherheit zu wiegen.

Nicole Arendt schaute Eva lange und prüfend an. Dann sagte sie schlicht: »Das ist schade. Wirklich schade.«

65.

Nachdem Nicole Arendt gegangen war, brach Eva zu einem ausgiebigen Spaziergang an der Würm auf. Der Tag war kühl, aber es war sonnig und trocken. Stundenlang lief sie einfach, unterwegs aß sie in einem Gasthof eine warme Suppe und trat erst den Rückweg an, als es bereits anfing zu dämmern.

Zurück in ihrer Wohnung räumte sie die beiden Tassen weg und ließ dann im Erdgeschoss die Jalousien herunter. Sie fragte sich, ob sie sich im Dunkeln je wieder sicher fühlen würde. Dabei kannte sie die Antwort längst: Sie würde darüber hinwegkommen. So, wie sie auch den frühen Verlust ihrer Eltern überwunden hatte. Der Schmerz war geblieben. Es gab keinen Tag, an dem sie nicht an die beiden dachte. Doch irgendwann hatte sie sich selbst an die Trauer, an dieses schwarze Loch in ihrem Leben gewöhnt, so wie Menschen sich früher oder später mit jeder furchtbaren Situation arrangierten. Nur durch diese Fähigkeit konnten Menschen die Folgen von Kriegen, von Unfällen, von Krankheiten ertragen.

Heute spürte Eva die Lücke, die ihre Eltern hinterlassen hatten, besonders deutlich. Sie war wie ein Riss in ihrer Seele.

Nicole Arendt hatte nur eine einzige Frage gestellt. Aber mit ihrem schlichten Kommentar hatte sie Eva tiefer berührt als alle anderen Menschen, mit denen sie jemals gesprochen hatte.

Wenn Eva nicht achtgab, würde sie vielleicht irgendwann gar nicht mehr in der Lage sein, sich zu öffnen. Jemandem eine Chance zu geben. Einen Menschen zu finden, mit dem sie ihr Leben teilen konnte. Denn Nicole hatte recht: Es wäre schade, wenn sie es nicht wenigstens versuchte.

Sie schlug die Beine unter und wickelte sich in eine Decke.

Es waren nur wenige Stunden gewesen, in denen Uwe Arendt sie gefangen gehalten hatte. Doch diese Stunden hatten scheinbar ihr ganzes Leben auf den Kopf gestellt.

Sie hatte ihre Tränen wiedergefunden. Die Beerdigung ihrer Eltern war die letzte Gelegenheit, bei der sie sich erinnerte, geweint zu haben. Doch seit ihrer Befreiung schwappten ihre Gefühle immer wieder in Wellen über sie: Die Dankbarkeit, zu leben, die Trauer über all das, was sie gesehen und gehört hatte, aber auch die Freude darüber, dass sie ihren Bruder hatte, den sie liebte, ihre Freunde. Ein Dach über dem Kopf. Einen Beruf, der sie ernährte und der ihr etwas bedeutete. Das alles gehörte zu ihrem Leben und machte sie aus. Und war nicht selbstverständlich.

Doch überall, wo Höhen waren, gab es Abgründe. Immer gehörte zum Licht auch Schatten. Genau davor hatte Eva Angst: vor dem Dunklen, dem Unbekannten. War sie noch die Alte? Würde sie die Arbeit in der JVA überhaupt noch schaffen? Oder hatte sie das Erlebte zu sehr verändert? Sie dachte an den Mann, der ihr an ihrem ersten Tag zu nahe gekommen war, an die Gärtner, die sie auf den Arm genommen hatten. Und an Uwe...

Würde sie damit umgehen können? Oder würde ihre Angst sie künftig lähmen? Vor allem aber: Wollte sie das wirklich noch? Sie würde immer mehr von jener anderen Welt erfahren. In den Gesprächen, den Berichten. Würde sie das auf Dauer aushalten? Oder würde es langsam auf sie abfärben? Ann-Kathrin hatte sie von Anfang an gewarnt. Und tatsächlich hatte ihr Job Eva schon in der ersten Woche in eine lebensgefährliche Situation gebracht.

Sie stand auf und ging langsam in den Flur. Dorthin, wo sie zuletzt gestanden hatte, bevor Uwe sie niedergestreckt hatte. Ihr Blick fiel auf ihr Spiegelbild. Eine seltsame Fremde starrte zurück.

Es lag nicht allein an den dunklen Augenringen, die davon rührten, dass sie bis heute keinen Schlafrhythmus gefunden hatte. Auch nicht an den Kratzern und blauen Flecken oder der Schiene auf ihrer Nase. Sie zupfte sich die Haare in die Stirn und strich eine Strähne hinter ihr Ohr, wo die Platzwunde genäht worden war. So kaputt und so alt hatte sie noch nie ausgesehen. Aber es war etwas in ihrem Blick, das sie viel mehr störte.

Abrupt wandte sie sich ab, rannte die Treppe hoch und riss die Tür zum Schlafzimmer auf. Mit einem Ruck fegte sie die Blister mit Tabletten und die zerknüllten Taschentücher von ihrem Nachttisch. Entschlossen ging sie ins Bad und pfefferte alles mit Wucht in den Abfalleimer. Genauso wie die anderen Medikamente, die man ihr mitgegeben hatte. Sie durfte keine Krücken benutzen, wenn sie wieder alleine laufen wollte. Und das wollte sie. Stark sein. Mit einem lauten Knall fiel der Deckel auf den metallenen Behälter.

Dann rannte sie wieder die Treppe hinunter und setzte sich auf die Couch. Ihre Fäuste waren geballt. Etwas wallte in ihrem Bauch hoch und stieg in ihr auf. Es war keine Wut. Lauthals begann sie, zu lachen. So sehr, dass ihre Nase, die noch immer geschwollen war, schmerzte.

Auf einmal fühlte sie sich wieder frei. So, wie schon lange nicht mehr.

Na schön, sie war verletzlich und hatte neuerdings Angst im Dunkeln. Na und? Dennoch war sie keine weinerliche, ängstliche Person. Sie würde sich der Veränderung stellen. Würde lernen, damit umzugehen. Weglaufen, alles hinzuwerfen, war noch nie eine Lösung für sie gewesen und würde ihr die Angst nicht nehmen. Im Gegenteil: Sie würde sich wie eine Versagerin fühlen.

Sie hatte die ganze Zeit die falschen Fragen gestellt: Ihr Job in Wiesheim war nicht das Problem. Er hatte rein gar nichts mit ihrer Entführung zu tun. In den Fall war sie zufällig verwickelt worden, weil sie einer Frau in Not auf der Straße geholfen hatte.

Das würde sie immer wieder tun, egal wo, egal unter welchen Umständen. Egal ob sie in der JVA arbeitete oder anderswo. Sie hatte ja gesehen, was passierte, wenn sie jemandem ihre Hilfe verweigerte. Allein deshalb durfte sie Uwe Arendt und seinem Wahnsinn keine zu große Bedeutung beimessen – auch wenn ihr Leben auf dem Spiel gestanden hatte. Das würde er ihr nicht kaputt machen. Sonst hätte ihre Rettung keinen Sinn.

Etwas anderes zählte: Eva konnte mit ihrer Arbeit

einen Beitrag leisten, versuchen, durch ihren Willen und ihre Energie positiv auf die Inhaftierten einzuwirken. So wie Robert und Nicole versuchten, etwas aus ihrem Leben zu machen. Es war wichtig, das Dunkle anzunehmen und es umzukehren. In etwas Positives. Vielleicht war das die beste Motivation, weiterzumachen.

Evas Blick fiel auf den wunderschönen Blazer, den Nicole ihr geschenkt hatte und der im Flur an der Garderobe, direkt in ihrem Sichtfeld, hing.

Nicole hatte noch etwas gesagt: *Vielleicht gelingt es auf die Art, den Teufelskreis zu durchbrechen.* Eva stand auf, ging unruhig durch das Zimmer, setzte sich dann wieder hin.

Unsicher griff sie zum Telefon, das auf dem Couchtisch lag. Mit zusammengepressten Lippen öffnete sie das Adressmenü und scrollte die Namen durch. Ann-Kathrin hatte ihr Brüggemanns Nummer eingespeichert. Nur für den Fall. Als eine Art Sicherheit, falls noch einmal plötzlich ein Fremder in Evas Flur auftauchen würde. Es war die Handynummer, die er Eva auf die Rückseite der Visitenkarte gekritzelt hatte. Unter dieser Nummer war er immer erreichbar. Tag und Nacht.

Sie zögerte einen Moment, dann drückte sie die Taste und hörte, wie die Nummer gewählt wurde. Ihr Herz klopfte, sie kaute auf ihrer Lippe und hielt den Atem an.

Als das Gespräch angenommen wurde, drangen zunächst laute Geräusche an Evas Ohr. Stimmengewirr, Kreischen, Lachen. Es klang wie in einer Schule oder einem Hallenbad. Offenbar hielt er den Hörer zu, denn plötzlich wurden die Geräusche dumpfer, aber Eva konnte noch hören, wie er zu jemandem »Einen ganz kleinen Moment noch, Jan« sagte.

»Brüggemann«, meldete er sich dann mit seiner wohltönenden Stimme, der Eva deutlich anhörte, dass er gerade lächelte.

»Komm schon, Papa!« rief ein Kind im Hintergrund ungeduldig. Nicht irgendeines. Sein Kind.

Evas Hände begannen zu schwitzen.

Es war keine bewusste Entscheidung. Eher ein Reflex, der Eva ohne ein Wort auflegen ließ. Ihr Atem ging schnell. Sie starrte an die Decke, wippte unruhig mit dem Bein.

Nach kurzem Zögern drückte sie wieder auf die Tasten. Dieses Mal antwortete sie jedoch, als jemand den Anruf entgegennahm.

»Ann-Kathrin, ich bin es! Gibt es bei euch heute Abend zufällig wieder Paella? Ich könnte eine Flasche Wein mitbringen.«

Zum Schluss: DANKE!

Als mein Mann im Herbst 2015 zu einem Klassentreffen fuhr, konnte ich nicht ahnen, welche Bedeutung diese Kurzreise für mein Autorendasein haben würde. Bei seiner Rückkehr erzählte er mir unter anderem, dass ein alter Kumpel gerade den Job gewechselt habe und nun als Gefängnisarzt arbeite. In dem Moment stellten sich meine Nackenhaare auf – und die Gedanken begannen zu rasen. Zugehört habe ich danach nur mit halbem Ohr. Aber eine Woche später stand nicht nur die Idee zu einem Buch, sondern zu einer ganzen Serie, deren erster Teil nun hier vorliegt.

Ebenso von der neuen Figur überzeugt waren Maren Arzt und Monika Kempf, die Eva gleich gemocht und ihren ersten Fall unter Vertrag genommen haben. Für die umsichtige und tolle Arbeit des gesamten Verlagsteams möchte ich mich an dieser Stelle ganz herzlich bedanken: Eure Frische und Begeisterung für Geschichten wirken ansteckend und motivierend! Allen voran danke ich hier Anna Mezger, die mich als Lektorin in allen Lebenslagen ganz großartig unterstützt! Ich freue mich schon auf die nächsten Bücher mit dir!

Danken möchte ich auch Carlos Westerkamp, der mit mir an der ersten Fassung der Leseprobe gearbeitet hat, als ich mich entschied, die Serie ohne eine Agenturvertretung anzubieten. Er hat mir – genauso wie meine wunderbaren Kolleginnen Sabine, Monika und Elisabeth – Mut zugesprochen, dieses Projekt unbedingt weiterzuverfolgen und auf eigene Faust anzubieten. Und ihr alle solltet recht damit behalten!

Ohne die Unterstützung von Experten geht es beim Schreiben kaum. Allen voran half mir W. B. J. Mangelsdorf, der als Chirurg in den Berliner Haftanstalten arbeitet, meinen Blick für seinen Beruf und den Alltag in der JVA zu schärfen. Natürlich mangelt es nicht an Fachliteratur – hier möchte ich vor allem die Bücher von Joe Bausch und Regina Strehl nennen –, doch er beantwortete meine vielen Fragen jederzeit geduldig, kompetent und mit viel Humor.

Wie schon bei den letzten Büchern half mir auch dieses Mal Kriminalhauptkommissar Ludwig Waldinger vom BLKA mit seinem Detailwissen über Polizeiarbeit. Polizeihauptkommissarin Manuela Obermeier half mir dabei, die Struktur der Münchner Polizei zu verstehen. Medizinische Fragen durfte ich Dr. Anina Stecay stellen, und rechtsmedizinische Details erklärte mir Prof. Dr. Michael Bohnert. Wenn ich dennoch von der Realität abgewichen bin, liegt das in keinem Fall an der Qualität der fachlichen Beratung.

Iris Hannig, Leiterin der Opferhilfe Hamburg (www.opferhilfe-hamburg.de), bin ich dankbar, dass sie mir einen Einblick in ihre Tätigkeit gewährt hat und mir half, Nicoles Situation genauso wie die Biografie der beiden Brüder zu verstehen und möglichst realitätsnah zu konstruieren. Leider ist mein fiktiver

Fall keiner, der in der Realität selten ist. Im Gegenteil: Jede dritte Frau in Deutschland hat einmal Gewalt erlebt, jede vierte innerhalb einer Paarbeziehung. Das Problem betrifft jede soziale Schicht. Vermutlich haben wir folglich alle im Bekannten- und Freundeskreis eine betroffene Person. Mindestens. Diese Frauen können sich selbst ebenso beraten lassen wie jeder, der eine Bekannte oder Nachbarin unterstützen möchte, die unter einer solchen Situation zu leiden hat. Einfach www.hilfetelefon.de eingeben oder telefonisch unter der Nummer 08000 116 016 Rat einholen. Wichtig: Die Internetseite kann auch anonym besucht werden, und die Beratung erfolgt streng vertraulich. Der Dienst ist kostenfrei und rund um die Uhr an 365 Tagen im Jahr via Mail, Chat oder Telefon möglich. Es stehen außerdem Übersetzer in siebzehn Sprachen zur Verfügung – auch in Gebärdensprache.

Meinen wunderbaren Testleserinnen Sabine Fink, Sandra Budde, Sandra Bielawski und Daniela Müller danke ich nicht nur für ihre Schnelligkeit, die klugen Kommentare, Fragen und Anmerkungen. Ihr motiviert mich mit euren begeisterten Rückmeldungen zu meinen Geschichten schon seit Jahren und habt mir damit durch einige schwierige Phasen geholfen! Das bedeutet mir mehr, als ich ausdrücken kann.

Dann ist es mir ein Bedürfnis, meinen großartigen Kollegen Nele Neuhaus und Arno Strobel zu danken, die sich die Zeit genommen haben, mein Buch als Rohmanuskript zu lesen. Vielen Dank für eure »Starthilfe« – und für die guten Wünsche, die ihr mir und meiner Heldin Eva auf den Weg gegeben habt! Bessere Kollegen kann man sich gar nicht wünschen!

Zuletzt sage ich noch von ganzem Herzen DANKE an alle meine Freunde, die mein Leben so sehr bereichern und nun schon seit Jahren bereit sind, ihres mit meinen Romanfiguren zu teilen und meine zeitweise konfusen Erzählungen und morbiden Themen zu ertragen. Ich verspreche, es wird nicht noch schlimmer werden.

Und dann ist da noch meine Familie. Ihr seid der Mittelpunkt. Das, was bleibt, wenn die Geschichten enden und das letzte Wort geschrieben ist. Euch gehört meine ganze Liebe.